Luise Ernesti

Waldemar Bookhouse

Oder der Wert eines Namens

Luise Ernesti

Waldemar Bookhouse
Oder der Wert eines Namens

ISBN/EAN: 9783743450325

Hergestellt in Europa, USA, Kanada, Australien, Japan

Cover: Foto ©Andreas Hilbeck / pixelio.de

Manufactured and distributed by brebook publishing software (www.brebook.com)

Luise Ernesti

Waldemar Bookhouse

Waldemar Bookhouse

ober:

Der Werth eines Namens.

Von

Luise Ernesti.

Motto:
„Es irrt der Mensch, so lang er strebt."
Goethe.

Zweite Ausgabe

Erster Band.

――――― ··· ·

Leipzig,
Fr. Wilh. Grunow.
1864.

Erstes Kapitel.

An einem Tage, zu Anfang des Herbstes 1847, um die Zeit, wo der Geschäftsverkehr in den Hauptstraßen New-Yorks am bedeutendsten ist, die hin und her fahrenden Equipagen, Omnibus, Lastwagen und Waggons ein rasches Fortkommen fast unmöglich machen, gelang es der Energie und Beharrlichkeit eines Fußgängers, sich mit einer an's Wunderbare grenzenden Schnelligkeit durch das in der Wall-Street herrschende Chaos Bahn zu brechen. Dieser die dichtesten Gruppen Theilende und in dem unentwirrbarsten Knäuel von Menschen und Fuhrwerken einen Durchgang Findende war ein Mann von ungefähr funfzig Jahren. Trotz einer sehr einfachen Kleidung sah er weder unbedeutend noch unscheinbar aus; er war von großer Gestalt, kräftig gebaut und in seiner Haltung lag eine ruhige Würde;

sein Haar, sowie sein Bart waren ganz weiß und seltsam contrastirte gegen diesen lichten Silberglanz sein dunkel gebräuntes Antlitz. Kummer und Schmerz, Gram und Sorge hatten in diesem Gesichte mit scharfem Griffel ihre unverkennbare Schrift gegraben; es trug den Ausdruck herben Seelenleids, tiefer Resignation, und auf den ersten Blick sah man, daß die Lebensbahn dieses Mannes eine harte und dornenvolle gewesen.

Das Ziel seiner Wanderung war eins der bedeutendsten Handlungshäuser der Wall-Street; er betrat dasselbe wie Jemand der genau bekannt darin ist und ohne Verzug begab er sich nach dem Comptoire. Es war ein großer Saal in den er trat; an den hohen Fenstern desselben zeigten sich in einer fast unabsehbaren Reihe ältere und jüngere Leute, die alle eifrig beschäftigt an ihren Bürcaus standen. Das Auge des Eintretenden durchflog aufmerksam den großen weiten Raum und plötzlich leuchtete es hell und freudig auf, als es am äußersten Ende des Comptoires haften blieb; für einen Augenblick verdrängte der sich über das ganze Antlitz verbreitende Ausdruck reiner Freude den des Schmerzes und mit eiligen Schritten ging er voran. Einer der

Comptoiristen näherte sich ihm und fragte nach sei=
nem Begehr; flüchtig, aber verbindlich verbeugte er
sich vor dem ihn anredenden Herrn, deutete mit der
Hand nach der Stelle am Ende des Saales, sagte
ruhig: „Ich wünsche mit Mr. Bookhouse zu sprechen!"
und ging dann ohne Weiteres auf das letzte der Bü=
reau's zu, das abgesondert von den übrigen war.

. Ueber ein großes Buch gebeugt, standen an je=
nem Büreau zwei Männer; der Eine, der Besitzer
des Handlungshauses, Mr. Barwing, war ein Vier=
ziger. In seinem ganzen Wesen prägte sich der un=
erträgliche Hochmuth des stolzen Geldaristokraten
aus; er sprach mit lautem, scharfen Tone, in hefti=
ger, oft beleidigender Weise zu dem neben ihm Ste=
henden, dem er einen gemachten Fehler im Conto=
buche nachzuweisen bemüht war. Dieser Andere, ein
Mann von ungefähr zweiundzwanzig Jahren, der erste
Correspondent des Handlungshauses, bildete einen
scharfen Gegensatz zu seinem Principal. Sein Be=
nehmen trug das Gepräge der Aristokratie der Ge=
sinnung; sein Gesicht zeigte reine edle Formen und
die Züge sprachen deutlich von der Güte seines
Charakters. Von vollendeter Proportion war seine
hohe, schlanke und biegsame Gestalt, voller Anmuth

die geringste seiner Bewegungen. Eine immer tiefere Blässe überzog sein Antlitz bei den heftigen
Worten Mr. Barwing's. Von Zeit zu Zeit erhob er
sein Auge zu dem sich mehr und mehr mit Zornesröthe bedeckenden Gesichte seines Prinzipals und
manchmal verrieth der flammende Ausbruck des
Blicks die gewaltige Erregung seines Innern; dann
heftete es sich auch wieder ernst, fest und vorwurfsvoll auf die kalten starren Züge des Redenden.
Wurde aber auch das Gesicht des jungen Mannes
der Verräther seiner Empfindungen, so glitt doch
über seine Lippen kein Laut der Entgegnung und
schweigend nahm er Vorwürfe und Beleidigungen
hin. Einige Sekunden hörte auch der hinzugetretene
ältere Mann die scharfen kränkenden Worte des
reichen Handelsherrn an; sie schienen ihn in weit
höherem Grade aufzuregen, als Denjenigen, an welchen sie gerichtet waren, — die Adern seiner Stirn
schwollen, und fester preßten sich die festgeschlossenen
Lippen seines Mundes aufeinander, er fuhr zu verschiedenen Malen mit der Hand durch sein weißes
Haar und als plötzlich sein Blick die lauernden
Augen, die vorgebeugten Köpfe verschiedener aufmerksam horchender Commis streifte, schien er ent-

ſchloſſen, die für den jungen Mann ſo peinliche
Scene zu beenden. Noch eine Minute verſtrich und
in dieſer wurden die bitterſten Worte von dem er-
zürnten Kaufmanne geſagt. Die Flut von Vorwürfen ſchnitt aber nun plötzlich der laute Ausruf in
deutſcher Sprache: „Guten Morgen Mr. Barwing!" ab.

Beide Herren, die über dem Contobuche gebeugt
ſtanden, wandten ſich bei dem Laute um. Verwundert und hochmüthig ſah der Aeltere aus, nur un-
merklich war die Neigung ſeines Hauptes; heftiger
Schreck mälte ſich in den Zügen des jüngern Mannes und lebhaft rief er: „Vater! Du hier? — Dich
führt doch kein Unglück zu mir?" Er hatte ſich bei
dieſen Worten den ihn mit der zärtlichſten Liebe an-
blickenden Manne genähert und deſſen Hand ergriffen.

Mr. Barwing betrachtete einen Moment Vater
und Sohn, dann ſagte er befehlend: „Mr. Bock-
houſe, wir ſind bei einer wichtigen Sache, die noch
der Erläuterung bedarf — bedeuten Sie Ihrem
Vater, daß er uns ſtört und kommen Sie hierher!"

Ruhig wandte ſich der Handelsherr nach dem
Büreau und beugte ſich abermals über das Contobuch; der junge Mann warf ſeinem Vater einen

Blick zu, der eine beredtere Bitte, als viele Fle-
hensworte enthielt; jedoch war er vergeblich. Mit
fester Entschiedenheit sprach der ältere Bookhouse:

„Mr. Barwing, ich muß mit meinem Sohne
kurze Zeit reden, bedaure sehr, wenn ich störe und
bitte deshalb um Entschuldigung."

„Das ist jetzt unmöglich, mit Ihrem Sohne zu
reden, Mr. Bookhouse! Die Angelegenheit hier ist
zu wichtig; entfernen Sie sich gefälligst, denn mein
Comptoir ist überhaupt kein zu Familienconferenzen
geeigneter Ort."

Eine fahle Blässe legte sich über das Antlitz des
Vaters, in dunkle Glut tauchte sich das bleiche Gesicht des Sohnes und mit bebender Stimme rief
dieser: „Mr. Barwing, vergessen Sie nicht, daß
ich viel ertragen kann, mein Vater aber nichts
ertragen soll."

„Ruhig Waldemar!" gebot der ältere Bookhouse
leise, aber ernst und einbringlich; höflich und kalt,
sagte er laut mit größter Bestimmtheit: „Mr. Barwing, ich bedauere nochmals die Störung; doch sie
ließ sich nicht vermeiden! bitte aber jetzt bringeub:
sich meiner Absicht, mit meinem Sohne reden zu

wollen, nicht ferner zu widersetzen — es würde
vergeblich sein, ich versichere das auf mein Wort."

Der reiche Mann war an eine so feste entschie=
dene Sprache nicht gewöhnt, schleuderte einen Blick
kalter Verachtung auf Denjenigen, der so mit ihm
zu reden wagte und entgegnete höhnisch: „Sie re=
den in einem Tone, Mr. Bookhouse, als hätten
sich die phantastischen Träume Ihrer Jugend ver=
wirklicht! Entsinnen Sie sich doch gefälligst, was
und w e r Sie sind und denken Sie nicht, was und
wer Sie sein könnten, Sie werden sich dann gezie=
mender ausdrücken."

Ein convulsivisches Beben machte Bookhouse
einen Moment unfähig zur Antwort, dann nahm
sein Wesen das Gepräge eines maßlosen Stolzes
an und mit einer Würde, die selbst auf Mr. Bar=
wing ihre Wirkung nicht verfehlte, antwortete er
ernst:

„W a s und w e r ich bin? — Ein Mann,
Mr. Barwing! — ein M a n n, der auf seinem
Willen zu beharren versteht und sein Recht
zu verfolgen weiß! — Wollen Sie sich jetzt gefäl=
ligst entsinnen, daß ich der Vater jenes jungen

Mannes bin und meinen Sohn sprechen will, weil ich mit ihm reden muß!"

„Gut, gut! Reden Sie mit ihm!" rief Barwing hastig und ergriff das Contobuch; sich zu seinem Correspondenten wendend, setzte er mit eisiger Kälte hinzu: „Mr. Bookhouse, wenn Sie die unaufschieb- bare Mittheilung Ihres Herrn Vaters vernommen, so haben Sie wohl die Güte, sich in mein Zimmer zu bemühen, damit wir dann unser unterbrochenes Geschäft fortsetzen können, das, wie Sie einsehen werden, nach dem eben Vorgefallenen, das Letzte ist, welches wir mit einander abzumachen haben."

Starren Blicks verfolgte der Angeredete Mr. Barwing, der mit schnellen Schritten das Comptoir verließ; jede Spur von Lebensfarbe wich aus sei- nem Antlitz, als sich die Thüre hinter Jenem ge- schlossen; sein Auge senkte sich zu Boden, er lehnte seine zitternde Gestalt gegen das Büreau und ein Bild namenlosen Schmerzes, furchtbarer Verzweif- lung stand er da.

Ernst und traurig betrachtete der Vater eine Sekunde sein augenscheinlich so tief leidendes Kind, dann legte er die Hand auf dessen Schulter und sprach sanft, aber eindringlich: „Waldemar, fasse und beruhige Dich!"

Ein schmerzlicher Seufzer war die einzige Antwort.

„Waldemar! — bedenke wo Du bist, man beobachtet Dich!"

Flüchtig schaute der junge Mann empor, — sein Auge war glanzlos — in der nächsten Sekunde versank er in vollständigste Apathie und verzweiflungsvoll blickte sein Vater ihn an. — Ein kleiner, alter Mann mit gebeugter Haltung näherte sich Beiden, kopfschüttelnd betrachtete er die Gruppe und indem er an ihr vorüberging, glitt der leise Ausruf über seine Lippen: „Begeben Sie sich mit Ihrem Vater in den Garten, Mr. Bookhouse, und ich werde Miß Hope benachrichtigen, wo Sie sind."

Diese Worte übten eine elektrische Wirkung.

Wie von einer Feder emporgeschnellt, fuhr Jener aus seinen düstern Sinnen auf, ein Lächeln überflog sein Antlitz und mit den Worten: „Danke, Bob! Danke!" enteilte er dem Comptoire und gab seinem Vater einen Wink, ihm zu folgen.

Beide betraten nach kurzer Zeit den Garten, der dicht an das Haus stieß; er war in der geschmackvollsten Weise angelegt und mit den auserlesensten

Blumen und Gewächsen geziert, mit den herrlichsten
und kostbarsten Vasen und Statuen geschmückt. An
verschiedenen Stellen des Gartens waren Leute beschäftigt, Vorbereitungen zu einer Illumination zu
treffen. Ein Blick auf diese Anstalten machte den
jungen Bookhouse erbleichen, er starrte die beschäf-
tigten Arbeiter an und der tiefste Seelenschmerz
malte sich von Neuem in seinen Zügen. Dem Vater entging der Ausdruck nicht; er zog seinen Sohn
mit sich fort, zu einer einsamen Stelle des Gartens. Als sie mehrere Laubgänge durchschritten hatten und an einem Platze angelangt waren, der fast
am äußersten Ende des Gartens lag, hielt der ältere Bookhouse in seinem raschen Gange inne, setzte
sich auf eine Moosbank in der Nähe und sprach
mit allen Anzeichen großer Erschöpfung: „Laß uns
hier etwas ausruhen, Waldemar! Ich bin sehr müde,
denn ich schlief seit mehreren Nächten nicht."

Waldemar betrachtete seinen Vater und rief lebhaft: „Warst Du krank, oder fehlt Gertraud etwas?"

„Ich, sowie Deine Schwester, sind gesund; aber
mein Vater ist sehr unwohl — und ich fürchte das
Schlimmste."

„Kamst Du deshalb nach New-York, um mich davon zu benachrichtigen?"

„Ja, Waldemar! Dein Großvater wünschte es."

„O Gott, warum mußtest Du ihn gerade jetzt krank werden lassen! — O, Vater, warum mußtest Du gerade heute kommen, wo Mr. Barwing so aufgeregt war! Ach, nun ist Alles aus! — nun soll ich fort von hier."

In des jungen Mannes Augen glänzten Thränen; er verbarg sein Gesicht in den Händen und setzte mit leidenschaftlichem Schmerze hinzu: „O, daß dieses unglückliche Ereigniß gerade heute kommen mußte! — heute!" — —

„Waldemar! Ich frage Dich, ob Du das, was heute erfolgt ist, nicht seit Monaten erwartet hast?"

„Ja, ja, Vater! erwartet, gefürchtet habe ich eine Katastrophe, hoffte aber auch, sie vermeiden zu können, — würde — sie vermieden haben."

„Das war unmöglich, Waldemar! — Mr. Barwing sah sich durch Dich bei Ausführung eines Planes gehemmt, nichts war natürlicher, als daß er suchte, das ihm entgegentretende Hinderniß zu beseitigen; die heutige Gelegenheit war ihm willkommen und er ist jetzt glücklich, sie gefunden zu haben.

Betrübe Dich nicht zu tief darüber, daß er trium=
phirt und glaube mir, er würde sich den Sieg nicht
haben entreißen laffen — beruhige Dich also!"

„Ich soll mich nicht betrüben? — soll mich be=
ruhigen! O Vater, wie kannst Du das verlangen,
wo Du weißt —"

„Wie sehr Du Hope Barwing, — die Tochter
des Millionairs liebst!"

„Nicht die Tochter des Millionairs! einfach Hope
Barwing! Nur sie — sie allein liebe ich! an nichts
Anderes, als sie, denke ich, Vater."

„Ich weiß es! — sie ist aber die Tochter eines
Millionairs! ihres Vaters Reichthum ist die Euch
trennende Scheidewand! — Wärst Du Millionair,
würdest Du heute nicht entlassen."

„Entläßt er mich auch nachher, ich gehe nicht!
— ich weiche nicht aus diesem Hause! keine Gewalt
der Welt treibt mich heute von hinnen!"

Der ältere Bookhouse erbleichte bei dem ent=
schiedenen Tone seines Sohnes und sagte ruhig:
„Dennoch Waldemar wirst und mußt Du heute
New=York verlassen."

„Nein, nein! — Um keinen Preis! heute Abend
giebt Mr. Barwing ein großes glänzendes Fest; —

Mr. Henry Watherley, mit dem er seine Tochter
verloben will, ist von seinen Reisen zurückgekehrt
und wird diesen Abend hier sein. Ich fürchte, das
Fest ist ihm zu Ehren veranstaltet — — fürchte
sogar,' — Mr. Barwing will heute seine Tochter
zur Verlobung zwingen; — er hat Gründe, seine
Pläne so schnell wie möglich in's Werk zu setzen!
— was ihn veranlaßt — ich weiß es nicht — ahne
es nicht! — Seit Tagen sah ich Hope nicht; Sie
wird fern von mir gehalten, — selbst Mistreß Barwing entzieht sich mir und vermeidet, mit mir zu
reden; — Mr. Barwing war nie heftiger, nie rück=
sichtsloser gegen mich, als in diesen Tagen. Aus
Allem ersah ich, er wollte sich meiner vor dem Feste
entledigen; doch ich gehe nicht! verließe ich auch das
Haus, so kehre ich heute Abend zu Hope's Schutz
zurück! — Ich entreiße sie öffentlich Mr. Wather=
ley — sage aller Welt, daß ich sie liebe, daß sie
mich liebt, daß wir uns nicht trennen; doch — da=
hin wird es ihr Vater nicht kommen lassen! er wird
nicht wagen, ihre Hand in die eines Andern zu le=
gen, wenn ich dabei bin!" —

Die furchtbare Erregung seines Innern zwang
den jungen Mann, inne zu halten; erschöpft schwieg

er; doch nach einer Weile rief er von Neuem: „O,
Vater, Alles würde anders gekommen sein, wenn
Du nicht dazwischen getreten! — Wärst Du doch
nicht heute gekommen, — heute — wo so viel auf
dem Spiele steht."

Mr. Bookhouse fuhr haftig empor; tiefe Röthe
bedeckte sein Antlitz bei den letzten Worten seines
Sohnes und er rief lebhaft: „Ja, Du haft Recht,
— gut, daß Du mich daran mahnst, daß heute
viel auf dem Spiele steht! unterbrich mich nicht,
Walbemar, denn jede Minute Verzug kann unfer
Unglück herbeiführen."

„Unser Unglück?" — rief der junge Mann
erstaunt.

„Noch mehr — vielleicht mein Elend unbeendet
lassen, das seit dreißig Jahren bereits der Fluch
meines Lebens ist!"

Tiefer, als die ihm unverständlichen Worte, wirkte
der dumpfe, tonlose Klang von seines Vaters sonst
so kräftiger, volltönender Stimme auf Walbemar;
erschüttert warf er sich an des alten Mannes Brust
und rief liebevoll: „Wie, Du warst seit so lange
elend und sagtest mir Nichts davon? — O, rebe

jetzt! Laß mich Deinen Schmerz theilen, vertraue
mir Dein Leid, ich bin ja Dein Sohn."

„Hoffentlich theilst Du bloß meine Freude und
mein Leid ist nun zu Ende! höre mich an! — —
Mein Vater hat vor mir ein Geheimniß; — in
meiner frühen Jugend erfuhr ich durch Zufall, daß
er etwas Wichtiges vor mir verbarg. — Zu verschiedenen Zeiten meines Lebens bat und beschwor
ich ihn: mir das Räthsel zu lösen, das ich ahnte;
doch kein Wort der Erklärung kam über seine Lippen! — Vor Jahren gelobte er mir mit feierlichem
Eide „erst in seiner Todesstunde reden zu wollen,"
zu meinem namenlosesten Elende hat er treu seinen
Schwur gehalten! — seit vierzehn Tagen ist er jetzt
krank, dem Tode nahe; — doch sagte er bisher kein
Wort — erst in dieser Nacht, nachdem ihm der Arzt
auf sein Befragen baldiges Ende verkündet hat, scheint
er entschlossen, sein Geheimniß zu offenbaren; als
der Doktor ihn verlassen hatte, bat er mich, Dich
herbeizurufen und Dir sowie Deiner Schwester zu
eröffnen, daß er mir jetzt vor seinem Tode, in Eurer Gegenwart, ein lang bewahrtes, unsere Familie
betreffendes Geheimniß enthüllen würde. Viel Zeit
war nicht zu verlieren, wenn Du heute in der Farm

sein solltest und da ich fürchtete, daß Du auf brief=
liche Nachricht hin Dich vielleicht jetzt nicht von
New=York trennen würdest, so beschloß ich, Dich
selbst zu holen. Mein Vater war mit meiner Ab=
sicht einverstanden und schnell weckte ich daher Ger=
traud, damit sie die Nachtwache übernehmen konnte;
ich sagte ihr, was mich zur Reise veranlasse, schärfte
ihr dringend ein: keine Sekunde von dem Bette ihres
Großvaters zu weichen und im Falle einer Beichte:
„seine Bekenntnisse mit Aufmerksamkeit anzuhören.“
Sie flehte mich an, möglichst schnell zurückzukehren
und da mir selbst zu viel daran liegt, bald wieder
in der Farm zu sein, so habe ich keine Zeit ver=
säumt. Früher als ich selbst gedacht, kam ich zu
Dir und wir können daher den Zug, der in unge=
fähr zwei Stunden nach Newark fährt, benutzen; —
säume Du jetzt nicht, Waldemar, thürme kein neues
Hinderniß auf, sei bis zur bestimmten Zeit am
Stationsplatze und vergiß nicht, von welchem Werthe
jede Sekunde ist, — bedenke immer, daß Du mich
durch den geringsten Verzug um ein Glück bringen
kannst, das ich seit meiner frühsten Jugend erstrebe.“

Bookhouse hatte die letzten Worte im höchsten
Affekt gesprochen; tief ergriffen von der Flut stark

und mächtig auf ihn eindringender Gefühle mußte
er inne halten und seine große Gemüthserschütterung
überwältigte seinen Sohn. Sich und seine eigenen
Interessen vergessend, rief er laut und feierlich:
„Vater, beruhige Dich! ich komme — durch mich
soll das Bekenntniß keinen Aufschub erleiden!"

„Gott sei gedankt für diesen Entschluß!" entgeg=
nete Bookhouse tief aufathmend und reichte dem
Sohne die Hand.

Waldemar ergriff sie lebhaft, drückte sie fest und
setzte ernst hinzu: „Verlaß Dich auf mich, daß ich
mein Wort halte, was mir auch in den nächsten
Stunden begegnen sollte, — ich bin zur bestimmten
Stunde am Stationsplatze."

Ein zufriedener Ausdruck zeigte sich im Gesichte
des Vaters; dann nahmen seine Züge den ernsten,
tiefen Sinnens an; voll Theilnahme verfolgte Wal=
demar diesen Wechsel und fragte ängstlich:

„An was denkst Du, mein Vater?"

„An das Geheimniß, das sich uns heute ent=
hüllen wird."

„Ahnst Du, in was es bestehen könnte?"

„Ich weiß es sogar."

„Wie?"

„Ja, ich weiß es!" wiederholte Bookhouse mit leuchtendem Auge, mit verklärtem Antlitz, und setzte feierlich hinzu: „Waldemar, o Waldemar — wir werden erfahren, daß wir einen Namen haben!"

„Einen Namen!" wiederholte der Sohn langsam, „einen Namen?" frägte er staunend.

„Ist Dir das nicht genug, mein Kind? — O Waldemar, ein Name ist das größte Glück! — ein Name ist Alles!"

„Ein Name das größte Glück — eine Name Alles?" sprach Waldemar sinnend. Vor seinem Geiste zogen jetzt viele ihm bekannte, hochberühmte Namen vorüber und er rief lebhaft: „Ja — ja, es muß ein Glück — eine Seligkeit sein, einen Namen zu tragen, den Jeder kennt, Jeder mit Bewunderung nennt! — o, daß wir solchen Namen hätten, Vater."

„Solchen! — Mein Sohn, wir werden Besseres haben — einen Namen der Jahrhunderte überbauert hat, den Namen eines alten, edlen Geschlechts — wir werden einer alten, edlen Adelsfamilie angehören."

„Nur den Namen eines alten Geschlechts — keinen berühmten Namen — keinen Namen, der auf den denkwürdigen Tafeln der Geschichte — der Kunst

ober Literatur verzeichnet ist — bort als leuchtendes
Meteor glänzt und den noch Taufende mit Bewun=
berung nennen?" —

"Auf bas Glück eines folchen Namens verzichte
ich!" rief der alte Bookhouse wegwerfend, — "was
nützte mir ein Künstlername!"

"Welcher Vortheil könnte Dir aber denn der
Name eines altabeligen Geschlechts bringen?" fragte
der junge Mann verwundert.

"Bortheil! — Vortheil!" wiederholte der Va=
ter gereizt. "O Waldemar, baß ich folche Fragen
von Dir, bem Sprossen eines alten ebeln Geschlechts
hören muß; boch — wie kann mich bas in Erstau=
nen verfetzen, — wie kann ich verlangen, baß Du
bie Vortheile eines Namens kennst. Du bist auf
einem Boden geboren, wo ber Name Nichts — bas
Geld Alles gilt! aber verlaß erst einmal biefes ge=
werbtreibende, gewinnfüchtige Amerika, biefes nur
für ben Handel lebende und athmende Land, komme
nach Europa, betritt Dein Baterland, — lerne bie
Borrechte alter Abelsfamilien kennen und bann wirst
Du empfinden, was es heißt, einen Namen zu
befitzen."

Waldemar fielen bei biefen Worten feines Va=

ters verschiedene Unterredungen ein, die er mit diesem über den Adel geführt; er entsann sich, wie oft
Jener den Saamen des Ahnenstolzes in seine Brust
zu streuen bemüht gewesen; erinnerte sich auch seines durch derartige Gespräche angeregten Wunsches:
„ein Sprosse solch alten Geschlechtes zu sein." Sich
für die Idee plötzlich begeisternd: „eine Reihe edler
Ahnen im fremden Lande zu besitzen, einer alten berühmten Familie anzugehören", rief er lebhaft:

„Du meinst, ich könne die Vortheile nicht erkennen, die ein Name von guten Klange bietet? —
o nein Vater, da irrst Du! ich glaube, Du hast
mir nicht umsonst mit Beredtsamkeit die Vorrechte
des Adels geschildert, denn es erfaßt mich, wie
schon oft, plötzlich die brennende Sehnsucht, solchen
Namen zu führen, der gewiß tausendfaches Glück
bieten, — der eine Quelle reichsten Segens werden
kann!"

Der Anblick einer weiblichen Gestalt entriß Waldemar den neuen Anschauungen, die wie Meeres-
wogen ihm entgegenfluteten; er erkannte Hope Barwing. Sie schritt gesenkten Hauptes langsam durch
den Laubgang, auf ihn zu; ihr schönes Antlitz trug

Spuren frisch vergossener Thränen — Spuren heftigen Schmerzes.

„Hope! Hope!" rief Waldemar, bei dem Anblick Alles vergessend; sie blickte auf, sah ihn, ein Sonnenstrahl des Glücks erhellte ihre umdüsterten Züge; er eilte ihr entgegen, umschlang sie mit ungestümer Leidenschaft und wortlos — keines Lautes mächtig — duldete sie nicht allein seine Umarmung, sondern erwiederte mit Feuer seine glühenden Küsse. Mit feierlichem Schwure leistete Hope Barwing auch das Gelübde ewiger Liebe, ewiger Treue, als Waldemar sie um diesen Eid bat.

„Nun bin ich ruhig, Geliebte!" rief er zärtlich und freudig, „nun kann Nichts zwischen uns treten das uns zu trennen vermöchte; jetzt bist Du mein!"

„Für Zeit und Ewigkeit!" setzte Hope ernst und fest hinzu.

Er umschlang sie von Neuen, sie vergaßen Zeit, Ort und Stunde; sie glaubten nur, wie es jetzt sei, müsse es immer und ewig sein, sie dachten nicht im Entferntesten daran, wie schnell im Leben dem Glücke — Leid, der Wonne — Schmerz folgt! —

Mr. Bookhouse, der lange Zeit nicht gewagt, den Austausch von Empfindungen und Worten zu unterbrechen, nicht den Muth gehabt, zwei Herzen zu stören, die im Augenblick der Gefahr sich rückhaltlos der Seligkeit des gegenseitigen Besitzes hingaben, legte endlich leicht seine Hand auf die Schulter des jungen Mädchens und sagte sanft: „Miß Barwing, sorgen Sie dafür, daß mein Sohn über die Liebe zu Ihnen nicht eine andere ihm heilige Pflicht vergißt und mir möglichst bald nachfolgt!"

„Daß Ihr Sohn mein Haus sofort verläßt, dafür werde ich Sorge tragen, Mr. Bookhouse!" rief Barwing, hinter einer Baumgruppe vortretend, die ihn Aller Augen verborgen und setzte mit zitternder Stimme hinzu: „Meine Tochter, die ihre eigene Pflicht vergißt, möchte schwerlich an die eines Andern denken!"

Bookhouse würde gern ein Wort zu Gunsten des entsetzten Paares gesprochen haben, wenn ihn Mr. Barwings Anblick nicht belehrt hätte, daß jeder Versuch, ihn zu versöhnen, ein vergeblicher wäre; er hielt es für das Angemessenste, sich zu entfernen. Kaum hatte er den Garten verlassen, so entriß der erzürnte Vater seine Tochter den Armen Waldemars, in denen Hope Schutz suchte.

Trotz des Sonnenglanzes, der Alles umher in Licht tauchte und mit Wärme die ganze Atmosphäre durchströmte, wurde es Nacht vor den Augen des jungen Mannes und ein eisiger Hauch wehte über die glühenden Empfindungen seines Herzens, als Mr. Barwing Hope in das Haus führte.

„Was bliebe Dir, wenn man Dich Deiner Liebe wirklich und für ewig beraubte?" fragte Waldemar sich schaudernd, als er allein war.

In seiner Nähe, in einem an den Zweigen einer Aletris frangans befestigten goldenen Reifen, schaukelte sich der Lieblingspapagei Hope Barwing's und schrie mit lautem schrillendem Ton den ihm sehr geläufigen Namen der indianischen Zofe seiner Herrin. Diese hieß: „Namä." Tausendfach hatte Waldemar diesen Ruf gehört und welch tiefen Eindruck machte er doch in der Sekunde auf ihn, als er gleichsam als Antwort auf seine entsetzliche Frage ertönte! —

„Sollte das ein Ruf meines Geschicks sein?" sprach er leise vor sich hin, indem er an die Worte seines Vaters dachte. „Nein, nein!" rief er laut, — „ein Name würde mich n i e über den Verlust meiner Liebe trösten können! — Von welch hohem

Werth auch ein Name sein mag, — die Liebe ist
ein Juwel von noch viel größerem Werthe und der
Besitz eines treuen, uns ergebenen Herzens, geht
weit — endlos weit hinaus über den Besitz eines
der edelsten — berühmtesten Namen der Welt!"

———

Zweites Kapitel.

Im Jahre 1801, als Knabe von vier Jahren, war Mr. Waldemar Bookhouse — Vater des jungen Waldemar — mit seinen Eltern nach Amerika gekommen; diese hatten bis zu jener Zeit in der Schweiz gelebt, wo ihre Familie sich im Jahre 1760 angesiedelt. Die Unruhen, welche in Folge der französischen Revolution in der Schweiz ausgebrochen, waren Grund ihrer Uebersiedelung nach der neuen Welt gewesen und gleich den übrigen schweizerischen Auswanderern, welche, wie sie, Ruhe jenseits des Oceans gesucht, kauften sie sich in den Vereinigten Staaten von Nord-Amerika an. Stete Kränklichkeit der Mstr. Bookhouse, die an Feld- und Gartenarbeit nicht gewöhnt, zwang ihren Mann, die Landwirthschaft aufzugeben und von Neuen das Gewerbe zu ergreifen, welches ihn bereits in der Schweiz

ernährt und das er von seinem verstorbenen Vater
erlernt.

Im Jahre 1807 begab er sich nach New-York
und etablirte sich dort mit dem kleinen Reste seines
baaren Vermögens als Uhrmacher; er war nicht allein ein fleißiger und geschickter Handwerker, sondern
ein sparsamer, ordentlicher Mann. Rastloser Fleiß,
unermüdliche Thätigkeit brachten ihn voran und einige
Jahre später konnte er ein eignes Haus beziehen, sein
Geschäft vergrößern. Im Jahre 1811, als sein
Knabe vierzehn Jahre zählte, nahm er ihn unter
die Zahl seiner Lehrlinge auf.

Mit sichtlichem Widerstreben betrat Waldemar
Bookhouse die Werkstatt; unter heißen Thränen ver-
richtete er die ersten Arbeiten und schon nach wenigen Tagen beschwor er seinen Vater: „ihn nicht Uhrmacher werden zu lassen, ihn nicht zu einem Handwerk zu zwingen.“

Dieser einfache Wunsch machte auf den Uhrmacher einen so tiefen, seltsamen Eindruck, daß keiner
seiner Gesellen den sonst so ruhigen Meister begriff;
Allen, die den Fleiß und die Lernbegierde des Knaben kannten, erschien seine Bitte: noch ferner die
Schule besuchen zu dürfen, so natürlich, so gerecht-

fertigt. Mit welch heißen Schmerz aber auch der
für seinen Stand anscheinend so blind eingenommene
Handwerker, die Vorliebe seines Sohnes für die
Wissenschaften gewahrte, liebte er diesen begabten
Knaben, der sein einziges Kind war, doch zu sehr,
um ihm einen so lebhaft ausgesprochenen Wunsch
versagen zu können; er knüpfte an die Erfüllung des=
selben nur die eine Bedingung: daß Waldemar seine
Mußestunden in der Werkstatt zubringen solle und
dort unter seiner Anleitung arbeiten.

Niemand entging, mit welcher Lust, mit wel=
chem Eifer der Knabe sich geistig beschäftigte, mit
welcher Trägheit, welcher Trauer er in der Werk=
statt arbeitete; er war wie verwandelt, sowie er
mechanisch thätig sein mußte und ihm die Kunst des
Handwerks gelehrt wurde. Im Laufe der Zeit wuchs
die Liebe zum Lernen in seiner Brust und oft be=
durfte es der ganzen Strenge und Entschiedenheit
des Vaters, den geistig so regsamen Knaben an die
Werkstatt zu fesseln. Mr. Bookhouse sah endlich
ein, einen bedeutenden Fehlgriff begangen zu haben,
sein Kind, das er für den Handwerkerstand bestimmt
hatte, so lange nach eigener Neigung mit Dingen
beschäftigen zu lassen, die mit dessen künftigen Be=

rufe in durchaus keinem Zusammenhange standen;
er war ein fester entschiedener Mann, kurz von
Worten, aber schnell und energisch bei der That.
Als er sich nach und nach überzeugte, daß sein Sohn
einzig den Wissenschaften huldigte und das Hand=
werk verabscheute, verbrannte er eines Tages dessen
sämmtliche Bücher und Papiere; ernst und einbring=
lich, wie er bis dahin noch nie mit seinem Kinde
gesprochen, befahl er ihm: „fortan von Morgens bis
Abends in der Werkstatt zu sein." Der Jüngling
war durch seines Vaters grausame Handlung wie
vernichtet; — lautlos starrte er in die lodernden
Flammen, die schnell und schonungslos den Ertrag
mancher Stunde angestrengten Nachdenkens und un=
ermüdlichen Fleißes zerstörten, und als das Feuer
erloschen, die Glut des Aschenhaufens erstorben,
blickte er lange Zeit seinen Vater an. Ruhig hielt
dieser den Blick aus und rief ihm mit fester Stimme
zu: „Nun an die Arbeit, die unsere Bestimmung
ist!"

Der Jüngling folgte dem Befehle, ging in die
Werkstatt, doch ohne sich zu regen und zu rühren
saß er Tage lang an dem ihm angewiesenen Platze.
Sein Vater bat ihn Anfangs, zu arbeiten, später

schalt er, befahl, es zu thun und zuletzt drohte er
mit Schlägen — und führte selbst eines Morgens, von
Zorn hingerissen, die Drohung aus; aber wirkungs-
los prallte an seinem Sohne, wie an einem uner-
schütterlichen Felsen, jeder Versuch ab, ihn zur Arbeit zu zwingen.

Wochen vergingen und die Scenen des Kampfes
und der Erbitterung nahmen kein Ende; verzweiflungsvoll verließ der Vater eines Abends nach noch-
maligem Sturm auf das Herz seines Sohnes die
Werkstatt, zornig schlug er die Thür hinter sich zu,
doch sie sprang, ohne daß er es bemerkte, wieder
auf. Der in der Werkstatt sitzende Jüngling hörte
seinen Vater in der heftigsten Aufregung seiner Mutter die Worte zurufen: „In unserm Sohne steckt
der rein aristokratische Sinn seiner Vorfahren, der
mit Verachtung auf den Handwerkerstand herabsieht!
Nur der Teufel des Hochmuths hat ihn erfaßt! er
will den vornehmen Herrn spielen, und ein Gewerbe zu treiben, ist er zu stolz. O, daß ich das
an dem Enkel des Mannes erleben muß, der in
hochherziger Weise Alles opferte und einfacher Bür-
ger, schlichter Handwerker wurde! Dieser Enkel soll
und muß aber in die Fußtapfen seines Großvaters

treten und Gott wird mir beistehn, meinen geleisteten Eid zu halten."

Diese Worte machten einen tiefen, unauslöschli-
chen Eindruck auf den aufmerksam Lauschenden, sie
erschütterten mächtig sein ganzes Wesen, sie tönten
laut — zu seinem ewigen Unheil — in seiner Seele
wieder! — — — —

Kein Schlaf kam in der Nacht, die dem Ausspruch jener inhaltschweren Worte folgte, in des jungen Mannes Augen. In dem Meere unermeßlicher
Seligkeit, mit der den hochstrebenden Jüngling der Gedanke erfüllte: „vornehmer Abkunft zu sein —" ging
das Weh unter, das sein Vater ihm durch das Verbrennen seiner Bücher und Papiere zugefügt hatte.
Unaufhörlich beschäftigte ihn die Idee, auf welche
Weise er mehr und Näheres über die frühern Verhältnisse seiner Familie erfahren könne. Als bestes
Mittel zur Erreichung seines Zweckes erschien ihm
eine Versöhnung mit seinem Vater und er entsagte
daher in der nächsten Zeit seinem Trotze und begann
zu arbeiten.

Voll Freude und Ueberraschung sah der Vater
diese veränderte Gesinnungs- und Handlungsweise
und mit Stolz blickte er bald auf seines Sohnes

mechanisches Talent; nur mitunter, wenn dieser zu
rastlos arbeitete, fragte er sich: „Was hat ihn so
gänzlich umgestimmt?"

Nach zweijähriger Arbeit gestand der alte Mei=
ster seinem Kinde, ihm nichts mehr lehren zu kön=
nen und warme Lobsprüche überströmten den eifri=
gen jungen Handwerker.

„So bist Du also mit mir zufrieden, Vater?"

„Vollkommen! Du hast Alles, was Du durch
Deine anfängliche Weigerung verbrochen, hinlänglich
wieder gut gemacht."

„Möchtest Du Deinen Sohn nicht für das Dir
gebrachte Opfer belohnen?"

„Wenn Du es nicht in dem Bewußtsein finden
solltest, Deine Pflicht gethan zu haben, will ich
Dir geben was Du verlangst, wenn es etwas Er=
reichbares für mich ist."

„Das ist's! Es kostet Dich nur ein paar Worte."

„Wenn ich sie aussprechen kann, sollst Du sie
hören."

„Sage mir, was unsere Vorfahren waren!"

Der Vater erschrak, faßte sich aber schnell und
erwiderte ruhig: „Mein Vater war ebenfalls Uhr=
macher."

„War deſſen Vater auch Handwerker?"

Niemand war die Lüge verhaßter, wie dem alten
Mr. Bookhouſe. Er konnte kein unwahres Wort
über ſeine Lippen bringen und obgleich eine Noth=
lüge augenblicklich ſeine Rettung geweſen wäre, ver=
ſchmähte er ſie doch als unredliches Mittel und ge=
ſtand offen: „Nein, die Vorfahren meines Vaters
waren keine Handwerker!" dann aber ſetzte er kurz
und entſchieden hinzu: „Seine Nachkommen ſollen
jedoch nur Das oder einfache Ackerbauer ſein! Er
beſtimmte es, nahm mir vor ſeinem Tode einen
Eid ab: ſeinen Willen zu achten und zu befolgen
und — ich werde mein verpfändetes Wort halten!"

Vergeblich drang der Sohn in den Vater, ihm
mehr zu ſagen; er erhielt keine weiteren Aufſchlüſſe,
— Trübſinn und Schwermuth bemächtigten ſich ſeit
der Zeit des Jünglings und obgleich er den Pflich=
ten des ihm aufgedrungenen Berufes auch in der Folge
nachkam, bemerkten doch ſeine Eltern, daß ihm die
Erfüllung derſelben von Tag zu Tag ſchwerer und
drückender wurde.

Um dem Stolze ſeines Sohnes mehr Nahrung
zu geben und ſeinen Arbeitseifer, der nach und
nach gänzlich erkaltet war, wieder von Neuem an=

zufeuern, übertrug Mr. Bookhouse ihm das Geschäft. Dieses Mittel, ihn aus seiner Lethargie zu reißen, schlug fehl; aber mit Freuden sahen die Eltern, daß endlich ein anderer Gegenstand sein Interesse in Anspruch nahm und dieser ihn von der fixen Idee, das Geheimniß seines Vaters zu ergründen, abzog.

Den Theil ihres Hauses, den sie stets vermietheten, bezog im Jahre 1817 eine aus Deutschland ausgewanderte Officierswittwe mit ihren beiden Töchtern. Frau von Reichenbach, wie die Wittwe hieß, legte einen Putzladen an und ihre Töchter unterstützten sie kräftig bei ihrem Unternehmen; die jüngste der Töchter, die siebzehnjährige Abele, war ein auffallend schönes und anziehendes Mädchen; sie wurde dem jungen Bookhouse gefährlich und die Liebe zu ihr erfüllte bald so sein Herz, daß er darüber alle ehrgeizigen Träume vergaß. Sein Vater, der es sehnlichst wünschte, ihn verheirathet zu sehen, redete ihm sehr zu, trotzdem Abele von Reichenbach ein ganz armes Mädchen war, der Stimme des Herzens zu folgen und Bookhouse warb um sie.

Der stete Ernst und tiefe Trübsinn, der seit langer Zeit auf des jungen Mannes Stirne gelagert, schwand, als er der Gatte Abelens war; die Wol-

ken der Schwermuth legten sich aber nach einigen Jah=
ren nicht allein wieder über sein Antlitz, sondern um=
schatteten dunkler denn je seinen Geist, als das Schick=
sal ihn in einer Beziehung hart verfolgte. Der Tod
entriß ihm binnen kurzer Zeit seine drei Knaben, an
denen sein ganzes Herz gehangen.

Vor der Taufe dieser Knaben hatte sein Vater
ihn jedesmal gebeten, sie Waldemar zu nennen und
der alte Bookhouse erneuerte diese Bitte, als Adele
im Frühling des Jahres 1823 abermals einem Kna=
ben das Leben gab. Eindringlich setzte er hinzu:
„Folge diesesmal meinem Rathe, lieber Waldemar,
und gieb Deinem Sohne den Namen, den wir Beide
tragen und Du wirst sehen, das Kind bleibt am
Leben."

Mit trübem Lächeln antwortete dieser: „Meinst
Du denn, daß der Name ihn vor dem Tode schü=
tzen könnte?"

„Wenn auch nicht schützen, so mich doch beruhi=
gen, daß wir einer alten Familiensage nicht zuwi=
der handeln."

Lebhaft blickte der junge Mann empor; doch als
sein Vater kein weiteres Wort hinzufügte, sprach er

düster: „Ich kenne diese Sage nicht, kann sie also nicht beachten.“

„Du brauchst sie auch nicht weiter zu wissen, nenne nur Deinen Sohn Waldemar, und Du wirst die Folgen dieser That erkennen.“

„Ich mag den Namen nicht!“

„Wenn er Dir auch nicht gefällt, so thue es mir zur Liebe, Dein Kind so taufen zu lassen!“ sprach der alte Mann dringend.

„Nenne Du mir den frühern Namen unserer Familie und Dein Wunsch soll erfüllt werden!“ entgegnete Waldemar Bookhouse beharrlich.

„Das kann — das darf ich nicht!“

„So sage mir wenigstens unser Vaterland! Waldemar ist ein deutscher Name, Bookhouse hingegen hat englischen Klang! ist nun Deutschland oder England unsere Heimath? —“

Nach einigem Zögern entgegnete der Vater: „England!“

„Ist das wirklich wahr? Glaubst Du das fest?“

„Ich grübelte nie darüber, sondern hielt mich stets einfach an die frühern Aussagen meines Vaters, der England unser Vaterland nannte.“

3*

„Frühere Aussage? — Sagte Dir Dein Vater später nichts Anderes? —"

„Waldemar, sei kein Kind! — Du bist jetzt sechs-undzwanzig Jahre alt, kannst daher endlich eingesehen haben, daß, wenn ich hätte reden wollen und können, ich längst Deinen Wunsch erfüllt haben würde! Etwas Wichtiges muß mich wohl verhindern, es zu thun. Sprich also nie mehr davon; jedes Wort darüber ist doch vergeblich! — sage mir übrigens, woher Du vermuthest, daß unsere Vorfahren etwas An-deres als wir waren."

Der junge Bookhouse gestand, was er vor Jah-ren durch Zufall erfahren — was er nie vergessen hatte, — nie vergessen wollte und konnte! Sein Vater verwünschte innerlich seine Unvorsichtigkeit; gedankenvoll verharrte er einige Augenblicke in tiefem Schweigen und sagte dann ernst: „Ich komme jetzt noch einmal auf den vorhin angeregten Gegenstand zurück, Deinem Knaben den Namen Waldemar zu geben. Um Dich, wie ich hoffe, dazu zu bestim-men, theile ich Dir mit, daß Dein Großvater das-selbe Schicksal wie Du hatte, er verlor fünf Kinder, denen er andere, als die in seiner Familie erblichen Namen gegeben und als ich — sein letztes Kind —

ihm ihm Jahre 1767, im neunzehnten Jahre seiner
Ehe, geboren wurde, flehte ihn, wie er mir später
mitgetheilt hat, seine Frau an: mir ten Namen
Waldemar — seinen alten Familiennamen — zu
geben. Um ihren oft ausgesprochenen Wunsch ent-
lich zu erfüllen, ließ er mich Waldemar taufen.
Er glaubte, wie er sagte, nicht, daß mich der Name
vor dem Tode geschützt habe, meinte aber, man
könne zur Beruhigung Derjenigen, die wie seine
Frau, Werth auf alte Familientraditionen legten,
die Bedingungen erfüllen, die sich hie und da an
Namen knüpfen und an alte Geschlechter reihen. —
Seit Jahrhunderten ist es nun, wie er mir erzählte,
in unserer Familie Gebrauch gewesen, den erstgebo-
renen Sohn Waldemar zu nennen und verschiedene
Beispiele haben den Beweis geliefert, daß der Knabe,
wenn er einen andern Namen erhalten, gestorben
ist. Ich legte auch Werth auf alte Familiensagen,
ließ Dich Waldemar taufen und bitte Dich inständigst: Deinem Knaben ebenfalls diesen Namen zu
geben!"

„Redest Du dem Aberglauben das Wort, Vater,
so kann ich Dir erwidern, daß deshalb vielleicht
auch ein böses Verhängniß auf unserer Familie ruht,

weil wir unsern uns zustehenden Namen nicht mehr führen."

„Auf unserer Familie ruht kein böses Verhäng- niß!" rief der ältere Bookhouse heftig. „Mein Va- ter hat ein langes, zufriedenes und glückliches Leben geführt, mir ist es seit länger als funfzig Jahren gut ergangen und auch Dir würde Nichts mangeln, wenn Du Dich der unnützen Grillen entschlügst und der fixen Idee entsagtest, einen andern Namen haben zu wollen."

Erregt verließ der alte Mann seinen Sohn. Die- ser blieb eine Weile seinen düstern Gedanken über- lassen; dann trat seine Schwiegermutter zu ihm. Auf ihr Befragen nach dem Grunde seines Trüb- sinns theilte er ihr die mit seinem Vater ge- habte Unterredung und seine Wünsche mit; Frau von Reichenbach war eine praktische vernünftige Frau, die keinen Werth auf Außendinge legte. Ru- hig sagte sie: „Einfach einen alten Namen zu be- sitzen, würde Sie nicht glücklicher machen und Ihnen weder in England noch Deutschland große Vortheile bieten, wenn Sie nicht zugleich die Mittel hätten, seinen Glanz aufrecht zu erhalten oder diesen von

Neuem aufzufrischen, wenn er vielleicht im Laufe der Zeit erblichen sein sollte."

„Ich will den Namen aber endlich wissen!" rief der junge Mann in so heftiger Erregung, daß Frau von Reichenbach erschrak; sie entsetzte sich noch mehr, als sie späterhin tiefere Blicke in den stolzen hochmüthigen Sinn ihres Schwiegersohns warf, und einsah, welch eine Fülle furchtbarer gewaltiger Leidenschaften unter der ruhigen Außenseite seines Wesens verborgen lag. — Eigensinnig beharrte er auf seinen Willen: seinen Knaben nicht „Waldemar" zu nennen, und mit Entschiedenheit erklärte er: „Nennt mir mein Vater nicht den andern Namen, so wird das Kind „William" getauft."

Der alte Mr. Bookhouse fügte den wahren Familiennamen nicht zu Waldemar hinzu und der Knabe wurde nach dem Willen seines Vaters William genannt.

War es ein Verhängniß oder ein reiner Zufall, das Kind aber starb nach wenigen Wochen. — In dem Hause waltete seit der Stunde der Geist des Unfriedens und trübe und schwer schlich die Zeit dahin, unter dem bösen Drucke einer allgemeinen Verstimmung.

Nach dem Tode des Knaben lebte Waldemar Bookhouse in der tiefsten Zurückgezogenheit seines kleinen Zimmers, in dem er nach und nach einen neuen reichen Schatz von Büchern aufgehäuft hatte; die berühmtesten deutschen, englischen, französischen und italienischen Classiker waren in seiner Bibliothek vertreten, welche in gleichem Verhältniß reich an den verschiedenartigsten wissenschaftlichen Werken.

War es seinem Vater auch jetzt noch immer höchst unangenehm, daß er fast unausgesetzt den Studien oblag und bekümmerte es ihn tief, daß er sein Geschäft gänzlich vernachläßigte, so sah er doch ein, Nichts mehr dagegen thun zu können. Die Zeiten, wo er ihm die Bücher verbrennen und ihn zur Arbeit zwingen konnte, waren längst vorüber. —

Im Jahre 1825 wurde Bookhouse abermals Vater eines Knaben. Allen fiel die Freude auf, welche die Nachricht empfingen, daß ihm ein Sohn geboren sei; er bestimmte sofort, daß er Waldemar heißen solle und seiner Frau gestand er: wie heftig und bitter seine Reue gewesen, bei dem letzten Kinde so eigensinnig auf seinem Willen beharrt zu haben. Täglich bat er Gott auf das Inbrünstigste, ihm das Kind am Leben zu erhalten und heimlich fügte er dem ersten Gebete der Art das Gelübde hinzu: „für diesen Knaben seinen frühern Familiennamen zu erstreben." Zu diesem Zwecke erneuerte er häufig die Bitte gegen seinen alten Vater, ihm Aufklärung über ihre frühern Familienverhältnisse zu geben; doch so beharrlich der Sohn auch bat, so beharrlich verweigerte der Vater jegliche Auskunft.

Das bessere Einverständniß, das seit der Geburt des kleinen Waldemar in der Familie geherrscht, verschwand wiederum bei den neuen Stürmen des alten Kampfes zwischen Vater und Sohn. Das Geschäft kam unter der schlechten Leitung des Letztern aber täglich mehr in's Stocken und die Abnahme der Einkünfte wurde ebenfalls Veranlassung zu mancher unangenehmen Erörterung. Als der Verdienst vollständig abgenommen, ein Kunde nach dem andern fortblieb, machte der Vater dem Sohne den Vorschlag, sich lieber gänzlich aus dem Geschäfte zurückzuziehen und es ihm wieder zu überlassen. Jener war damit völlig einverstanden, zog sich ganz in die Einsamkeit seines Studirzimmers zurück und lebte mit seiner Familie von der kleinen, aber ausreichenden Revenue der früheren Ersparnisse seines Vaters.

Vier Jahre nach der Geburt Waldemar's be=
schenkte Adele ihren Mann mit einem Mädchen.

Am Tauftage fragte der Vater des Kindes, der
die letzte Zeit in der düstersten Stimmung gewesen
war, seinen Vater, ob die Mädchen in ihrer Fami=
lie auch besondere Namen gehabt hätten.

„Man nannte die älteste Tochter Gertraud!"
lautete die lakonische Antwort.

Das Mädchen wurde Gertraud getauft und an
ihrer Wiege sprach am Abend des Tages ihr Vater
laut und feierlich das Gelübde aus, das er nach
der Geburt seines Sohnes im Geheimen geleistet.
Mit Entsetzen vernahm die Mutter des Kindes diese
Worte und eine dunkle Ahnung, daß dieses Gelübde
ihr häusliches Glück vollständig zerstören würde,
durchflog ihren Geist.

Bald sollte ihre trübe Ahnung sich verwirkli=
chen.

Bookhouse, der in dem letzten Jahre keine Frage
in Bezug des frühern Namens an seinen Vater ge=
richtet, fragte ihn nun plötzlich eines Abends, we=
nige Wochen nach der Taufe seiner Tochter, ob er
sein Geheimniß mit sich in's Grab nehmen werde.

Ernst entgegnete der alte Mann: „Ich thäte es

gern, denn ich sehe voraus, daß, wenn ich rede, Dein Unglück herbeigeführt wird; doch da ich meinem Vater auf dem Sterbebette gelobt habe, meinen Nachkommen vor meinem Tode unsere frühern Familienverhältnisse zu offenbaren, werde ich mein Wort halten."

„Vielleicht werde ich sie dennoch nicht erfahren!" lautete die düstere Entgegnung.

„Ich breche mein Wort nicht, verlaß Dich darauf, Waldemar. Vor meinem Tode sage ich Dir den wahren Namen unserer Familie."

„Wer weiß, ob ich bei Deinem Tode zugegen sein werde! Ich habe nämlich den festen Entschluß gefaßt, wenn Du mir jetzt nicht endlich den Namen nennst, dann mit dem nächsten Schiffe nach Europa zu reisen und dort, in Deutschland und England, Nachforschungen nach unserer Familie anzustellen.

„Fähig zu solch wahnsinniger That halte ich dich wohl, denke aber zugleich, Du wirst als Ehrenmann handeln und Weib und Kind nicht verlassen."

„Ich verlasse sie, um sie in ihre alten Rechte einzusetzen."

„Waldemar, Du kannst, Du darfst das nicht thun!"

„Vater, ich bin Mann genug, um zu wissen, was ich kann und darf.“

„Gut! — Reise! — Vergeude mein mühsam erspartes Geld und — kehre als Bettler zurück!“ rief der alte Bookhouse heftig.

„Fluchst Du mir, wie damals, als ich nicht Uhrmacher werden wollte?“ fragte der Sohn voll Bitterkeit.

„Nein! — Tausendfachen Segen rufe ich auf Dich herab und vielleicht entreißt er Dich dem Unglück, das Du Dir in thörichter Verblendung bereiten willst.“

Kein Bitt=, kein Flehenswort hielt den jungen ehrgeizigen Bookhouse von seinem Vorhaben zurück. Er reiste! — reiste, ohne das mindeste Sichere zu wissen, ohne den geringsten weitern Anhaltspunkt zu haben, als die feste Vermuthung: daß weil Waldemar und Gertraud deutsche Namen waren und sie, wie sein Vater ihm gesagt hatte, in seiner Familie gebräuchliche Namen gewesen, seine Vorfahren aus Deutschland stammen müßten. Die Stimme der Hoffnung flüsterte ihm schmeichelnd zu, daß er in jenem Lande bald Näheres über seine frühern Familienverhältnisse erfahren würde. Fürchtete er auch

wohl einen einzigen Augenblick, dort nicht an das
Ziel seines Wunsches zu gelangen, tröstete ihn im
andern Momente der Gedanke, daß seine Großeltern
lange Zeit in England und der Schweiz gelebt und
es also möglich sei, daß er da Auskunft erhalte.

Freudigen Muthes schiffte sich Bookhouse nach
Europa ein. Auf der Ueberfahrt traf ihn das erste
Unglück; das Schiff, auf dem er sich befand, stran-
dete und der Theil der Mannschaft und am Bord
befindlichen Passagiere, der sich rettete, rettete nichts
als das Leben. Bookhouse befand sich unter dieser
kleinen Anzahl. — Seine Sachen, die Summe Gel-
des, welche er mit sich genommen und die der Ertrag
langjährigen Fleißes seines Vaters gewesen, — das
Alles war in dem weiten unendlichen Wassergrabe
versunken, dessen Fluthen schon so Vieles verschlungen.

Vollständig mittellos kam Bookhouse nach Europa; dennoch war er überglücklich, als sein Fuß
den Boden des Welttheils betrat, in dem sein Vaterland lag und innig dankte er Gott, ihn an das
erste Ziel seines Strebens geführt zu haben. Da er
anfangs seinen Angehörigen nur die traurige Nachricht zu geben hatte, daß er gänzlich verarmt war,
wurde ihm der Brief unendlich schwer; und er entschloß

sich daher, nur kurz seine Ankunft zu melden und alles Andere zu übergehen.

In Bremen, wo er zuerst blieb, gewann er durch Sprachunterricht Mittel zum Leben und zum Reisen, durchzog dann Deutschland nach verschiedenen Richtungen, wandte sich nach der Schweiz, später nach England und kehrte nach Jahren wieder nach Deutschland zurück. Bald war das einst so verschmähte Uhrmacherhandwerk seine Erwerbsquelle; dann erhielt er wiederum durch Unterrichtertheilen Mittel zu weiterer Forschung.

Unablässig arbeitete er auf den einen Zweck hin, seinen wahren Namen zu ergründen, unverdrossen bemühte er sich immer wieder von Neuem, das Ziel seiner Wünsche zu erreichen — das erträumte und ersehnte Resultat seiner Mühe, Arbeit und Anstrengung blieb aus! — — Hie und da fand er einen kleinen Anhaltpunkt, der ihm Muth gab, seine Forschung weiter zu verfolgen; hin und wieder fiel ein neuer Hoffnungsstrahl in seine oft verzweifelnde Seele — glaubte er aber, das Ziel seines rastlosen Strebens erreicht zu haben, so überzeugte ihn oft schon der nächste Schritt zur Erlangung seines Zweckes, — daß er einem Phantome nachgejagt war.

Gleich der Fata Morgana in der Wüste tauchte von Zeit zu Zeit ein blendendes und in magischer Beleuchtung wunderbar strahlendes Zauberbild vor ihm auf; jedoch trat er dieser verlockenden Erscheinung näher und faßte er sie schärfer in's Auge, so zerrann die schöne Vision vor seinen Blicken und aus den zerfließenden Nebelmassen flüchtiger Illusionen starrte ihn dann nur zu oft die entsetzlichste Wirklichkeit an.

Zehn Jahre vergingen in diesem rastlosen Streben, etwas Unerreichbares zu erreichen! — — Was hätte Bookhouse mit dieser Energie, dieser Ausdauer, dieser Opferwillfährigkeit erreichen können, wenn er sich ein erreichbares Ziel gesetzt hätte? — — So hatte er viele Jahre seines Lebens in vergeblichen Ringen und nutzlosen Kämpfen vergeudet und nicht selten bei seinen Bemühungen Spott und Hohn eingeerntet.

Nach zehn Jahren — am Jahrestage seiner Ankunft in Europa — als er abermals nichts als das Leben besaß — Alles — sein Letztes an eine Entdeckungsreise gewendet, die ihm ebenso wenig, als alle frühern, eingetragen hatte, — da überdachte er einmal ernstlich das Resultat seiner Forschungen.

Es war ein trostloses und er schauderte! — — An Geist und Körper gebrochen, fühlte er sich matt, krank, elend, verzweifelt und eine entsetzliche Bitter-keit gegen Welt und Menschen erfüllte seine Seele.

„Kehr' zurück!" rief sein guter Engel, der so lange in ihm geschwiegen — geschwiegen hatte, — weil er von den bösen Geistern verdrängt gewesen, die sich des Menschen in schwachen Stunden bemächti-gen, ihn so dicht umringen, so fest umgarnen, daß nur ein Gott ihn zu erretten vermag, — erretten würde, wenn sich der Mensch nicht gerade in solchen Lebenslagen immer weiter von ihm abwendete und nur der lockenden Stimme des Bösen folgte! —

„Kehr' zurück!" — Der tiefgebeugte, verzweifelte Bockhouse schauderte auch anfangs bei diesem Zu-ruf; doch je öfter er in ihm ertönte, desto schöner erschien ihm der Gedanke, der mahnenden Stimme zu folgen. Er sah sein Weib und seine Kinder am fernen Ufer des Atlantischen Oceans, seiner Rückkehr harrend, stehn. — In so weiter Entfernung sich die-ses Bild ihm auch zeigte, — seine lebhafte Phantasie malte es mit zu glühenden, zu leuchtenden Farben, als daß er es nicht deutlich hätte sehen können; es erschien ihm immer wieder und — immer schöner, je

häufiger er es erblickte; es war als zögen die sehnsuchtsvoll nach ihm ausgebreiteten Arme ihn hinüber, — hin zu der Stätte, wo man ihn mit den
süßesten Namen des Lebens und der Liebe rief, —
wo man ihn „Gatte,“ „Vater“ nannte und wo er
außerdem einen geachteten Name besaß, nach dem er
in Europa vergeblich suchte. — — —

Immer fester wurde der Entschluß in Mr. Bookhouse's Seele, der fixen Idee, die ihn vom heimath-
lichen Heerde vertrieben und hinaus in die weite
Welt, über Land und Meer gejagt hatte, zu entsagen und nicht mehr nach dem wahren Namen seiner
Familie zu forschen; er arbeitete nun mit Eifer darauf hin, sich die Mittel zur Heimkehr zu erwerben,
und nach ungefähr einem Jahre war er durch an-
haltenden Fleiß in den Besitz der zur Reise nöthi-
gen Summe gelangt.

An die Seinigen hatte er während des ganzen
langen Zeitraums seiner Abwesenheit nur noch einmal geschrieben; auch nur einmal hatte er Nachricht
von ihnen erhalten, da er es absichtlich unterlassen,
ihnen seine Adresse anzugeben. In diesem einen
Briefe aus der Heimath war er von seiner Frau,
seinen Eltern angefleht worden, zu ihnen zurückzu-

lehren. Unverrichteter Sache heimzukommen, war
Bookhouse damals als Unmöglichkeit erschienen und
so wußte er denn, als er endlich an die Rückreise
dachte, nicht das Geringste von seiner Familie und
auch die Seinigen kannten nichts von seinen Schicksalen. Die Hoffnung auf ein Wiedersehn hatte indessen stets in Aller Seelen gelebt.

Nach elfjähriger Abwesenheit von der Heimath
trat Bookhouse auf dem Dampfschiff „Germania"
die Reise nach der neuen Welt an. Mit welchen
Gefühlen näherte er sich diesem Erdtheile, der Alles
enthielt, was seinem Herzen theuer war! — — wie
so ganz anders kehrte er zurück, als er gekommen!
— — — an tausend Illusionen und Hoffnungen
ärmer — an tausend traurigen, bittern Erfahrungen
reicher! — — —

Seine Augen wurden feucht, als die Küste Amerika's — jener lange flache Landstrich von Long-
Island zum erstenmale wieder vor seinen Blicken
auftauchte; eine seltsame Weichheit bemächtigte sich
seines durch Leid und Kummer verhärteteten Herzens;
alles Weh der letzten langen Jahre versank vor den
lachenden Bildern der Gegenwart — und die düstern
Schatten der Vergangenheit schwanden vor dem

ftrahlenden Glanze des Lichts, mit dem feine Phan=
tafie alle Träume der Zukunft umwob.

Laut und lauter klopfte fein Herz als nach und
nach immer klarer, immer deutlicher aus den Ne=
belmaffen der Ferne, die üppig grünen Fluren von
Staten=Island mit ihrer herrlichen Waldespracht
und die lieblich lachenden Ufer New=Jerfeys hervor=
traten! — Endlich lag es vor ihm in blendender
Pracht das ganze fchöne großartige Bild feiner Hei=
math! — Wie eilte fein Blick dem Schiffe, das ihn
trug, weit voraus! — längft fchon hatte feine
Sehnfucht das Land erreicht und wonnetrunken
ruhte er bereits im Arme feiner Lieben, als das
Fahrzeug noch langfam die klare Fluth des Stromes
durchfchnitt und ruhig an all den buntbewimpelten
Schiffen vorbeifegelte, die im New=Dorker Hafen
vor Anker lagen; doch — endlich erreichte auch die
„Germania“ ihr Ziel, und landete am Ufer des ma=
jeftätifchen Hudfon! —

Drittes Kapitel.

Das Geschäft des alten Mr. Bookhouse, das einstmals so glänzend gegangen, durch seinen Sohn aber in Verfall gerathen, war trotz aller Mühe, die er sich gegeben, es auf's Neue empor zu bringen, nicht wieder in Aufnahme gekommen.

Der größte Schaden war für ihn damals gewesen, daß gerade zu der Zeit, wo sein Sohn die Kunden schlecht bediente, sich ihrem Laden gegenüber ein anderer deutscher Uhrmacher etablirte und dieser Karl Waltram es sich angelegen sein ließ, ihnen den bedeutendsten Abbruch zu thun.

Mr. Bookhouse zählte bereits zweiundsechzig Jahre als sein Sohn Amerika verließ; war er auch sonst der kräftigste, gesundeste Mann, so fingen schon zu der Zeit seine Augen an, etwas schwach zu werden und das Uebel nahm im Lauf der Jahre zu; er konnte bald

nicht mehr die feinere Arbeit an den Uhrwerken thun,
sein Geselle verstand das aber auch nicht und so
ging das Geschäft immer schlechter.

Dieser Rückschritt seines seit einer langen Reihe
von Jahren mit Glück getriebenen Gewerbes schmerzte
ihn, — noch tiefer bekümmerte ihn der Tod seiner
Frau, die drei Jahre nach seines Sohnes Abreise
starb; indessen den herbsten, einen fort und fort an
seiner Seele nagenden Kummer, bereitete ihm die
thörichte Handlungsweise seines einzigen Kindes. —
Das Leben in den alten und doch so gänzlich veränderten Verhältnissen seines Hauses wurde ihm nach
und nach unerträglich und aus dem Grunde verkaufte
er endlich sein Geschäft in New-York und siedelte
sich in einer Farm auf dem Lande an. Seine Schwiegertochter und Enkel nahm er mit sich.

Die Farm hatte ein Freund und Landsmann
von ihm gegründet, einer von jenen schweizerischen
Auswanderern, die im Jahre 1801 mit ihm nach
Amerika gekommen waren; sie lag in dem nur acht-
zehn englische Meilen von New-York entfernten Staate
New-Jersey, in der Mitte der beiden Städtchen
Newark und Centreville.

Die Nähe von Newark bot Adelen, der Schwie-

gertochter Mr. Bookhouse's die Annehmlichkeit, wie=
der in nähern Verkehr mit ihrer Schwester zu tre=
ten, welche an dem Orte lebte und mit einem Gold=
schmied Namens Durham verheirathet war. Adele
Bookhouse, die überhaupt das Landleben liebte, war
mit ihrem Aufenthalt in der Farm sehr zufrieden;
außerdem war die Besitzung eine der hübschesten im
ganzen Kreise; das Wohnhaus, im Styl der Schwei=
zer Landhäuser erbaut, machte mit seiner von Rosen
und grünen Gewinden umrankten Veranda einen über=
aus freundlichen Eindruck. Vor dem Hause war
ein schöner Blumengarten, Wiesen und Felder dehn=
ten sich dahinter aus, deren freie, grüne Flächen von
blauen Bergen begrenzt wurden; im Hintergrunde
der Farm zogen sich die herrlichsten Wälder hin
und umschlossen die kleine reizende Besitzung mit
schönsten dunkeln Rahmen.

Still, friedlich und ruhig, sowie Mr. Bookhouse
sich das Ende seiner Lebenstage gewünscht, lebte er
als Farmer; seine financiellen Verhältnisse erlaubten
ihm, sich wenigstens einige Erleichterung zu ver=
schaffen und so hielt er denn zur Bestellung des
Gartens und Feldes einen Knecht, zur Verrichtung
der gröbern Hausarbeiten eine Magd. Seine Schwie=

gertochter stand mit Umsicht der Wirthschaft vor und zugleich leitete sie mit Einsicht und Verstand die Erziehung ihrer beiden Kinder.

Mit heißer Sehnsucht dachten Vater und Tochter stets an den in der Welt umherstreifenden Sohn und Gatten. In den ersten Jahren sprachen sie oft von ihm und gaben sich der frohen Hoffnung seiner Heimkehr hin; doch später, als Jahr an Jahr sich reihte, und er weder kam, noch Etwas von sich hören ließ, vermieden sie von ihm zu reden, um sich gegenseitig das Herz nicht schwer zu machen.

Eine große Sorge war für beide Theile der Gedanke an des heranwachsenden Knaben Zukunft; der Großvater hatte gehofft, daß sich Sinn für die Land= wirthschaft in ihm entwickeln würde; jedoch er zeigte dazu ebenso wenig Lust, wie sein Vater einst Lust zum Handwerkerstande gezeigt. Großvater und Mut= ter wollten ihn zu nichts zwingen; fest hatten sie sich vorgenommen, daß er selbst, wenn er erwachsen sei, sein Schicksal feststellen und sich einen Beruf wählen solle, um ihnen Beiden nicht später den Vorwurf machen zu können, ihn zu Etwas beredet zu haben. Was in ihren Kräften stand, lehrten sie dem Knaben und vorzüglich waren es Sprachen, in

benen sie ihm große Fertigkeit anzueignen mußten. •

Waldemar zählte funfzehn Jahre, als sein Großvater ihn eines Tages fragte, zu welchem Berufe er sich
entscheiden wolle.

„Ich werde damit warten, bis der Vater kommt!"
lautete die ruhige Entgegnung des Kindes und ernst
setzte er hinzu: „was er bestimmt, werde ich thun!"

Den Großvater überraschte diese Entgegnung, er
blickte seine Schwiegertochter fragend an; doch diese
sagte nichts; ihr Auge hing wie festgebannt an dem
lebensgroßen Portrait ihres Gatten, welches ihre
Schwester ihr zum Hochzeitsgeschenk gemalt und
dessen Besitz einen doppelten Werth für sie erhalten,
als ihr Mann sie verlassen hatte.

Es war ein schönes Bild, mit entschiedenem
Talente gemalt; ein vom Zauber der ersten Jugend-
frische umstrahltes Antlitz schaute mit von Glück
leuchtendem Auge und heiter lächelndem Munde aus
dem Rahmen hernieder und der Anblick trieb Abelen
in dem Momente Thränen in die Augen. — Der
Blick ihres Schwiegervaters war noch nicht so um-
flort, diese Thränen nicht zu bemerken; er trat der
Tochter nah und sagte mild: „Habe dasselbe Ver-

trauen wie Dein Sohn, Adele! vielleicht belohnt der liebe Gott Euer treues Harren."

Leise öffnete sich die Thüre; die im Zimmer Anwesenden wandten sich um und es zeigte sich ihnen das reizende Antlitz Gertraud's, auf deren rosigen Wangen ein dunkler Purpur wie gewöhnlich glühte. Mit bebender Stimme rief sie, „Mama, Großpapa, hier ist Jemand, der Euch sprechen will!"

Der Angekündigte betrat an des Kindes Hand die Stube und stand dem Bilde gegenüber — es war sein Portrait; jedoch war er nur noch der schwächste Schatten desselben und nur das Auge der Liebe konnte in seinen sehr gealterten Zügen die Aehnlichkeit mit denen erkennen, die das Bild des jugendlichen Mannes zeigte. Die im Zimmer anwesenden Personen besaßen aber das Auge der Liebe; — in der Sekunde, wo Gertraud den Fremden ihnen zuführte, erkannten sie ihn auch schon als Gatten, Sohn und Vater, und mit lautem Jubelschrei begrüßten sie den lang Vermißten und endlich Heimgekehrten.

Mr. Bookhouse sagte später zu Frau und Vater: „Verzeiht mir! könnt Ihr es nicht, so will ich Euch meine Erlebnisse erzählen und dann werdet

Ihr mir gewiß nicht allein verzeihen, sondern mich beklagen!"

Sein Vater und seine Frau bedurften aber nicht der Erzählung seiner Schicksale — die von Kummer und Schmerz durchfurchten Züge, das düstere Auge, das gebleichte Haar — Alles verrieth ihnen klar, was er erduldet, — was er durchgemacht hatte, um einen andern Namen zu erhalten.

Man erließ ihm die Geständnisse; Niemand erwähnte der Ursache der Reise und ihrer Folgen — die Vergangenheit wurde vollständig begraben! — Auf diese Weise verlebten Alle die Gegenwart heiterer und glücklicher.

Bookhouse erholte sich in der friedlichen Stille und Ruhe des Landaufenthalts; unwillkürlich übte der ihm wieder neue Genuß eines Familienlebens den wohlthätigsten Einfluß auf sein niederbeugtes Gemüth und eine große Freude gewährte ihm die fernere Ausbildung seiner Kinder. Anfangs war es vorzugsweise sein Sohn, dem er sich widmete und in dessen Geiste er den reichen Schatz seiner Kenntnisse und Erfahrungen niederlegte.

Waldemar hatte einen offnen Kopf, ernsten Sinn und viel Eifer. So kam es denn, daß nachdem er zwei Jahre unter der Anleitung seines Vaters seine Studien fortgesetzt, er für sein Alter einen selten ausgebildeten Geist besaß.

Voll Stolz blickte Mr. Bookhouse auf diesen talentvollen Sohn und fragte ihn seine Frau oder sein Vater: „Was soll Waldemar werden?" pflegte er mit Ruhe zu antworten: „Was er will! er hat so Tüchtiges gelernt, daß er überall voran kommen muß."

Welche Hoffnungen knüpfte Mr. Bookhouse nach solchem Gespräche an die Zukunft seines Sohnes! — er sah ihn Stellen im Staate bekleiden, die den von ihm verachteten Namen zu einem der berühmtesten Amerika's machten und malte er sich den Fall aus, einen alten edlen Namen in Europa zu erhalten, so sah er seinen Sohn solchem Namen die größte Ehre machen. Diese goldenen Zukunftsbilder, die Bookhouse für seinen Sohn entwarf, hatten nie Schatten; er erblickte für Waldemar ein so lichtes Leben, daß diese Gedanken ihn mit seinem eignen, gänzlich verfehlten Dasein aussöhnten.

Ein Zufall bestimmte Waldemar's Carrière. Als er eines Tages mit seinen Vater in New-York war, begegneten sie Mr. Barwing, — einem der reichsten, angesehensten Handelsherren der Stadt.

Mr. Barwing und Bookhouse hatten sich acht Jahre zuvor in Europa kennen gelernt, Letzterer dem Ersten so bedeutende und wichtige Dienste durch seine Sprachkenntnisse geleistet und sich zu gleicher Zeit so uneigennützig benommen, daß Barwing sich ihm nicht allein verpflichtet gefühlt, sondern auch zu einer Hochachtung gezwungen worden, wie er sie selten einem Manne gezollt.

Bookhouse interessirte ihn, er forschte nach seinen Schicksalen, doch Niemand konnte ihm Etwas sagen, Keiner kannte ihn. Da suchte er ihn eines Tages in seiner Wohnung auf — und fand eine Armuth, ein Elend, wie er es als Reicher nur aus Beschreibungen kannte! Er bot Bookhouse in einer Weise seine Dienste an, die dessen Stolz nicht verletzten. So gab er sich ihm dann als Landsmann zu erkennen, theilte ihm mit, aus welchem Grunde er Amerika verlassen; Barwing hörte mit lebhaftem Interesse die kurze Mittheilung an und als er vernahm, daß Jener die Absicht: „in England nach seinem wahren Familiennamen zu forschen", stattete er ihm mit den besten Empfehlungsbriefen nach London aus. Nie hatte Barwing wieder Etwas von Bookhouse gehört, als er ihn aber in New-York wiedersah, fiel ihm die vornehme Persönlichkeit des Mannes auf, er erkannte ihn wieder, nahm ihn mit in sein Haus und Vater und Sohn mußten ihn seitdem öfter besuchen.

Eines Tages fragte Barwing nach Waldemar's Absichten für die Zukunft und setzte lächelnd hinzu: „Besäße er Ihre Sprachkenntnisse, könnte sein Glück gegründet sein."

„Er besitzt sie, und in der italienischen Sprache, die Sie damals so liebten, noch gründlichere wie ich."

Barwing entgegnete lebhaft: „Ihre Mutter war Italienerin, Ihre Großmutter Deutsche! O ich entsinne mich noch genau des Zusammenflusses der verschiedenen Nationalitäten in Ihrer Familie und der Wanderlust Ihrer Vorfahren, von der Sie mir zu jener Zeit unserer ersten Bekanntschaft so interessant erzählten! Erfuhren Sie denn Näheres von dem, wonach Sie damals so lebhaft forschten?"

Bookhouse war nichts unangenehmer, als an seine unerfüllten Wünsche und mißlungenen Pläne erinnert zu werden; für gewöhnlich brach er jedes Gespräch darüber, wie überhaupt über seine Familie, kurz ab, bei Mr. Barwing konnte er es nicht thun, da dieser

ihm einst das lebhafteste Interesse bei Verfolgung seiner Zwecke bewiesen; auf nähere Erklärung und weitere Erörterung seiner vergeblichen Reisen vermochte
er aber ebenso wenig einzugehen, und möglichst unbefangen entgegnete er daher: „Ich irrte damals Mr.
Barwing! auch ist es mit dem Zusammenfluß verschiedener Nationalitäten nicht so schlimm, wie ich
gedacht; nur das ist wahr, daß meine Voreltern
große Wanderlust besessen und ich freue mich über
diesen Umstand, da er uns verschiedene Sprachen
hat genau kennen lernen lassen. Ich würde aber
noch zufriedener damit sein, wenn es möglich wäre,
was Sie vorhin andeuteten, daß dergleichen Kenntnisse das Glück meines Sohnes zu begründen ver-
möchten.‟

„Würden Sie es für einen so jungen Mann,
wie Ihr Herr Sohn ist, denn nicht als großes Glück
betrachten, wenn ich ihn als ersten Correspondenten
meiner Handlung engagirte und ihm dasselbe Salair
gäbe, das meine ersten Commis erhalten?‟

„Als gute Versorgung würde ich es ansehen,
Mr. Barwing! als Glück indessen würde ich es be-
trachten, wenn Sie ihm vorläufig die Hälfte des
Gehaltes gäben und ihn mit zu Ihrer Familie ge-

hörig zählten, denn letzterer Umstand allein würde
von hohem Werthe für mich und ihm sein." Barwing war zu sehr Kaufmann, um nicht das Vor-
theilhafte dieses Vorschlags einzusehn; er gewann
auf die Weise neben einem Commis, noch ein in
Sprachen bewandertes Mitglied der Familie, das
seinem häuslichen Kreise nur Vortheil bringen konnte
und mit Freuden ging er daher auf das Anerbieten ein.

Waldemar Bookhouse wurde schon nach wenig
Wochen Correspondent des Barwing'schen Handlungshauses und zugleich Mitglied der Familie; er über-
wand die Trennung von seinen Angehörigen leichter,
indem man bei Barwing's Alles that, ihm seine neue
Stellung angenehm zu machen. Mr. Barwing schätzte
bald den gebildeten, tüchtigen und eifrigen Arbeiter
in ihm und dessen Frau, die einen guten und lie-
benswürdigen Charakter besaß, erfreute sich des angenehmen Zuwachses ihres kleinen häuslichen Krei-
ses. Am meisten und festesten schloß sich Waldemar
aber an die einzige Tochter des Hauses, an Hope
Barwing an, einem Kinde in dem Alter seiner Schwester. Auch dem kleinen Mädchen wurde er bald
lieb und unentbehrlich und in Waldemar's Freistun-

den war Hope seine unzertrennliche Gefährtin. Von
ihm lernte sie in einer Stunde am Abend mehr,
als von ihrer Lehrerin am ganzen Tage; und sie
zu unterrichten, gehörte binnen Kurzem zur Lieb-
lingsbeschäftigung des jungen Mannes in seiner
Mußezeit.

Mr. Barwing würde die Beschäftigung Waldemar's mit Hope vielleicht weniger gern gesehen haben, wenn Jener darüber seine Arbeiten im Comptoire vernachlässigt. Das geschah nie und Waldemar
erfüllte im Gegentheil seine übernommenen Pflichten
mit einer für seine Jahre so seltenen Gewissenhaftig-
keit und erstaunenswerthen Schnelligkeit und Gewandtheit, daß sein Prinzipal nie den leisesten Grund
zum Tadel hatte; vielmehr stets neue Veranlassung
zum Lobe fand. Zog der reiche Kaufherr auch den
größten Nutzen von diesem neuen, so sehr befähigten
Mitgliede seines Geschäfts, war er auf anderer Seite
aber doch immer wieder darauf bedacht, die ihm
geleisteten Dienste zu vergelten und nicht allein daß
Waldemar's Stellung im Hause eine immer bessere
und angenehmere im Laufe der Zeit wurde, auch
seine finanzielle Lage gestaltete sich äußerst günstig
und vortheilhaft.

Waldemar war mehrere Jahre hindurch vollkommen zufrieden; er sagte stets, ihm bliebe nicht das Geringste zu wünschen übrig.

Solche Perioden des Lebens sind nie dauernd; selten begnügt sich der Mensch allein mit dem, was ihn nur zufrieden stellt — das Herz verlangt Glück und — — regt sich erst dieses Verlangen, ist damit oft der Grundstein zum spätern Elend gelegt.

Glück ist das seltene Kleinod, das nur wenigen Auserwählten auf Erden zu Theil wird — Waldemar Bookhouse gehörte nicht zu diesen Lieblingen des Geschicks.

———————

Viertes Kapitel.

Waldemar's Ausscheiden aus dem Familienkreise war jedem einzelnen Bewohner der Farm schmerzlich gewesen; am meisten bekümmerte aber die Trennung von seinen Lieblinge ren Vater und er fiel in die düstere Stimmung vergangner Jahre zurück. Dieser tiefen Melancholie entriß sich Bookhouse erst als eines Tages sein Vater ihn mit ernsten Worten darauf aufmerksam machte, wie nachtheilig seine Schwermuth auf die bereits so angegriffne Gesundheit seiner, Frau wirke.

Bookhouse hatte auf die Kränklichkeit Abelens nie geachtet; jetzt beobachtete er sie. Voll Angst sah er von Tag zu Tag mehr ihre Kräfte schwinden, sie immer leidender werden; er zog einen geschickten Arzt zu Rathe und Entsetzen erfüllte seine Seele, als ihn Dieser das Leiden seiner Frau für unheilbar erklärte.

Nach dreijähriger Krankheit starb Abele, ihr Tod

versetzte ihre ganze Familie in die tiefste Trauer
und gleich unersetzlich war ihr Verlust Allen. Sie
war die liebevollste nachgebendste Gattin, die zärtlichste,
treuste Mutter und sorgsamste aufopferndste Tochter
gewesen; sie hatte den Mittel= und Haltpunkt des
ganzen Hauses gebildet und als ihre umsichtige Lei=
tung fehlte, kam Alles aus dem gewohnten Gleise.

Gertraud Bookhouse, die bis zu jener Zeit auf
Wunsch ihres Vaters sich nur geistig beschäftigt, nur
der Ausbildung einzelner Talente gelebt, versuchte
nach dem Tode ihrer Mutter deren Stelle im Hause
zu ersetzen; Großvater und Vater überzeugten sich
aber bald, daß zur Führung der Wirthschaft ihr
nicht allein die Kenntnisse mangelten, sondern auch
ihre Gesundheit zu zart war, um das thun zu kön=
nen. Mr. Bookhouse hielt es daher für das Beste,
seine in New=York lebende Schwiegermutter zu ver=
anlassen, nach der Farm zu übersiedeln. Um sie
dazu zu bestimmen, reiste er nach der Stadt.

Bereits damals fiel ihm eine Veränderung in
Waldemar's Wesen, ein Trübsinn auf, den 'er nicht
allein mehr dem Schmerze über den Verlust der
Mutter zuschreiben konnte; noch auffallender wurde
ihm bei späterer Anwesenheit im Barwing'schen Hause

das Benehmen des Handelsherrn gegen seinen Sohn,
das so gänzlich verschieden von dem war, das Mr.
Barwing früher gegen Waldemar gehabt. Bevor
Bookhouse eines Tages New-York verließ, forderte
er Erklärung. Als Waldemar ihm seine Liebe zu
der Tochter seines Prinzipals gestand, voll Entzücken
davon redete, daß er die deutlichsten Beweise habe,
wie dieses Gefühl ebenso heiß und glühend von dem
Mädchen erwiedert würde, ahnte der überraschte
Vater, daß diese seinen Sohn so beglückende und
beseligende Liebe die Quelle eines großen Unglücks
für Waldemar sein würde. Er mahnte ihn zur
Vorsicht, bat ihn: keine Uebereilung zu begehen, und
obschon der junge Mann versprach, diese Lehren zu
befolgen, trennte sich Bookhouse dennoch mit schwe-
rem Herzen von seinem Kinde.

Wie richtig seine trüben Ahnungen gewesen, er-
gab schon die nächste Zeit! Die Briefe Waldemar's
nahmen eine immer düstere Färbung an und bereits
nach wenigen Wochen theilte er seinem Vater, mit
einer an Wahnsinn grenzenden Verzweiflung die Nachricht mit: „daß Mr. Barwing seine Tochter mit einem
reichen New-Yorker Kaufmann zu verloben beabsich-
tige, dieser Mr. Henry Watherley fast täglicher

Gaft des Hauses sei und sich ganz rückhaltslos
um die Gunst der Geliebten bewürbe." Jeder sei=
ner fernern Briefe enthielt die Besorgniß vor
einer ihm bevorstehenden Catastrophe; immer und
wieder schrieb er die seinen Vater beängstigen=
den Worte: „Mr. Barwing sucht unaufhörlich nach
einer Gelegenheit, sich meiner zu entledigen. Meine
Stellung wird von Tag zu Tage unangenehmer und
nur meine tiefe Liebe zu Hope, ihre Bitten, ihret=
wegen die Launen und Ausfälle ihres Vaters ge=
duldig zu tragen, lassen mich in einem Verhältniß
ausharren, dessen Fesseln etwas Furchtbares haben."
Voller Trauer las Bookhouse solche und ähnliche
Briefe; der Gedanke an das Schicksal seines einzi=
gen Sohnes machte ihn oft trostlos; er klammerte
sich von Neuem an die stete Hoffnung seines Lebens,
— an die Hoffnung, daß wenn er endlich das Ge=
heimniß seines Vaters ergründe, — er endlich einen
berühmten Namen erhalte, dieser Name vielleicht
Mr. Bärwing bewegen könne und würde, Rücksicht
auf die Wünsche der Liebenden zu nehmen.

Nach seiner, sowie jeder menschlichen Berechnung
konnte die Lösung jenes Geheimnisses nicht mehr
fern liegen; sein Vater war alt und kränklich. An=

fang des Jahres 1847 hatte er seinen achtzigsten
Geburtstag gefeiert und in den Monaten, die seit
jenem Tage vergangen, war er auffallend schwächer
und hinfälliger geworden. War auch in diesen Mo=
naten gar oft der Gedanke in Bookhouse aufgestiegen:
Wird dein Vater jetzt endlich reden und wird die
Lösung des Räthsels Dir jetzt noch von Nutzen sein
— oder das Glück Deiner Kinder begründen kön=
nen?" so war er doch weit davon entfernt gewesen,
den Greis zur Enthüllung des Geheimnisses zu ver=
anlassen, — die ehemalige brennende Sehnsucht,
es zu erfahren, war nach dreißigjährigem Harren
und vergeblichen Wünschen in seiner Seele erloschen,
— er hatte gelernt, zu warten; — wenn auch noch
immer nicht verlernt, — zu hoffen! — Zu derselben
Zeit, wo Mr. Bookhouse um Waldemar bangte,
regten sich in der Seele seines alten Vaters die
lebhaftesten Besorgnisse um seinen Sohn; dem schwa=
chen Auge des hinfälligen Greises war es nicht ent=
gangen, daß er sich wieder häufiger, wie seit Jahren
mit den ehrgeizigen Träumen seiner Jugend beschäf=
tigte und er fürchtete; wenn kaum über seine Lippen
das Geheimniß geglitten, das er so lange treu be=
wahrt, dieses die Veranlassung dazu sein würde, von

Neuem seine ehrgeizigen Ideen zu verfolgen und ihn
aus einer Sphäre zu reißen, in die nur ein eiser=
ner Wille ihn gebannt! — Nur der eine Gedanke
gewährte ihm Trost, durch Bitten vielleicht von sei=
nen beiden Enkeln auf seinem Todtenbette das feier=
liche Versprechen zu erlangen, sich nicht an den ehr=
geizigen Bestrebungen ihres Vaters zu betheiligen,
nie einen Namen anzunehmen, vor dem er schauderte
und in den Verhältnissen zu bleiben, in deren Bahn
sein Vater für sich und seine Nachkommen einzig
und allein ihr Glück begründet gesehen.

Die Gedanken und Befürchtungen der beiden
Männer unterbrach wenigstens auf kurze Zeit ein
Ereigniß, das sie bereits als beendet betrachtet, wel=
ches aber nichts desto weniger noch einmal in seiner
ganzen Unannehmlichkeit vor sie hin trat und allen
Ideen, die sie bisher beschäftigt, eine ganz andere
Richtung gab.

In der nur zwei Meilen von der Farm gelege=
nen Fabrikstadt Newark hatte sich nämlich einige
Jahre zuvor der älteste Sohn jenes New=Yorker
Uhrmachers, — der Mr. Boothouse's Geschäft den
vollständigen Todesstoß gegeben — als Schmied ein=
gesiedelt. Johann Waltram, wie der junge Hand=

werfer hieß, war ein tüchtiger fleißiger Arbeiter und
bereits ein wohlhabender Mann, ehe ihm noch das
Geld zufiel, das er nach dem Tode seines Vaters
erbte; ein rohes, ungebildetes Benehmen machte ihn
aber Allen, die an bessere und feinere Sitte gewöhnt,
noch bedeutend unangenehmer, als sein gemeines
Aeußere. In der Seele dieses Mannes hatte Ger=
traud Bookhouse die heftigste Leidenschaft entzündet;
mit geheimem Entzücken hatte er die aufblühende
Schönheit des jungen Mädchens beobachtet, das er
manchmal bei ihrer Tante gesehen und gesprochen
und bald näherte er sich ihr als Bewerber.

Die seltsamen Bündnisse, die Johann Waltram
in Amerika unter den Eingewanderten aus Liebe
oder Eigennutz, Interesse und Berechnung von den
an Stand, Rang, Bildung, Charakter, Gesinnung
und Aeußern verschiedensten Personen hatte schließen
sehen, hatten auch ihn die Hoffnung hegen lassen,
daß die zarte, liebliche und fein erzogene Farmers=
tochter, sich ihm vermählen würde. Ihm war der
zwischen ihren beiderseitigen Erscheinungen obwaltende
grelle Contrast durchaus nicht groß vorgekommen;
ruhig hatte er gedacht „unsere Väter waren Beide
Handwerker von gleicher Profession und dafür, daß

sie hübscher ist, wie ich, bin ich bedeutend reicher,
als sie!"

Dieser Bewerber wurde von allen Seiten gleich
ungünstig aufgenommen: der alte Bookhouse trug
noch aus früherer Zeit gegen die Waltram'sche Familie Groll im Herzen, sein Sohn wollte keinen
Handwerker zum Schwiegersohn, wenn dieser auch
anstatt Tausende, Millionen an Vermögen besessen
hätte und der Hauptperson — Gertraud, war der
rohe Schmied aus Newark entsetzlich. Um keinen
Preis der Welt hätte sie ihn zu heirathen vermocht,
um ihn nie mehr zu begegnen, vermied sie die Besuche in Newark.

Johann Waltram wurde durch die Zurückweisung
seines Antrages um so tiefer und heftiger gekränkt,
da er Gertraud Bookhouse bereits zu all seinen
Freunden als seine Braut bezeichnet, denn ihm war
der Gedanke nie gekommen, daß die unvermögende
Farmerfamilie ihn — der reicher Haus= und Grund-
besitzer war, — als Freier verschmähen könne. —
In der Hoffnung, daß man in der Farm mit der
Zeit die Ansichten geändert, zur Einsicht des ihnen
zugefallenen Glücks gekommen sei und begierig darnach greifen würde, wenn es sich von Neuem böte,

wiederholte Waltram seinen Antrag nach Jahresfrist, im Sommer 1847.

Die Antwort war dieselbe, die Zurückweisung seiner Werbung nur dieses Mal entschiedener und von keinem mildernden Worte begleitet, an dem es das erste Mal Niemand hatte fehlen lassen.

Der leidenschaftliche Waltram stieß nach der Ab= weisung den heftigsten Fluch aus und schwur der ganzen Familie die bitterste Rache.

Mr. Bookhouse nahm das tragische Ende dieser Werbung heiter auf; ihn kümmerte der Zorn des erbitterten Verehrers seiner Tochter wenig und in seine Seele kam keine Ahnung, daß sich aus der gekränkten verletzten Eitelkeit des zurückgewiesenen Bewerbers, — aus seinem Schwure: „Rache zu nehmen," ein dunkles Gewebe unzerreißbarer Fäden entspinnen könne, welches ihn und seine Familie einst so fest umgarnte, daß ein Entrinnen unmöglich! — Bookhouse vermuthete nicht im Entferntesten, daß die nervige Faust des Schmieds, die Hammer und Amboß regierte, auch verstehen würde, den feinen Knoten einer schlauen Intrigue zu schlingen, dessen Lösung unentwirrbar! —

Am wenigsten dachte aber Mr. Bookhouse an

jenem Tage, wo er in New-York Waldemar von
der Krankheit seines Vaters benachrichtigt hatte, daß
sich über seinem Haupte schon jenes dunkle, finstere
Verhängniß zusammenzog, welches der Haß und die
Rache Johann Waltram's ihm bereitete — Alles,
was je seinen Geist umschattet, war an dem Tage
vergessen, — zurückgedrängt von dem beglückenden
Gefühle: „nun endlich am Ziele seiner Sehnsucht
zu sein, die der schönste Traum seiner Jugend, das
eifrige Bestreben seines reifern Mannesalters gewesen und welche seit länger als dreißig Jahren
wie ein funkelndes, lockendes Irrlicht durch die oft
so tief-dunkle Nacht seines Elends geleuchtet."

Mr. Bookhouse dachte — glaubte Alles — nur
ahnte er an dem Tage seines Lebens nicht, daß das
Unglück den Menschen oft gerade in solchen Momen-
ten ereilt, wo er das Gebäude seines Glücks auf
sicherm Fundamente emporsteigen sieht; — wo sein
Geist bereits die unermeßlich weiten und hohen Hal-
len der Freude durcheilt, welche seine rege, lebendige
Phantasie mit Blitzesschnelle erschaffen und errichtet.

Fünftes Kapitel.

Ungefähr, eine Stunde nachdem Mr. Bookhouse den Stationsplatz der Newarker Eisenbahn erreicht, kam sein Sohn dort an. Waldemar sah blaß und entstellt aus; wortlos gab er seinem Vater die Hand und dieser errieth augenblicklich, daß sich in der Unterredung, die sein Sohn mit Mr. Barwing gehabt, alle Befürchtungen erfüllt, die er gehegt.

Schweigend legten sie die Tour auf der Eisenbahn zurück, ohne ein Wort zu wechseln schritten sie auf dem stundenlangen Wege nach der Farm einher. Als sie sich dieser bis auf einige hundert Schritte genähert, erkannten sie in der ihnen, wie im Fluge, entgegeneilenden Gestalt Gertraud; Bookhouse stand bei dem Anblick das Herz stille — er vermochte keinen Schritt weiter zu thun — in qualvoller Seelenangst fragte er sich: — lebt er oder ist er todt? — welche Kunde wird sie Dir geben?" — — —

„Vater, Vater! es geht besser!" tönte ihm der jubelnde Ausruf seiner Tochter entgegen.

„Besser! Gott sei Dank!" sagte er aufathmend und ging rasch voran.

Nach einigen Sekunden wurde sein Schritt abermals zögernder, er dachte: „Wird er nun reden — oder —" Bookhouse schauderte und fühlte, jetzt wieder vergebens gehofft zu haben, würde unerträglich sein! — Um möglichst schnell Gewißheit über den Zustand seines Vaters zu erlangen, eilte er in das Haus und das Krankenzimmer, welches zu ebener Erde lag.

Am Bette seines Vaters stand der Arzt; Bookhouse warf einen schnellen Blick auf den Kranken, der in todtenähnlicher Ruhe, mit geschlossenen Augen da lag, dann heftete sich sein Auge auf das Gesicht des Doktors.

„Ich erwartete nur Ihre Rückkehr, Mr. Bookhouse!" sprach dieser leise.

„Um mir zu sagen, daß mein Vater aus diesem Schlafe nicht mehr erwachen wird?" fragte Bookhouse erbleichend und mit tonloser Stimme.

„Dieser Schlaf wird ihn kräftigen! möchte er nur recht lange währen."

„So ist Aussicht zu seiner Genesung?" rief der Sohn freudig.

„Wenig! Einige Tage höchstens lebt er noch — vielleicht aber —"

„Ich verstehe, Herr Doktor!"

„Wohl nicht ganz! Redet Ihr Vater heute lange, regt er sich sehr auf, so ist die Wirkung dieses Schlafes aufgehoben und dann erlebt er sicher kaum mehr den nächsten Morgen! Das bitte ich Sie zu bedenken."

„Soll er nicht reden?"

„Ich rieth es ihm; doch er bestand darauf, längere Zeit mit Ihnen sprechen zu müssen; er bat mich: ihm nur noch auf Stunden Kräfte zu geben und — ich that mein Möglichstes. — Sollten ihm die Kräfte versagen, so reichen Sie ihm noch einmal dieses Medikament, auch dann, wenn der Schlaf unruhig wird."

Der Arzt ging. Nach Verlauf einer Stunde öffnete der Kranke die Augen, sein Blick war umschleiert und die wenigen Worte, die er sprach, verstand Niemand; — er schlief von Neuem ein, sein

Athem wurde nach und nach lauter, aber nicht
gleichmäßiger. Bookhouse hatte dicht an seinem
Bette Platz genommen und seine Hand erfaßt; seine
Kinder saßen in der Nähe und unverwandt hingen
Aller Blicke an dem Antlitz des Greises. Träume
schienen ihn zu beunruhigen, er stieß ab und zu
laute Worte aus und nannte verschiedene Male den
Namen „Buchenhausen." Angstvoll lauschten Alle
auf diesen Namen, den Niemand kannte, nie Jemand
gehört! — Die Abenddämmerung war längst eingebrochen, das Zimmer tief umdunkelt, als der Kranke
sich plötzlich aufrichtend laut: „Luft! o Luft!" rief,
Alle eilten an die Fenster, sie zu öffnen.

„Licht!" war sein nächster Ausruf; Gertraud
zündete schnell die Lampe an; doch als sie brannte,
bat er leise: „Fort mit dem Sonnenstrahl, schließt
die Jalousien, das Licht blendet; doch gebt mir
Luft!"

Waldemar trug die Lampe in das anstoßende
Zimmer, Gertraud öffnete die Thüre nach der Veranda, Mr. Bookhouse war zum Bette zurückgeeilt
und stützte die in leichten Schauern erbebende Gestalt seines Vaters. Einige Minuten ruhte der
Kranke im Arm des Sohnes, dann lehnte er sich

in die Kissen zurück; sein Auge wandte sich zur ge-
öffneten Thüre, durch die ein frischer Luftzug ein-
drang; er schien die erquickende Kühle angenehm zu
empfinden und sich leichter zu fühlen, sein Blick
blieb jedoch umschleiert und er schien Niemand zu
erkennen! — Der Zustand fing an, Boothouse zu
beunruhigen; er gab ihm noch einmal von der Me-
dizin; — sie hatte die beste Wirkung, die Athem-
züge wurden gleichmäßig ruhiger, der Schlaf, in
den der Kranke jetzt versank, war ein tiefer und
fester.

Gertraud verließ bald darauf mit geräuschlosem
Schritt die Stube und brachte nach kurzer Zeit
ihrem Vater und Bruder etwas Wein, da Beide
ihr den Eindruck gemacht, als bedürften sie einer
Stärkung, sie berührten jedoch kaum die Gläser und
setzten sich dann wieder an ihre Plätze, am Bette
des Kranken. Gertraud zog einen kleinen Schemel
herbei und nahm zu Füßen ihres Vaters Platz,
lehnte ihren Kopf an seine Knie und er strich nach
einer Weile zärtlich ihr weiches lockiges Haar. Sie
fühlte bald, daß seine Bewegung eine mechanische
wurde; als diese nach einiger Zeit ganz aufhörte,
erhob sie ihren Blick zu ihm. Mr. Boothouse hatte

die Hände gefaltet, seine Augen waren auf den klaren Abendhimmel gerichtet und die Lippen bewegten sich wie im leisen Gebete.

„Ob er für die Seele des Sterbenden betet?" fragte sich das Mädchen. Sie konnte es nicht enthüllen, denn die Gesichtszüge ihres Vaters waren undurchdringlich und verriethen selten das, von dem sein Geist erfüllt war. — — Nach längerer Zeit hörte sie die halblaut gemurmelten Worte: „Dreißig Jahre!" Sie verstand die Bedeutung und erbebte.

Gertraud's Blick glitt zu ihrem Bruder. — Waldemar saß mit übereinandergeschlagenen Armen und tief auf die Brust gesenktem Kopfe; seine Locken umschatteten sein blasses Gesicht ein wenig, auf das hell das Licht des Mondes fiel; in seinen Zügen lag der tiefste Seelenschmerz ausgeprägt; sie betrachtete ihn ernst und in ihrem Innern regte sich die Frage: „Macht ihm der Tod des Großvaters diesen Schmerz, den sein Gesicht verräth?" — Leise glitt der Ausruf: „Hope! o Hope!" über die Lippen des jungen Mannes — Gertraud hatte auch Auskunft über diese Frage erhalten! —

Es machte einen eigenthümlichen Eindruck auf

ste, daß Keiner von Beiden sich mit dem Sterbenden beschäftigte, der Eine an die Vergangenheit, der
Andere an die Zukunft, Niemand an die Gegenwart dachte; sie wandte ihr Auge zum Sterbelager.
Nur ein Streifen des Mondlichts, das sich Bahn
durch zwei Silberpinien des Gartens brach, traf
das ruhig ernste, Antlitz des aus der Welt Schei-
denden; es erhellte die geschlossenen Augenlider und
einen Theil der hohen Stirne, auf die der Engel
des Todes den Kuß bereits gedrückt zu haben schien;
die untere Parthie des Gesichts war leicht umschattet. Lange Zeit betrachtete das Mädchen den friedlich Schlummernden — kein Laut war im Zimmer
vernehmbar, als das Ticken der Uhr, die einst das
Meisterstück des alten Uhrmachers gewesen. In
früher Jugendzeit, in einer Hütte, nahe dem Ber-
ner Hochalpen, hatte er sie gemacht; und fern von
jener Stätte, jenseits des Weltmeeres, verkündete
nun Stunde um Stunde ihr Schlag die ablaufende
Lebenszeit ihres Schöpfers.

Mitternacht war nahe als plötzlich ein leichtes
Geräusch die Gedankenreihe des Mädchens unterbrach, — erschrocken blickte sie sich nach dem Fenster um, wo es in den Zweigen gerauscht, die die

Veranda umkränzten — Alles war still! — Beruhigt wollte sie sich umwenden, als ein langer, dunkler Schatten sich über den hellen Lichtreflex legte, den der Mond vor der Thüre warf. Wie von einer Feder emporgeschnellt, erhob sich Gertraud vom Boden, wollte voran eilen, als die Stimme ihres Großvaters ihren Schritt hemmte.

„Gieb mir zu trinken, Gertraud!" rief er deutlich; sie erfüllte sein Begehr, er ergriff die Hand, die ihm den kühlen Trank reichte, hielt sie fest und fragte dann: „Ist Dein Vater noch nicht zurück?"

„Hier bin ich, lieber Vater!" antwortete Bookhouse schnell.

„Ist Waldemar auch da?" fragte der Kranke weiter.

„Wir sind Alle bei Dir!" lautete die Entgegnung.

„So bringt Licht, daß ich Euch sehe."

Man erfüllte seinen Wunsch. Einen Moment bedeckte er vor dem hellen Strahl seine Augen mit der Hand, dann ließ er sie wieder sinken und sein Blick suchte die Züge seiner Lieben; deutlich schien er jeden zu erkennen, denn er nannte sie Alle beim Namen und reichte ihnen die Hand; klar — wie

sein Blick, war auch sein Geist in der Minute und
seine alte Kraft schien zurückgekehrt. Mit großer
Ruhe, aber bedeutend langsamer, wie er gewöhnlich
gesprochen hatte, sagte er nach kurzer Pause: „Ich
hatte Euch Alle bitten wollen — ja — ich hatte
Euch sogar das Versprechen abnehmen wollen, daß
Ihr hier bliebet! Meine Kräfte sind aber rascher
zu Ende gegangen, als ich dachte und ich fürchte,
ich werde weder Zeit noch Stärke haben, Euch lange
anzuflehen und Eure Einwürfe zu beantworten —
möge Euch daher mein heißer Wunsch, meine in-
ständige Bitte genügen: kehrt, — was Ihr auch
von mir hören werdet, — kehrt nicht nach der
alten Welt zurück! wenigstens nie in unser Vaterland, Deutschland! — Diese Rückkehr kann Niemand Segen bringen, denn mein Vater hat für sich
und seine Nachkommen, als man ihn mit dem elterlichen Fluche aus der Heimath vertrieben, den feierlichen Eid geleistet: nie zu der Stätte zurückkehren
zu wollen! — — Noch wenige Monate und es sind
hundert Jahre, daß dieser Eid geleistet und gehalten
worden! — brecht Ihr ihn nicht! und wenn
auch noch Jahrtausende darüber hinweggehen, so
mag er doch mit gleich unverbrüchlicher

Treue von all ben Nachkommen bes Mannes
gehalten werben, ber, um sein Glück zu grün=
ben, einen Namen aufgab, weil er es eben bie=
ses Namen wegen allein zum Opfer bringen
sollte."

In athemlosem Schweigen wurden die Worte
angehört unb auch als sie gesprochen waren unb
ber Rebenbe inne hielt, unterbrach Keiner der Zu=
hörer die lautlose Stille; — Mr. Boothouse wollte
— seine Kinder konnten Nichts erwiebern. — Es
trat eine lange Pause ein, die mit Gewitterschwüle
auf ber Brust jebes Einzelnen lastete unb — je
länger sie währte, besto brückenber unb peinlicher
wurbe. Der Kranke brach enblich das Schweigen;
richtete sich mit eigener Kraftanstrengung vom La=
ger empor unb mit funkelnben Augen betrachtete er
Sohn unb Enkel, inbem er heftig rief: „Es kommt,
wie ich gebacht habe, Niemand von Euch leistet frei=
willig ein Versprechen! — — Gut!" — setzte er
nach einer Weile ruhiger hinzu: „handelt, wie Ihr
wollt unb Euer Gewissen Euch zu thun erlaubt! —
Ihr kennt wenigstens jetzt ben Eib meines Vaters
unb meinen Wunsch, ihn gehalten zu sehn — brecht
Ihr ben geleisteten Schwur, so kommt das Unglück

über Euch), das glaubt mir, und das prophezeihe
ich Euch jetzt in meiner Todesstunde!"

Erschöpft schwieg er; — Mr. Bookhouse erhob
sich von seinem Stuhle und dicht vor seinen Vater
hintretend, sagte er ruhig: „Wir können weder einen
Eid halten, noch ihn brechen, wir wissen ja nichts
Näheres, Du sagtest uns nichts Bestimmtes!"

Der Kranke lächelte bitter und antwortete hart:
„Bevor ich todt bin, wißt Ihr Alles."

„Du kannst sterben, ehe Du uns Etwas verrathen hast, Vater!" entgegnete Bookhouse traurig
und mild.

„Nein, nein, ich werde nicht sterben, bevor ich
Euch Alles gesagt!" schrie der Kranke laut und fügte
eifrig hinzu: „Ich gab mein Wort, mein Geheimniß
nicht mit in das Grab zu nehmen, sondern es meinen Nachkommen anzuvertrauen, damit sie frei handeln könnten und — ich werde mein Wort halten!"

Er sank bei diesen Worten in die Kissen zurück,
seine Augen schlossen sich; — Gertraud griff nach
der Essenz, wusch die Stirne ihres Großvaters und
rief ihrem erbleichenden Vater zu: „Muth! es ist
ja noch nicht alle Hoffnung verloren."

„Waldemar, verzweifle nicht!" setzte der Kranke

hinzu; er sprach leise, doch nach einigen Augenblicken
war der Anfall der plötzlichen Schwäche vorüber.
Freundlich reichte er seinem Sohne die Hand und
sagte ernst:

„Verzeihe mir, daß ich nicht früher geredet habe
und vernimm jetzt in kurzem Umriß die Geschichte
Deines Großvaters.“

Bookhouse setzte sich auf den Rand des Bettes
und mit Spannung blickte er in das bleiche verfal-
lene Gesicht seines Vaters, über das wechselnd Schatten des Schmerzes und der Trauer zogen; die beiden jungen Leute knieten, von gleichem Impulse getrieben, neben dem Lager des Kranken; auch ihre
Augen hefteten sich erwartungsvoll auf ihn. Flüchtig sah er seine Enkel an, dann sprach er ruhig:

„Mein Vater war der älteste Sohn eines Baron von Buchenhausen und wurde im Jahre 1723,
auf dem Stammschlosse seiner Ahnen, dem Gute
Almarstein, in Westphalen, einer Provinz des preu-
ßischen Landes, geboren. Die Familie Buchenhausen gehörte zu den ältesten und vornehmsten des
westphälischen Landes. — Wunderbare, dem natür-
lichen Gefühl jedes vernünftigen Menschen durchaus
widerstreitende Gesetze existiren in diesen alten Adels-

familien. Laßt mich Euch die beiden nennen, die
Veranlassung gaben, daß mein Vater sich von Eltern und Heimath trennte, um ein freier unabhängiger Mann zu werden. Das erste Gesetz ist,
daß der älteste Sohn Erbe des ganzen bedeutenden
Vermögens wird, während die übrigen, von Gottes-
und Rechtswegen gleichberechtigten Kinder so viel
wie Nichts erhalten; das andere besteht darin, daß
diese Majoratserben gezwungen sind, sich nur mit
Mädchen oder Frauen zu verheirathen, die gleich
ihnen einen ganz untadelhaften Stammbaum aufzu-
weisen haben und die vollzählige Reihe von Ahnen
besitzen. Schließen solche Majoratserben eine andere
Verbindung, so verlieren ihre Nachkommen Alles —
ihren Kindern bleibt Nichts und das Erbe geht,
wenn nicht Geschwister da sind, auf nah verwandte
oder fremde Linien über. Trotzdem mein Vater in
den alt eingerosteten Vorurtheilen seines Standes
aufwuchs, er in den Ideen auferzogen wurde, daß
das Festhalten an alten Sitten und Gebräuchen seine
heiligste und erste Pflicht sei, schüttelte er die Vorurtheile ab, als sie ihm lästig wurden und handelte
als freier Mann. Er liebte die Nichte des Schloß-
kaplans Bohenbach, die bei ihrem Onkel in dem

Dorfe Almarstein lebte und die Tochter eines Hand=
werkers aus dem Paderbornschen war. Diese Be=
nedetta Bodenbach schien ihm an Tugend, Reiz und
Schönheit all die jungen vornehmen Damen seiner
Bekanntschaft zu überstrahlen. — Als man ihn da=
her, nachdem er mündig geworden, zu einer Ver=
bindung mit einer Tochter aus altadeligem Hause
bestimmen wollte, schlug er kurz und entschieden die
glänzende Parthie aus und gestand seine Neigung
zu Benedetta Bodenbach; seine Eltern waren ent=
setzt, — sie hatten es nicht für möglich gehalten,
daß ein Freiherr von Buchenhausen einer Neigung
zu einem Mädchen niederer Geburt fähig sei und
glaubten auch selbst da noch, daß ihr Sohn sich
täusche, als er seine Liebe offen bekannte. Sie
stellten dem jungen Majoratserben die aus solcher
Mesalliance entspringenden Nachtheile vor; sie mahn=
ten ihn daran, was er seinem Namen, seiner Stel=
lung schuldig; doch jedes in der Angelegenheit ge=
sprochene Wort war und blieb vergeblich geredet!
— Mein Vater konnte nicht davon überzeugt wer=
den, daß sein so natürliches Gefühl eine Unnatur
—, ein Unrecht sei, — daß ein westphälischer Ma=
joratsbesitzer nicht nach dem Herzen, sondern einzig

nach dem Stammbaum wählen müsse. Ihm galt
die Liebe mehr als Geld und Gut, freudig erklärte er, bereit zu sein, all seine Vorrechte auf seinen
jüngern Bruder „Raimund" übertragen zu wollen
und fest beharrte er bei seinem Vorsatze: nur mit
Benedetta Bodenbach eine Verbindung zu schließen.
Es fanden in Folge seiner festen Erklärungen zahl-
lose Familienscenen statt, und bei jedem neuen Versuche seiner Eltern, diese Liebe zu bekämpfen wandte
sich das Herz des Sohnes mehr von ihnen ab. —
Als mein Vater endlich die sichere Ueberzeugung gewonnen, daß er nie die engherzigen Vorurtheile seiner Eltern besiegen würde, sie ihm mit einem Eide
zugeschworen hatten: „nie ihre Einwilligung zu einer
Heirath mit Benedetta Bodenbach geben zu wollen,"
bat mein Vater den Onkel des Mädchens, ihm beizustehn, an das Ziel seiner Wünsche zu gelangen.
Der Kaplan, der anfangs auf das Entschiedenste
seine Hülfe und Mitwirkung abgelehnt, wurde später durch die heiße Liebe des jungen Paares und
durch ihr unaufhörliches Flehen zu dem Versprechen
veranlaßt, sie zu trauen, wenn sich eine Gelegenheit böte, die heilige Handlung ungestört zu voll-
ziehen. Diese Gelegenheit fand sich lange Zeit nicht,

die sorgsamen, ängstlichen Eltern ließen den Sohn
keinen Augenblick unbewacht; doch als eines Tages
Krankheit ihn an sein Zimmer fesselte, fuhren sie
ohne ihn auf ein benachbartes Gut zur Hochzeit
eines Verwandten. Kaum hatten die Eltern das
Schloß verlassen, sandte mein Vater an seine Braut
und deren Onkel durch einen treuen Diener die Bot=
schaft, daß er allein sei; als die Nacht eingebrochen,
erwartete er sie an dem ihnen bezeichneten Orte vor
dem Thore des Schlosses und geleitete sie auf ge=
heimem Wege in die Betkapelle, wo die Trauung
verabredetermaßen stattfinden sollte. — Sie wurde
dort vollzogen, in aller Form vor Zeugen
vollzogen, die mein Vater seit lange schon zu
dem Zwecke auserwählt hatte. Es war in der Nacht
vom fünften zum sechsten April, im Jahre 1748.
— Nachdem die heilige Handlung beendet, der Trau=
schein in zwei Exemplaren ausgestellt worden, die
Zeugen entlassen und nur das junge Ehepaar und
der Kaplan noch in der Betkapelle anwesend, legte
mein Vater das eine Dokument seiner Heirath, in
Beider Gegenwart, in einem an die Kapelle stoßenden
festen, unterirdischen Gewölbe nieder, durch das er
vorher die Geliebte und deren Onkel geleitet. Der

Versteck, den er im Gewölbe zur Bewahrung des
Trauscheins ausersehn, war ein geheimes Fach in
einem alten Rokokoschranke, welches Fach er selbst
einmal früher entdeckt, aber Niemand verrathen.
Kaum war dieser Trauschein in Sicherheit und alle
Drei wieder oben in der Kapelle, wo sie vereint
ein letztes Dankgebet an Gott richten wollten, als
sich die Hauptthüre der Kirche rasch öffnete und
durch dieselbe seine Eltern hereinstürzten. — Einer
der Diener des Schlosses hatte bemerkt, daß ihr
Sohn gegen Abend sein Zimmer verlassen und die
abwesenden Eltern schnell von diesem Ereigniß in
Kenntniß gesetzt; sie hatten sich sofort von der Hoch=
zeit entfernt, sich beeilt, eine That zu verhindern,
gegen deren Ausführung sich ihr Stolz empörte —
waren aber zu spät gekommen! — Bleich vor Ent=
setzen vernahmen sie von ihrem Sohne die ruhige
Erklärung des Geschehenen. Doch, als er und seine
junge Frau sich ihnen zu Füßen werfend, um Ver=
zeihung flehten, um ihren Segen baten, stie=
ßen sie sie von sich und fluchten Beiden, die
ihrer Ansicht nach unauslöschliche Schande über ihr
Haus gebracht. Erstarrt hörten die Liebenden die=
sen furchtbaren Fluch; umklammerten dann auf's

Neue die Knie der Eltern und flehten sie an: jene schrecklichen Worte zu widerrufen! Bei den Verblendeten war aber von Nachgeben und Verzeihung keine Rede; sie fügten den beiden verzweifelten jungen Leuten nur neues Weh zu, als sie ihnen vorschlugen: „sich auf ewig zu trennen, ihren Trauschein zu zerreißen, — am Altare den Schwur zu leisten, ihre Ehe als ungültig betrachten zu wollen," um auf diese Weise den Namen Buchenhausen vor der Schmach zu bewahren, ihn mit einem aus dem Volke verbunden zu sehn! — — — Die junge Frau verlor bei diesen Zumuthungen die Besinnung; ihr Mann aber gewann durch solche Worte Kraft, sich emporzuraffen und von Eltern loszureißen, die ihm am liebsten das Theuerste der Welt gemordet, nur um die Ehre ihres Namens gerettet zu sehn; er umschlang die leblose Gestalt seiner Frau, zog sie bis dicht vor den Altar, erhob seine Hand in feierlichem Schwure gegen das Crucifix und rief: „Hier an dieser heiligen Stätte, wo ich soeben meiner Frau das Gelübde einer ewigen Liebe und ewigen Treue abgelegt habe — hier schwöre ich ebenso feierlich den Namen ab, den ich mit Schande belastet haben soll! — Nie und nimmer werde ich mich wie-

der Buchenhausen nennen; — für immer und ewig
sage ich mich und meine Nachkommen von dem Ge-
schlechte los, von welchem ich abstamme und keine
Macht des Himmels und der Erde soll und wird
mich je bewegen, die Schwelle meines Vaterhauses
wieder zu betreten, das ich noch in dieser Stunde
verlasse, weil Elternfluch mich hier getroffen! —
Breche ich oder einer meiner Nachkommen
diesen Eid, so soll Gott mich oder Jenen
mit zeitlichem und ewigem Verderben
strafen!"

Der Kranke, der sich im Verlaufe seiner Erzählung mehr und mehr ereifert und die Worte des
von seinem Vater geleisteten Eides mit einer fast
übernatürlichen Kraft ausgesprochen, hielt jetzt inne
und blickte mit glänzendem Auge auf Sohn und
Enkel. Diese hatten in fieberhafter Spannung jedem seiner Worte gelauscht und athmeten unwill-
führlich auf, als eine Pause in dem Berichte ein-
trat, der Jeden von ihnen auf das Tiefste und Heftigste erschüttert. Der Greis dehnte diese Pause nicht
aus — ihrer Kürze wegen war sie von desto größerer Wirkung und Alle erbleichten nur noch mehr, als
er plötzlich rasch und in großer Erregung fortfuhr:

„Nach Ausspruch dieses Eides verstummten die
Eltern meines Vaters auf einige Sekunden; dann
wollten sie Etwas entgegnen; doch mein Vater rief
ihnen mit donnernder Stimme: „Halt! Kein Wort
mehr!" zu, neigte sich zu seiner noch immer besin-
nungslos daliegenden Frau, erweckte sie durch seine
Küsse zum Leben, gab ihr durch die zärtlichsten Worte
der Liebe, Kraft zum Handeln und verließ mit ihr
Kapelle und Schloß. Noch in derselben Nacht
verließ er Almarstein und kurze Zeit, nachdem er
sich von Eltern und Heimath abgewendet, sagte er
auch seinem Vaterlande Lebewohl! — — Meine Eltern reisten nach England, nahmen den Namen Bookhouse an, lebten dort zwölf Jahre und wandten sich
dann nach der Schweiz. Um sich und seine Frau
zu ernähren, ergriff mein Vater das Uhrmacherhandwerk als Gewerbe; er hatte sich früher zu seinem
Vergnügen mit dieser mechanischen Arbeit beschäftigt
— später gab sie ihm Brod! — — Die Ehe meiner Eltern war eine glückliche; sie wurde nur durch
den Tod ihrer ersten fünf Kinder getrübt; ich —
ihr jüngstes Kind — erhielt, wie ich Dir, mein
Sohn, bereits früher erzählt habe, den Buchenhausen'schen Familiennamen „Waldemar." — An mei-

nem Hochzeitstage erzählte mir mein Vater seine Lebensgeschichte und verhehlte mir nicht, daß es einen eigenen Eindruck auf ihn gemacht, daß ich am Leben geblieben sei; er gestand mir auch ein, daß dieser Umstand ihn einzig dazu veranlaßt habe, seine Schicksale aufzuzeichnen. Dieses, mit seiner vor Zeugen geschriebenen Unterschrift seines wahren Namens, versehene Dokument, nebst meinem Taufschein, hat er an den Pfarrer Bodenbach geschickt, der nach jener Katastrophe nach Münster übersiedelt war. Seine Bitte, die jene Dokumente begleitete: „diese Papiere, auf dem ihm bekannten geheimen Wege, in den Versteck des Almarsteiner Schlosses zu befördern, wo er seinen Trauschein niedergelegt, — ist dem Geistlichen gelungen, zu erfüllen. Er hatte den Schlüssel zum Eingang jenes geheimen Gewölbes, den mein Vater ihm vor seiner Abreise übergeben, aufbewahrt, und schickte diesen, sowie jenen hier im Zimmer stehenden Rokokokasten, der einige wichtige Bilder aus Almarstein enthält und der früher seinen Platz in dem Euch genannten Versteck gehabt, zum Beweise mit, daß er selbst an Ort und Stelle gewesen.“

Der Greis deutete bei seinen letzten Worten auf

einen seitwärts von seinem Bette befindlichen Tisch, auf dem ein ziemlich großer Kasten stand; er war von alter Arbeit, mit reichem Schnitzwerk versehen und sein Deckel in zwei Theile getheilt.

Mr. Bookhouse warf einen flüchtigen Blick auf diesen ihm wohlbekannten Kasten und fragte dann lebhaft: „Wenn nach Aussage Deines Vaters die Beweise für unsern gerechten Anspruch an den Namen Buchenhausen im Schlosse Almarstein sind, wo finde ich jene Dokumente?"

„Ist es noch Deine Absicht, diesen Namensanspruch geltend zu machen?" entgegnete sein Vater ernst und vorwurfsvoll.

„Gewiß!" lautete die feste entschiedene Antwort des ehrgeizigen Mannes.

„Nun wohlan, so stürze Dich in's Verderben! Jene Dokumente findest —"

Der Greis hielt plötzlich inne — mit weit aufgerissenen Augen starrte er nach der Thür der Bearnda, in deren dunklen Rahmen eine dicht verhüllte Gestalt stand, die ihn mit glühendem Blick anschaute.

„O, seht dort, dort!" schrie der Kranke entsetzt; dann fiel er in die Kissen zurück; Alle sprangen auf — gewahrten aber Nichts — die Gestalt war verschwunden und sie glaubten, der Kranke habe eine Vision gehabt.

„Vater! Vater! O, rede, sprich! Wo liegen die Beweise unseres Namens?" rief Bookhouse im Tone höchster Seelenangst.

Langsam öffnete der Gerufene die Augen; er schien seine Gedanken zu sammeln, übergab dann seinem Sohne ein kleines goldenes Schlüsselchen, das er an seidner Schnur um den Hals getragen und deutete auf den Kasten.

Bookhouse verstand die Pantomime und öffnete den Kasten. Innerhalb der beiden Deckelplatten befanden sich zwei Portraits in alterthümlicher Tracht; den Boden des Kastens füllten zwei andere Bilder. Das Eine zeigte das Portal einer alten Burg, auf dem eine weibliche Figur mit ausgestreckter Hand stand; — das Andere stellte den Altar einer Kirche dar, den nur halb eine Decke verhüllte und welcher an seinen Stufen einen Eingang sehen ließ.

Als Bookhouse die Bilder flüchtig betrachtet, sagte sein Vater: „Die Portraits an den beiden Deckelplatten sind die Gründer des Almarstein'schen Fideicommisses; das Bild des Altares zeigt Dir den Eingang zu jenem geheimen Gewölbe unter der Ka-

pelle an. Drückt man gegen die mittlere Fläche des
Altares, schieben sich die Holzplatten auseinander
und Eingang, sowie eine Wendeltreppe werden sichtbar. In dem kleinen Gewölbe steht in einer Nische
eine gleiche Statue, wie sie das andere Bild zeigt
und das ist die Schutzpatronin der Familie Buchenhausen, die heilige Gertraud. Verfolgt man die
Richtung ihres Zeigefingers zur Tiefe hinab, so ruht
das Auge auf der Steinplatte, welche die Mündung
des geheimen Ganges ist; diese Platte verbirgt eine
eiserne Thüre und sie führt vermittelst unterirdischen
Ganges nach dem Gewölbe, oder aus demselben in's
Freie. Außer der Statue enthält das Gewölbe noch
einen Rokokoschrank, dessen obersten Aufsatz früher
dieser Kasten bildete; das geheime Fach, in dem
unsere Familienpapiere liegen, soll sofort
zu entdecken sein, wenn man diesen Kasten kennt, da
es gleiche Holzschnitzerei, wie der Deckel desselben
zeigt, und die Blume, die hier an dem Kasten das
Schloß enthält, auch an jenem Fache zu finden ist;
sie giebt bei leichtem Druck nach und läßt das Schloß
sehen, das durch diesen kleinen goldenen Schlüssel
geöffnet zu werden vermag."

Der Greis machte eine kurze Pause; dann ließ

7*

er sich den Kasten geben, drückte gegen die gemalte
Platte des Altares, zeigte seinem Sohne ein geheimes Fach im Boden und setzte langsam hinzu:
„Darin liegt der Schlüssel zum Gewölbe; betritt
es aber nie, Waldemar, denn dort ruht der Saamen eines bösen Fluches! Halte den Eid Deines
Großvaters, entsage auch Du dem Namen, auf dem
kein Segen für uns ruht!"

„Ich kann nicht, Vater, ich muß diesen Namen
besitzen."

„O, entsage ihm!" rief seine Tochter, sich ihm
zu Füßen werfend. „Was kann dieser Name Dir
nützen?"

„Nutzen, Gertraud! O, er kann auch Dein Glück
gründen!"

„Ich entsage dem Glücke, Vater, das
nur ein Name mir geben kann!" sprach das
Mädchen mit fester Entschlossenheit, und ihren lieblichen Mund umzuckte zum ersten Male in ihrem
Leben ein Lächeln kalter Verachtung.

Stolz blickte der Greis auf seine entschiedene
Enkelin und er rief lebhaft: „Du, Gertraud, bist
eine würdige Tochter des freien Landes, in dem Du
das Licht der Welt erblickt und die richtige Erkennt-

niß für die barocken Zustände unserer krankhaften
Civilisation gewonnen hast; Du bist das ächte Kind
jenes neuen Geschlechts, das mein Vater gegründet
und sein Segen wird auf Dir ruhen! Nun laß mich
aber auch die Ansichten Deines Bruders hören, ich
möchte wissen, ob er Dir nicht nachsteht."

„Ich — gleicher Ansicht mit Gertraud sein!"
sprach Waldemar mit flammendem Blick; „nein, o
nein! ich möchte einen Namen haben."

„Warum?" fragte der alte Mann überrascht.

„Um stolz darauf sein zu können, Großvater!"

„Stolz auf einen Namen?" wiederholte der Greis
verächtlich; „o, Waldemar, setze in andere Dinge
Deinen Stolz, auf unvergängliche, die das Leben
überdauern! Was nutzt Dir ein Name an der
Schwelle, wo ich jetzt stehe und die Du einst auch
überschreiten mußt! Ein Name bleibt, wie alles Ir-
dische, an der dunklen Pforte des Todes zurück — —
ein Name ist es nicht, der Dir den Eingang zur
ewigen Seligkeit öffnet."

„Aber für dieses Leben, an dessen Schwelle ich
erst stehe, ist ein Name mein Vortheil! Welch andere Bahn liegt vor mir, führe ich den Namen eines alten edlen Geschlechts! Ja, Großvater, im Rück-

blick auf eine Reihe edler, hochherziger Ahnen, würde
ich nicht allein mit Stolz denken: „Das waren meine
Vorfahren!" sondern sie würden mir leuchtendes Vor-
bild zu guten, edlen Thaten sein."

„Wahnsinnige Verblendung starrer, stolzer Ari-
stokraten!" rief der Greis kopfschüttelnd und setzte
erregt hinzu: „Das ist es, daß sie stets glauben,
nur sie allein hätten Ursache, stolz auf ihren Namen
zu sein; mit Verachtung blicken sie auf den eines
ehrlichen Bürgers und Handwerkers! O, Sohn,
Sohn, daß Dein Kind solch thörichte Vorurtheile
eingesogen, ist Dein Werk und möchtest Du das nie
bereuen! Wie anders war Waldemar früher; ich
hatte ihn für Wahrheit, Ehre, Recht glühend zu empfinden gelehrt und in kühner Freiheit strebte sein
Geist empor. — Da kamst Du, — Du schlugst ihn
in Fesseln und Banden, Du lehrtest ihm, Gefallen
zu finden an den lächerlichen Satzungen der Menschen jenseits des Meers! Dein Verderben war die
alte Welt und betrittst Du sie vom Neuen, wird sie
auch das Verderben Deiner Kinder werden! Darum flehe ich Dich, mein Sohn, noch einmal an:
halte den Eid meines Vaters!"

„Ich kann nicht! Ein Name war das Ziel meines Strebens; ich werde nicht eher Ruhe haben, bis ich das Ziel erreicht."

„Du wirst Amerika verlassen?"

„Ja!"

„Deine Kinder sollen Dich begleiten?"

„Gewiß! Nur ihretwegen werde ich den Namen nachsuchen."

Es trat eine kurze Pause ein, den Greis schien plötzlich ein Hoffnungsstrahl zu durchleuchten; er wandte sich an seinen Enkelsohn und rief lebhaft: „Um einen Namen zu erhalten, verläßt Du also Hope Barwing, einem Namen opferst Du Deine Liebe?"

Waldemar gedachte des Ereignisses am Morgen, wo der Papagei das Wort „Mamä" gerufen; er entsann sich des Resultats seiner ernsten Prüfung und entgegnete ruhig: „Nein, Großvater, das thue ich nicht, denn kein Name der Welt würde mir Hope Barwing ersetzen können!"

„So denkst Du ja wie mein Vater; dann gilt die Liebe Dir ja auch mehr wie ein Name! O, Gott sei Dank!"

„Gewiß, Großvater! Meine Liebe geht mir über Alles."

Des Großvaters Auge leuchtete, des Vaters Stirn umwölkte sich und er sagte ernst: „Waldemar, müßtest Du Deine Liebe einem Namen opfern, würdest Du es thun; trägst Du den Namen eines edlen Geschlechts, bist Du auch verpflichtet, die Gesetze zu ehren, welche die starken Säulen sind, die den Glanz eines alten Hauses aufrecht erhalten, und — thätest Du es nicht freiwillig, so würde ich Dich dazu zwingen."

„Ein ächter Buchenhausen!" murmelte der Greis und setzte laut hinzu: „Wie schwer machst Du mir den Tod, mein Sohn! O, daß ich in Frieden sterben könnte!"

Eine tiefe, dumpfe Stimme, die mit ihrem düstern, unheimlichen Klange dem Grabe zu entsteigen schien, sagte plötzlich: „Stirb in Frieden, armer Greis, Keiner Deiner Nachkommen wird je den Namen Buchenhausen tragen!"

Voll Entsetzen hörten Alle diese Prophezeihung; erstarrt standen sie eine Sekunde, erst dann kam Leben und Bewegung in die Ueberraschten, als der Kranke, nach der Thüre deutend, rief: „Dort! dort!"

Sie sahen sich um, doch die dunkle Gestalt, die

sich nur einen Augenblick gezeigt, war verschwunden, und als sie in's Freie eilten, sahen sie auch im Garten, so weit ihr Blick reichte, Niemand.

Während Bookhouse und seine Kinder nach verschiedenen Richtungen hin eilten, entging ihnen, daß aus einem Gebüsch, nahe der Veranda, eine hohe, dunkle Gestalt auftauchte, sich vorsichtig umsah und dann durch das niedere Fenster in's Zimmer stieg.

Ein lauter, durchbringender Hülfeschrei rief die Suchenden in das Haus zurück; sie stürzten dem Bette des Kranken entgegen; Mr. Bookhouse lag mit weit aufgerissenen Augen, ein Bild starren Entsetzens da, er war unfähig, auf eine der an ihn gerichteten Fragen zu antworten — Alle glaubten, er ringe mit dem Tode. Dieser Todeskampf erfolgte aber erst einige Stunden später; erst als das Frühroth des neuen Morgens anbrach, entfloh sein Geist der irdischen Hülle.

Sein Sohn drückte ihm die Augen zu — die Leiche betrachtend — fielen ihm die Worte seines Vaters ein: „Ich werde nicht sterben, bevor ich geredet, ich werde mein Geheimniß nicht mit in das Grab nehmen!“

Mr. Bookhouse wußte nun den Namen, alle Mittel ihn zu erreichen besaß er auch, unwillkührlich suchte jetzt sein Blick die Bilder seiner Vorfahren — die Bilder aus dem Almarsteiner Schlosse. Er sah sie nicht! — Der Rokokokasten war der Gemälde beraubt und beide Schlüssel fehlten.

Sechstes Kapitel.

Im Hause Mr. Barwing's versammelte sich am Abend des Tages, wo Waldemar Bookhouse aus dem Geschäfte entlassen worden, eine große Gesellschaft. Zu der feenhaften Pracht, mit der alle Räume ausgestattet waren und die sich bis hinaus in den mit hunderten von buntfarbigen Lampen erleuchteten Garten erstreckte, standen die reichen kostbaren Toiletten der Damen im vollkommensten Einklange. Warf man einen Blick in dieses Meer von Licht und Glanz, einen Blick auf dieses Wogen von Luxus und Eleganz, man hätte sich hinein versetzt glauben können in die zauberische Wunderwelt der Mährchen „Tausend und eine Nacht."

Seit Wochen waren die großartigsten Vorbereitungen zu diesem Feste getroffen worden und Einladungen dazu an einheimische und auswärtige Freunde

und Bekannte ergangen; diese Vorbereitungen waren
es gewesen, die vollkommen einzelne leise Gerüchte
zerstört hatten, welche hie und da aus Quellen auf=
getaucht waren, deren Ursprung unbekannt geblieben,
die sich aber trotzdem im raschen Laufe Bahn ge=
brochen. Vor den sich von Tag zu Tag mit größe=
rer Sicherheit verbreitenden Nachrichten über die
Bedeutung des Festes und den sich mehr und mehr
im Barwing'schen Hause entwickelnden Glanz, schwan=
den die Gerüchte, welche einen Schatten auf die
bis dahin tadellose Reinheit eines der geachtesten
und weit verbreitesten Namen der Handelswelt ge=
worfen. —

Froh, heiter und unbekümmert eilte Jeder zum
glänzenden Feste Mr. Barwing's und in der Seele
keines einzigen Gastes, der über die Schwelle des
in zaubrischer Pracht strahlenden Palastes des reichen
Handelsherrn schritt, tauchte der Gedanke auf, daß
all der blendende Schimmer, Schein — all die ju=
belnde Freude Täuschung sein könne! — — —
Hätte sich auch noch in der Brust eines Mißtrau=
ischen leiser Zweifel geregt, — er hätte schwinden
müssen vor dem ruhigen zufriedenen Lächeln des
Hausherrn, vor dem unverkennbaren Ausdruck von

Glück im Antlitz des ihm im Empfangssalon zur
Seite stehenden Mr. Watherley, — eines der reichsten jungen Kaufherren New-Yorks, den man allge-
mein als Hope Barwing's Verlobten bezeichnete.
Die Vereinigung solcher Namen war genügend, jeglichen Zweifel zu heben! —

Mr. Henry Watherley war erst kürzlich von seiner Reise nach Ostindien zurückgekehrt, die er, wie
man sagte, nur aus dem Grunde angetreten, um
persönlich neue Handelsverbindungen anzuknüpfen
und seinem Geschäfte noch größere Ausdehnung zu
verleihen, als es bereits durch seinen Vater erhalten.
Als einziger Sohn war er — Haupterbe des ganzen großen Vermögens geworden, das die Watherley's durch Handel erworben und sein Reichthum
deckte in den Augen der Spekulativen und Berechnen-
den die Mängel zu, von denen weder sein Aeußeres
noch Inneres frei. Er war häßlich durch eine miß-
gestaltete Figur, unangenehm, durch den Geiz, der
alle seine Handlungen charakterisirte. Hope Barwing wurde er von dem Augenblick an lästig, wo
er ihr seine Huldigungen darbrachte und widerwär-
tig machte er sich ihr, als er um ihre Liebe warb.
Unverholen hatte sie ihm stets den Eindruck gezeigt,

ren seine Annäherung bewirkt und selbst am Abend
des Festes, an dem Abend, wo man sie als seine
Braut ansah, verhehlte sie nicht die wahren Empfindungen ihres Herzens. Kalt und gemessen be-
antwortete sie Mr. Watherley's Anreden und seinen
Aufforderungen zum Tanze wußte sie sich durch
Ausflüchte geschickt zu entziehen.

Voll Spannung hingen die Augen der Gäste an
dem schönen Mädchen; Hope Barwing, — stets
in den Gesellschaften der Mittelpunkt der Blicke,
wurde an dem Abend noch mehr und aufmerksamer
wie gewöhnlich betrachtet; man fand sie auffallend
bleich, fast weißer aussehend, wie ihr matt schim-
merndes weißes Seidenkleid und Viele meinten oft,
wenn sie ihren Blick auf der mitunter regungslosen
Gestalt des jungen Mädchens ruhen ließen, Hope
mahne an jene herrlichen Marmorstatuen im Garten
ihres Vaters, die von Zeit zu Zeit, mit buntem
Farbenlicht übergossen, klar und deutlich aus den
dunkeln Bosquetts hervortraten, in denen bengalische
Flammen leuchteten. Je weiter der Abend vorschritt,
desto mehr kamen die Gäste zur Ueberzeugung, daß
Miß Barwing nicht mit dem ihr bestimmten Gatten
zufrieden sei; hie und da regten sich Stimmen Theil-

nehmender, die da äußerten, sie würde sich wohl
lieber mit Jemand verlobt haben, der weniger Geld
und besseres Aussehn habe, — Andere fanden sie
indessen wegen der brillanten Parthie mehr zu beneiden, als zu beklagen, denn Henry Watherley
galt in New-York als Millionair.

Die bei der Sache am nähsten Betheiligte, —
Hope Barwing, sie konnte sich, obgleich der furchtbare Moment ihrer Verlobung wie ein drohendes
Gespenst vor ihr schwebte, — nicht als möglich
denken, daß ihr Vater sein Wort halten würde, das
er ihr am Morgen gegeben; tönten auch vor ihren
Ohren, mitunter die Worte wieder, die er ihr gesagt,
nachdem er sie aus Waldemar's Armen gerissen,
vernahm sie durch das sie umbrausende Gewirre
der fröhlichen Gesellschaft den entsetzlichen Zuruf:
„Du wirst heute noch Watherley's Braut sein!"
so tröstete sie sich mit dem Gedanken an die feste
Entschiedenheit ihres Willens und an die offene
Erklärung, die sie ihrem Vater gegeben.

Wie jung Hope Barwing auch war, so energisch
war ihr Charakter; bangte sie also auch, — so fürchtete sie doch wenig für ihre Liebe und das stählte
ihren Muth. Fest entschlossen: „sich nicht mit Henry

Watherley zu verloben," sagte sie sich immer von
Neuem „Legt Dein Vater Deine Hand in die Watherley's, so ziehst Du sie zurück und erklärst un-
umwunden, was Dich allein retten kann, — Deine
Liebe zu Waldemar!" — — — — —

Hope wurde ruhiger, je weiter der Abend vorrückte und der Moment der Entscheidung herannahte.
Anders war es mit ihren Eltern und dem ihr bestimmten Verlobten. Mr. Watherley bangte vor
dem Augenblick und er war es, der Mr. Barwing
bat, die Ankündigung seiner Verlobung mit Hope
bis zum Souper zu verzögern; — der eisige Ton
des Mädchens, ihr Blick, Alles ließ ihn etwas
Schlimmes ahnen, — befürchten: „Der Vater täuscht
Dich und sie ist nicht einverstanden mit der Werbung." Nie — so oft Mr. Watherley auch an das
ihm bevorstehende Ereigniß dachte, wählte er den
Ausdruck, „sie liebt Dich nicht." Ob Hope ihn
liebte, war ihm ziemlich gleichgültig; er wollte der
Schwiegersohn Mr. Barwing's werden, das genügte
ihm vorläufig gänzlich! — Stellte er sich also die
Möglichkeit vor, daß das junge Mädchen ihm nicht
die Hand reichen würde, so schwand das Lächeln
aus seinem Antlitz, das frohe Hoffnung auf Erfolg

seiner Werbung hervorgerufen; Bläſſe bedeckte ſeine
Züge beim Gedanken an das Scheitern ſeiner Pläne
und mit Macht verſcheuchte er ihn. Immer ſchloſſen
ſich ſeine Augen vor dem Blick auf die mögliche
Alternative, denn — dieſe Alternative war ein Abgrund, in dem er rettungslos verſinken konnte! —
Mſtr. Barwing, die ihre Tochter zärtlich liebte und
deren Neigung für Waldemar Bookhouſe kannte,
hielt ſich an dem Abend ebenſo fern von Hope, wie
ſie es ſtets in der letzten Zeit gethan; ſie hatte ein-
geſehn, daß des Mädchens Liebe unberückſichtigt bleiben mußte und Hope Gefühle nicht nähren durfte,
die nach dem Willen ihres Mannes nicht im Herzen ihrer Tochter tiefere Wurzel faſſen ſollten. Zu
ihrem größten Schmerze hatte Mſtr. Barwing an
dem Tage die Gewalt entdeckt, die Waldemar über
Hope beſaß; und zugleich erkannt, wie tief die Leidenſchaft war, die Jene für den jungen Mann fühlte!
— Was in ihren Kräften geſtanden, war von ihr
geleiſtet worden, um das Kind dem Willen des Vaters gefügig zu machen; doch, wie unlenkſam ihre
ſonſt ſo ſanfte, nachgebende Tochter in der Beziehung
war, hatte ſich bei den Verſuchen gezeigt. Voll
Angſt ſah daher Mſtr. Barwing Hope immer ruhiger

werben; mit Entsetzen bemerkte sie zuletzt den Ausdruck fester Entschlossenheit in dem lieblichen Gesichte
ihrer Tochter und sie konnte bei dem Anblick nicht
den Gedanken unterdrücken: „daß das Mädchen zum
Kampf um ihre Liebe gerüstet war und es zweifel=
haft blieb, auf wessen Seite der Sieg sein würde.

Mstr. Barwing gehörte zu den Naturen, die
mit ängstlicher Sorgfalt jegliches Aufsehn vermeiden ●
schrecklich war ihr daher dieser Gedanke an die
Scene, die sich möglicher Weise an dem Abend, vor
Hunderten von Zeugen, in ihrem Hause entwickeln
konnte. — Sie ging zu ihrem Manne, als sie ihn
einen Augenblick allein sah, und sprach flehend:
„William, sage Hope, was auf dem Spiele steht
und sei überzeugt, dann widerstrebt sie Dir nicht.“

Mr. Barwing runzelte die Stirne und entgegnete
kalt: „Nein! es ist nicht nöthig, daß sie das weiß!
sie wird so gehorchen!“

„Sie thut es nicht! Hope ist energisch wie Du;
sie ist darin Deine echte Tochter und besitzt einen
eisenfesten Willen.“

„Nicht ihren Eltern gegenüber! sie ist doch mein
Kind, muß also thun was ich befehle, — beruhige
Dich daher.“

„O höre auf mich! — Du bedarfst nicht der Gewalt! — Wende Dich an das Herz Deines Kindes und glaube mir, das Gefühl der Liebe beugt ihren Willen."

Mr. Barwing warf einen flüchtigen Blick auf seine Tochter; das ruhige Lächeln in diesem bleichen Gesichte verwirrte ihn, denn einige Stunden zuvor hatte er dieses Antlitz, das jetzt so vollkommen in den Salon paßte, von Schmerz zerrissen gesehn und diese hohe königliche Gestalt, die nun mit leichter Grazie und stiller Würde einherschwebte, hatte sich im demüthigen Flehen zu seinen Füßen gewunden; — jede Spur vergangener Gemüthsbewegung war verwischt! — — Barwing fragte sich, ob der starke Wille, der dieses Werk so bald vollbracht, nicht auch mächtig genug sein würde, den angedrohten Kampf zu wagen; — verstimmt wandte er sich von Frau und Tochter ab. Eine Berührung seines Armes veranlaßte ihn, sich umzuwenden und er sah abermals das bittende Gesicht seiner Frau. Hastig sagte er: „Ich werde, ehe ich ihre Verlobung öffentlich bekannt mache, prüfen, ob sie geneigt ist, meinen Befehlen zu folgen."

Mstr. Barwing schien zufrieden.

Mit verbindlichem Lächeln gingen beide Gatten
von Neuem zu verschiedenen Gruppen ihrer Gäste;
Mr. Barwing's Lächeln hielt sogar Stich bei den
Nachfragen nach Waldemar Bookhouse; er sprach
mit Bedauern von seines Correspondenten plötzlicher
Abreise, die dessen Vater am Morgen veranlaßt und
redete unbefangen von der Hoffnung seiner baldigen
Rückkehr.

Hope Barwing stand im Laufe des Abends bei
einer solcher Fragen mit einer ihrer intimsten Freundinnen, der ihre Liebe zu Waldemar kein Geheimniß
war, in der Nähe ihres Vaters; seine Schwester
kam plötzlich zu ihm und sprach ihre Verwunderung
aus, daß sie Mr. Bookhouse nicht gesehn und fragte,
wo er sei. — Gespannt lauschten beide Mädchen
der Antwort und bemerkten nicht den Blick, den
Mr. Barwing auf sie richtete; sie hörten nur, mit
niedergeschlagenem Auge die im ruhigsten Tone der
Welt gesprochenen Worte: „Er ist leider heute abgereist; es wurde ihm schwer, an Hope's Verlobungs-
feste zu fehlen; doch Familienrücksichten zwangen ihn
dazu."

„So ist es also wahr, daß Hope mit Watherley
verlobt ist!" rief die alte Dame erfreut. „Hope,

mein Kind, ich gratulire Dir!" setzte sie, sich zu ihrer Nichte wendend, hinzu.

Nur einen Augenblick lähmte Schreck und Ent= setzen das Mädchen; sich fassend sprach sie lachend: „Tante, wie kannst Du Scherz für Ernst nehmen und glauben daß mein Vater, der ja weiß, wie tief ich Waldemar Bookhouse liebe, mich mit Watherley verloben wird."

„Ja so! ich weiß —" stotterte die Tante ängst= lich, als sie das erdfahle Gesicht ihres Bruders sah. „Ach, da ist Mstr. Blackwell, ich sah Sie noch nicht! — Theure Mstr. Blackwell! —"

Die alte Dame entfernte sich eilig.

Schweigend standen sich Vater und Tochter gegen= über; Miß Hope's Freundin würde gern auch fort= gegangen sein, aber Hope's Hand hatte sich mit krampfhafter Heftigkeit um ihren Arm geschlungen.

„Also doch!" murmelte Mr. Barwing leise; lau= ter, doch nur den beiden Mädchen verständlich, setzte er hinzu: „Miß Barwing, ich prophezeihe Ihnen, daß Sie sich nur lächerlich machen werden, indem Sie die Liebe zu dem Commis Ihres Vaters der Welt verkünden."

„Besser lächerlich, als ehrlos, Mr. Barwing!"

entgegnete sie ruhig „Ehrlos!" wiederholte Mr. Barwing langsam und mit eigenthümlichem Tone, „allerdings, das ist etwas Schlimmes und das erträgt nicht
Jedermann mit Ruhe."

Er verließ beide Mädchen schnell, denen er plötzlich wie geistesabwesend erschien; ein seltsames Gefühl der Beklemmung benächtigte sich Hope's und
angsterfüllt blickte sie ihrem Vater nach, der sich in's
dichtere Gewühl der Gäste mischte. Der verwun-
derte Ausdruck im Gesichte ihrer Freundin zwang
sie, sich zu beherrschen; durch einen leichten Scherz
beruhigte sie dieselbe und Beide schlossen sich einem
vorübereilenden Zuge von nahen Bekannten an, die
sich in den Garten begaben.

Der Garten war seltsam durch Mondschein und
farbiges Lampenlicht erhellt. Unter heitern Gesprächen wandelten die jungen Leute umher; Alle waren
froh und erregt; Alles strahlte von Licht und Glanz,
nur in Hope's Innern war es dunkel, und finster
erschien ihr Alles, wohin sie blickte. Ein unwillkühr-
liches Gefühl trieb sie nach kurzer Zeit an eins der
Fenster des Gartensalons, die hinab bis zur Erde
reichten; sie übersah von dort das ganze Gemach,
sah aber nichts von den darin auf und abwogenden

bunten Gestalten, ihr Blick fiel und haftete allein
auf ihren Vater, der mit einem der Diener des
Hauses redete. Beide wechselten nur wenige Worte
zusammen, dem Anschein nach waren sie unbedeu=
tend —; Hope bemerkte aber, wie düster das Auge
ihres Vaters wurde, daß er einige Sekunden lang
wie gedankenlos vor sich hin starrte und dann sah
sie ihn mit schnellem Schritte durch eine Thüre gehen,
die nach dem Corridore führte.

Hope beschloß, ihn ferner zu beobachten; sein
Wesen erschien ihr plötzlich auffallend gegen seine
sonstige ruhige unveränderte Haltung und gedanken=
voll kehrte sie zu ihren jungen Freundinnen zurück.
Länger als eine halbe Stunde blieben sie noch im
Garten; doch von Neuem erschallende Tanzmusik
rief Alle nach dem Tanzsaale. Hope hatte sich zu
der Francaise engagirt, ihr Tänzer eilte bei den
ersten Takten auf sie zu und sie wollten sich in die
Reihen der Antretenden stellen, als einzelne der
Orangenblüthen aus dem Kranze fielen, den sie im
Haare trug.

„Nehmen Sie sich eine andere Dame!" bat Hope
ihren Tänzer und deutete auf ihren in Unordnung

gerathenen Kopfputz, „ich muß mir neue Blüthen anstecken."

. Sie eilte aus dem Saale; auf dem Wege nach ihrem Zimmer !begegnete sie ihrer Mutter. Ein fremdes Auge würde vielleicht kaum eine Veränderung in Mstr. Barwing's stets gleichmäßig ruhigen Gesichtszügen wahrgenommen haben; doch ihre Tochter erkannte augenblicklich, daß die Ruhe, die das Antlitz jetzt zeigte, eine mühsam errungene war. Ohne ein weiteres Wort zog sie ihre Mutter in ihr Zimmer, verschloß die Thüre, und fragte haftig:

„Was ist vorgefallen? — Was ist Dir, liebe Mutter?"

Mstr. Barwing's mühsam errungene Faffung schwand vor diesem plötzlichen, unerwarteten Ausruf; sie brach in convulfivisches Schluchzen aus, warf sich mit leidenschaftlicher Heftigkeit in die Arme ihrer Tochter und rief flehend: ·

„O Hope, mein Kind, erbarme Dich, rette Deinen Vater!"

„Ich, meinen Vater retten? — — Was ist ihm — wo ist er?"

. „In seinem Zimmer! er hat vor Kurzen die schrecklichsten Nachrichten erhalten!"

„Was für Nachrichten — inwiefern schrecklich?"

„Ich kann — ich darf Dir Nichts sagen!" flüsterte Mstr. Barwing erbleichend und setzte dann lebhaft und dringend hinzu: „Ach, eile zu ihm, meine Tochter! — vielleicht öffnet er Dir sein Herz! Sei aber vorsichtig, liebe Hope! — Dein Vater ist in einer schrecklichen Lage, in einer verzweifelten Stimmung!"

Hope Barwing stand einige Sekunden wortlos da; Gefühle der Angst, des Entsetzens durchströmten ihre Seele; nur mit Anstrengung gelang es ihr, sich zu fassen, dann sagte sie zärtlich:

„Beruhige Dich, liebe, liebe Mutter! — ich gehe zum Vater!"

Mstr. Barwing athmete auf, als ihre Tochter aus dem Zimmer eilte.

Siebentes Kapitel.

Es war ein so kurzer Weg, den Hope Barwing zu machen hatte, um nach dem Zimmer ihres Vaters zu gelangen und doch wie viele Gedanken, — welch' verschiedene Gedanken wogten durch ihr Inneres auf diesem kurzen Gange!

Die Tanzmusik, das Geräusch der Gesellschaft drang an ihr Ohr und in welch grassem Contraste standen die Eindrücke, die sie von Außen empfing, zu dem, was ihre Seele beschäftigte! — — Den schrecklichsten Gegensatz zu dem heitern Gewühl des Festes, das sie vor wenig Minuten verlassen, bot ihr aber das stille, einsam gelegene Gemach ihres Vaters, das sie mit laut klopfendem Herzen betrat.

Dieses Zimmer war nur schwach durch eine Lampe erhellt; sie brannte inmitten eines Tisches, den offne Briefe bedeckten; den vollsten Strahl des

Lichts traf ein Schrank, der Waffen enthielt und
dessen Thüren geöffnet waren; glänzend traten die
blitzenden Schafte der Revolver und Doppelgewehre
aus dem dunkeln Hintergrunde hervor. — Vor diesem Schranke stand Mr. Barwing mit über der
Brust gebeugten Armen und sein Auge ruhte ernst
und nachdenklich auf einer seiner vortrefflichsten Pistolen; sein Gesicht bedeckte fahle Blässe; doch zeigte.
es Ruhe und Entschlossenheit.

Nur einen Moment betrachtete Hope das schauer-
liche Bild, das ihr mit scharfen Strichen die Stimmung einer verirrten, verzweifelten Seele ent-
hüllte. Sie flog auf ihren Vater zu; Mr Barwing hörte nicht den leichten Schritt seiner Tochter;
doch in dem Augenblicke, wo seine Hand nach der
Waffe griff, die er lange und ernst betrachtet, fühlte
er seinen Arm zurückgehalten. Hastig wandte er
sich um und rief barsch: „Was willst Du hier?"

„Ich wollte Dich fragen, ob ich Etwas für Dich
thun kann?"

Die Stimme Hope's klang nie weicher, nie sanf=
ter, als bei diesen Worten; Barwing blickte sie fest
und forschend an. Sie hielt den Blick ruhig aus
und sah, daß im Auge ihres Vaters eine Thräne

aufstieg. — Mehr als tausend Worte erschütterte sie
diese Thräne! — nie hatte sie diesen Ausbruch tiefer, innerer Bewegung bei einem Manne gesehn,
nie hatte sie vermuthet, daß ihr Vater weinen könne.
— Mit einer Liebe, wie sie sie noch nie in ihrem
Herzen für ihren Vater empfunden, umschlang sie
seinen Hals und indem sie ihren Kopf auf seine
Schulter legte, fragte sie leise: „Was kann, was
soll Dein Kind für Dich thun? —"

Barwing entwand sich den Armen des bewegten
Mädchens und mit seinem gewöhnlich kalten Tone
und schroffem Wesen entgegnete er kurz: „Laß mich
allein! — Geh!"

„Vater, lieber Vater!" rief sie, ihn von Neuem
umarmend, „Vater, ich verlasse Dich nicht, bis
Du mir gesagt hast, ob ich nicht Etwas für Dich
thun kann."

„Etwas?" — wiederholte Barwing bitter. „Etwas? — Du kannst viel, Du kannst Alles für mich
thun, Du kannst mich retten; doch — — Du willst
es ja nicht."

„Verlange! Um Dich zu retten, thue ich Alles!"

„So laß mich Deine Verlobung mit Watherley
bekannt machen."

Hope erbebte — bedeckte ihr Antlitz mit beiden Händen und sank dann ihrem Vater zu Füßen.

Er trat einen Schritt zurück, lachte höhnisch und rief: „Die Liebe eines Kindes! Die Opferwillfährigkeit einer Tochter!" —

Hope sprang auf und mit tonloser Stimme hauchte sie kaum hörbar: „Vater! — Wenn ich mich nicht mit Watherley verlobe, wenn ich Waldemar den Schwur der Treue halte, was geschieht dann —?"

„Dann ist mein Name morgen gebrandmarkt, dann bin ich ehrlos! Die öffentliche Schande vermag ich nicht zu überleben."

Hope schwieg nach diesen entsetzlichen Worten; Vermuthungen — Gewißheiten durchkreuzten ihren Geist, Schmerz und Weh zerrissen ihr Herz und bange Trostlosigkeit erfüllte ihre sonst so muthige und starke Seele.

Nach einer langen, für Vater und Tochter gleich furchtbaren Pause flüsterte Hope: „Du bist banquerott?"

„Ich werde es, wenn sich nicht noch diese Nacht mein Name mit der berühmten Firma der Watherley's verbindet."

„Geschieht Das, bist Du dann gerettet, Vater?"
fragte sie ernst und feierlich.

„Ja!"

„Hat ein Name solches Gewicht?"

„Er hat es, wenn er solchen Klang besitzt, wie
der der Watherley's."

Hope faltete die Hände; Glut und Blässe wechselten in ihrem Gesichte, Zittern durchflog ihre
Glieder.

„Vater, gilt Dir Dein Name wirklich mehr als
das Lebensglück Deiner einzigen Tochter?" —

„Mein Ruf steht mir höher, Hope! Mein Name
ist einer der geachtetsten in der Handelswelt! Seit
länger als hundert Jahren ist die Firma „William
Barwing" in der ehrenhaftesten Weise bekannt, ich
kann keinen Makel .auf meinem Namen sehen, den
ich so gern meinen Söhnen in seinem alten Glanze
erhalten! — Daß ich's nicht kann, der Gedanke
treibt mich zum Aeußersten — ich — —"

„Halt ein, Vater! — Nicht noch einmal diese
furchtbare Andeutung, der bloße Gedanke ist eine
Todsünde!"

„Ist er es auch nach Deinen Begriffen, so nicht

nach den meinigen! der Ausweg ist mein einziger Trost, die That meine einzige Rettung!"

„Du hast ja ein anderes Rettungsmittel, Deine Tochter!" rief Hope mit freudigem Lächeln.

„Willst Du wirklich mein guter Engel sein?"

„Nicht Dein Engel — nur Dein Kind! — Komm, Vater, laß uns eilen und mache Deine Verbindung mit dem Dich rettenden Namen bekannt."

Hope fühlte, daß sie, ohne weitere Ueberlegung, rasch handeln mußte, daß ihr keine Zeit zur Besinnung bleiben durfte, denn tausend Stimmen riefen ihr unaufhörlich zu: „Indem Du den Einen rettest, tödtest Du den Andern."

Mr. Barwing drückte einen Kuß auf die Stirne seiner Tochter. Worte heißen Dankes strömten von seinen Lippen; dann bat er Hope zur Gesellschaft zurückzukehren und versprach, binnen Kurzem ihr zu folgen.

Hope ging. Im Vorgemach erblickte sie den greisen Buchhalter, welcher der Beschützer ihrer und Waldemar's Liebe gewesen.

Thränen traten bei seinem Anblick in ihre Augen und schmerzlich rief sie: „O Bob, Bob! — nun ist

Alles aus! ich habe Waldemar entsagt und werde Watherley's Braut."

„So sei Gott gepriesen!" rief der alte Mann feierlich.

Verwundert blickte Hope ihn an und entgegnete voll Erstaunen: „Wie, Bob? — Das sagst Du?" — —

„Ja wohl, Miß Hope, sage ich es aus vollem Herzen! Nachdem ich heute Nachmittag von Eurem Vater erfahren, welche Schicksale ihn betroffen haben, was für Speculationen ihm mißlungen sind, — seitdem habe ich Gott angefleht, daß Ihr Eure junge Liebe dem alten Namen zum Opfer bringen möchtet! — Gott hat mein Gebet erhört, Ihm sei tausendfacher Dank gebracht, daß er Euer Herz erweicht und dem Willen Eures Vaters geneigt gemacht! — —"

Hope Barwing betrachtete den Greis mit noch größerm Erstaunen, — er hatte ihre Liebe erstehn und im Laufe der Zeit erstarken sehen, — war ihr Vertrauter, ihr Schutz und Schirm gewesen — hatte sich mit ihnen bisher gegen ihre Eltern verbunden; wenn Verzweiflung sie erfaßt, war er es gewesen, der ihren Muth aufgerichtet, sie Beide getröstet und nun dankte er Gott, daß sie diese Liebe, die der

Pulsschlag ihres Lebens war, dem Namen Barwing
zum Opfer brachte.

Ein Gefühl von Bitterkeit regte sich zum erstenmale in dem Herzen des jungen Mädchens und in
gereiztem Tone rief sie ihrem alten treuen Freunde
zu: „Von Dir, Bob, hätte ich am ersten andere,
als die eben gesprochenen Worte erwartet! — ja,
Dir würde ich wahrlich zugetraut haben, daß Du
Liebe und Treue höher achtetest, als den Namen
eines Handlungshauses! —"

Die Reihe, zu staunen, schien jetzt an den alten
Buchhalter gekommen zu sein; kopfschüttelnd sah er
seinen aufgeregten Liebling an und entgegnete empfindlich: „Ich würde Eure Rede übel nehmen, Miß
Hope, wenn ich nicht glaubte, daß der Schmerz Eure
Sinne verblendet und Eure Gedanken verwirrt hat!
Berichtigen muß ich aber Euren Irrthum; ich muß
Euch sagen, daß ich seit länger als funfzig Jahren
in dem Geschäfte William Barwing's bin und dem
Hause zu treu gedient habe, als daß mir sein Name
nicht höher denn Alles in der Welt — bedeutend
höher als die vergänglichen Gefühle des Herzens
— stehen sollte!"

„Du nennst Liebe und Treue vergängliche Gefühle?" rief Hope leidenschaftlich.

„Sind sie es etwa nicht? — sie reichen doch
nicht über das Grab hinaus? — Möget Ihr sie auch
hegen bis zu Eurer Todesstunde — dann sterben sie
mit Euch. Nicht so der Name Barwing! —
— Die Firma hat schon mehrere Geschlechter über-
dauert und wird noch als heller Stern in der Handelswelt strahlen, wenn unsere Kind und Kindeskin-
der längst Staub und Asche sind."

„Mit einem Kaufmann ist über Gefühlssachen
nicht zu streiten, an der Stelle des Herzens trägt
er das „Ein mal Eins" oder ein Rechenexempel!"
antwortete Hope mit steigender Erbitterung.

„Kein „Ein mal Eins", Miß Barwing! — Kein
Rechenexempel, Miß Hope! — Das Herz eines
guten Kaufmanns ist einzig erfüllt von
dem Bestreben, den Glanz seiner Firma
in fleckenloser Reinheit zu erhalten, damit sein Name im Stande ist, hoch über den
in der Handelswelt vorkommenden Wech-
selfällen des Glücks zu stehen. Unerschütter-
lich, gleich dem Fels im Meere muß eine gute Firma

sein. — Ob die brausenden Wogen und reißenden
Fluthen des Handels und Wandels auch gegen diesen Fels anströmen, sich in bedrohlicher Höhe neben
ihm aufthürmen; — spurlos muß Alles an ihm ab-
gleiten, unversehrt muß er aus schäumenden Wellen
des Unglücks, aus den starken Strömungen verfehl-
ter Spekulationen hervortauchen. Immer muß ein
fester Grund da sein, auf dem er sich erhebt; kalt
und ruhig muß er auf das Gewirre hinabblicken
können; unablässig muß er bemüht sein, daß der
Boden unter ihm nicht wankt! — Sieh, Kind, dafür — für einen Namen von fleckenlosester Reinheit
— einem Namen vom besten Klange, muß der Kaufmann leben, wirken, handeln; dafür muß er Alles
opfern und hingeben, dabei muß ihn auch Jeder treulich unterstützen, der unter seiner
Firma arbeitet!"

Das leuchtende Auge des greisen Buchhalters,
seine lebhafte Erregung machten den tiefsten Eindruck auf Hope — die Worte rissen sie hin! — Es
war, als ob ein elektrischer Funke in ihr Herz gefallen sei und das kaufmännische Blut entzünde-
habe, das durch ihre Adern rollte; ihren Geist durchflog plötzlich die feste Gewißheit, daß sie Recht ge-

9*

handelt hatte, ihre Liebe dem Namen ihres Vaters
zu opfern. —

Zum Heil und Segen der Firma Barwing wan=
delte das Gespräch mit dem Buchhalter Hope zu
Etwas um, das sie vielleicht nie gedacht werden zu
können — nämlich: zu einer auf den Namen ihres
Vaters stolzen Tochter. So erblich dann in dem
Augenblick vor dem Gedanken an den Glanz der
berühmten Firma eines alten Handlungshauses die
Erinnerung an Waldemar Bookhouse und ihre Liebe.

Ein zufälliges Ereigniß mahnte Hope, ehe sie
ein treues Herz gänzlich aufgab, noch einmal an Al=
les, was dieses Herz ihr bis dahin gewesen! —
Im Begriff, in die Gesellschaftssäle zurückzukehren,
löste sich der Kranz, mit dem ihr Haar durchflochten,
vollständig; Blätter und Blüthen, die sie geschmückt,
lagen plötzlich zu ihren Füßen, entsetzt wich Hope
vor diesen kleinen weißen Kelchen der Orangenblüthen
zurück, die wie Schneeflocken an den grünen Zwei=
gen hingen. — Schneeflocken lagen auch auf dem
ersten, hoffnungsvollen Traume ihres Lebens! — —

Waldemar Bookhouse hatte ihr, dem Kinde, als
erstes Geburtstagsgeschenk ein Orangenbäumchen ge=
geben, — dieses Orangenbäumchen trug das erste

Mal Blüthen — reiche Blüthen und mit ihnen hatte
sich Hope gerade an dem Tage geschmückt, wo die
letzten Blüthen ihrer Liebe gefallen! — Wie schmerzlich tief traf sie der stumme Vorwurf dieser Blumen,
tiefer — als alles Selbstverklagen! — — —

Mit starker Willenskraft unterdrückte sie einen
Ausbruch heftigen Schmerzes; nur einzelne Thränen
bethauten die zarten Blüthenkelche als sie sie haftig
zusammenraffte und in ihr Zimmer trug. Ihre Hände
zitterten noch als sie nach dem kostbaren Brillant-
schmuck griff, den Henry Watherley ihr vor Beginn
des Festes gesandt und den sie auf Befehl ihres
Vaters nicht hatte zurückschicken dürfen; doch als
das schimmernde Diadem ihre Stirne umschloß, da
schimmerte auch ein leuchtender Stern durch die tief-
dunkle Nacht ihres Elends, — es war der Gedanke,
ihren Vater gerettet zu haben; — als Kette und
Spangen an Hals und Armen befestigt waren, — da
war es auch Hope gelungen, Gefühle in Fesseln zu
schlagen und diese in den tiefen Kerker zu bannen,
in dem der Mensch so oft gezwungen wird, die
schönsten, die heiligsten Empfindungen seines Herzens zu verweisen.

Nahrung und Freiheit, Leben und Licht entbeh-

renb gestalten sich diese meist blühenden Gefangenen
in dem tiefen einsamen Kerker der menschlichen Brust
im Laufe der Zeit zu bleichen farblosen Schatten.
Ist der laute Wehruf über ihr trostloses Geschick —
der einst ein tausendstimmiges Echo im Herzen wachge=
rufen — auch längst verhallt, so tönt doch eine leise
Stimme als ewige Mahnung in der Seele fort und
fort; dieser Ton zittert ebenso durch das ganze Le=
ben eines Menschen, dessen Leben kein Leben, son=
dern nur ein Vegetiren ist, wie auch die Schatten=
bilder seines verlorenen Glücks immer, Gespenstern
gleich, an seinem geistigen Auge vorüberschweben
und Alles umdüstern, was sein Blick in der Wirk=
lichkeit sieht. Ruhe finden Solche, deren Haupt=
sehnsucht zuletzt „Ruhe" ist, erst dann, wenn die
ewige Ruhe sie umfängt! — — —

Wie fern war das junge Mädchen, das jetzt so
ernst zum heitern Feste zurückging, diesem Ziele!
ihr Schauplatz war noch lange Jahre die Welt —
das Leben mit seinen tausend Leiden und wenigen
Freuden. Hope Barwing betrat diesen Tummelplatz
der menschlichen Kämpfe, des steten Ringens mit
Fassung und Ergebung, ihren Zweck: — die Ret=
tung ihres Vaters — fest im Auge haltend.

Zu derselben Zeit, wo Waldemar Bookhouse in einsam gelegener Farm, am Sterbebette seines Groß= vaters der fernen Geliebten mit heißer Sehnsucht gedachte und ihr Name über seine Lippen glitt, durch= schallte die glänzenden Räume des palastähnlichen Hau= ses Mr. Barwing's ein hundertstimmiges jubelndes „Hoch!" Man ließ das Brautpaar leben, dessen Ver= lobung Mr. Barwing den Gästen verkündet. —

Die Nachricht, daß die Handlungshäuser „Bar= wing" und „Watherley" sich durch Heirath nahe tre= ten würden, wurde noch in derselben Nacht von Mr. Barwing und Mr. Watherley an viele bedeu= tende Firmen der Handelswelt des In= und Auslan= des mitgetheilt.

Längst war der Tag angebrochen und die Strah= len des Sonnenlichts fielen hell und glänzend durch die geschlossenen Jalousien der Arbeitskabinete Mr. Barwing's und Mr. Watherley's, als beide Herren, die sich nicht einmal Zeit genommen, ihre Festklei= dung abzulegen, eifrig schreibend an ihren Büreau's saßen und für die Aufrechthaltung ihrer in der Han= delswelt so geachteten und berühmten Namen sorgten.

Indem Mr. Barwing ein Paquet Briefe siegelte,

diese dann bei Seite legte, sprach er mit sebstzufrie-
benem Lächeln vor sich hin:

„So wäre denn jede Gefahr glücklich abgewen=
det, die gedroht, den Glanz der Firma Barwing
zu trüben! — Der Name „Watherley" —
dieser geachtete Name, wird den Aengstlichsten
beschwichtigen! — — Jetzt nur noch Eins! und
zwar — Vorsicht, daß mein reicher Schwiegersohn
nie erfährt, aus welcher furchtbaren Lage sein
Name mich befreit hat."

Nach dem letzten nothwendigen Federstrich die
Feder bei Seite werfend, rief Mr. Watherley auf=
springend: „Die Spekulation ist gelungen! Firma
Barwing hat mich gerettet! — — Was vermag
nicht Alles ein einfacher Name! — — Nun
aber behutsam, damit mein reicher Schwiegerpapa
nicht merkt, aus welchem Grunde ich mich mit so
großer Beharrlichkeit um die Hand seiner Tochter
beworben, — nun schlau sein, — um Miß Hope
zu täuschen, daß sie nie ahnt, wie nur ihr
Name mir eine glühende Leidenschaft für sie ein=
geflößt!" — — —

Der mit feuriger Glut anbrechende Tag fand
auch die todesbleiche junge Braut noch wach; —

Hope Barwing lag in ihrem Schlafgemach, vor einem kleinen Betpulte, auf den Knien; das Gebet, das sie zu dem Lenker ihres Schicksals emporsandte, war kurz an Wort, reich an Inhalt! — Es lautete: „Herr mein Gott, laß mich den einen Namen vergessen, der mir der theuerste auf der Welt ist!"

———

Achtes Kapitel.

Die Nachricht von Hope Barwing's Verlobung drang schnell zu Waldemar Bookhouse. Sie erfüllte seine Seele mit Verzweiflung; er konnte sich das Schreckliche nicht wahr denken. Je länger er darüber nachdachte, desto mehr kam er zu der Ansicht, daß man Hope nur gewaltsam zu der Verbindung gezwungen — sie ebenso tief leide wie er, und um dem Weh ihrer Herzen durch energisches Eingreifen ein schnelles Ende zu machen, verließ er trotz der Vorstellungen seines Vaters, — trotz der Bitten seiner Schwester die Farm und reiste nach New=York.

Mr. Barwing hatte diese Handlungsweise Waldemar's gefürchtet, dem Falle vorgebeugt und seine Frau und Tochter auf eine seiner in der Nähe der Stadt liegenden Besitzungen gesandt. Als der junge Bookhouse kam und ihn nach seiner Tochter fragte, die er ruhig als „meine Braut" bezeichnete, antwortete Mr. Barwing, um ihn zu täuschen, anfangs ausweichend; dann sagte er kalt: „Miß Barwing ist in Philadelphia bei dem Onkel ihres Verlobten!"

Waldemar begab sich nach Philadelphia, — in der Farm, wo man die Vorbereitungen zur Abreise nach Europa traf, harrte man vergeblich seiner Rückkehr. Woche nach Woche verfloß — Waldemar kehrte nicht heim! — Mr. Barwing versicherte mit der größten Ruhe dem verzweifelten Mr. Bookhouse, daß er nicht wisse, wo sein Sohn sei und in der Farm betrauerte man Waldemar bereits als todt, als endlich Nachricht über ihn anlangte.

Mr. Barwing theilte eines Tages Gertraud mit, daß ihr Bruder in Philadelphia sei, aber schwer krank darnieder liege; Mr. Bookhouse und seine Tochter waren glücklich, daß Sohn und Bruder doch noch am Leben, und reisten sofort ab. Erst nach mehreren Wochen war Waldemar so weit hergestellt, daß man Philadelphia verlassen und ihn nach der Farm bringen konnte.

Auf der Reise, nahe vor New-York, erklärte Waldemar mit einer Festigkeit: „die Stadt nicht zu verlassen, ohne Hope Barwing gesehen zu haben" —

daß sein Vater erkannte, vergeblich würde alles Zu-
reden sein. Ruhig fragte er daher, um genau zu
wissen, was sein Sohn beschlossen: „Willst Du Miß
Barwing im Hause ihres Vaters aufsuchen?"

Waldemar sann einige Augenblicke nach und rief
dann lebhaft:

„Dort würde ich sie wahrscheinlich nicht ungestört sprechen! sie fährt aber jeden Mittag mit ihrer
Mutter auf dem Broad=way spazieren, und dort
will ich hin."

Mr. Bookhouse forderte von seinem Sohne, ihn
begleiten zu dürfen und Beide gingen nach diesem
Sammelplatz der beau monde New=York's.

Kaum hatten sie die von Fußgängern und Equipagen aller Art so außerordentlich belebte Straße
betreten, als ein, wie im Fluge heranrollender Wagen, den ein Paar der herrlichsten Rappen zogen,
ihre Aufmerksamkeit erregte und sie sofort erkennen
ließ, daß die Pferde scheu geworden.

Mit dem Rufe: „Die Pferde gehen durch!" stürzten sich die ängstlichsten der Fußgänger in verschie-
bene der offen stehenden Bazars und Läden; die
große Masse aber drängte sich, von unwillkürlicher
Sorge um's bedrohte Leben ergriffen, auf den brei-

ten Trottoirs in dichten Gruppen zusammen. Alle Wagen bogen so eilig wie möglich der heranfliegenden Equipage aus und wie durch Zauberschlag öffnete sich für die wilden Pferde eine breite Gasse.

Als Waldemar nur den flüchtigsten Blick auf eine der im Wagen sitzenden Personen geworfen, erkannte sein scharfes Auge auch schon das blasse, aber ruhige Antlitz der Geliebten. Außer ihr sah er nichts — nur an sie und die Gefahr, in der sie sich befand, dachte er in der Sekunde. Mit dem hastigen Ausruf: „Vater, es ist Hope, hilf mir!" entriß er sich dem ihn stützenden Arme, theilte die ihn umgebende Menge und stand im nächsten Augenblicke in der Mitte der Straße, den Anlauf der Pferde erwartend, um ihnen in die Zügel zu fallen.

Es hätte nicht des Zurufes seines Sohnes bedurft, um Mr. Bookhouse zu einer That des Muthes und der Unerschrockenheit anzufeuern; wo zu helfen galt, stand er nie müßig und schnelles energisches Handeln lag in seinem Charakter. So sehr ihn auch der Gedanke entsetzte, seinen kaum genesenen, durch lange Krankheit sehr geschwächten Sohn im Kampf mit scheuen, wilden Pferden sehn, raubte ihm weder die Angst, noch der Schreck die Besin-

nung; er sah mit Blitzesschnelle ein, daß ein Ab-
reden vergeblich sein würde und daher galt nur ein
Zuvorkommen. Mit raschem Lauf überholte er seinen Sohn um einige Schritte — in derselben Sekunde kamen die Pferde im tollsten Laufe dahterge-
rannt, unverweilt griff er in die Zügel und seine
starke Hand bannte sie wenigstens einen Augenblick.
Als sie sich ihm entreißen wollten, leistete ihm nicht
allein sein Sohn Beistand, sondern mehrere kräftige
Männer unterstützten so wirksam seine Bemühung,
daß die wilden Thiere nach kurzer Zeit vollständig
gebändigt waren.

Waldemar wandte sich zu der Geliebten; Hope,
welche die Momente der Lebensgefahr nicht der Besinnung beraubt, verlor das Bewußtsein, als ihr
Blick Den traf, dem sie die Treue gebrochen! Mit
leisem Schmerzesschrei sank sie in die Kissen des
Wagens zurück; Waldemar öffnete den Schlag,
sprang auf den Tritt und wollte die Ohnmächtige
aus dem Wagen heben, als ein ganz plötzlicher,
unvermutheter Zwischenfall seine Thatkraft lähmte.

Neben Hope saß ein Herr, der sich ebenfalls
über die Ohnmächtige beugte und freundlich sagte:
„Lieber Bookhouse, es wird das Beste sein, wir

laſſen Mſtr. Watherley im Wagen! unſer Haus iſt
ja ganz in der Nähe und dort iſt meine Frau wohl
am beſten aufgehoben."

Verwirrt ſtarrte Waldemar den Redenden an,
der Hope Barwing mit einem andern Namen be=
zeichnete und erkannte das ihm ſo widerwärtige Ge=
ſicht Mr. Watherley's. Ein convulſiviſches Zittern
durchflog ſeine Geſtalt, er würde vom Tritt des
Wagens herab und zur Erde gefallen ſein, wenn
ſeines Vaters ſtarke Hand ihn nicht gehalten.

„Dank, Mr. Boothouſe, tauſend Dank für Ihre
Hülfe!" rief Watherley, indem er die bewußtloſe
Hope umfaßte. „Dank Ihnen allen, meine Herren,
für Ihren thätigen Beiſtand!" ſetzte er, ſich mit
verbindlichem Lächeln an die Umſtehenden wendend,
hinzu.

Man wechſelte noch einige flüchtige Worte, dann
zogen die Pferde an, die von zwei Männern geführt
wurden.

Waldemar hatte keine Sylbe von der kurzen Un=
terredung verſtanden; er ſah nur die im Arme ihres
Mannes ruhende Hope. — Als die Pferde anzogen,
das ihm ſo furchtbare Bild entglitt, zuckte er heftig
zuſammen; — mit wilder Geberde entriß er ſich

dem Arme seines Baters und eilte dem Wagen nach;
jedoch nur für wenige Schritte hielten seine Kräfte
aus und er sank zu Boden. Die Umstehenden glaubten, daß eins der Pferde ihn verletzt habe und trugen ihn in das nächste Haus, — sein Bater ließ
ihn nur so lange dort, bis er einen Wagen besorgt
hatte.

Waldemar's erstes Wort, als er aus der tiefen, langen Ohnmacht erwachte, war der Name Hope
Barwing's. Er wiederholte ihn oft und im Tone
der heißesten Sehnsucht.

Sein Bater erwiderte anfangs nichts; nach einigen Wochen aber ergriff er die Hand des Jünglings und sprach einbringlich: „Erinnere Dich, daß
sie jetzt den Namen eines Andern trägt!"

Waldemar verbarg sein Gesicht in den Händen
und leise schluchzend rief er schmerzlich: „Für mich
wird sie nur einen Namen behalten, den Namen,
der sich für ewig mit unauslöschlicher Schrift in
mein Herz gegraben hat."

„Bergiß aber über diesen Namen nicht, daß wir
uns einen andern Namen erringen wollen, als den,
welchen wir jetzt tragen."

Waldemar blickte seinen Bater erstaunt an; Bool-

house sah, daß sein Sohn die sie betreffenden Ereignisse, die seiner Krankheit vorangegangen waren,
vergessen hatte. Er mahnte ihn an die Todesstunde
seines Großvaters, an die Pläne, die sie nach dessen
Ableben entworfen hatten und setzte ernst hinzu:
„Deine Krankheit hat damals unsere Absicht, mit
dem nächsten Schiffe nach Europa zu reisen, ver-
eitelt, — Gelegenheit nach Gelegenheit, dahin zu
kommen, ist seitdem unbenutzt vorübergegangen und
das Ziel, das ich so lange erstrebte, entrückte sich
mir durch Dich abermals in immer weitere Ferne.
Geduldig habe ich den neuen unvermutheten Aufschub ertragen; aber inständig bitte ich Dich jetzt,
lege mir nun keine andern Hindernisse in den Weg,
welchen ich verfolgen will, sondern — ermanne Dich!
— Hänge keinem nutzlosen Trauern nach, Hope
Barwing ist als Mistreß Watherley für Dich verloren; keine Deiner Klagen bringt Dir die Geliebte
zurück, Dein Jammer beraubt Dich nur Deiner kaum
gewonnenen Kräfte und wird Dich, wenn Du ihn
nicht endlich aus Deiner Seele verbannst, von Neuem
auf's Krankenlager werfen.“

Waldemar gingen die Worte seines Vaters zu
Herzen. Aus Liebe zu ihm unterdrückte er sein Leid;

doch ob er auch rang und kämpfte und äußerlich den
Schmerz besiegte — an seinem Herzen nagte der
Kummer und als er am Tage vor ihrer Einschiffung
durch Hope, die vor seinen Augen gerechtfertigt da=
stehn wollte, erfuhr, daß ihr beiderseitiges Glück
dem Glanze eines Namens zum Opfer gefallen war,
da steigerte sich sein Schmerz zur Verzweiflung.

Während der Ueberfahrt nach Europa hatte Wal=
demar den heftigsten Rückfall seiner Krankheit. Trotz=
dem Niemand an seinem Aufkommen glaubte, sein
Vater immer das Entsetzlichste fürchtete: „sein Kind
in den Wellen des Meeres begraben zu müssen" —
gelangte Waldemar Bookhouse lebend auf deutschen
Boden an.

„Größte Ruhe und äußerste Vorsicht!" lautete
die letzte Verordnung des Schiffsarztes an seinen
schwachen Patienten.

In Mr. Bookhouse's Seele, worin die Hoff=
nung nach tausendfachem Scheitern endlich fast erlo=
schen und erstorben war, keimte von Neuem ihre sich
ewig ergänzende junge Saat auf, als er sein wah=
res Heimathland betrat und in freudiger Erregung
sagte er zu seiner Tochter:

„Vielleicht sind nun die Leiden und Prüfungen

meines Lebens beendet und die Sonne meines Glücks geht endlich auf."

Gertraud lächelte ihn sanft und liebreich an. „Gott gebe es!" rief sie mit einem frommen Blick nach Oben. Als sie aber ihr Auge wiederum auf die bleiche schattenhafte Erscheinung ihres Bruders richtete, erfüllte ihr Herz ein Gefühl banger Angst und lebhafter Sorge. Dieses Gefühl steigerte sich beim Anblick eines Mannes, der unter der Menge von Menschen stand, die vom Ufer aus die Ausschiffung der Einwanderer beobachteten; den Arm ihres Vaters ergreifend, rief sie voll Entsetzen: „Ist das nicht Johann Waltram?"

Mr. Bookhouse blickte nach der angedeuteten Richtung. Erkannte er nicht die scharfen, markirten Züge des einstmaligen Bewerbers seiner Tochter, oder wollte er das Gesicht des amerikanischen Schmieds nicht erkennen, er sagte ruhig: „Eine flüchtige Aehnlichkeit mag Dich täuschen, doch beruhige Dich, was sollte Johann Waltram veranlaßt haben, Amerika zu verlassen."

„Seine *Rache!" dachte Gertraud, sprach aber diese Vermuthung nicht aus, um das Herz ihres Vaters, von dem sich kaum eine so große Last des

Kummers gewälzt, nicht mit neuer Sorge zu be-
schweren; das ihrige aber, für das Johann Waltram stets eine schwere Last gewesen, erleichterte
nicht, wie das ihres Vaters, das Bewußtsein, in
Deutschland zu sein.

Deutschland zeigte sich der jungen Amerikanerin
auch in seinem düstersten Lichte; während der ersten
Wochen ihres Aufenthaltes in Bremen regnete es
fast ununterbrochen. Sie wohnten in einem Gast-
hofe, der in einer engen Straße lag und verließ
daher Gertraud auch einmal das Krankenbett ihres
nur langsam genesenden Bruders, so sah ihr an
weite freie Aussichten gewöhnter Blick hohe Häuser-
massen und eine düstre Straße. Mit heißer Sehnsucht dachte sie dann an ihre hübsche Farm im fernen Amerika, an ihren großen Garten und herrlichen Wald.

Die Aussicht, in Deutschland einen alten wohl-
klingenden Namen zu erhalten, hatte für sie nichts
Tröstliches, sondern viel Beängstigendes; sie gedachte
stets der Bitten ihres sterbenden Großvaters, wenn
ihr Vater von seiner Reise nach Almarstein sprach;
entwarf er aber glänzende Bilder der Zukunft,
sonnte er sich in dem Glücke, bald am Ziele seines

langjährigen Strebens zu sein, so hallte vor ihrem Ohr jene düstere Prophezeihung wieder und angstvoll fragte sie oft:

„Hat jene Stimme wohl wahr gesprochen und wird Keiner von uns den Namen Buchenhausen tragen?"

———

Neuntes Kapitel.

Unter den im Winter 1847 nach Paris gekommenen Fremden befand sich ein junger Deutscher, ein Freiherr von Buchenhausen aus Almarstein in Westphalen. Rasch aufeinander folgende Todesfälle seiner drei ältern Brüder hatten ihn zum Majoratserben gemacht und Majoratsbesitzer war er im Sommer 1847 nach dem Ableben seines Vaters geworden.

Raimund von Buchenhausen hatte von frühster Jugend auf seinen ältesten Bruder „Waldemar" um seine Vorrechte beneidet; — die Statuten des Almarstein'schen Fideicommisses waren ihm als die schreiendsten Ungerechtigkeiten der Welt erschienen, denn laut ihren Paragraphen erhielt der Erstgeborene das ganze Vermögen. Vergeblich suchte man Raimund zu beweisen, daß diese Gesetze zum Se-

gen alter Adelshäuser entworfen, — er behauptete
fortgesetzt, sie dienten nur dazu den Familienhaß
hervorzurufen; vergeblich sagte man ihm, daß er
den Vortheil eines alten Namens habe — ihm genügte ein alter Name nicht allein, — er wollte
Mittel haben, diesem Namen standesgemäß zu leben und — diese Mittel fehlten ihm, dem jüngern
Sohne, vollständig! —

Raimund wurde durch seinen Vater bestimmt,
die militairische Carrière zu ergreifen; sie sagte ihm
nicht zu; — man rieth ihm, um unabhängig zu
werden, eine reiche Erbin zu heirathen. Nachdem
er aber nur wenige Jahre in Münster, der Resi-
denz des westphälischen Adels gelebt, hatte er die
Ueberzeugung gewonnen, daß reiche Erbinnen sich
nur mit reichen Erben verheiratheten und ihm sich
nie Aussicht eröffnen würde, auf diese Weise in den
Besitz großen Vermögens zu gelangen. Außerdem
machte er häufig die ihn tief verletzende Bemerkung,
daß er als jüngster Sohn der Familie stets in der
Gesellschaft übersehen wurde. Sein Stolz litt, das
Nachdenken über seine Verhältnisse machte ihn bitter,
scharf und ironisch.

Mit Schrecken bemerkte Baron Buchenhausen

die üble Wirkung, welche unumstößliche Familienverhältnisse auf den Charakter Raimund's ausübten;
er fürchtete, daß Bruderhaß und Zwistigkeit dadurch herbeigeführt werden könnten und um einen
Zusammenstoß zwischen seinem ältesten und jüngsten
Sohne zu vermeiden, ließ er Raimund den Abschied
nehmen und schickte ihn auf Reisen.

Das freie ungebundene Leben sagte Raimund
zu, der stete Wechsel that ihm wohl; erst nach drei
Jahren kehrte er in die Heimath zurück. Er fand
seinen ältesten Bruder verlobt und als er hörte,
daß dessen Braut eine Gräfin Veronika Imhoff war,
wußte er, daß sie zu den reichsten Erbinnen des
westphälischen Adels gehörte. Abermals erschien
ihm sein Bruder ein bevorzugter Liebling des
Glücks; er glaubte wiederum, die genügendste Ursache zu haben, ihn beneiden zu können. Der Erbitterung und Gereiztheit, die sich von Neuem in
der Heimath seiner bemächtigte, machten Schmerz
und Reue ein schnelles, unverhofftes Ende.

Der zweite Sohn des Baron Buchenhausen erhielt im Duell eine tödtliche Wunde, starb in Folge
dieser Verletzung bald und der Majoratserbe wurde,

wenige Tage vor seiner Hochzeit, auf der Jagd durch Unvorsichtigkeit eines Jägers erschossen.

An dem Tage, wo Waldemar von Buchenhausen in der Familiengruft beigesetzt wurde, erkrankte der dritte Sohn des alten Freiherrn am Typhus; die Aerzte zeigten wenig Hoffnung, riethen dem erregten Bruder: „Almarstein zu verlassen;" jedoch Raimund war nicht zur Abreise zu bewegen.

Baron Buchenhausen wollte gewaltsam sein jüngstes Kind vor der Ansteckung bewahren; welche Mittel er aber auch anwandte, Raimund aus dem Krankenzimmer zu entfernen, Nichts half, dieser wich nicht eine Sekunde vom Bette seines Bruders.

Reue, Schmerz und Verzweiflung hatten sich am Sarge seiner Brüder seiner Seele bemächtigt und heiß und inbrünstig flehte er jetzt zu Gott: „ihm den letzten Bruder zu erhalten; — ihn vor dem ihm plötzlich furchtbar erscheinenden Geschick zu bewahren: „Majoratserbe von Almarstein zu werden!" —

Sein Flehen wurde nicht erhört! — der dritte Buchenhausen folgte schon am siebenten Tage seiner Krankheit seinen ihm vorangegangenen Brüdern und Raimund machte der Schmerz fast wahnsinnig; —

Tag und Nacht klagte er sich des Verbrechens an,
durch Mißgunst, Neid und Haß den Tod seiner
Brüder veranlaßt zu haben; er flehte zu jeder Stunde
zu Gott: ihn von seiner Gewissensqual zu erlösen.
Nach allen Ausbrüchen der heftigsten Erregung ergriff ihn, der während der Krankheit glücklich der
Ansteckung widerstanden, mehrere Wochen nach dem
Tode seines letzten Bruders das Fieber, das diesen
so schnell hinweggerafft.

Lange Zeit schwebte Raimund in Lebensgefahr;
— endlich siegte seine gute Natur und einige Monate später war er bis auf eine leichte Schwermuth
geistig und körperlich ganz wiederhergestellt. Als er
die Freude seines Vaters, bei seiner Genesung sah,
wünschte er sich nicht mehr den Tod; und nachdem
der Verwalter des Gutes, der ihn während der
langen Krankheit mit Aufopferung seines eignen Lebens gepflegt, ihm offen gesagt, wie furchtbar sein
Vater durch ihn gelitten, versprach er diesem, sich
nicht mehr finstern und schwermüthigen Gedanken
hinzugeben. Er gewann es auch über sich, den
Wunsch seines Vaters zu erfüllen, Almarstein auf
einige Zeit zu verlassen und mehrere Monate auf
Reisen zu gehn.

Baron Buchenhausen, der den guten Einfluß
seines Verwalters auf Raimund kannte, gab ihm
diesen als Reisegesellschafter mit.

Der Wechsel des Reiselebens wirkte abermals
günstig auf ihn und den von Zeit zu Zeit wieder-
kehrenden Anfällen düsterer Melancholie, wußte ihn,
sein Gefährte, Adalbert Neumark, bald gänzlich
durch vernünftigen ernsten Zuspruch zu entreißen.

In heiterer, angenehm erregter Stimmung kehrte
Raimund nach ungefähr einem halben Jahre in die
Arme seines glücklichen Vaters zurück. Er wollte
den Winter in Almarstein verleben; doch sein Vater
überredete ihn gegen Ende des Jahres, den einsamen Landaufenthalt mit einem angenehmen Stadt-
leben zu vertauschen.

Mit den Worten: „Bringe Dir aus Münster
eine Braut mit heim!" entließ der alte Baron seinen einzigen Sohn.

Die Familie Buchenhausen besaß in Münster,
wie alle reiche alte Adelsfamilien einen stattlichen
Hof; es war ein schloßähnliches hübsches Gebäude,
mit herrlicher Rokokoeinrichtung. Raimund wählte
die besten Zimmer zu seinen Wohngemächern und

belebte die Räume, die so lange leer und veröbet
gewesen, mit heiterer Gesellschaft.

Die Nachricht seiner Ankunft verbreitete sich mit
Blitzesschnelle in Münster; namentlich waren alle
Damen begierig, den jungen Majoratsherrn zu sehen, dessen Schicksal Viele auf das Lebhafteste interessirt. Man entsann sich seiner nur dunkel, wußte
kaum, wie er aussah, erinnerte sich nur, daß er
überhaupt schon früher existirt hatte.

Ein Anflug jener Bitterkeit, die sein früheres
Wesen charakterisirt, wehte Raimund wieder an,
als Einzelne seiner Bekannten ihm lachend berichteten, mit welcher Spannung Alle sein Erscheinen in
der Gesellschaft erwarteten. Solche Mittheilungen
beraubten ihn beinahe der Lust, sich diesen prüfenden Blicken auszusetzen und fast hätte er Münster
verlassen, ohne sich gezeigt zu haben, wenn nicht
ein Zufall ihn eines Tages in einen größern Kreis
geführt und der Besuch dieses einen Cirkels nicht
schnell eine unvermeidliche Reihe von Einladungen
zu Bällen, Soiréen und Routs nach sich gezogen.
So befand er sich mitten im Trouble, ehe er es
gedacht; und der ihm gestreute Weihrauch, der ihn
anfangs verdrossen, sagte ihm später zu.

Raimund von Buchenhausen fiel durch seine
äußere Erscheinung angenehm in's Auge; er hatte
eins jener edeln feingeschnittenen Gesichter, wie man
sie häufig in alten deutschen Adelsfamilien findet.
Sein Geist verrieth sich ebenso klar in dem tiefen
Dunkel seines leuchtenden Auges, wie in jedem
Zuge seines intelligenten Gesichts. Der Ausdruck
hochmüthigen Dünkels aber, den sein Antlitz früher
gezeigt und welcher trüber Schwermuth einmal gewichen war, überflog, nachdem er einige Zeit in
Münster gelebt, von Zeit zu Zeit wieder seine
Züge und entstellte nicht allein die edlen schönen
Linien des Gesichts, sondern nahm seinem Wesen
auch viel von dem Reize, mit dem die Natur ihn
ausgestattet.

Nur Wenigen fiel dieser Zug unangenehm auf,
man fand Raimund zu diesem Ausdruck vollkommen berechtigt; das Gegentheil würde seine altabli-
gen Bekannten vielleicht mehr in Erstaunen gesetzt
haben, als dieser ihnen gerechtfertigt erscheinende
Dünkel auf Vorzüge, für die er als westphälischer
Majoratsherr unmöglich blind sein konnte.

Ganz besonders schön wurde Baron Buchenhausen von den Müttern gefunden, die heirathsfähige

Töchter besaßen, und vorzugsweise interessant war
er den Familien, deren Ahnen den Ansprüchen der
Almarstein'schen Fideicommiß-Statuten zu genügen
im Stande waren. Triumphirend blickten Letztere
auf alle diejenigen, deren Stammbaumszweige weniger sorgfältig als die ihrigen gepflegt, hie und
da eine kleine genealogische Verwirrung zeigten, es
also nicht zuließen, daß ein Majoratsherr von Almarstein sein Wappen mit dem ihrigen vereinte.

Huldigte Raimund daher auch einmal einer
Schönheit, die nicht die erforderliche Reihe von Ahnen besaß, so klopfte darum das Herz einer mit
untadelhafter Ahnenreihe gesegneten Mutter nicht
unruhiger. Allerdings war diese Geschmacksverir-
rung bereits Abweichung aus der Bahn altaristo-
kratischer Gesetze und wurde mit nicht ganz gnädi-
gem Blicke betrachtet; doch — entsann man sich,
daß er ja nicht zum Majoratserben erzogen worden
war, er sogar andere Reisen, außer von seinem
Gute nach Münster gemacht, so fand man die Frei-
heiten, die er sich erlaubte, erklärlicher.

Mehr genealogische Berechnungen, tiefere genealogische Studien, wie sie in Münster gemacht werden, können so leicht in keiner Residenzstadt deut-

scher Adelsfamilien mit größerem Ernst und Eifer betrieben werden. Der Stammbaum ist in den Kreisen der hohen Aristokratie Westphalens die Tagesfrage, — das Hauptinteresse — der wichtigste Gegenstand. Ob Jemand schön, geistvoll, liebenswürdig ist, ob er Herz, Gemüth, Charakter hat — das fällt Alles weniger in die Wagschale — als der Besitz von Ahnen — vorzüglich sechzehn untadelhafte Ahnen! — — —

Zu welchen Berechnungen Raimund Anlaß gab, wurde ihm vielleicht klarer als manchen Andern in seinen Verhältnissen. Nicht allein daß ein Jahre langer wechselnder Verkehr mit den verschiedensten Menschen seinem Geiste größere Gewandtheit verliehen und seine Urtheilskraft geschärft hatten, — er besaß auch die Vergangenheit seines Lebens als Maßstab zur richtigern Würdigung von Menschen und Verhältnissen. Nicht selten geschah es, daß sein scharfer Verstand mit unerbittlicher Strenge die Parallele zwischen dem „Einst“ und „Jetzt“ zog und welch große, gewaltige Unterschiede fand er in den Rollen eines vierten oder einzigen Sohnes, — eines unbemittelten Officiers oder Majoratserben! — —

Sein reges Ehrgefühl, sein brennender Ehrgeiz, die ihn mit dreiundzwanzig Jahren oft die Fragen hatten aufwerfen lassen: „Besitzst Du nicht einen der ältesten und besten Namen? — Bist Du nicht wie Dein Bruder Nachkomme eines edeln, berühmten Geschlechts?" — dieses Ehrgefühl trieb ihn mit achtundzwanzig Jahren an, sich die Gewissensfrage vorzulegen: „Bist Du jetzt plötzlich ein so ganz Anderer, so bedeutend Besserer geworden? — Was treibt die Welt, die Dich einst nicht beachtete jetzt an, Dir so zu huldigen?" — —

Die Antworten auf solche Fragen können für jeden Mann von Ehre, Geist und Verstand nur beleidigend ausfallen. Auch Raimund fühlte anfangs tief das Kränkende derselben, bis später der von allen Seiten gestreute Weihrauch ihn mehr und mehr berauschte und seine Sinne so umnebelte, daß er nicht mehr so klar wie sonst unterschied. Er fing an, die ihm erzeigten Artigkeiten mehr seiner Person, als seinen Verhältnissen zuzuschreiben.

Die Avancen heirathslustiger Mädchen und eroberungssüchtiger Frauen trugen, wie stets in solchen Fällen, ungemein dazu bei, seine gesunden Anschauungen zu verderben. Diese, sowie viele direkt gestellte Heirathsvorschläge von Familien, denen eine Verbindung mit ihm wünschenswerth war, brachte ihn allmälig zu der Ansicht „einer vollständigen Un= widerstehlichkeit." Seiner Eitelkeit wurde zu sehr geschmeichelt, als daß die in ihm ruhenden Fehler des Dünkels der Arroganz und Ueberhebung durch die stete Nahrung nicht hätten üppig gedeihen müs= sen; — sie wuchsen während der Saison, wo er der gefeierte Liebling aller Damen, der Held jedes Cirkels war, zur möglichsten Höhe. Gegen Ende des Winters war er ebenso bizarr und launenhaft, wie unliebenswürdig und unerträglich; man hätte ihn zu jener Zeit, ohne ihm im Mindesten zu nahe zu treten, als einen „unleiblichen Menschen" bezeich= nen können; jedoch, da er unverheiratheter Majo= ratserbe, wurde er in Folge dieses Vorzuges als ein „selten liebenswürdiger junger Mann" bezeichnet und seine Launen galten für „interessante Eigen= thümlichkeiten" seines vielseitigen Charakters.

Den Einladungen zu Bällen, Routs, Soiréen folgten beim beginnenden Frühling Aufforderungen zu verschiedenen längern Besuchen auf dem Lande. Raimund ließ sich wirklich herab, diese bedeutungs=

vollern Einladungen anzunehmen, besuchte bald diese
bald jene Familie und war jedesmal so glücklich,
seine Visiten als halben Heirathsantrag ausgelegt
zu sehn. Er verließ aber jeden Landsitz ohne die
andere äußerst nothwendige Hälfte hinzugefügt zu
haben und nicht selten ereignete sich, daß während
er ruhigen Herzens und heitern Sinnes auf das
Schloß eines andern Landedelmanns fuhr, die Töchter des Hauses, dem er den Rücken wandte, in
duftenden Blüthenlauben oder düstern Parthien des
Parks mit sich und ihren getäuschten Hoffnungen
schmollten.

So kehrte denn Raimund ungebunden und un-
verlobt den Anfang des Sommers 1847 nach Almarstein zurück. Sein Vater, der seit den letzten
Wochen bedeutend gekränkelt, war durchaus nicht
zufrieden mit dem freien Herzen seines Sohnes und
oft bat er Raimund, ihm doch die Freude zu machen,
ihn noch glücklich verheirathet zu sehen.   .

Raimund, der bis dahin nie ernstlich daran gedacht, eine Verbindung für's Leben zu schließen, beschäftigte sich, da es sein Vater so sehnlich wünschte,
nun häufiger mit dem Gedanken und hing er diesen
Ideen nach, trat immer von Neuem das Bild der

Braut seines verstorbenen Bruders vor seine Seele.
Er kannte die Gräfin Veronika Imhoff nicht per=
sönlich, hatte nur bei dem Onkel der jungen Dame
ihr Portrait gesehen; die Comteß hatte zwar zu dem
Bilde gesessen; doch war es ihr nicht ähnlich! —
Sie war häßlich — und der Maler, von einem
Künstlerparorismus ergriffen, hatte ein schönes Bild
malen wollen; die Absicht war ihm gelungen und
— seine Verbesserungen zum äußersten Vortheil
des Originals ausgefallen. Erblickte man das Ge=
mälde — man hätte denken können, Gräfin Imhoff
sei eine von Winterhalter gemalte Prinzessin! —

Ein anderer mächtiger Fürsprecher der Gräfin
waren ihre Verhältnisse. Sie war Erbin eines un=
ermeßlichen Vermögens und ihr Stammbaum den
Ansprüchen der Almarstein'schen Fideikommiß-Statu=
ten genügend. Eine bessere Parthie, in Bezug zu
allen äußern Verhältnissen, konnte Raimund nicht
machen! — Als er seinem Vater seine Absichten
mittheilte, war dieser überglücklich, — in der Freude
seines Herzens verrieth er die Pläne Raimund's einer
nahen Verwandten der Gräfin. Diese Dame liebte,
Ehen zu stiften; sie leitete die ersten Präliminarien
schnell ein, und da die Imhoff'sche Familie eine Ver=

bindung mit der Buchenhausen'schen wünschenswerth
war, nahm der Gang der Angelegenheiten ein be-
friedigendes Ende. — Ehe Raimund es ahnte, war
er gebunden — — es blieb ihm nichts weiter übrig, als nur noch die persönliche Bekanntschaft seiner Braut zu machen und sie dann als Gattin heim-
zuführen.

Der Einzige, der zu dieser Verbindung bedenk-
lich den Kopf schüttelte, war der Gutsverwalter
Adalbert Neumark. Als Raimund ihm seine Verlobung anzeigte, rief er heftig: „Warum ließen Sie
sich in ähnlicher Weise verkaufen, wie Ihr Herr
Bruder?"

Raimund stutzte und entgegnete dann mit jener
Ueberhebung und dem Hochmuthe, der ihn seit Monden von Neuem befallen: „Bester Herr Neumark, in
unsern Verhältnissen muß man auf etwas Anderes
Rücksicht nehmen, als was bei den Heirathen ge-
wöhnlicher Menschen bedacht wird."

„Gebe Gott, daß Sie nie bereuen möchten, an
dieses „Gewöhnliche" durchaus nicht gedacht
zu haben, Herr Baron."

Raimund zog in den nächsten Tagen, die der
Reise zu seiner Braut vorausgingen, Erkundigungen

über Gräfin Imhoff ein; da seine Verlobung mit
ihr nur den nächsten Mitgliedern beider Familien
bekannt war, hörte er einzelne ganz unbefangene
Urtheile. Zur Aufklärung seines Irrthums über die
äußern Reize der Gräfin hätten die Worte verschie=
dener Damen dienen können, die entschieden sagten:
„Comteß Imhoff ist häßlich wie die Nacht!" Weil
aber Damen dieses Urtheil fällten, traute ihnen
Raimund nicht; er glaubte, Neid und Mißgunst
veranlaßten solche Aussagen. Um sich zu beruhigen,
fragte er mehrere Herren nach Gräfin Imhoff. Diese
versicherten, die Comteß besitze große Reize und sei
durchaus nicht häßlich.

Raimund bedachte bei dieser milden günstigen
Beurtheilung nicht, daß eine unverheirathete Erbin
stets von jungen Männern hübsch gefunden wird,
daß sie an einer reichen Dame immer Schönheiten
und Reize entdecken, für die sie bei Armen sicherlich
am schwarzen Staar leiden würden.

- Ebenso wenig wie es „unliebenswürdige" Erben
in der Welt giebt, existirt das Naturwunder einer
„häßlichen" Erbin. — Ist die Armuth einer Person
im Stande, dem Auge des Kritikers eine Brille zu
verleihen, wie sie so haarscharf bei keinem Optiker

der Welt gefunden werden kann, und sieht er in dem
Falle mit der erstaunenswerthesten Klarheit jeden
kleinen Fehler im hellsten Lichte — — so blendet
ihn wiederum bei den Reichen zu sehr der Glanz
des Goldes, er vermag in diesem verklärenden Nim=
bus kaum, Laster von Tugend, geschweige Häßlich=
keit von Schönheit zu unterscheiden.

In Raimund's Augen strahlte die reiche Gräfin
auch in hellster Glorie; erst als die Mauern des
Schlosses Eichbergen, des Stammschlosses der Gra=
fen Imhoff, aus dem Dunkel der es umschließenden
Waldung hervortauchten, fühlte er das Unvorsich=
tige seiner Handlungsweise, sich mit einem Mäd=
chen, das er nicht kannte, verlobt zu haben. Um
sich zu vergewissern, daß keine andere Dame seinem
Herzen näher stand, ließ er alle jungen Mädchen
seiner Bekanntschaft Revue passiren. Keine unter
Allen machte ihm den Gedanken an eine Verbindung
mit Gräfin Imhoff schwer, und mit erleichtertem
Herzen fuhr er auf den Hof des Schlosses.

Graf Imhoff, der Vater seiner Braut, empfing
ihn an dem mit mächtigen Wappenschilde verzierten
Portale und geleitete ihn unter formellen Fragen
nach seinem und seines Vaters Ergehen, in die für

ihn bestimmten Gemächer; Raimund betrat diese
ziemlich fassungslos, — das steife Ceremoniell sei=
nes zukünftigen Schwiegervaters hatte den peinlich=
sten Eindruck auf ihn gemacht. Um wieder in seine
gewöhnlich gleichmäßige Stimmung zu kommen,
dehnte er seine Toilette möglichst lange aus, dann
ließ er sich bei seiner Braut melden, in der er das
Original des reizenden Bildes zu finden dachte.

Gräfin Imhoff, die ein durchaus unschönes
Aeußere besaß, war an dem Tage noch häßlicher,
wie sie sonst auszusehen pflegte; sie hatte in Erin=
nerung an ihren ersten Verlobten heftig geweint und
mit dick angeschwollenen Augen und stark gerötheter
Nase, todesblassen Wangen und linkischem Wesen
trat sie Raimund entgegen. Unwillkührlich wich die=
ser einen Schritt zurück — er hielt sie für alles
Andere, nur nicht für das Original jenes Portraits,
das er von ihr gesehen, — am wenigsten aber für
seine Braut. —

Ihre Anrede machte ihm klar, wer sie war, —
sein furchtbarer Schreck konnte ihr nicht entgehen.
Um seine grenzenlose Verwirrung zu verbergen, beugte
er sich auf die ihm dargereichte Hand herab, be=
rührte sie flüchtig mit den Lippen — murmelte zwar

einzelne abgeriſſene Worte von „Glück, Freude und
Ehre;" doch ſein ganzes Auſſehn widerſprach die=
ſen leiſen Verſicherungen laut.

Zum wirklichen Glück des entſetzten Verlobten
erſchien der Hauskaplan im nächſten Augenblick und
machte dem peinlichſten aller peinlichen téte — à
— têtes ein Ende. Nach ihm kam der Graf und
die kleine Geſellſchaft begab ſich zu Tiſche. Raimund
war während des Eſſens ſo zerſtreut, daß ſeine
Braut ſich häufig tief verletzt durch ſeine gänzliche
Geiſtesabweſenheit fühlte.

Veronika war als einziges Kind der Abgott ihrer
Eltern geweſen und durch anbetende Liebe verwöhnt
worden; als reicher Erbin hatte man ihr ſtets ge=
huldigt und ſie beſaß nicht den Verſtand, den Ur=
ſprung dieſes Huldigungsquelles zu ergründen. Ein
Benehmen, wie das Raimund's, war ihr noch nicht
vorgekommen, es verdroß ſie unendlich! — Ihre
Naſe röthete Zorn und Aerger immer ſtärker — es
war, als ob alle heftigen Empfindungen ihres In=
nern auf dieſen Theil ihres Geſichts am meiſten
einwirkten; doch, keinenfalls war dieſe Einwirkung
vortheilhaft für ihr häßliches Antlitz. Außerdem
warf ſie im Aerger ſchmollend die dicken Lippen

ihres breitgeformten Mundes auf, das sie vollends
entstellte.

Wenn Raimund's Blick die ihm zur Seite sitzende
verstimmte Braut streifte, verwünschte er nicht allein
das unselige Verschönerungstalent des Malers, das
ihm ein so vortheilhaftes Bild von dem Aeußern
der Erbin gegeben, sondern alle die, welche ihn zu
der Parthie überredet hatten; er fühlte sich zu der
kleinsten verbindlichen Redensart unfähig und redete
er einmal mit Veronika, so waren es die gewöhn=
lichsten Phrasen leichter Salonconversation.

Veronika kränkte das seltsame Benehmen ihres
Verlobten von Augenblick zu Augenblick mehr. Im=
mer kürzere, immer frostigere Antworten gab sie
ihm und gegen Ende des Diners saß sie steif wie
eine Drahtpuppe da, und Raimund's Gesicht be=
deckte eine tödtliche Blässe.

Verwundert schaute der alte Graf auf das selt=
same Liebespaar; — der Unbefangenste der Gesell=
schaft war unstreitig der Hauskaplan; beim Genusse
feurigen Ungarweins vermißte er keine Liebesglut,
und da das Essen nichts zu wünschen übrig ließ,
dachte er nicht, daß noch etwas Anderes bei dem
Mahle zu wünschen übrig bleibe.

Ob die schnelle Trennung des Brautpaares, —
die das Geschick herbeiführte, — ein Segen für sie
wurde, bleibt dahingestellt. Jedenfalls riß sich aber
Raimund nicht gewaltsam aus den Armen seiner
Braut, als er am nächsten Tage die Nachricht von
einer heftigen Erkrankung seines Vaters erhielt
— auch Veronika schaute mit thränenlosem Auge
dem schnell davonrollenden Wagen ihres Verlobten
nach. — —

Der alte Baron Buchenhausen erlag nach einigen Wochen der Krankheit, die ihn befallen; sein
Sohn verließ kurze Zeit nach dem Begräbniß Almarstein, das für ihn mehr und mehr die düstere
Physiognomie eines Kirchhofes annahm.

Raimund brachte mehrere Monate am Rheine
zu, gegen Ende November begab er sich nach Paris.
Seine Hochzeit war nach Ablauf des Trauerjahres
festgesetzt und bis zu dem Zeitpunkte wollte er seine
Freiheit genießen. Er stürzte sich in Paris in einen
Strudel von Vergnügungen und Zerstreuungen; jedoch Nichts machte ihm wirkliche Freude. Am dun-
kelsten wurde seine Stimmung, wenn Briefe aus
Eichbergen ihn an seine eingegangenen Verpflich-
tungen mahnten. Er, der ohne jeglichen Zwang

aufgewachsen, fühlte die eisernen Fesseln schwer, mit denen der Besitzer eines westphälischen Majorats umwunden ist; es ärgerte ihn, daß er bei einer Herzenswahl so genau den Stammbaum hatte zu Rathe ziehen müssen.

Nun erst begriff er den Ausruf Adalbert Neumark's und dessen Wunsch: „nie die Wahl bereuen zu mögen, welche er getroffen;" zu der Zeit wurde ihm auch erst die tiefe Bedeutung der Worte seines ältesten Bruders klar, der so häufig zu ihm gesagt: „Danke Gott, Raimund, daß Du ein jüngerer Sohn bist und nicht die Pflichten eines Majoratserben zu erfüllen hast!"

Wenn Etwas in der Welt im Stande war, Raimund seine Braut in noch unvortheilhafterm Lichte zu zeigen, als sie ihm bereits erschienen, so thaten das seine Pariser Damenbekanntschaften. Wie schön, anmuthig und reizend waren Frankreichs Töchter gegen Veronika von Imhoff! — Sie bezauberten ihn durch ihre verführerischen Koketterien, entzückten ihn durch ihre blendenden Erscheinungen, rissen ihn mit sich fort durch ihre glänzende Unterhaltungsgabe; doch — — eine tiefe Liebe, — jenes beseligende Gefühl, das er ahnte — als höchstes

Lebensglück erträumte, — das erweckten auch sie
nicht in seiner Brust. Ernstlicher Grund zur Eifer=
sucht blieb seiner deutschen Braut bis zu dem Augen=
blicke erspart, wo er die Bekanntschaft einer Polin,
Gräfin Casimira Berniczecka machte. Diese über=
strahlte nicht allein an Geist und Schönheit alle
Pariserinnen; sie war ihnen auch in der feinern
Kunst der Koketterie überlegen. Ihre raffinirtesten
Künste wandte sie bei Raimund an; sie blendete und
bezauberte ihn; er glaubte, sie zu lieben, während
— wenn er sie durchschaut und ihre Absichten ge=
kannt hätte, — sie einfach verachtet haben würde,
denn sie fesselte ihn nur aus dem Grunde und in
der Hoffnung an sich, ihn später zu einer That zu
bewegen, deren Ausführung ihr allein unmöglich
war und die sie glaubte, am besten mit seiner Hülfe
vollbringen zu können.

Zehntes Kapitel.

Raimund von Buchenhausen mochte ungefähr acht Wochen in Paris sein, als sein Diener ihm eines Morgens die Ankunft eines Fremden meldete, der es sich als Gunst ausgebeten, dem Baron seinen Namen selbst sagen zu dürfen.

Buchenhausen hielt den Fremden für einen Bekannten, eilte ihm bis in das Vorzimmer entgegen; jedoch der flüchtigste Blick, den er auf den dort harrenden Mann warf, belehrte ihn, daß er geirrt.

Der Fremde hatte eine kurze gedrungene Gestalt, ein scharfes markirtes Gesicht, in dessen Zügen Rohheit und Gemeinheit vorwaltete. Seine Kleidung zeigte eine seltsame Mischung von Sorgfalt und Nachlässigkeit. Er trug eine weite Blouse, helle Beinkleider und Gamaschen; ein dunkler Radmantel von feinem Tuche ruhte leicht auf seinen Schultern und seinen Kopf bedeckte ein brauner Calabreserhut mit langer schwarzer Feder. Unter dem überfallenden Hemdkragen von weiß und blau gestreiftem Battist war ein purpurfarbnes Tuch von ostindischer Seide in losen Knoten geschlungen und mit blitzender Brillantnadel befestigt, — Hände und Füße waren am stiefmütterlichsten behandelt.

Alle Einzelheiten dieser Toilette hatte Raimund binnen einer Sekunde mit dem sichern, geübten Blick eines Kenners überschaut und mit leichtem Anfluge von Erstaunen fragte er kalt: „Sie wünschen mich zu sprechen?"

Der Fremde hatte die Zeit, wo Raimund ihn prüfend betrachtet, zu demselben Zweck verwandt und mit scharfem Auge, festem Blick die aristokratische Erscheinung des Barons gemustert. Ihm war ebenso wenig der Ausdruck dieses edeln feingeschnittenen Gesichts und die leichte Eleganz der Tournüre entgangen, wie der kostbare Morgenanzug, der den gewählten Geschmack des verwöhnten vornehmen Mannes verrieth. Auf die kurze Frage Raimund's, gab er die noch kürzere Antwort: „Ja!"

Die Stirn des jungen Majoratserben überflog ein leichtes Roth, seine Lippen umspielte ein Lächeln

stiller Verachtung, als er in frostigem Tone erwi=
derte: „Ihr Name, mein Herr?"

„Wollen Sie mir die erbetene Unterredung erst
dann gewähren, wenn Sie meinen Namen kennen,
Herr Baron?" fragte der Fremde ebenso kalt, eben=
so verächtlich. Er sprach aber seine Worte mit so
rein englischem Accent, in englischer Mundart, daß
sich Buchenhausen sofort ein Eingeborener jenes
Landes verrieth. Einem Engländer hielt Buchen=
hausen die sonderbarsten Manieren zu Gute; und
einen etwas höflichern Ton gegen seinen Gast an=
nehmend, sprach er freundlich: „Wollen Sie ein=
treten?"

Der Baron ging in das Nebenzimmer voran,
wandte sich dort von Neuem gegen den Fremden
und fragte verbindlich: „Was steht zu Diensten?"

Dieser, der ruhig und unbefangen alle im Zim=
mer befindlichen Gegenstände musterte, überhörte
diese Frage; sein Blick hatte ein über dem Schreib=
tische des Baron hängendes Portrait gestreift und
war an dem lieblichen Antlitze eines jungen Mäd=
chens haften geblieben, das dieses Bild darstellte.
Es war eine jüngere Schwester Raimund's, die er
auf das Zärtlichste geliebt und welche in ihrem

sechzehnten Jahre gestorben war; Raimund hatte
dieses Medaillonportrait seiner Schwester bei seinem
ersten Ausscheiden aus dem elterlichen Hause erhalten und sich seitdem nicht mehr von dem Bilde ge-
trennt. Fiel es ihm auch sonst nicht sehr auf, daß
das Auge eines Fremden an diesen zarten jugendlichen Zügen haften blieb, da es das Antlitz eines
Engels hätte vorstellen können, so wunderte es ihn
doch, daß dieser wild und roh aussehende Mensch
es so aufmerksam betrachtete. In noch größeres Erstaunen versetzte ihn, als dessen Antlitz während der
Anschauung einen Ausdruck teuflischen Hohns annahm.

Die Miene seines unbekannten Gastes wurde ihm
unheimlich. und er lenkte durch den lauten Ausruf:
„Darf ich um Ihr Anliegen bitten?" die Aufmerksamkeit des Fremden auf sich.

Dieser fuhr wie aus bösen Träumen erwachend
empor, sah sich prüfend die herabgelassenen Portieren
an und sagte ruhig: „Sind wir sicher, daß uns Niemand behorcht?"

„Ich bezweifle, daß wir Geheimnisse zu verhan-
deln haben!" rief Raimund nachlässig und warf sich
auf eine der Ottomanen.

„Und wenn dem so wäre — ?"

„So würden wir unbelauscht bleiben, indem meine Diener keine Horcher sind."

Buchenhausen zündete bei diesen Worten eine Cigarre an. Als sie brannte, blickte er abermals seinen Gast an und jetzt verrieth sich in seinen Zügen eine unverkennbare Ungeduld; dieser Ausdruck wich rasch dem des maßlosesten Erstaunens, als er den Fremden gemächlich auf einem der sammetnen Fauteuils Platz nehmen und dann nach einer seiner auf dem Tische liegenden Cigarren greifen sah. Der Blick, den der junge Freiherr auf seinen Gast warf, würde jeden Andern von seinem Vorhaben abge=schreckt haben, jedoch an diesem Manne, der kalt und fühllos wie Eisen und Stahl zu sein schien, glitt er spurlos ab. Mit der höchsten Seelenruhe brannte er die Cigarre an, mit der größten Be=quemlichkeit, lehnte er sich in den Sessel zurück.

„Sind Sie um zu rauchen oder zu sprechen in mein Zimmer gekommen?" fragte Buchenhausen ernst, indem er sich langsam aufrichtete.

„Um mit Ihnen unter vier Augen zu reden, kam ich von Amerika nach Deutschland, suchte Sie in Almarstein auf, fand Sie nicht und folgte Ihnen darum nach Paris."

„Dann scheint die Angelegenheit wichtig zu sein."

„Sehr."

„So ersuche ich Sie, zu sprechen und nicht zu rauchen."

„Ich verstehe, wie Sie, Beides zu gleicher Zeit zu thun!"

Buchenhausen sprang auf und rief erregt: „Sie sind unverschämt."

„Und Sie leidenschaftlich! —"

„Herr, verlassen Sie mein Zimmer!"

„Weshalb?"

„Weil ich mit Leuten Ihres Gelichters Nichts zu schaffen haben will."

„Mäßigen Sie sich, Baron Buchenhausen! Sie möchten Ihre Heftigkeit schwer und bitter zu bereuen haben."

„Und Sie Ihre Zudringlichkeit, wenn Sie nicht in der nächsten Minute dieses Zimmer verlassen."

Der Fremde machte nicht die geringste Anstalt, sich zu entfernen — Buchenhausen ergriff eine auf dem Tische stehende Glocke; bevor er Zeit gewann, durch ihren Klang seine Diener herbeizurufen, lag die Hand des Fremden fest auf der seinigen. Während Jener sein dunkelglühendes Auge starr auf

Raimund heftete, sprach er leise: „Klingeln Sie
nicht, lieber Buchenhausen, um Ihren Cousin durch
einen Diener aus dem Zimmer werfen zu lassen,
denn sonst verlasse ich — bei dem allmächtigen Gott
sei's geschworen! — dieses Gemach nur als Frei=
herr von Buchenhausen!"

An Raimund's Geiste glitt mit Blitzesschnelle
jene oft gehörte Geschichte von einem Almarsteiner
Majoratserben vorüber, der aus Liebe seinem Namen
und allen Ansprüchen entsagt hatte und Heimath und
Vaterland verlassen. Er erzitterte bei dem Gedan=
ken, daß dieser Fremde ein Nachkomme jenes Man=
nes — und sein Verwandter sein könne! — Im
nächsten Augenblick verwarf er aber diese flüchtige
Annahme und rief stolz und hochmüthig: „Was
sollen diese Phrasen und Drohungen bedeuten? —
Ich verstehe sie nicht, mein Herr!"

„So will ich deutlicher reden, lieber Vetter —"

„Halt! — Ich verbitte mir alle Liebesworte und
jede verwandtschaftliche Benennung! Ich bin der
Freiherr von Buchenhausen für Sie und was Sie
sind, mag erst die Zukunft entscheiden."

„Gut!" antwortete der Fremde, bei der Miene
maßlosen Stolzes, die der Baron gegen ihn annahm,

triumphirend lächelnd; es schien ihm unendlich lieb
zu sein, diesem Hochmuthe, dieser Ueberhebung zu
begegnen. Ruhig zurücktretend setzte er langsam und
kalt hinzu: „Hochmuth der Familie Buchenhausen
hat meinen Urgroßvater einst veranlaßt, aus ihrer
Mitte zu scheiden; mich könnte aber eben dieser
Hochmuth veranlassen, den Namen wieder anzunehmen, dem er entsagte. Hören Sie mich daher ruhig
an, Herr Baron, denn je freundlicher Sie sind, desto
weniger Aussicht haben Sie, in Zukunft gleichen
Namen mit mir zu tragen.“

„Dahin wird es mit Gottes Hülfe wohl nie
kommen, schwer möchte Ihnen die Beweisführung
werden, daß Sie Anrechte an meinen Namen
haben.“

„Leichter wie Sie denken! Darf ich Ihnen zuerst einen kleinen Beweis vorlegen?“

„Es wird mir höchst unangenehm sein, ihn zu
erblicken; doch bin ich begierig zu erfahren, worin
er besteht.“

Der Fremde legte dem Baron zwei Miniatur-
bilder vor; Raimund erkannte in den Personen, die
sie darstellten, zwei seiner Vorfahren, von denen
größere Portraits im Ahnensaale zu Almarstein hin

gen. Nachdem er sie flüchtig betrachtet, antwortete er ruhig:

„Diese Bilder beweisen noch nichts."

Es sind unsere Vorfahren, die Buchenhausens, welche das Almarsteiner Fideicommiß gegründet haben."

„Letzteres weiß ich."

„Ersteres nicht?"

„Nein! und der Himmel verhüte, daß das Wort „unsere" Vorfahren wahr ist."

Dasselbe Lächeln der Befriedigung, das schon einmal das Antlitz des Fremden überflogen, zeigte sich auch jetzt auf seinem Gesichte. Die Zähigkeit des Barons schien ihm dieselbe Freude, wie dessen Stolz zu bereiten. Er fuhr fort, Raimund auf die Folter zu spannen, indem er fragte: „Hörten Sie niemals von jenem Baron Waldemar von Buchenhausen, der sich im Jahre 1748 von seiner Familie los sagte, um als freier unabhängiger Mann da zu stehn und der alle seine Anrechte auf seinen jüngern Bruder Raimund übertrug?"

„Ich entsinne mich dunkel, dergleichen einmal gehört zu haben."

„Dieser Waldemar von Buchenhausen nannte

sich nach der Trennung von seiner Familie „Book-house;" seine Nachkommen haben den Namen behalten, der eine ziemlich richtige Uebersetzung ihres wahren Namens ist."

„Sie wollen ein Nachkommen jenes Mannes sein? —" fragte Raimund erbleichend.

„Ich bin sein Urenkel."

„Sie beabsichtigen, Ihr Namensanrecht geltend zu machen?"

„Nein!"

„Was wollen Sie denn?"

„Sie einfach warnen, daß Sie keinem Betrüger Glauben schenken, der die Absicht hat, sich den Namen Buchenhausen anzueignen."

Der Baron athmete leichter, — mit verbindlichem Tone bat er um nähere Aufklärung.

Der Fremde, der sich für einen Urenkel des Freiherrn von Buchenhausen ausgab, indessen kein Anderer, als der Schmied Johann Waltram aus Newark war, entgegnete rasch: „Die nähere Erklärung ist bald gegeben. Mein Vater lebte früher in New-York und war dort mit einem deutschen Landsmanne, Karl Waltram sehr befreundet; dieser einfacher Handwerker war aber ein hochmüthi-

ger ehrgeiziger Mann, dessen ganzes Bestreben dahin ging, sich in Amerika Geld zu erwerben, dann
nach Europa zurückzukehren und sich einen Namen
zu erringen. Es wurde zur fixen Idee bei ihm
und je weniger Aussicht er hatte, an das Ziel seines
Strebens zu gelangen, desto fester beharrte er bei
seiner Absicht. Er kannte einige Bruchstücke aus
dem Leben meines Vaters, wußte, daß dieser aus
einer deutschen Adelsfamilie stammte und unablässig
bat er ihn; seine Namensanrechte, die Jener doch
nicht geltend machen wollte, ihm zu überlassen, ihm
die Papiere zu übergeben, die er in Deutschland zur
Erreichung seines Zweckes bedürfe." Mein Vater
verweigerte entschieden, sich an solchem Betruge zu
betheiligen; nach dessen Tode bat Waltram mich
um unsere Familienpapiere. Um mich seiner endlich zu entledigen, sagte ich ihm eines Tages, daß
all jene Dokumente nicht in meinen Händen, sondern
in einem geheimen Archive des Schlosses Almarstein
wären, wo mein Urgroßvater geboren und erzogen
worden sei. Diese Nachricht, welche ihn, wie ich
hoffte, zum Aufgeben seiner ehrgeizigen Bestrebungen
veranlassen sollte, wurde leider gerade die Ursache,
daß er sich fester denn je an den Hoffnungsstrahl

klammerte, in Deutschland auf leichte Weise in Be=
sitz eines alten geachteten Namens zu kommen.
Immer und wieder traf ich den alten Waltram hor=
chend an der Thüre meines Hauses, das er bei Tag
und Nacht wie ein ruheloser Geist umstrich; Mitleid
mit seinem Alter und seinen fixen Ideen, die ich
für Anzeichen von Wahnsinn hielt, ließen mich kein
gewaltsames Mittel anwenden, mich seiner zu entle=
digen. So nahm ich ihn denn eines Tages im
vergangenen Herbste bei mir auf, als er anscheinend
krank an meiner Farm vorüberkam. Er blieb län=
gere Zeit und während seines Aufenthaltes besuchte
mich ein Bekannter, der nach Europa zu reisen be=
absichtigte. Es schien sich mir durch diesen Freund
die beste Gelegenheit zu bieten, eine Sache in Ord=
nung zu bringen, die vielleicht noch üble Folgen für
die Familie Buchenhausen nach sich ziehen konnte.
Ich vertraute dem Freunde daher unser Familienge=
heimniß an, bat ihn, nach Almarstein zu reisen und
die noch lebenden Glieder der Familie Buchenhau=
sen zu ersuchen, jene Dokumente in seiner Gegen=
wart zu vernichten, die unsern Namensanspruch
rechtsgültig nachzuweisen im Stande waren. Unter
diesen Gesprächen vergaß ich meine sonstige Vorsicht,

nicht laut zu reden, wenn der alte Waltram im
Hause war, — nannte also laut unsern Familien=
namen und gab auch den Versteck im Almarsteiner
Schlosse an, wo die Dokumente liegen. Um meinem
Freunde den besten Anhalt zur Auffindung jener
Familienpapiere zu geben, zeigte ich ihm ein Rococo=
kästchen, in dem der Tauf= und Trauschein meiner
Eltern und mein und meiner Schwestern und Brü=
der Taufscheine lagen. Durch diesen Kasten war
es ihm leicht, das verborgene Fach in dem geheimen
Archive zu entdecken, das die Dokumente birgt.
Mein Freund sah sich Alles genau an und versprach,
die Angelegenheit in Almarstein zu besorgen. Ein
Gefühl von Beruhigung bemächtigte sich nach dieser
erhaltenen Zusicherung meiner; ich wußte, daß jetzt
die Erfüllung eines lang gehegten Wunsches meines
Vaters bevorstand, der diese Papiere vernichtet zu
sehen wünschte und glaubte nun auch, die feste Hoff=
nung hegen zu können, daß der alte Waltram nie
in Besitz unseres Namens gelangen würde. Noch
bevor mein Freund mein Haus verließ, überzeugte
ich mich, daß all meine Berechnungen fehl schlagen
— und die Sache, die ich gut eingeleitet wähnte,
die böseste Wendung nehmen konnte. Der alte

Waltram war am Morgen des nächsten Tages aus
der Farm verschwunden und das in meiner Stube
fehlende Rococokästchen mit unsern Familienpapieren
belehrte mich, daß er mein, mit meinem Freunde
geführtes Gespräch belauscht hatte und mich zu über=
listen gedachte. Meine Versuche, seiner Person und
meines Eigenthums wieder habhaft zu werden, wa=
ren vergeblich. Bald erfuhr ich, daß Waltram mit
seinen beiden Kindern, Johann und Bertha die Ge=
gend verlassen und Niemand wisse, wohin er sich
gewendet. — Mein Freund beruhigte mich durch
die Versicherung, daß er demjenigen, der sich unsern
frühern Namen aneignen wolle, schon in Almarstein
zuvorkommen wolle. Er reiste. Nach längerer Zeit
erhielt ich aus Bremen die Nachricht, daß er sehr
krank dort angekommen und nach wenigen Wochen
gestorben sei, ohne jene Stadt verlassen zu haben.
Ich konnte jetzt nur Betrug verhüten, wenn ich mich
selbst an den Ort und die Stelle begab, wo man
Mißbrauch mit einem Namen zu treiben beabsichtigte.
So schnell wie möglich machte ich mich von meinen
Geschäften frei und verließ Amerika, — auf deut=
schem Boden angelangt, eilte ich nach Almarstein —
zu meinem Leidwesen erfuhr ich dort von dem Kastel=

lan des Schlosses, daß der Besitzer in Paris; hörte aber zu meiner Freude gleichzeitig, daß vor mir noch Niemand aus Amerika dagewesen und den Freiherrn von Buchenhausen zu sprechen verlangt habe. Der alte Schloßkastellan betrachtete mich mit sehr argwöhnischen Augen, weshalb ich bat, mich bei dem Verwalter des Gutes zu melden. Ich fand in diesem Herrn einen noch mißtrauischern Charakter. Kaum erfuhr dieser, daß ich eine geheime Unterredung mit dem Gutsherrn wünsche oder die Erlaubniß erlangen möchte, ungefähr eine Stunde, oder noch kürzere Zeit in der Betkapelle des Schlosses allein verweilen zu dürfen, — erbleichte jener Mann zur Farbe des Todes und legte mir die seltsamsten, verfänglichsten Fragen vor. Ich verstand ihn nicht, er mich nicht; je länger wir mit einander redeten, desto kälter und gemessener wurde sein anfangs freundliches Benehmen. Als ich mich überzeugt, daß eine Unterredung mit dem Verwalter Neumark zu Nichts führte, entschloß ich mich, unverrichteter Sache von Almarstein abzureisen und mich persönlich an Sie zu wenden. Bevor ich ihn verließ, bat ich ihn, auf der Hut zu sein, keinen Fremden in das Schloß zu lassen und sich überzeugt zu halten,

daß so wenig böse Absicht ich gegen irgend Jemand
bei meinem Besuche im Sinne gehabt, ebenso viel
Unheil daraus entstehen könne, wenn man die ge=
ringste Unvorsichtigkeit begehe und einen offenen oder
geheimen Eingang in das Schloß unbewacht lasse.
Dieselbe tödtliche Bläße, die schon einmal das Ge=
sicht Ihres Verwalters bedeckt, färbte auch in dem
Augenblick sein Antlitz, dann erwiderte er kalt und
abstoßend, daß man in Almarstein meines Rathes
entbehren könne und das Schloß nicht solche Dinge
berge, wie ich vermuthe, es daher keiner so vorsich=
tigen Bewachung bedürfe. — Ich entfernte mich.
Die Sorge und Angst, daß trotz aller meiner Mühe
Waltram's Betrug gelingen könnte, trieb mich nach
Paris, vorzüglich da ich plötzlich die Kunde von
seiner Ankunft in Europa erhielt. — Ich bitte Sie
nun einfach um die Gunst, Herr Baron, mir die
Erlaubniß zu geben, welche ich in Almarstein ver=
geblich nachgesucht, nämlich, kurze Zeit allein und
ungestört in der Schloßkapelle sein zu dürfen, um
die Dokumente vernichten zu können.“

Buchenhausen hatte mit der größten Aufmerksam=
keit dem Berichte seines seltsamen Gastes gelauscht,
der sich ihm als ein Nachkomme jenes Almarsteiner

Majoratsherrn zu erkennen gegeben, durch deſſen Erbſchafts- und Namensentſagung der Beſitz auf die Linie der Familie übergegangen war, von der er abſtammte. Unwillkürlich mußte er daran denken, daß wenn deſſen Behauptung, Urenkel jenes Buchenhauſen zu ſein, wahr ſei und das Statut nicht exiſtire, welches eine untadelhafte Ahnenreihe von derjenigen verlangte, die die Frau eines Almarſteiner Majoratserben wurde, — dann **dieſer Mann**, auf den er ſo verachtend herabgeblickt, — **an ſeinem Platze** ſtände und er der Mittelloſe — der Unbedeutende wäre!" — —

Ob Raimund von Buchenhauſen, der früher ſo häufig und ſo ſcharf die ſtrengen, bindenden Geſetze der weſtphäliſchen Fideicommiſſe angegriffen und unter der einen furchtbaren Feſſel, die ſie auferlegen, ſo furchtbar litt, ob er in der **Stunde**, **dieſe Statuten** nicht ſegnete — wagen wir nicht zu behaupten.

In tiefes Sinnen verloren, ſtarrte er eine Zeit lang vor ſich hin und als er wieder aufſchaute, in das Antlitz des Mannes blickte und ſich ſeiner Worte, ſeiner Behauptung: „ein Buchenhauſen zu ſein" erinnerte — ſchauderte er. Ihm, dem die ariſtokra-

tische Sphäre das wahre Lebenselement war, trat
in der Gestalt des roh und gemein aussehenden
Waltram ein zu grasses Bild entgegen und die Hand=
lungsweise seines Vorfahren, der der Liebe Namen
und Stellung in der Welt geopfert, schien ihm ein
an seinen Nachkommen begangenes Verbrechen! —
Dieser Nachkomme eines alten edeln Geschlechts war
seiner Ansicht nach in einen Abgrund gerissen, aus
dem ein Emporklimmen ihm nicht allein schwierig —
sondern rein unmöglich erschien — diesem Enkel
war, wie er in dem Augenblick glaubte, der Stempel
niedriger Geburt für Zeit und Ewigkeit aufgeprägt.

Waltram entging das Sinnen des Barons eben=
sowenig, wie die persönliche Abneigung gegen ihn, die
sich in jedem der Blicke Raimund's offen kund gab;
er wünschte die Unterredung beendet zu sehn und das
Resultat seiner Intrigue zu erfahren, wiederholte da=
her seine Frage, die Buchenhausen unbeantwortet
gelassen. Raimund sah ihn nach dieser Frage scharf
und prüfend an und das lebhafteste Mißtrauen regte
sich gegen die Angaben des Erzählers; eine innere
Stimme rief ihm zu, diesem Manne nicht zu trauen,
eine innere Stimme rieth ihm, auf dessen Wünsche
nicht einzugehen und nach kurzer Ueberlegung ent=

gegnete er ernst und entschieden: „Ich bedauere herz=
lich, Ihre an mich gerichtete Bitte ablehnen zu müs=
sen, denn nach Ihren frühern Worten zu urtheilen,
habe ich Grund zu vermuthen, daß jene fraglichen
Dokumente an einem Orte liegen, der mit der Bet=
kapelle meines Schlosses in Zusammenhang steht
und — dort hin kann ich keinen Fremden lassen!"

„Bin ich das noch für Sie?" fragte Waltram
kalt und sein unmuthiger Gesichtsausdruck, sein ste=
chender Blick verriethen Raimund, wie unangenehm
ihn die Weigerung berührte.

„Ja gewiß! — Sie können unmöglich verlangen,
daß ich Ihnen unbedingt glaube. Wer kann mir
verbürgen —"

„Gut, gut!" rief Waltram heftig und mit dunk=
ler Zornesröthe. „Sie trauen mir nicht. Möchten
Sie es nicht bereuen, mich jetzt am Vernichten jener
Papiere zu verhindern; kommt jener alte Dieb und
Betrüger in Ihr Schloß, so wird er sich ebenso
schlau der mir gehörenden Dokumente zu bemächti=
gen wissen, wie er es mit dem Kasten gethan, der
die Taufscheine unserer Familie enthielt."

„Von der Sorge glaube ich Sie befreien zu

können. Wenn diese Dokumente in meinem Schlosse sind, wird er sie nicht erlangen; dort sind sie sicher."

„Wollen Sie Befehl geben, daß man Niemand in die Kapelle läßt."

„Es ist unnöthig! Wie Sie sich selbst vor Kurzem überzeugt haben, gelangten Sie trotz ihres lebhaften Wunsches nicht an den Ort."

„Wird der Andere, auch nicht dahin gelangen?"

„Gewiß nicht."

„Wenn er aber durch Ihren Verwalter protegirt wird."

„Wie sollte der dazu kommen?"

„Veranlaßt durch die schönen Augen Bertha Waltram's, die nun sicherlich unter dem Namen Gertraud Bookhouse in Deutschland auftritt."

„Gertraud? Warum sollte sie sich so nennen?"

„Es ist der Name meiner Schwester."

„Wie heißen Sie?" rief Raimund lebhaft.

„Waldemar!"

„Seltsam," murmelte Raimund, „das sind unsere Familiennamen."

Er blickte Waltram forschend an und dieser lächelte; er hatte des Barons leise Worte verstanden.

„Weshalb lächeln Sie?"

„Weil Sie sich über unsere Familiennamen wundern."

Raimund fuhr mit der Hand über die Stirn; sah seinen beharrlichen Vetter von Neuem prüfend an und sagte: „Sie haben auch nicht einen Zug der Buchenhausens im Gesichte und Familienähnlichkeit pflegt doch immer zwischen so nahen Verwandten zu sein — ja sie taucht immer wieder hervor, wenn sie selbst einmal verschwunden gewesen."

Waltram biß sich auf die Lippe; sein Auge streifte das Portrait über dem Schreibtische, das ihn an Gertraud Bookhouse mahnte, er entgegnete hastig: „Ich sehe meiner Mutter ähnlich und arte nach der Reichenbach'schen Familie."

„Reichenbach? — ein deutscher Name!"

„Der Name meiner Mutter; sie war Deutsche!"

„Von Reichenbach wohl nicht?"

„Doch! — Adele von Reichenbach. Sie war Putzmacherin in New-York."

„Dieses Amerika ist das Land der wunderbaren Verhältnisse."

„Mein Großvater nannte Ihre westphälische Heimath so."

„Wohl wegen seiner alten Majorate?" fragte Raimund lächelnd.

Waltram neigte bejahend den Kopf.

„Diese sind aber nicht allein in Westphalen! — Bedauerte er übrigens nie, seiner Rechte beraubt worden zu sein?"

„Nein! Er war ein freisinniger Mann."

„Und Sie scheinen seine Ansichten zu theilen!" rief Raimund verbindlich; es war ihm äußerst angenehm, daß die Bookhouse über die Annehmlichkeit eines gut klingenden Namens erhaben waren.

„Ich denke wie er, Baron Buchenhausen; mir liegt Nichts an diesem Vorzug, auf den Sie wahrscheinlich den größten Werth legen und ich werde erst vollständig beruhigt sein, wenn jene Papiere vernichtet sind."

„Geben Sie mir den Ort an, wo sie liegen und Ihr Wunsch soll erfüllt werden!" rief Raimund lebhaft.

„Ich möchte es selbst thun, um ganz sicher zu sein."

„Sie scheinen mir ebenso wenig zu trauen, wie meinem Verwalter und doch ist dieser der rechtschaffenste Mann der Welt."

„Möglich! — Mir flößte er Verdacht ein, daß er um das Geheimniß weiß.''

„Das kann nicht sein und er wird auch nicht durch die schönen Augen von Miß Bertha oder Gertraud gerührt werden.''

„Geben Sie mir wenigstens die Beruhigung, daß Sie einen verschärften Befehl nach Almarstein schicken wollen, Niemand in's Schloß einzulassen.''

Es soll geschehen! mein Wort darauf! — Nehmen Sie zugleich die Versicherung, daß es mir leid thut, Sie in Almarstein verfehlt zu haben, denn offen gestanden, möchte ich jene Dokumente auch vernichtet sehn.''

„Bedauern Sie das wirklich, so reisen Sie mit mir noch heute nach Deutschland! Verbrennen wir sobald wie möglich die Beweise.''

Raimund sann einen Augenblick nach. Er vermochte nicht, sich so rasch und plötzlich von der schönen geistvollen Polin loszureißen und rief lebhaft: „Ich kann Paris jetzt noch nicht verlassen.''

Waltram erwiderte nach kurzer Pause verstimmt: „Ich hörte bereits, daß Sie so lange wie möglich abwesend bleiben würden.''

„Wie — Sie hörten das? Gab man Ihnen einen Grund dafür an!"

„Ja, weil Sie sich als Bräutigam unglücklich fühlten."

Ein glühendes Roth bedeckte Raimund's Antlitz; tief verletzte ihn, daß man seine geheimsten Gedanken errieth und er überlegte, ob er abreisen und das Gerücht wiederlegen sollte. Der Gedanke, sich von Gräfin Verniczecka zu trennen und seine Braut wiederzusehn, hielt ihn zurück. — Leise murmelte er: „Was gilt mir, der ich die Welt verachte, ihr Urtheil! Mag man reden, was man will, auf meine Handlungsweise soll es keinen Einfluß haben!"

Momentan durchkreuzte auch der Gedanke seinen Sinn, ob die Papiere durch jenen Waltram geraubt werden könnten, doch das war unmöglich, wenn sie an dem Orte lagen, den der Fremde angedeutet. — Jenes geheime Gewölbe kannten nur die Mitglieder der Familie Buchenhausen. — Die Mitglieder! — Raimund erschrak bei diesem Worte; es fiel ihm plötzlich auf, wie sicher der Fremde von diesem Versteck gesprochen hatte; — er mußte es kennen — und —. kannte er es, so konnte er Recht haben und wirklich von der Familie Buchenhausen abstammen.

Schon die bloße Idee, daß dieser roh und ge=
mein aussehende Mensch sein Verwandter sein könnte,
hatte für Raimund etwas ungemein Niederdrückendes
und lebhaft fühlte er in dem Augenblicke, wie furcht=
bar — wie entsetzlich es ihm gewesen sein würde,
wenn Jener seine Namensansprüche geltend gemacht
und von ihm eine öffentliche Anerkennung seiner Per=
son als Vetter verlangt hätte. Raimund dankte nicht
allein bei dem Gedanken Gott, daß ihm diese Schmach
erspart blieb, sondern er empfand auch gegen den
Mann, der ihm gegenüber so uneigennützig handelte,
ein Gefühl tiefer Dankbarkeit.

Um ihm diese Erkenntlichkeit durch Etwas zu
beweisen, und durch das Aeußere und Wesen des
Mannes zu der Annahme berechtigt, ihm Geld bie=
ten zu können, reichte er Waltram eine Rolle Gold.

Nicht ohne Erstaunen blickte dieser Buchenhausen
an, wies ruhig das Gold zurück und entgegnete lä=
chelnd: „Waren auch unsere Urgroßväter Brüder,
so stehen wir uns doch zu fremd gegenüber, als
daß ich von Ihrem Anerbieten Gebrauch machen
würde; außerdem bedarf ich Ihres Geschenks nicht;
mein Zweck war, als ich Sie aufsuchte, nur, Ihnen
zu dienen. Er ist wenigstens zum Theil erreicht;

Sie wissen um den Betrug, der gespielt werden soll und helfen mir hoffentlich in Zukunft, ihn unmöglich machen."

„Ganz gewiß!" rief Raimund eifrig. „Geben Sie mir nur Ihre Adresse, damit ich Sie von meiner Rückkehr nach Almarstein benachrichtigen kann."

Waltram hatte diese Aufforderung, der er nicht im Stande war, nachzukommen, gefürchtet. Sein Paß war auf seinem wahren Namen ausgestellt und er reiste auch unter diesem. Mit seiner Schlauheit gerieth er aber nie in Verlegenheit und gab daher ruhig „Bremen" als Adresse an; dann setzte er wie nachdenkend hinzu: „Es wäre doch wohl besser, wir bestimmten einen Zeitpunkt, uns in Almarstein zu treffen; ich habe eigentlich die Absicht, meinen Aufenthalt in Europa dazu zu benutzen, verschiedene Städte kennen zu lernen. Geben Sie, Herr Baron, mir daher nur ungefähr den Zeitpunkt Ihrer Rückkehr an!"

Raimund fand nichts Auffallendes in der Erklärung! Beide verabredeten, sich im Anfang des Monats Mai in Almarstein einzufinden, um dort gemeinschaftlich die Beweise zu vernichten, daß ein Mr. Waldemar Bookhouse gerechten Anspruch auf den Namen Buchenhausen habe.

Elftes Kapitel.

Die Gruppen im Salon der Gräfin Berniczecka, die Raimund, als er sie das erste Mal erblickt, den Eindruck gemacht, wie wenn die Gestalten aus Rubens „Liebesgarten" Leben gewonnen, aus dem Rahmen getreten wären und sich vervielfältigt hätten, — diese Gruppen nahmen mit jedem Tage des neuen Jahres — des Jahres 1848 — einen ernstern, düstern Charakter an. Das heimliche Flüstern der Liebe, die lauten Neckereien der Schalkhaftigkeit, die wie Leuchtkugeln hin und her fliegenden Bonmots und jenes anmuthige Plaudern über Nichts, aus dem der Geistesreichthum so viel zu machen versteht, — das Alles war versunken, untergegangen in dem weiten Ocean der Politik, dessen starker Wellenschlag mit immer lauterm, immer brausenderm Geräusch ertönte.

Nicht diese Umwälzungen waren es aber, die
Raimund von Buchenhausen dem Cirkel entfremde-
ten, in dem er sich Wochen — Monate lang glücklich und heimisch gefühlt; sondern die plötzliche und
überraschende Erkenntniß: die schöne, anmuthige und
liebenswürdige Besitzerin dieses eleganten Salons,
in ein intriguirendes, ränkespinnendes Weib verwandelt zu sehn, das ihm, politischer Zwecke halber,
Liebe geheuchelt.

Die Ueberzeugung: hintergangen, betrogen worden zu sein, wäre ihm vielleicht weniger empfindlich
und schmerzlich gewesen, wenn sich nicht mit dieser
die peinigende und verletzende Annahme verbunden:
daß all Die, die in die politischen Machinationen
der Gräfin verwickelt und Eingeweihte des Zweckes
gewesen, den sie bei ihm verfolgt, ihn entweder als
einen Mann betrachtet, der über die Liebe vergessen
konnte, was er der Freundschaft schuldig, oder ihn
für einen von schöner Frau Düpirten angesehen, den
ihre Reize zu sehr verblendet, um richtig Wesen und
Charakter beurtheilen zu können. Beide Fälle waren dem jungen, stolzen Freiherrn gleich unangenehm und er hielt sich von dem Augenblick an von
der Gräfin fern, wo er trotz der seidnen und sammt-

nen Gewänder, mit denen sie die That zu umhüllen getrachtet, die er für sie vollbringen sollte — eine ehrlose Handlung erkannte! — — -

Gab nun aber auch Raimund die Gräfin auf, besuchte er trotz der dringendsten Aufforderungen nie wieder ihr Haus — ließ er all die Briefe und Depeschen unbeantwortet, die sie ihm sandte, — die schöne Polin war nicht gesonnen, den Mann, den sie so schlau in ihr Netz gezogen, so leicht und für immer entfliehen zu lassen. Sie war nicht gewöhnt, ihre Absichten durchkreuzt zu sehn — Absichten, die sie seit so lange gehegt — schon Jahre vordem verfolgt, ehe Raimund von Buchenhausen ihr als angenehmes Werkzeug zur Ausführung langgenährter Pläne in den Weg getreten war. Schlug daher auch wochenlang Alles fehl, was sie in Bewegung setzte, um seine Gunst von Neuem zu erringen, so gab sie dennoch nicht die Hoffnung an ein endliches Gelingen auf, denn — von dieser Hoffnung scheiden — hieß für die Gräfin Berniczecka: „Scheiden von Plänen der Rache, deren Ausführung sie sich zur Hauptaufgabe ihres Lebens gemacht."

Entging weder Raimund noch der Gräfin, daß

sie Beide Gegenstand der Beobachtung Vieler waren, die ihr Verhältniß gekannt, wußten sie, daß es Personen gab, die politischer Interessen halber aufmerksam lauschten, ob sie sich von Neuem vereinen würden und Aussicht vorhanden sei, durch dieses Bündniß zu erreichen, was sie zu erringen strebten — fühlten Beide auch diese forschend auf sie gerichteten Blicke, so ahnten sie doch nicht, daß sie zugleich von Augen bewacht wurden, die nur aus dem Grunde so spannend auf ihnen ruhten, weil eben diesen Augen vergönnt schien, einen Blick in die Zukunft zu thun und aus ihrer plötzlichen Feindschaft Vortheil für sich zu erspähen.

Dieser heimlich und allein für sich Beobachtende war kein anderer als Johann Waltram, ihm hatte die Unterredung mit Buchenhausen ein nur ungenügendes Resultat gewährt und er rechnete, nachdem sein schlau angelegter Plan fehl geschlagen, auf einen glücklichen Zufall, der ihn rascher an das Ziel seines ehrlosen Strebens führen sollte. Waltram hatte sich nicht von Paris entfernt, wie er Raimund gesagt und hätte Dieser nur Etwas mehr auf seine Umgebung geachtet, er würde bemerkt haben, wie ein Mann ihm stets wie ein Schatten folgte und nicht das Geringste unbeobachtet ließ, das mit ihm im Zusammenhange stand.

So entdeckte denn dieser Mann aus dem Volke das Interesse, das sich zwischen den beiden aristokratischen Elementen im Salon angesponnen, — sah die Briefe zwischen ihnen hin- und herfliegen und bemerkte sofort ihre Trennung und Feindschaft; die Annäherungsversuche der einen Parthei, das stete Zurückstoßen der andern! — — —

Der Ausbruch der Revolution in Paris unterbrach für einige Zeit die Interessen am Einzeln und richtete Aller Augenmerk auf die Gesammtinteressen der europäischen Staaten.

Gräfin Berniczecka — seit lange in politische Machinationen verwickelt — war so hineingerissen in den Strudel der allgemeinen Bewegung, daß sie so lang der Umsturz dauerte, nicht an Aufbau neuer Pläne dachte und — in Freiheitsträumen schwelgend — vollständig vergaß, an der Kette zu schmieden, die Raimund von Neuem fesseln sollte. So würde er denn Paris in den Tagen unbemerkt von ihr verlassen haben, wo sie zu sehr mit dem Gedanken an die Revolution beschäftigt, in einem Glücks- und Siegestaumel lebte, — wenn Waltram nicht für sie

gewacht! — Seine geheime Botschaft: „Baron Bu=
chenhausen trifft Vorbereitungen zur Abreise," ent=
riß sie ihrem Glückstaumel, mahnte sie an Das, was
sie durch ihn zu erreichen gestrebt und — trieb sie
zu dem Mittel, das sie als „letztes" anzuwenden
gedacht.

Raimund von Buchenhausen war nicht allein
durch die Pariser Revolution den Grübeleien und
dem Nachdenken über seine eigenen Verhältnisse ent=
rissen, sondern andere, für ihn wichtigere Ereignisse
bewirkten eine vollständige Revolution in seinem
Innern, zogen ihn aus alten Bahnen in neue und
ließen ihn, während allein Geist und Verstand thä=
tig, kaum an jene Gefühle des Herzens denken, die
ihn Wochen lang zuvor einzig beherrscht.

Kaum hatte sich nämlich im Februar des Jahres
1848 der Krater „Frankreich" geöffnet, dessen Bo=
den ein lang zurückgedrängtes unterirdisches Feuer
unterminirt, so entzündete die weit und hellleuch=
tende Brandfackel der Revolution auch auf deutschem
Boden, alle gährenden Stoffe, und Flammen stiegen
selbst an Stellen empor, wo Niemand — oder viel=
leicht nur einzelne Wenige — an ein Auflodern ge=
dacht und sich Alle in Ruhe und Sicherheit gewöhnt.

Zu den Stätten, wo die Revolutionsflamme am schnellsten aufloderte, gehörten die sonst so stillen, friedlichen Gegenden des Sauerlands — die Heimath Raimund's —; sie wurden Schauplatz der bedenklichsten Unruhen, und während die Natur in Schnee und Eis gehüllt war — standen die Gemüther der als so ruhig und phlegmatisch verschrienen Westphalen in Feuer und Flammen! — In einer Standesherrschaft entzündete sich der revolutionäre Stoff zuerst und lichterloh brannte es bald in allen unruhigen Köpfen, vorzüglich in denen aller Fabrikarbeiter dortiger Gegend.

Die Unruhen in der Standesherrschaft hatten ihren Grund in Entziehungen oder Statt gefundenen Abänderungen früherhin bewilligter Berechtigungen, welche ärmern Insassen Seitens des standesherrlichen Beamtenpersonals widerfahren waren. An anderer Stelle hatte sich ein Chef des Forstwesens durch Rohheit jeder Art verhaßt gemacht und der seit Jahren im Herzen der Landbewohner angesammelte Groll gegen ihn, machte sich in der Zeit endlich Luft; man vertrieb ihn aus seinem idyllisch gelegenen Forsthause in das rauhe, unwirthsame Gebirge, verfolgte ihn Tage lang und ließ nur aus dem Grunde davon ab, um es mit andern mißliebigen Beamten in gleicher oder ähnlicher Weise zu machen. Es schien, als sollte überall die Macht der Behörden gebrochen und die physische Gewalt des Volks an die Stelle gesetzt werden, es schien, als wollte man der Privatrache Thor und Thür öffnen und all Diejenigen, die an irgend Jemand Etwas zu vergelten oder zu rächen hatten, Thaten freier Willkühr begehen lassen! Die Opfer wurden aufgesucht, das Volk hielt eine Art von Gericht!

Allen diesen Gesetz und Ordnung Hohn sprechenden Thaten und Sachen folgten gewaltsame Erpressungen von Holzgerechtigkeiten, — Forderungen zur Herausgabe alter Jagd= und Holzfrevel=Pfandstücke; man drohte mit Plünderung und Brand der Schlösser, wenn das Begehr nicht erfüllt würde. In den Fabriken sah es oft noch schlimmer aus, als auf den Gütern und ihre Besitzer hatten mehr Ursache, die Masse ihrer aufgeregten Arbeiter zu fürchten, als die Grundeigenthümer, ihre Bauern und die Schaaren der Landbewohner.

Raimund erhielt von seinem Verwalter die Nachricht über die im Westphalenlande ausgebrochenen Unruhen und war überrascht, empört. Er, der kaum der Kunde vom Wiener und Berliner Aufstande hatte Glauben schenken wollen, sollte plötzlich noch Unglaublicheres für Wahrheit halten! Derselbe Verwalter hatte ihm diese Revolutionsepoche schon vor Jahren prophezeiht — Raimund ihn damals ausgelacht! — Als er in Paris Zeuge verschiedener grasser Scenen gewesen — da hätte er sich nicht träumen lassen, daß in seiner Heimath sich Aehnliches ereignen könnte und als es ihm berichtet wurde, glaubte er ein Mährchen zu hören und fragte in Westphalen an: ob man sich einen Scherz mit ihm erlaubt.

An demselben Tage, wo sich dem Ueberraschten und an all den außergewöhnlichen Nachrichten Zweifelnden, aus authentischer Quelle grasse Einzelheiten bestätigten, die bei der in Berlin ausgebrochenen Revolution vorgefallen waren, erhielt Raimund abermals Briefe aus Almarstein und sie meldeten ihm die sich steigernde unruhige Bewegung in Westphalen.

Diese Briefe waren von seinem Verwalter und Kastellan. Der Erstere bat ihn inständigst: sofort nach Almarstein zurückzukehren, um seinen aufgeregten Gutsunterthanen — die wie die ganze ärmere Bevölkerung des Sauerlandes zu der Zeit bedeutende Forderungen machten — zu gewähren, was

zu bewilligen möglich sei; oder er möge genaue In=
struktionen senden, wie man sich bei vorkommenden
Excessen auf dem Gute zu verhalten habe.

Raimund starrte, als ob er eine düstere Vision
hätte, vor sich hin; dann warf er, von heftigem Zorn
ergriffen, den Brief bei Seite und rief mit beben=
der Stimme: „Revolution, Aufruhr, Anarchie in
Westphalen! — unmöglich!"

Die Unmöglichkeit gestaltete sich nach ernstem
Nachdenken zur Wahrscheinlichkeit — Raimund gerieth außer sich. — — Von ihm wollte man plötz=
lich Dinge ertrotzen und erpressen, die keiner seiner
Vorfahren ihren Unterthanen bewilligt — man wollte
alte angestammte Rechte ihm nehmen! — Das konnte,
das durfte nicht geschehen; — auf den westphäli=
schen Majoraten mußte und sollte Alles so bleiben,
wie es vor Jahrhunderten eingerichtet worden! —
War er doch Herr auf diesem Majorate; — also
„lieber sterben, als nachgeben — lieber Alles ver=
lieren, als Etwas gewähren."

Raimund fühlte sich nach diesem energischen Gedanken und Entschlusse erleichtert; ruhiger griff er
nach dem Briefe des Kastellans.

Der Kastellan Werner schrieb anders, er über=

häufte die „Rebellen des Sauerlands" mit Schmähun-
gen; der Schluß seines Briefes lautete:

„Die heilige Jungfrau mag Fürbitte für den
Herrn Verwalter Neumark einlegen, daß er den
gotteslästerlichen Wunsch hegt: „Ew. Gnaden möchten jetzt in Almarstein sein." Er gehört im Herzen
auch jenen verruchten Demokraten an, die nur den
Umsturz alles Bestehenden wünschen; er möchte den
gnädigen Herrn Baron dazu bestimmen, Concessio-
nen zu geben, die Keiner von Ew. Gnaden höchstseligen Herren Ahnen billigen würden. — Ich flehe
Sie, gnädigster Herr Baron, an: „bleiben Sie um
aller Heiligen willen jetzt — jetzt in dieser Zeit, wo
der Teufel in eigner Person im Sauerlande haust
— Ihrer Heimath fern, — so lange fern — bis
es wenigstens etwas ruhiger geworden und keine
Gefahr mehr für Sie da ist. Kämen Ew. Gnaden
jetzt zurück, so würden die aufrührerischen Rebellen
das Schloß in Brand stecken, um Sie zu zwingen,
ihre Bitten zu erfüllen; sie übten solche und noch
entsetzlichere Gräuel auf andern Schlössern aus und
täglich hört man Dinge, daß man glauben könnte,
man wäre anstatt in dem sonst so friedlichen Sauerlande, in Sodom und Gomorrha! — Wer es nur

eben von den adeligen Herrschaften kann — flüchtet
— ruft den Schutz der Behörden an, erbittet Militair und läßt den ungestümen Forderern durch Kugel und Bajonette antworten. — O Herr Baron,
senden Sie auch den Befehl, daß wir uns Militair
aus Münster oder Bielefeld erbitten, das Füsilier-
bataillon des fünfzehnten Infanterie-Regiments ist
schon in einzelnen Detachements auf den Schlössern
des Sauerlands vertheilt, nur wir Unglückliche ver-
danken es dem Eigensinn Herrn Neumark's, ohne
militairischen Schutz zu sein und doch ist Almarstein
vom Pöbel bedroht."

Raimund sank der Brief aus den Händen; er
sprang auf und rief lebhaft: „Ich mich wie ein Feig-
ling verkriechen? — nimmermehr! Hin nach Almarstein! um dieser Anarchie mit ruhiger Stirne entge-
genzutreten und den Rebellen zu beweisen, daß ich
Herr des Gutes bin!" —

Neumark's Worte über die Pflichten eines Gutsherrn fielen in dem Augenblick dem Besitzer von Almarstein ein. Er las noch einmal des Verwalters
Brief und welch andern Eindruck machten ihm dessen
Rathschläge jetzt! — Sinnend blickte er vor sich nieder und sagte dann ernst: „Er hat Recht! mangel-

haft ist Vieles, — besser kann Manches werden; — ich will die Bitten der Leute hören — ich will handeln, ehe es zu spät ist."

In fliegender Hast traf Raimund noch in derselben Stunde seine Vorbereitungen zur Abreise und war den ganzen Tag thätig, seine Angelegenheiten zu ordnen. Es war spät am Abend, als er bis auf das Einpacken seiner Papiere, mit allem Uebrigen fertig; er saß an seinem Schreibtische, da fiel beim Oeffnen eines Faches sein Blick auf ein Paquet Briefe, die alle auf duftendem rosa Papier geschrieben, deren erbrochene Siegel alle dasselbe Wappen zeigten. Es war ein sich an eine Säule lehnender Amor, auf der ein brennendes Herz thronte, und die Inschrift des Wappens lautete: „Je me repose sur ta constance". — Ein bitteres Lächeln umzuckte Raimund's Mund beim plötzlichen Anblick dieser Briefe — beim unwillkürlichen Lesen der Devise, doch nur eine Sekunde dauerte dieser Ausbruck, er wich dem der Verachtung und das Paquet flog in die lodernde Glut des Kamins! — — Die Schreiberin der Briefe schien vergessen zu sein, Raimund griff nach andern Papieren; da rauschte die Portière, er sah sich um, eine zarte tief verschleierte Frauengestalt schlüpfte in's Zimmer, sie lag im nächsten Augenblick zu seinen Füßen und rief leidenschaftlich:

„Raimund, Du willst Paris, mich — Deine Casimira, im Zorn verlassen? — o bleib'! — oder nimm mich mit Dir!"

Raimund sprang auf, trat einige Schritte zurück und fragte kalt: „Ist Ihre Comödie mit mir noch immer nicht beendet, Gräfin Berniczecka? ich hielt mich davon überzeugt und glaubte, Ruhe vor Ihnen zu haben."

„O, nicht diesen Ton, Raimund; Du hast mich verkannt — ich schwöre Dir —"

„Bitte! — keine falschen Eide mehr, Gnädigste! Sie leisteten wahrlich genug in dem Punkte."

Die Gräfin erhob sich, schlug den Schleier zurück und heftete ihr thränenfeuchtes Auge mit dem Ausdruck stillen Vorwurfs auf Raimund. Sie war vielleicht nie schöner, nie verführerischer, als in dem Augenblick und dennoch schaute der junge Mann mit eiserner Ruhe in dieses anziehende, reizende Gesicht und vernahm ohne die geringste Bewegung den klagenden Ausruf: „O Raimund, — Raimund! sind denn wirklich die Zeiten vorüber, wo Du Deine Casimira nicht sehen konntest, ohne sie in die Arme zu schließen und mit glühenden Küssen ihre Lippen zu bedecken? —"

Im frostigsten Tone entgegnete Raimund: „Nicht allein, daß jene Zeiten vorüber sind und nie wiederkehren, sondern auch die Zeiten, Frau Gräfin, wo solch ein Blick mich zu Ihrem Sclaven gemacht haben würde. Die ehrlosen Zumuthungen, die Sie an mich gestellt, haben die Fesseln gesprengt, mit denen Ihre Reize, Ihr Geist, Ihre Liebenswürdigkeit mich umgarnt! ich bin frei — ganz frei — Ihr Einfluß auf mich ist vorüber! — ich kann nicht lieben, wo ich nicht allein nicht achten kann, sondern verachten muß! Verhüllen Sie daher ruhig Ihr Antlitz und — halten Sie sich überzeugt, daß auch ich einen Schleier über Ihre Handlungsweise decken werde; Sie haben nicht das Geringste von mir zu fürchten — aber auch — verzeihen Sie, daß ich offen bin, — nicht das Geringste von mir zu hoffen!"

Raimund verbeugte sich flüchtig vor der Erbleichenden und als sie hastig das Zimmer verließ, wußte er, daß diese Frau, die er so maaßlos beleidigt, den Versuch machen würde, sich an ihm zu rächen. Ob es ihr gelingen würde — er ahnte es nicht! —

Gleichgültig die Achseln zuckend, trat er an das Fenster, sah die Gräfin auf der Schwelle des Hôtels
in Ohnmacht sinken, sah einen Mann im braunen
Calabreserhut und dunkeln Radmantel zu ihrer Hülfe
herbeieilen und als dieser Mann die anscheinend
Leblose in einen Fiaker trug, ebenfalls in denselben
stieg und der Wagen mit Beiden schnell von dannen
rollte, da dachte Raimund von Buchenhausen nicht,
daß er diese Beiden so bald wiedersehen — ihnen,
in dem schrecklichsten Augenblick seines Lebens, an
der Schwelle seines eigenen Hauses gegenüber stehen
würde!

Ahnungslos, ruhig, kehrte er zu seinem Schreibtische zurück; sein Blick streifte das Bild seiner
Schwester und blieb an den reinen, engelgleichen Zügen des jungen Mädchens haften; lange und sinnend betrachtete er das Portrait und immer und
wieder stieg vor seinem geistigen Auge das Bild jener Frau auf, die ihn vor Kurzem verlassen und er
mußte stets von Neuen Parallelen ziehen zwischen
beiden, an Reiz so verschiedenen Gesichtern. Der
Zug von Bitterkeit und Hohn, den sein Antlitz zeigte,
wenn er auf das Gebilde seiner Phantasie schaute,
schwand, wenn sein Auge auf dem Portrait der

Schwester ruhte und sich in die blaue Tiefe ihres frommen, unschuldigen Blicks versenkte.

„O, daß ich ein Wesen auf Erden fände, das diesem Bilde gliche!" rief Raimund endlich aus. „Das würde mich Alles vergessen lassen können, was ich an Weh und Schmerz schon ertragen, — ich würde solch holdseliges Geschöpf als einen mir von Gott gesandten guten Engel betrachten und in seinem Besitz den Himmel finden, den nur solches Weib zu bereiten vermag, dessen Auge so rein blicken kann!"

„Trägt die Erde solch ein Wesen?" fragte er nach langer Pause und seine Stirn umdüsterte sich, als er langsam hinzusetzte: „Nein, nein! Gertraud! so, wie Du warst, giebt es Keine und — formte die Natur auch zum zweiten Male solch frommes Wunderbild, es würde, wie Du, nicht dauernd auf Erden weilen und bald dorthin entführt werden, wo seine Heimath ist.

———

Zwölftes Kapitel.

Raimund von Buchenhausen verließ in der Frühe des nächsten Tages Paris und von dem besten Willen und den edelsten Absichten beseelt, eilte er seiner Heimath entgegen.

Almarstein lag in einer der schönsten, romantischen Gegenden des Sauerlands. Mit diesem Namen bezeichnet man gewöhnlich das „Süderland,‟ jene zwischen der Ruhr und Sieg gelegenen Gegenden der Grafschaft Mark und des Herzogthums Westphalen, die der mittlere Kamm des Süderländischen Gebirges durchzieht. Es ist ein an entzückenden Naturschönheiten reich gesegneter Landesstrich. Die zerrissenen und zerklüfteten Gebirgsmassen des Sauerlands können uns vermöge ihrer pittoresken Berg- und Felsparthien, — ihren engen und düstern Thälern, finstern Schluchten — ihrer ganzen öden

schauerlichen Wildniß und doch so echt romantischen
Reizen, Scenerien aus dem Schottischen Hochland
vergegenwärtigen. Das Süderländische Gebirge hat
die herrlichsten Felsparthien; die hohen steilen Stein=
wände zeigen die seltsamsten und abweichendsten Far=
benschattirungen, — auf den jähen, schroffen Ab=
hängen wurzelt nur hie und da ein kurzes Buchen-
gestrüpp; doch desto häufiger tragen sie dichte, tief=
dunkle Tannengruppen, die, zu gigantischer Höhe
aufsteigend, die zackigen Spitzen und breiten Kro=
nen der Felsenhäupter überragen zu wollen scheinen.
Durch die engen Gebirgspässe, — durch die einsa=
men Felsthäler rauscht nicht selten ein wild erreg=
tes Wasser mit lautem Brausen über die kahlen oder
moosbedeckten Steine seines Flußbettes und dieses
Geräusch steht im passendsten Einklange zu dem un=
aufhörlichen Pochen und Hämmern in den Eisen=
hütten und Puddlingswerken.

Wunderbar phantastisch und mährchenhaft erschei=
nen manche dieser engen Felsthäler und tiefen Berg=
schluchten in dunkler Abend= und Nachtstunde, wenn
in den Puddlingswerken gearbeitet wird. Die aus
den Flammenöfen aufsteigenden Feuersäulen erhellen
mit ihrem glühenden Farbenlichte die seltsam gestal=

teten Felsmassen und sie erscheinen nie schauerlicher als in dieser eigenthümlichen Beleuchtung. Man glaubt unwillkührlich, einen Blick in das finstere Reich des Orkus zu thun und athmet erst wieder freier, ist man dem engen Felsenkessel mit seinen lodernden Feuerflammen entronnen.

Von seltsam zauberischer Wirkung ist, wenn ein heftiger Windstoß durch die schmale Bergschlucht fährt und die aus den Puddlingswerken aufsteigenden Feuersäulen zerreißt; der glühende Ruß zerstiebt in Milliarden leuchtender Funken — Tausende trägt der Sturm hoch in die Luft, hinauf zu den zersplitterten Felskronen, über denen sich die goldenen Sterne, schimmernden Diademen gleich, hinziehen; — Tausende drückt er nieder auf die weichen Lagen des grünen Mooses oder er streut den funkelnden Feuerregen auf die wehenden Halme des hohen, üppig wuchernden Farrenkrauts, wo sie nach momentanen Glühen und Leuchten in Nacht und Dunkel ersterben.

Auffallenden Contrast bilden gegen diese wilden, schauerlichen Gebirgsparthien des Sauerlandes, seine lieblichen tiefpoetischen Landschaftsgemälde und diese scharfen Gegensätze grenzen oft dicht aneinander.

Fast scheint, als ob sich in jenen Gegenden West=
phalens die sanften Reize mit der starren Wildniß
aus dem Grunde vereinigt hätten, um dem Auge
Alles zu bieten und die große Mannigfaltigkeit der
Natur auf das Deutlichste hervortreten zu lassen.
So fehlt es denn diesem Landesstriche nicht an grü=
nen Wiesen und Auen, nicht an lachenden freund=
lichen Thälern, welche in anmuthigen Windungen
von klaren Flüßchen durchschnitten sind, die den mit
lauten Brausen dahinstürmenden Gebirgsbächen zum
Gegensatz, leise und langsam über Moos und Was=
serblumen fortgleiten; es sind in jenen Gegenden
auch Berge von milderer Form zu finden und an
ihren sanften Abdachungen erheben sich nicht selten
amphitheatralisch gebaute Dörfer. Freundlich schauen
die weiß getünchten Kalkwände und rothen Ziegel=
dächer der Häuser aus üppig grünem Baumwuchs
hervor und der goldene Hahn, der oben auf der
Spitze des kleinen Kirchthums thront und licht im
Sonnenstrahl erglänzend, aus dem breiten Dache
alter Linden auftaucht, die das einfache Gotteshaus
umgeben — er scheint Wache zu halten über dem
tiefen Frieden, der diese poetischen Landschaftsge=
mälde mit weichem Dufte umhaucht.

Unwillkührlich wird beim Anblick dieser stillen, einsamen Gegenden Westphalens der Gedanke rege: „in diesen so frieblich daliegenden Ortschaften, — in diesen zaubrisch schönen Thälern, wohnen Ruhe und Glück."

Man irrt bei Annahme dieses Gedankens! — In jenen Gegenden wohnen ja auch Menschen und — wo sie sind — überall, wo die Erde bevölkert ist — sind Leid und Kummer, Gram und Schmer=zen, Noth und Elend zu finden! Die bösen Furien wilder Leidenschaft durchstreifen auch jene poetischen Thäler — und der goldene Hahn, der über dem Frieden der Dörfer Wache zu halten scheint, hat den Unfrieden nicht aus der Brust Derer zu scheu=chen vermocht, die in jenen stillen Gegenden sich an=gesiedelt und in derer Herzen der Samen zu allen bösen Leidenschaften ebenso ruht, wie in denen der Bewohner großer Städte.

Der Späherblick einzelner Unruhstifter hatte im Sauerlande diese mit ihrer Lage, ihren Verhältnis=sen unzufriedenen Menschen entdeckt, mit kundigem Sinn den Samen des Hasses und der Rache ge=pflegt, Kampf= und Streitlust im Herzen entflammt, Sehnsucht nach Andern und Bessern in der Brust

erweckt." Kaum entzündete sich daher in Paris die
Brandfackel der Revolution, so glaubten die Bewohner des Sauerlands, daß auch für sie die Stunde
der Erlösung von manch bittrer Qual gekommen sei
und auch sie sich jetzt das Glück der Freiheit erringen müßten, das ihnen von den Aufwieglern in
glänzenden Lichte vorgegaukelt worden.

Wie klopfte Raimund's Herz, als er die Grenzen seines Heimathlandes erreicht — in einer Extrapost auf des alten Westphalens rother Erde dahin-
fuhr! wie sehnsuchtsvoll schaute er in die umhüllte
Ferne, um die lichtblaue, süderländische Gebirgs-
kette zu erspähen und wie bang fragte er sich: „wie
mag es hinter jenen Felsen aussehen, wo das Schloß
Deiner Väter liegt?" — — —

An einer neuen Station angelangt, rief der
Postillon, der ihn fahren sollte, freudig: „Juchhe!
da ist unser Baron!"

Raimund sah sich den Mann genauer an und
erkannte einen ehemaligen Spielgefährten aus dem
Dorfe Almarstein, der ihn als Kind nie, wie so
manche andere Knaben, bei seinen gewagten Touren
auf hohe Felsenspitzen, verlassen hatte; er reichte
ihm freundlich die Hand und sprach lachend: „Wie,

Claus Feldheim, mein treuer Knappe, ist Postillon
geworden? — nun, es freut mich, daß Du mich
fährst, Du mußt mir viel aus Almarstein erzählen,
denn ich war lange fort von der Heimath."

„Ich weiß es, gnädiger Herr! ich war erst
Sonntag in Almarstein; doch Herr Baron, daß
Sie mich wieder erkannt haben!"

„Das ist kein Wunder, lieber Claus, Du hast
noch dasselbe pfiffig kluge Gesicht, wie damals, als
wir mitsammen jene Felsen erkletterten, deren Spitzen
jetzt mit Westphalens ächten Nebenschleiern umwo-
ben sind und das Thal meiner Heimath gewiß auch
noch dicht umhüllen."

Heiter lächelnd blickte der Postillon nach der bezeichneten Richtung; es legte sich aber schnell ein
Schatten düstern Ernstes über sein Gesicht und er
erwiderte trübe: „Ach, gnädiger Herr, es sieht jetzt
drunten in den Thälern anders aus, als zu jener
Zeit, wo wir als Kinder von dort oben so stolz
hinabschauten."

„Ist es sehr schlimm, Claus? —"

„Hm — bunt genug — das kann man dreist
sagen! — Hörten Sie schon davon, Herr Baron?"

„Gewiß und deshalb komme ich gerade! — will

mir doch den Spektakel im Sauerlande selbst ansehen; ich denke mir, die guten ehrlichen Westphä-
len müssen höchst drollig im Revolutionsfieber sein."

Der Postillon sah mit leuchtenden Augen seinen
ehemaligen Spielgenossen an und murmelte leise:
„Ganz der Alte! Fuchsmunter, wenn alle Andern
zittern!" — Laut und lebhaft fügte er hinzu: „Ich
will sterben, wenn ich es mir nicht gedacht habe,
daß Sie kommen würden; — ich sagt' es stets,
wenn jeder Andere davon läuft, so kommt Er gerade an, der immer ein Blitzjunge war."

„Bin ich der Blitzjunge?" fragte der stolze Erbe
durch dieses Urtheil ungemein belustigt.

„Natürlich, Herr Baron, kein Anderer als Sie!
Sie hatten mein Lebhat nix von der Angst abge-
kriegt, waren nimmer ein Hasenfuß!"

„Danke schön für die gute Meinung, Claus."

„Nix zu danken, gnädiger Herr. Wer an Euch
zweifeln wollte, thäte Unrecht! — Ihr hattet stets
die Augen offen, ginget nie im Schlafe durch die
Welt und das Herz saß Euch auch stets an der
Stelle, wo es der Mensch haben muß; deshalb
werdet Ihr jetzt anders handeln, wie Eure vornehmen Freunde und — lächerlich machen werdet Ihr

Euch nebenbei nie! — O ich kenne Euch genau, Raimund von Buchenhausen! Euch und Euer Herz!"

„Wenn die Andern mich auch kennen, geht vielleicht Alles gut, Claus; doch wenn sie meinen, ich ließe mir auf der Nase herumtanzen und mich einschüchtern, dann Claus irren sie, das sei versichert!"

„Ohne Sorge, gnädiger Herr, ich sagte es ihnen schon am vergangenen Sonntag, wo ich drinnen in Almarstein bei den Eltern war und Abends die Schenke besuchte."

„Was sagtest Du?" fragte Raimund lebhaft.

„Daß Sie sich nicht fürchten würden, Herr Baron! — nie und nimmermehr und wenn sie zehnmal das Schloß in Brand zu stecken drohten."

„Meinten sie das?" rief Raimund mit blitzendem Auge. „O diese infamen Hallunken, mir Feigheit zuzutrauen!"

„Gemach, gemach, Herr Baron! — Nicht so hitzig. Jetzt gilt's, ruhig Blut haben."

„Ruhig Blut? — den Teufel auch, wie soll ich ruhig bleiben wenn ich mir denke, daß sie da unten im Thale glauben, ich sei eine Schlafmütze, ein Hasenfuß!"

„Gnädiger Herr, das denkt Niemand von Ihnen! — Es heißt zwar immer, die Westphalen sind
dumm; aber das ist nicht wahr; sie besitzen ein gut
Theil tüchtiger Menschenkenntniß und wissen jedes
Ding beim richtigen Zipfel zu fassen —"

„Halt, Claus! — Viele Deiner gepriesenen Westphalen haben jetzt doch wie mir scheint das Ding,
beim unrichtigen Zipfel erfaßt und sich trotz ihrer
Menschenkenntniß gewaltig getäuscht. Mir haben sie
zum Beispiel mit Brand und Plünderung des Schlosses gedroht, wenn ich die alten Pfandstücke nicht
herausgäbe! — Laß sie nur kommen, ich werde
ihnen jetzt selbst leuchten und sie sollen, bei Gott
im Himmel sei es geschworen! — wohl sehen, wie
weit sie bei mir mit Drohungen gelangen."

Raimund's Stimme zitterte, sein ganzes Wesen
zeigte die heftige Erregung seines Innern. Mit
traurigem Blick schaute sein einstmaliger Spielge-
nosse ihn an und sagte leise: „Gnädiger Herr, kommen Sie nicht mit Gedanken des Hasses und der
Rache nach Almarstein; betrachten Sie die Leute
ohne Vorurtheil! — es sind stille, gute, brave
Menschen, sie sind, wie alle armen Landbewohner,
jetzt nur aufgehetzt — und dazu haben die Iserlöhn-

schen ihr gut Theil beigetragen. Dort liegt haupt=
sächlich der Hase im Pfeffer! die reichen Fabrikan=
ten drückten die armen Arbeiter seit Jahren, zahl=
ten ihnen erbärmlichen Lohn und diese Halbver=
hungerten sind nun durch einzelne wilde und böse
Creaturen zur Rebellion aufgestachelt. Jetzt soll es
nun mit einem Male Mord und Todtschlag geben,
wenn die ungestümen Forderungen nicht mit Blitzes=
schnelle erfüllt werden; doch so weit wird es nicht
kommen! — das erhitzte Blut wird sich wieder ab=
kühlen und sehen die Armen ein, daß man bereit
ist, ihnen zu helfen, haben sie nicht mehr die Furcht,
daß Weib und Kind verhungern, dann, dann gnä=
diger Herr werden Friede und Ruhe, Gesetz und
Ordnung sich schon wieder im alten Westphalenlande
Bahn brechen! — Bei uns hat die Revolution nix
zu sagen! sie paßt nicht zu uns und wird nicht
lange in unsern Bergen weilen, denn sie ist ein
böser Kobold, den unsere guten Geister nicht in
ihren stillen Thälern dulden."

„Gott gebe es!" sagte Raimund leise, versank
dann in ernstes Sinnen und dachte über die Worte
des Postillons nach; ihm fiel der Glanz und Luxus
in den Häusern der reichen Fabrikanten ein; es tra=

ten die Hütten der Armen vor seine Seele, in denen die Noth und das Elend herrschten. Hundertfach hatte er beide Gegensätze gesehen, mit seinem Verwalter, Adalbert Neumark, oft über diese sich häufig so nah berührenden Contraste gesprochen. — Voll Trauer dachte er an die schlechten Ernten der letzten Jahre, die die Hoffnungen von Tausenden vernichtet, die Wohlhabenden arm gemacht — und Arme — an den Bettelstab gebracht; jetzt sah Raimund auch klar und deutlich all die kleinen Anzeichen, die er früher für so unwichtig gehalten und die doch so sicher auf Alles hingedeutet hatten, das jetzt als grasse Wirklichkeit vor ihm stand und wie mit Centnerschwere nicht allein auf seiner Brust lastete, sondern tausend andere deutschen Herzen tief bedrückte.

Aus seinen düstern Gedanken schreckte ihn Gesang empor. Er sah sich um, befand sich in einsamer, abgelegener Gegend und bemerkte, daß dort Arbeiter mit Wegebau beschäftigt waren, die heiter sangen. Ihr Lied, das fröhlich und munter durch die helle, klare Morgenluft schallte, machte einen erheiternden Eindruck auf ihn. Er erkundigte sich bei Claus Feldheim, wie es komme, daß in dieser

15*

Gegend plötzlich die Wege gebahnt würden; der Postillon schob seinen Hut etwas verlegen hin und her und erwiderte dann haftig: „Ja, ja, man macht hier eine Chauffee, wie es scheint."

„Seltsam! — Weißt Du nicht, wie das ge= kommen?"

„Hm —" der Postillon huftete entsetzlich.

„Nun, Claus? —"

„Ach, Herr Baron, die Zeitverhältniffe brachten das mit sich."

„Die Zeitverhältniffe eine Chauffee in dieser ent= legenen Gebirgsgegend! Dummes Zeug!"

„Nein, nein! Kein dummes Zeug. Die Armen hatten Nichts um zu leben; sie baten seit Monaten unausgesetzt um Arbeit und erhielten keine! nun haben sie dem Magiftrate gedroht und nun — na, nun ist plötzlich Rath geschafft worden — jetzt hat sich überall Etwas zu thun gefunden — auch hier im Sauerlande!"

Raimund's Herz zog sich etwas krampfhaft zu= fammen. — War das Revolution, Rebellion, wenn Arme, die durch Noth und Hunger zum Aeußerften getrieben worden, endlich unter Drohungen Arbeit verlangten? — waren das Unzufriedene, Mißge=

stimmte, die, nachdem sie Beschäftigung gefunden,
so heiter und vergnügt sangen? — Es war ein
eisig kalter Morgen, denn befand man sich auch im
März, so herrschte doch in den Felsenthälern des
hochgelegenen Süderlands eine solche Kälte um die
frühe Stunde, daß sie wohl mit der eines strengen
Wintertages in tiefer gelegenen Gegenden wetteifern
konnte. In dieser kalten Morgenstunde lockerten nun
die Arbeiter die hart gefrorene Erde auf oder scho=
ben in Karren die schwersten Lasten Steine! — —
Raimund schauderte bei seinen Fragen, sein Herz
erbebte plötzlich bei den Klängen jener frohen Lieder,
die ihm nun einen furchtbaren Eindruck machten.

Dieser Eindruck wurde durch ein anderes Ereig=
niß verstärkt. Ein neuer Zug Arbeiter tauchte in
der Ferne auf, auch Diese sangen. Raimund be=
gegnete ihnen nach kurzer Zeit und bemerkte, daß
es größtentheils alte Männer waren; sie trugen
Hacke, Spaten und Schaufel und kamen, wie der
Postillon ihm sagte, ihres Alters wegen, eine Stunde
später zur Arbeit, wie die jungen Leute. Das Lied,
das sie sangen, war ernst! — sie mochten es längst
verlernt haben, heitere und frohe Lieder zu singen,
denn die Zeit der Jugend war bei ihnen Allen lange

vorüber und Kummer und Sorge mochten auch das
ihrige dazu beigetragen haben, Lust und Freude aus
ihrem Innern zu verscheuchen. Ihre Stimmen waren auch nicht mehr volltönend, wie die ihrer jüngern
Gefährten; nur leise und zitternd glitten die Töne
des alten Kirchenliedes: „Wer nur den lieben Gott
läßt walten" von ihren Lippen. — —

Diese zitternden Stimmen durchdrangen aber
jede Fiber von Raimund's ganzem Wesen; auf's
Tiefste und Mächtigste erschüttert, barg er sein Gesicht in beide Hände. — Er hätte die Thränen, die
seine Augen befeuchtet, ruhig können fließen lassen,
denn kein anderer Blick als Desjenigen, der in das
Verborgenste zu schauen vermag, und dessen Hand
ihn an dem Morgen gerade diesen Weg führte, sah
das Zeichen seiner tiefen Bewegung. — Raimund
war in einem jener weiten Thäler des Sauerlands,
wo nur wenige zerstreut liegende Häuser anzeigen,
daß sie bewohnt sind.

Lange Zeit blickte der tief erschütterte junge
Mann nicht empor, nicht um sich; — er sah die
Strahlen der Sonne nicht die Nebelmassen zerrei-
ßen, die oft noch in jenen Gegenden zu später Stunde
Berg und Fels umschleiern und erst in den düstern

Thalgründen verschwinden, wenn die Sonne ihren Höhepunkt erreicht hat. Durch Raimund's Geist flutheten und wogten nur die Fragen: „Warum ließ man es so weit kommen? — warum schafften die Behörden nicht früher Arbeit, warum fand man nicht eher Beschäftigung für die Armen und Bedürftigen, die darauf angewiesen sind, sich das tägliche Brod zu erwerben?" --- — ---

In seinen Fragen und Vorwürfen stockte Raimund, als er daran dachte, daß er seit Monaten Majoratsbesitzer sei und sich noch nicht eine Minute um die Verhältnisse in Almarstein, um das Wohl und Weh seiner Gutsunterthanen gekümmert.

In dem Augenblicke war es nicht mehr die Glut des Aergers, die sein Antlitz färbte, daß Unruhen auch auf seinem Grund und Boden ausgebrochen; — sondern in den Minuten war es die Röthe der Scham, welche seine Stirne bedeckte, daß er in Monaten nicht Zeit gefunden, sich in dem kleinen, ihm angewiesenen Reiche zu orientiren und sichtbaren Mängeln abzuhelfen. Deutlich fühlte er, daß auch er gefehlt hatte; offen gestand er sich: „wie leicht es sei, Andere zu tadeln und die Einrichtungen

eines großen Ganzen anzugreifen; wie schwer hin=
gegen, selbst tadellos zu handeln und in den engen
Grenzen des eigenen Berufes, kleine Pflichten zu
erfüllen! — — —

Die Vorsätze, welche er flüchtig in Paris ge=
faßt, befestigten sich während der Fahrt durch die
heimathliche Gegend in seiner Seele. Klarer und
heller, wie es rings um ihn her in der Natur wurde,
gestalteten sich auch seine Ideen, Gedanken und An=
schauungen über die Ereignisse seiner Zeit. Als sein
Jugendgespiele ihn an der nächsten Station verließ,
wo die Strecke beendet war, die er ihn zu fahren
hatte, erwiderte er auf seinen Abschiedsgruß: „Ich
werde mit gar keinem Vorurtheile nach Almarstein
kommen und hoffentlich bist Du noch so vorurtheils=
frei, ein Geschenk von mir anzunehmen."

Der Postillon mußte wohl noch aus den Kin=
derzeiten glänzende Erinnerung von der Freige=
bigkeit Raimund's haben, denn ohne einen Blick
auf die Goldstücke zu werfen, die Jener ihm reichte,
dankte er ihm warm für seine große Gnade und
nannte den Morgen den glücklichsten seines Lebens.

Raimund rief ihm noch zu: „Für alle Fälle
. des Lebens, Claus, entsinne Dich, daß wir Spiel=

kameraden waren!" dann trat der Moment der
Trennung ein; — der Postillon ritt zurück — Rai=
mund mußte vorwärts! — Sah der junge Gutsherr
auch bald nichts mehr von dem Gefährten seiner
Kinderjahre, so trug der Schall des Windes doch
die Melodie des Preußenliedes zu ihm hin, durch
welche der Almarsteiner Bauernsohn seine politischen
Ansichten am besten und deutlichsten kund zu thun
glaubte; Claus Feldheim hielt sich seit dem Aus=
bruch der Revolution auf preußischem Boden zu
dieser Melodie „verpflichtet" und obgleich
mancher seiner aufgeklärten Berufsgenossen ihm
schon höhnend zugerufen: „er bliese seine Ansichten
in den Wind und würde sich noch um den Hals
blasen," war er dem Preußenliede treu geblieben
und seine ruhige Antwort lautete: „Wessen Brod
ich esse, dessen Lied ich singe!"

Raimund that es wohl, diese Melodie zu hö=
ren, nachdem er in letzter Zeit in Paris nur die
Marseillaise und den Ruf: „vive la république!
á bas les rois!" — vernommen hatte; es ärgerte
ihn aber nicht wenig, daß sein neuer Postillon ihn
mit den Klängen des Liedes: „Was ist des Deut=
schen Vaterland?" dem Thore des Städtchens ent=

gegenfuhr. — Sie kamen an der Schule des Ortes
vorüber; lärmend stürzte die aus den Klassen ent=
lassene Jugend auf den Platz vor dem Hause; einige
der größern Knaben fielen begeistert in die Melodie
ein, die in dem Augenblicke laut an ihr Ohr tönte,
Andere horchten auf den aus der Ferne dringenden
Refrain des Preußenliedes — warfen einen Blick
des Hasses auf ihre Cameraden und sangen dann
laut und enthusiastisch: „Ich bin ein Preuße, will
ein Preuße sein!"

Die jugendlichen Verfechter deutscher Einheit er=
widerten den Blick des Hasses und Gesang der
Strophe mit derben Faustschlag; die begeisterten
Preußen ließen sich den Angriff roher Gewalt nicht
gefallen; sie antworteten mit kräftigen Stößen und
auf die musikalische Meinungsäußerung beider Par=
theien folgte ein erbitterter Kampf.

Raimund interessirte der Verlauf der Sache. Er
befahl dem Postillon, zu halten und mit scharfem
Auge folgte er den streitenden Parteien, die gute
Führer und Leiter hatten. Das einige Deutschland
wollte das enthusiastische Preußen zu Boden reißen;
doch nur einzelne kleine Kämpfer wurden besiegt,
an die Erde gezerrt und mit Füßen getreten. Diese

wurden aber wieder von Andern unterstützt, erhoben sich und der Sieg blieb auf Seite der Preußen; das einige Deutschland zog sich zuletzt langsam und ziemlich würdevoll in verschiedene Häuser zurück; die den Platz behauptende Preußenschaar verband sich gegenseitig die blutigen Köpfe.

Raimund, der mit lautem Bravo die Siegenden belohnt, sprang aus dem Schlitten. Was er für den Augenblick an Geld entbehren konnte, reichte er dem Anführer der Preußen mit den Worten „Theile das mit Deinen Gesinnungsgenossen!"

Der angeredete Knabe, der wie seine Gefährten blaß und ärmlich aussah, trat einen Schritt zurück, prüfend ruhte sein helles klares Auge eine Sekunde auf Raimund und fragte ruhig: „Für was soll ich das Geld haben?"

„Weil Du ein so guter Preuße bist!"

„Dafür nehme ich keine Bezahlung, Herr! — Mein Vater ist verabschiedeter preußischer Lieutenant, er wurde in den Freiheitskriegen Invalide und ich bin sein jüngster Sohn! ein guter Preuße wie Sie sagen! — Gute Preußen lassen sich aber nur ihre Dienste, nicht ihre Gesinnungen bezahlen."

„So nimm das Geld für deine eben geleisteten Dienste."

„Ich leistete keine Dienste, ich verfocht meine eigene Ehre!" erwiderte der Knabe voll Stolz.

„Du willst das Geld also nicht?"

Ein dunkles Roth überflog das Antlitz des Knaben und er sprach leise:

„Wenn Sie es mir zu Brod geben wollen, nehme ich es! mein Vater ist zu krank, um es jetzt für sich und sechs Kinder zu erwerben."

„Habt Ihr kein Brod?"

„Nein, schon seit mehreren Tagen nicht."

„Alle Armen erhielten gestern Brod!" rief der Anführer des einigen Deutschland, der auf den Kampfplatz zurückgekehrt war. „Unsere Väter haben es gestern vom Magistrate gefordert und erhalten!" setzte er stolz hinzu.

„Unsere Väter?" — wiederholte der Sohn des Soldaten verächtlich.

„Ja unsere Väter!" schrie der Deutsche laut und hielt dem Preußen die geballte Faust unter die Nase, „unsere Väter, die sich ihr Recht zu verschaffen wissen und nicht verhungern wollen!"

Der junge Preuße entschlug sich der ihm nachkommenden Fauſt ſehr energiſch; und ſagte erregt: „Mein Vater verhungert lieber, als daß er ſich an einem Straßenkrawall der Demokraten betheiligt.“

„Das paßt auch für Euch Soldatenbrut, die Ihr geborene Hungerleider ſeid! Zum Troſt dafür habt Ihr ja Eure Ehre! daran habt Ihr genug zum Nagen, wenn auch Nichts im Magen!“

Es ſchien, als ob dieſer Ausbruch von Rohheit dem Soldatenkinde doch zu viel ſei; der Knabe er= blaßte zur Farbe des Schnees. Als er ſich aber im nächſten Augenblicke voll wüthenden Grimms auf ſeinen Beleidiger ſtürzen wollte, hatte Raimund es ſchon übernommen, den Frechen zu züchtigen. Nicht allein jubelte die Preußenſchaar bei dieſer Execution, ſondern das übrige einige Deutſchland klatſchte frohlockend in die Hände, denn dieſer ihr Gefährte wurde von Allen gehaßt.

Beim letzten Schlage rief Raimund dem Kna= ben zu: „Damit Du es weißt, wer Dich beſtraft hat und Dein Vater mich, wenn er will, auch ver= klagen kann, ſage ich Dir, daß ich der Baron von Buchenhauſen auf Almarſtein bin!“

Wie ein Ball flog der Gezüchtigte nach dieſen Worten bei Seite, auf den hohen Schneehügel.

Raimund gab dann dem blassen Preußenanführer
seine Uhr. — Leicht seine Hand auf die Schulter
des Knaben legend, flüsterte er ihm freundlich zu:
„Sie soll Dich nie an die Beleidigung mahnen,
die Dir in dieser Stunde zu Theil geworden, son=
dern nur daran erinnern, daß die gerechte Sache
immer ihren Vertheidiger findet!"

Obgleich Raimund's hohe schlanke Gestalt nicht
im Geringsten an die der „Ulfen" mahnte, welche
nach alt westphälischer Sage in den Urnen hausen
sollen, die man in jenem Landesstriche in den Hünen=
gräbern findet, — so dachten doch viele der Knaben,
als sie die Uhr mit goldener Kette in der Hand
ihres Cameraden erblickten, nichts Anderes, als:
daß der sich als „Baron von Almarstein" bezeich=
nende Mann einem der „Ulkenpötte" des Sauerlan=
des entstiegener guter Geist sei.

Scheu und ehrerbietig wichen sie ihm aus, als
er festen Schritts zum Schlitten zurückging; der
von ihm bestrafte Knabe aber lief ihm nach und
schrie drohend: „Verklagen soll Dich mein Vater
nicht; aber der rothe Hahn soll auf Dein stolzes
Schloß gesetzt werden, weil Du Dich an Einem aus

dem Volke vergriffen — den Sohn von Jakob Schrötter geschlagen hast!"

Raimund erwiderte Nichts auf des Knaben Wuthgeschrei; ruhig stieg er in den Schlitten. Das kleine Intermezzo ließ ihn aber den tiefsten und richtigsten Blick in die Zeitverhältnisse thun, den er bis dahin darauf geworfen; er sah, daß der Revolutionsstoff sich schon so fest in einzelne Schichten des deutschen Volkes eingenistet, daß die Gemüther der Kinder bereits davon erfüllt waren und ihre jungen Seelen auch schon das tödtliche Gift finstern Parteihasses eingesogen.

Unter immer ernstern, immer düsterern Gedanken setzte Raimund seinen Weg fort. Stand er unter dem aufregenden Einflusse der letzten Pariser Erinnerungen oder erfüllten ihn die ersten Erlebnisse auf heimathlichem Boden mit so trüber Zukunftsahnung? — — Er, der noch vor Kurzem an keinen Revolutionsausbruch in Deutschland geglaubt, sah nun plötzlich mehr, — tausendmal Größeres und Bedeuterndes, als die letzten Tagesereignisse gebracht! — das frühere oder spätere Hereinbrechen der entsetzlichsten Katastrophe schien ihm gewiß! Gleich dunkeln Schatten schwebte eine furchtbare

Vision nach der andern an seinem Geistesauge vor=
über; nun sah er nicht mehr Frankreich allein als
Krater an, sondern ganz Europa erschien ihm als
ein vom innern Feuer durchglühter, vom Haß der
Völker unterminirter Vulkan. Die einzelnen der
aus diesem Vulkane bereits aufgestiegenen Rauch=
und Flammensäulen zeigten ihm, wie sie es schon
tausend andern Bewohnern Europa's gezeigt hatten,
daß der Boden gefährlich, auf dem man wandelte.

Nachdenkend fragte er: „Wird dieses Feuer zu
dämpfen sein und durch was? — Alle Mittel, den
aufgewühlten Boden auf die Dauer wieder zu be=
festigen, schienen ihm ungenügend. Wie ein Atom
versank das Rettungsmittel „Arbeit für die ärmern
Volksklassen" — das ihm wenige Stunden zuvor
ausreichend vorgekommen, — in den brennenden
Feuerschlund des Revolutionvulkans. „So wird,
so muß einst eine Explosion erfolgen!" lautete
die schmerzliche Ueberzeugung, die immer fester in
ihm wurde und schaudernd fragte er sich: „Wann
— wann wird dieser furchtbare Augenblick kom=
men?" — —

Den düstern Zukunftsträumen wurde Raimund
durch die Gegenwart entrissen. Zurückgelegt war

endlich, nach mancher langen Stunde Fahrt, die
letzte ihn von dem Thale seiner Heimath scheidende
Bergschlucht. Hinaus fuhr er aus dem engen schmalen Gebirgspasse, dessen hohe Felsenhäupter sich an
den Spitzen zu begegnen schienen und ein drohendes
Thor wölbten; noch eine Biegung — und vor ihm
erhob sich das stolze schöne Schloß seiner Ahnen!
Die leuchtenden Purpurwolken des Abendroths um-
flossen es mit glühenden Farbenschein, die Strahlen
der untergehenden Sonne tauchten die Scheiben der
gothischen Fenster in flüssiges Gold und setzten alle
Einzelheiten der architektonischen Schönheiten des
Baus in das hellste Licht.

Vor diesem mit lichtem Glanz umflossnen Bilde
seiner paradiesisch gelegenen Heimath schwand momentan jeder düstere Schatten aus Raimund's Seele.
Mit leichterm Herzen, frohern Muthe und festerer
Zuversicht fuhr er ein zu der Stätte, wo er in Zukunft für das Recht wirken, — das Glück begründen und den Frieden auf fester, dauernder Grund-
lage sichern wollte.

Ende des ersten Theils.

Druck von Friedrich Andrä in Leipzig.

In gleichem Verlage sind ferner erschienen:

Gayette, Jeanne Marie von, Jacobäa von Holland. 2 Bde. 2⅔ Thlr.

Grabowski, Stanislaus Graf, Ein leidenschaftliches Herz. 2 Bände. 2 Thlr.

Gundling, Julius, Henriette Sontag. Künstlerlebens Anfänge. 2 Bände. 2¼ Thlr. — Satan Gold. 1 Thlr. — Advokat Schnobeles. 2 Bände. 1¼ Thlr.

Hauser, M., Aus dem Wanderbuche eines österreichischen Virtuosen. 2 Bände. 1½ Thlr.

Herbert, Lucian, 1830. 2 Bände. 2 Thlr. 20 Ngr. — Louis Napoleon. Roman und Geschichte in 10 Bänden à 1 Thlr. 10 Ngr. oder 2 Fl. 30 Kr. Banknoten.

Meißner, Alfred, Zwischen Fürst und Volk. Die Geschichte des Pfarrers von Grafenried. 3 Bände. 3½ Thlr. — Zur Ehre Gottes. Eine Jesuitengeschichte. 2 Bände. 1½ Thlr. — Neuer Adel. 3 Bände. 4⅔ Thlr. — Die Sansara. T. A. 3. Aufl. 4 Bände. 2¼ Thlr., eleg. Octav-Ausg. 4 Bände. 3⅔ Thlr.

Pichler, Louise, Werke. 1—20. Band. à 12 Ngr.
    Inhalt: 1—4. Friedrich von Hohenstaufen der Einäugige.
            5—12. Der letzte Hohenstaufe.
            13. u. 14. Heinrich des Vierten Vermählung mit Bertha von Susa.
            15—18. Aus böser Zeit.
            19. u. 20. Vergangene und vergessene Tage.
        (Jedes der Werke wird auch einzeln abgegeben.)

Reichenau, A., Aus unsern vier Wänden. Bilder aus dem Kinderleben. 7. Aufl. broch. 20 Ngr., eleg. cart. 25 Ngr., fein gebunden mit Goldschnitt 1 Thlr.

Stein, Paul, Johannes Gutenberg. 3 Bände. 4 Thlr. — Handwerk und Industrie. 2 Bände. 2½ Thlr. — Drei Christabende. 1 Thlr. — Der letzte Churfürst von Mainz. 3 Bände. 2 Thlr. — Das Haus der Hofräthin. 2 Bände. 1½ Thlr. — Aus dem schwäbischen Volksleben. 1 Thlr.

Wartenburg, Karl, Neue Propheten. 2 Bände. 2½ Thlr. — Die Väter der Stadt. 3 Bände. 2 Thlr.

Wohlfarth, Kirchenrath Dr., Der Student von Orford. Pädagogischer Roman. 2 Bände. 2¼ Thlr.

Obige Romane sind den hervorragendsten Erscheinungen der Neuzeit zur Seite zu stellen und allen Freunden gediegener Lectüre zu empfehlen.

———

Waldemar Bookhouse

oder:

Der Werth eines Namens.

Von

Luise Ernesti.

Motto:
„Es irrt der Mensch, so lang er strebt.“
Goethe.

Zweite Ausgabe.

Zweiter Band.

———————

Leipzig,
Fr. Wilh. Grunow.
1864.

Dreizehntes Kapitel.

Schloß Almarstein war vor Zeiten eine starke Bergveste gewesen, es lag auf dem niedern Vorsprung einer mit Fichten und Tannen dicht bewaldeten Hügelkette. Hinter diesen dunkeln Berghöhen erhoben sich riesig schroffe Felswände von roth und brauner Farbe. Mächtigen Titanen gleich ragten sie fort über das ewige Grün des Nadelholzes und bildeten starke, sichere Schutzwehr gegen die anbringenden, rauhen Stürme des Nordens; umschlossen von den gigantischen Armen dieser hohen Pallisaden lag das weite Thal in lachender, blühender Schönheit, zu Füßen der Berge, wie ein verzogener Liebling im ewig grünenden Schooße des Glücks. In koketten Bogen wand sich ein Flüßchen durch das Thal und schien mit seinem lauten Rauschen, in ununterbrochener Geschwätzigkeit, all die geheimnißvol-

len Sagen ausplaubern zu wollen, die sich an diese
Gegend Westphalens knüpfen; es bespülte auch den
Hügel, auf dessen breitem Plateau das Schloß lag.
Eine steinerne Brücke führte hinüber bis an den
Fuß der aus Wällen und Gräben im Laufe der Zeit
entstandenen Terrassen, die sich bis dicht vor die
Fronte des Schlosses erhoben. An der untern Terrasse zog sich eine hohe Mauer hin, in deren Mitte
sich ein schön gearbeitetes Thor von Gußeisen befand, durch das man über die Terassen in's Schloß
gelangen konnte. Rechts von der Brücke erstreckte
sich in sanft aufsteigender Linie der breite Fahrweg,
den zu beiden Seiten hohe lombardische Pappeln be-
grenzten, und diese Baumreihen dehnten sich aus
bis an das alte wohlerhaltene Burgthor, auf dem
die in Stein ausgehauene Statue der Schutzpatronin
der Familie Buchenhausen, — „die heilige Gertraud,"
— stand. Segnend ruhte ihre eine Hand über dem
mächtigen Wappenschilde des freiherrlichen Hauses,
die andere, weit ausgestreckt, schien dem in der Burg
Einziehenden zum Bewillkommnungsgruße dargereicht
zu werden.

Die Ringmauern, die einstmals die ganze Veste
umzogen, wurden nur durch einzelne Epheu umrankte

Ueberreste angedeutet. Wohlerhalten standen aber
noch die Wartthürme da und über ihren Mauer-
kronen erhoben sich riesige Wetterfahnen, deren ver-
rostete Eisensparren in stürmischer Winternacht kreischend manch schauerliches Lied sangen. Das Schloß
zeigte rein gothische Structuren, die zierlichsten, fein-
sten Arbeiten in Statuen, Zinkenkronen und Blätter-
werk; nirgends gab sein prachtvoller Bau Verfall
kund, Alles war auf das Sorgfältigste erhalten und
erneuert, wo der Lauf der Zeit Zerstörungen ange-
richtet. Ueberragt wurde das Schloß durch den hohen
schlanken Thurm der Kapelle und seine Spitze trug
ein goldnes, hell glänzendes Kreuz; scharf zeichnete
es sich ab von der dicht hinter dem Schlosse aufsteigenden Felswand, seltsamen Eindruck machte es,
von fern gesehen. Da schien es an der breiten Brust
eines in dunkelbraune Kutte gehüllten Ordensritters
zu glänzen, dessen Haupt die Bischofsmütze trug.

Die das Almarsteiner Thal umschließenden Felsmassen zeigten noch andere seltsame Gebilde, als
dieses, — sie nahmen vorzüglich in Mondnächten
wunderbare und phantastische Gestalten an. Zu solchen Stunden gesehen riefen sie unwillkürlich den
Gedanken an all die Sagen wach, die wie ein poë-

1*

tiſcher Hauch über dieſer Gegend des romantiſchen Weſtphalens liegen.

Auch Raimund hatte das erfahren; ſeine erregte Phantaſie hatte ihm manches Bild gezeigt, manch alt germaniſchen Glauben in ihm erweckt. Hatte er früher oft lange von Fenſter oder von den Terraſſen aus hinabgeſchaut in die vom hellſten Mondesglanz mit magiſchen Lichte überfluthete Landſchaft, ſo war es ihm nicht ſelten erſchienen, als ob eine mächtige Drude aus ihrer Felswohnung hervorgetreten ſei, um der Welt Heil oder Unheil zu verkünden, und wie oft hatte ſich ihm nicht der ſchönen Veleda hohe und ſchlanke Geſtalt gezeigt, die laut Sage in jener Gegend Weſtphalens ihren Wohnſitz gehabt haben ſoll. Er war ihr im Geiſt zu den geheimnißvollen Stellen gefolgt, wo die prieſterliche Jungfrau den Stimmen der Götter lauſchte, deren Rath ſie zu ihren Weiſſagungen und Offenbarungen bedurfte. — Waren aber in raſchem Fluge Wolken am Himmel hingezogen, die den lichten Glanz der Mondesſcheibe getrübt und hatten ſie düſtere Schatten auf die ſchroffen kahlen Felswände geworfen und in noch ſchwärzerer Nacht die ſich zu ihren Füßen ſchmiegende tannenbewaldete Hügelkette getaucht, alsdann hatte

Raimund stets gemeint, unter diesen rasch und flüch=
tig dahinziehenden Schattenbildern Woban's in wei=
ten dunkelfarbigen Mantel gehüllte Gestalt zu erken=
nen, umflattert von seinen beiden treuen Raben, ge=
folgt von den Geistern der in den Schlachten gefal=
lenen Kriegern und dem langen Zuge der schönen
Walkhren.

Raimund von Buchenhausen sah am ersten Abend
seines Aufenthaltes in Almarstein nichts von Druden,
— keine Veleda erschien ihm, und Woban — das
Einherjar — der Walkhrenzug — all Das, was
in ferner Vorzeit lag und ihn so oft an der Stätte
mit geheimnißvollen Schauern umrauscht, wenn sein
Geist die vergilbten Blätter aus dem alten Buche
der Erinnerung durchflogen. — — Alles war ver=
gessen — zurückgedrängt durch die Berichte aus der
Neuzeit — der letzten für das ganze Westphalen=
land so stürmischen Vergangenheit.

Unerklärlich erschien ihm doch Manches, unglaub=
lich war ihm Vieles, das er durch seinen Verwal=
ter und Kastellan hörte.

Der Verwalter blieb fast die ganze Nacht in
dem Zimmer seines jungen Herrn und auf das Eif=
rigste ließ er es sich angelegen sein, ihm den wah=

ren Stand der Dinge in dem klarsten Lichte zu zeigen und ihm Nichts von Dem vorzuhalten, das sich
ihm offenbart hatte. Er fand bei Raimund ein of-
fenes Ohr, ein williges Gemüth und nun verschwan-
den fast alle Sorgen, die ihn in der letzten Zeit be-
drückt. Nachdem das Wichtigste unter ihnen bera-
then worden, entfernte sich Neumark mit leichtem
Herzen und Raimund suchte die Ruhe. Aus dem
festen Schlafe, in den der junge Majoratsherr endlich gesunken, weckte ihn lautes Getöse von Stimmen. So schnell wie noch nie war er gekleidet;
aber mit flammendem Auge, wie man es auch noch
nie an ihm gesehen hatte, trat er unter die Bewohner des Schlosses. Sie harrten angstvoll auf dem
Corridor vor seiner Thüre und berichteten ihm, daß
ein Trupp bewaffneter Bauern vor dem verschlossenen Thore stände. Raimund schnitt den Bericht
durch die Worte ab: „Ich sah es!"

Dem ihm begegnenden Verwalter rief er ernst
und ruhig zu: „Verlassen Sie sich fest auf mich!"
und mit beflügelten Schritten eilte er in den Hof.
Dort trat ihm der Kastellan entgegen; als dieser
sah, daß sein junger Herr die Absicht hegte, den
laut lärmenden Leuten, die er als eine „aufrühre-

rische Rotte" bezeichnete, das Thor zu öffnen, flehte er Raimund an: „es zu unterlassen," und setzte bringend hinzu: „Glauben Ew. Gnaden fest, sie sind Alle betrunken von einem nächtlichen Gelage gekommen; es ist in diesem Zustande Nichts mit ihnen anzufangen! der Herr Baron setzen sich nur dem Schlimmsten aus, wenn Sie den Pöbel einlassen."

„Sie werden doch nicht Alle betrunken sein!" antwortete Raimund ruhig und öffnete das Thor.

Der Lärm hörte in dem Augenblicke auf, wo die Leute den Besitzer von Almarstein vor sich sahen, — sie wußten nichts von seiner Rückkehr; erwarteten am wenigsten, daß er es sei, der das Thor geöffnet. Erstaunt blickten die Vordersten des aus ungefähr hundert Männern bestehenden Haufens ihn an, während die Letzten sich leise zurückzuziehen begannen. Alle nahmen aber Hüte und Mützen ab, und es ließ sich ein dumpfes Gewirr der verschiedensten Begrüßungen hören.

Klar und fest war Raimund's Stimme, als er nach kurzer Erwiderung des Grußes langsam hinzusetzte: „Ihr habt mich auf seltsame Weise aus dem Schlafe geweckt und in noch wunderbarerer Art Einlaß begehrt! — Ich bin zwar noch müde von der Reise und zu Geschäften in so früher Stunde nicht recht aufgelegt; doch da ich vermuthe, Ihr habt es mit Eurem Anliegen sehr eilig, will ich Euch gern jetzt anhören."

Man hatte während dieser Worte Zeit zur Sammlung gehabt, — wenigstens Einzelne. Diese riefen laut: „Wir haben Euch viel zu sagen, Herr Baron! Wir wollen gleich mit Euch sprechen!"

„Ich glaube, daß gerade Ihr Alle nöthig hättet, auszuschlafen!" erwiderte Raimund Denjenigen, die sich haftig vordrängten.

„Wir sind nicht müde! — wir wollen nicht schlafen! — wir wollen unsere Rechte verfolgen!" hallte es dumpf durcheinander, indem man dichter an den Gutsherrn herantrat.

„Zurück!" rief Raimund laut und mit Nachdruck, „Ihr Zwanzig bis Dreißig, die Ihr hier vor mir steht, Ihr seid unzurechnungsfähig! Ihr seid betrunkner, wie die Uebrigen und in dem Zustande will ich nicht mit Euch sprechen. Versteht mich wohl, ich will nicht! — ich mag nicht mit Jemand Geschäfte abmachen, der seiner Sinne nicht mächtig ist! — Mit Euch Allen spreche ich daher

kein Wort! — Wer von Euch Andern mir Etwas
sagen will, komme zu mir in's Schloß."

Aus der ganzen Masse trat nur Einer vor, er
trug eine mächtige Heugabel; Raimund ließ ihn nah
an sich herankommen und erkannte in diesem Einen
den verrufensten Bauer des Dorfes; er hieß Andreas Hamann, war ein armer Heuerling, jedoch
von frühster Jugend auf ein böser Mensch und Anführer aller schlechten Streiche gewesen. Ihn mit
kaltem Blick, vom Kopf bis zum Fuß, betrachtend,
sagte der Gutsherr ruhig:

„So viel ich weiß, ist die Zeit der Heuernte
vorüber, Andreas, sollte es jetzt aber in Almarstein
vielleicht Sitte sein, im Winter mit der Heugabel
zu gehn, so will ich Dir nur bemerken, daß in
meinem Schlosse ich das Ding nicht leide! also
fort mit Dir und dieser Heugabel! Du gehörst zu
der Anzahl Betrunkenen, mit denen ich nicht
rede."

Der Bauer wich zurück; es war Etwas im Wesen des jungen Majoratsherrn, das ihm Hochachtung einflößte und zur klaren Besinnung brachte;
der Blick schüchterte ihn ein — der ruhig ernste Ton

der Stimme bewies, daß Jener nicht mit sich spa-
ßen lasse.

Einige Sekunden herrschte die tiefste Stille. In
dieser Zeit legte sich das Blitzen in Raimund's
Auge; der finstere Zug fester Entschlossenheit wich
aus seinem Gesichte und machte dem jener gewin-
nenden Anmuth und Freundlichkeit Platz, der seinem
Antlitz von der Natur verliehen war. Er sprach
lebhaft: „Ich bemerke mit Freude, daß Ihr von
Eurem Vorhaben, mit mir um diese Stunde reden
zu wollen, absteht; da ich aber nur von Paris aus
dem Grunde heimgekehrt bin, um aus Eurem
eignen Munde die Wünsche zu hören, die Dieser
oder Jener von Euch gegen meinen Verwalter hat
laut werden lassen, so tragt mir dieselben möglichst
bald, aber in anständiger, Euch geziemender Weise
vor. Ich bin bereit, Jeden zu hören und Alles zu
thun, was recht und billig ist! Für jetzt lebt wohl!" —

Raimund grüßte nach dieser kurzen Rede so
leicht und graziös, wie er sich im Salon zu ver-
beugen pflegte. Ein heiteres Lächeln glitt bei dem
plötzlich erfolgenden Hurrahruf über sein Antlitz;
dann wandte er sich dem Schlosse zu und die ihm
durch das weit geöffnete Portal Nachblickenden sahen

ihn festen, sichern Schritts über den Hof gehen und
unter der Thüre seines Wohnhauses verschwinden.

„Dä Lütke scheint ä grusam got Minske geworn to
sin und nich so'en hartsinniger Kopp, wie sein Vatter
to häwn!“ (Der Kleine scheint ein sehr guter Mensch
geworden zu sein und keinen so starren Kopf wie
sein Vater zu haben!) rief einer der ältern Bauern
als Raimund nicht mehr zu sehen war.

Niemand widersprach dem Urtheile. Er hatte
Allen gefallen; auf jeden Einzelnen hatte seine Ruhe,
seine spätere Freundlichkeit und vor Allem sein Versprechen den besten Eindruck gemacht.

Raimund erhöhte diesen guten Eindruck während
der nächsten Tage. Ruhig und geduldig hörte er
alle Klagen seiner Gutsunterthanen an; er versprach,
was er nur einigermaßen Aussicht hatte, erfüllen
zu können und half, wo er zu helfen vermochte.
Vom Morgen bis zum Abend war er thätig, sein
sich selbst gegebenes Wort einzulösen; er handelte
zur allgemeinen Zufriedenheit und zu seiner eigenen,
indem er sich bei allen seinen Thaten dennoch nichts
in seiner Würde und angestammten Rechten vergab.

In dieser Zeit, wo Raimund allein zum Besten
seiner Gutsunterthanen zu wirken glaubte, ahnte er

nicht, daß der von ihm zum Wohl Anderer ausge-
streute Saame des Guten so bald schon die reichsten
Segensfrüchte für ihn selbst tragen würde; er war
weit von dem Gedanken entfernt, daß während er
den Grundstein zu fremdem Glücke legte, — er sich
zu seinem eigenen ein so sicheres, festes Funda-
ment gründete, daß das Unglück, — welches schnell
und plötzlich über ihn hereinbrach, — dieses Fun-
dament nicht zu erschüttern vermochte.

––––––––

Vierzehntes Kapitel.

Adalbert Neumark hatte richtig vorausgesagt, daß alle Unzufriedenheit und Aufregung, die sich im Dorfe Almarstein gezeigt, durch Raimund's Rückkehr am Schnellsten beschwichtigen lassen werde.

An dem Tage, wo Raimund das letzte Geschäft mit seinen Bauern abgethan, ließ er den Mann zu sich bescheiden, dessen Urtheil ein so richtiges, dessen Rathschläge von so wesentlichem Nutzen für ihn gewesen.

Adalbert Neumark, der Verwalter von Almarstein, war ein Mann von ungefähr achtunddreißig Jahren und seit länger als sechs Jahren im Dienste der Familie Buchenhausen. Er besaß ein selten schönes Aeußere, Geist und Verstand sprachen aus jedem Zuge seines intelligenten Gesichts und aus der Tiefe seines Auges stieg für den Beobachter die unumstößliche Gewißheit empor, daß sein Blick nicht immer so klar und ruhig die wechselnden Erscheinungen des Lebens betrachtet, wie er es zu der Zeit that.

Neumark machte den Eindruck eines genauen Kenners der Welt; den Eindruck eines Mannes, der gekämpft und — gesiegt! —

Ueber sein früheres Leben wußte man nichts Genaues; er selbst regte nie ein Gespräch über seine Vergangenheit an, brach stets, wenn eine Unterhaltung mit Jemand diese Wendung nahm, kurz ab und lichtete nicht das gewisse Dunkel, das über seine Verhältnisse schwebte. Er war dem alten Freiherrn von Buchenhausen von einem Bekannten, dem Grafen Omberg auf Hülsroden auf das Beste empfohlen worden; doch warum ihn dieser aus seiner amtlichen Stellung entlassen, führte er nicht an. Ein Gerücht behauptete, daß Herr Neumark die Tochter seines Gutsherrn geliebt und Comteß Helene Omberg diese Gefühle erwidert habe.

Baron Buchenhausen kümmerte sich um jenes vage Gerücht um so weniger, als er nur Söhne und keine Töchter hatte und zu der Zeit einen tüchtigen Verwalter gebrauchte. Er bereute die getroffne Wahl nicht, da Neumark sich bald als Solcher aus-

wies. Eine andere Nachricht über den neuen Verwalter, die später nach Almarstein gelangte, gab dem
Baron mehr Stoff zum Nachdenken. Adalbert Neumark sollte nämlich zu der Anzahl jener jungen
Leute gehören, die sich an dem am dritten April
1833 in Frankfurt Statt gehabten Attentate betheiligt, sich aber durch Flucht gerettet, jedoch noch immer nicht außer Gefahr waren, eingezogen und
verurtheilt zu werden, wie ein Theil ihrer zu jener
Zeit gefangen genommenen Verbündeten. Man setzte
zu dieser Nachricht über ihn sogar hinzu, daß er
während seines Aufenthaltes in Hülsroden, wegen
dieser Angelegenheit eine strenge Untersuchung durchgemacht.

Baron Buchenhausen war als ein zu treuer
Anhänger an das monarchische Prinzip bekannt, als
daß man hätte voraussetzen können, er würde einen
demagogisch gesinnten Verwalter behalten. Da nun
aber Neumark kurze Zeit nach Auftauchung dieser
Gerüchte eine lange Unterredung mit dem Baron
gehabt, er dann in Almarstein blieb und Buchenhausen seinen Verwalter fortan mit einer noch ach-
tungsvollern Höflichkeit behandelt, so glaubte man
Grund zu der Annahme zu haben, daß jene Notizen

über des jungen Mannes Vergangenheit unwahr. Jene Gerüchte verliefen. — Neumark wurde im Laufe der Jahre von dem alten Freiherrn mit immer größerer Auszeichnung behandelt und seinem Schutze empfahl er auf seinem Todtenbette seinen einzigen Sohn, da dessen lebhafter excentrischer Charakter Buchenhausen von jeher Anlaß zu Befürchtungen gegeben.

Das Frühjahr des Jahres 1848 hatte Neumark die erste Gelegenheit verschafft, den Wunsch des verstorbenen Freiherrn zu erfüllen und Raimund als treuer Rathgeber und feste Stütze zur Seite zu stehn.

In Raimund lag trotz mancher Fehler zu viel Einsicht, Verstand, und Anerkennung fremden Verdienstes, zu viel Dankbarkeit und Edelmuth, als daß er seines Verwalters taktvolles Benehmen nicht in richtigster Weise gewürdigt hätte. Kaum erschien daher Neumark am Abend des letzten mühevollen Geschäftetages in seinem Zimmer, so eilte er auch schon mit der herzlichsten Begrüßung auf ihn zu und sprach ihm seinen Dank unter warmen Händedruck aus.

Bescheiden lehnte Neumark jede Danksagung ab

und erwiderte einfach: „Was hätten meine Rathschläge genutzt, wenn Sie, Herr Baron, kein so offnes
Ohr dafür gehabt; was wäre die Folge meiner
Bitten gewesen, wenn ich sie nicht an ein so warmes Herz und für das Rechte empfängliches Gemüth gerichtet? — Ich that wenig —. Sie viel!
— — hätten alle Gutsbesitzer, wie Sie gehandelt,
— die im ganzen westphälischen Lande verbreiteten
Unruhen brauchten nicht durch militairische Macht
gedämpft zu werden. — Frieden würde herrschen,
wo jetzt Streit und Kampf walten.“

„Rühmen Sie mich nicht, lieber Neumark, sondern sagen Sie mir offen, ob diese Zeit, die uns
so manches Betrohliche gebracht, Sie mit Nichts
beunruhigt hat, — ob ich nicht vielleicht auch Etwas für Sie thun kann?“

Ein tiefes Roth überflog das stets so bleiche
Antlitz Neumark's und durchdringend hefteten sich
seine Augen auf Raimund; schnell wie der Farbenschein gekommen, schwand er wieder, auch der Blick
nahm in der nächsten Minute seine gewöhnliche
Ruhe an.

„Ihr Ehrenwort, Herr Baron, daß nie ein Wort
von dem über Ihre Lippen komme, was — nachdem

Sie es angeregt, — von uns besprochen werden
muß!"

„Ich gebe es Ihnen, Neumark!"

„Ihr Herr Vater vertraute Ihnen? —"

„Mein Vater sagte mir nichts!" fiel Raimund
rasch ein.

Neumark's Blick zeigte eine leichte Unruhe. Buchenhausen ergriff seine Hand und sprach warm und
herzlich:

„Aengstigen Sie sich um Nichts! ich weiß nur
so wenig — nicht das Geringste, das Sie besorgt
machen könnte, lieber Neumark."

„Und das Wenige erfuhren Sie? —

„Durch Gräfin Berniczecka."

„Wie? — Sie kennen Sie — Sie sprachen
sie?"

„Ich bewunderte sie während einiger Wochen!"

„Seltsam, daß Sie diese Frau kennen lernten."

„Ganz natürlich! sie wußte, daß Sie mein Verwalter sind."

Neumark erröthete leicht und sah Buchenhausen
einige Sekunden so ernst und forschend an, daß dieser fühlte, der Andere verstehe mehr aus den Wor-

ten, als er damit zu sagen beabsichtigt, und setzte
darum schnell hinzu:

„Ich versichere noch einmal, ich weiß sehr wenig
und versichere auf mein Wort, ich vermuthete Nichts!
— die Gräfin sagte mir nur, einige Wochen, nachdem ich sie kannte, daß in meinem Schlosse Dinge
bewahrt würden, die von Wichtigkeit für Europa
wären. Ich staunte natürlich und sie gestand dann,
daß Sie lieber Neumark im Besitze dieser wichtigen
Sachen wären, aber voll Egoismus und Eigensinn,
jene Papiere denjenigen vorenthielten, die Europa's
Wohl im Auge hätten und deren Ziel „Beglückung
aller Menschen, Organisation aller Staaten sei!" —
Nach diesem Geständnisse bat sie mich, Sie zu veranlassen, nach Paris zu kommen, Ihnen aber dringend anzuempfehlen: „alle Papiere von Wichtigkeit
mitzubringen," jedoch Ihnen um keinen Preis zu
verrathen, daß sie bei dieser Reise ihre Hand im
Spiele hätte!"

„Die Intriguantin!" rief Neumark heftig.

„Ereifern Sie sich nicht über dieses Weib! Sie
ist kaum werth, von einem Ehrenmanne genannt zu
werden."

2*

„Und doch bewunderten Sie diese Frau, wie Sie vorhin sagten."

„Damals kannte ich sie nicht so genau, bester Neumark! ihre Schönheit, Grazie, Liebeswürdigkeit hatten mich bezaubert — ich liebte sie! Doch nein, Liebe darf ich das Gefühl nicht nennen, — es war eine flüchtige Leidenschaft, die sie mir eingeflößt. Gräfin Casimira Berniczecka gehört aber zu der Gattung Frauen, die man verliert, so wie man sie gefunden! — So verlor ich sie denn in dem Augenblicke, als sie mir die Ehrlosigkeit zumuthete, Sie lieber Neumark zu hintergehen, Sie in eine Falle zu locken, die Ihr Verderben nach sich ziehen konnte! — — Wollte sie mich auch überzeugen, daß ihre Absicht eine gute, — all ihre Versuche, sich von Schuld zu reinigen, zeigten sie mir in noch schwärzern Lichte, denn ihre ganze Handlungsweise war eine verächtliche! — Sie hat mich nur als Mittel zum Zweck gebraucht — mir Liebe geheuchelt, um sich an Ihnen, den sie — wie ich Grund habe zu vermuthen — haßt, rächen zu können."

„Nicht das allein, Herr Baron! Sie wollte wirklich von mir Papiere haben, deren ihre Coterie zu politischen Zwecken benöthigte, — Dokumente,

die, wenn ich sie gegeben — der demokratischen Parthei auch wohl von großem Nutzen hätte sein können und die, wenn man sie richtig verwerthet —
segensreich zu wirken vermocht."

„Gut, daß Sie sie nicht gaben, Neumark! ein
Glück, daß Sie sich nicht in jene unseligen politischen
Machinationen verwickelt haben."

„Ich unternahm aus dem Grunde Nichts, weil
der Hauptfaden der politischen Bewegung von Händen gehalten wurde, die nie Segen an Europa spen-
den werden. Ich wäre daher lieber mit jenen Papieren gestorben — als sie, die nur Europa's Glück
herbeiführen sollten — zu unwürdigen Zwecken be-
nutzt zu sehen. Darum habe ich gehandelt, wie ich
handeln zu müssen glaubte — nach Pflicht — Ehre
und Gewissen! Zieht es mein Verderben herbei, so
habe ich mir wenigstens keinen Vorwurf zu machen
und ruhig sehe ich dem kommenden Sturme entgegen,
der über mich hereinbrechen wird — hereinbrechen
muß, weil Gräfin Verniczecka mein Geheimniß
kennt!"

„Wie konnten Sie es aber auch dieser Frau anvertrauen."

„Ich that Das nie, Herr Baron."

„Woher weiß sie es denn?"

Neumark überhörte diese Frage, starrte, tief in Gedanken versunken vor sich hin, blickte erst auf als Raimund's Hand seine Schulter berührte und er dessen freundlichen Zuspruch vernahm: „Beginnen Sie Ihre Beichte und sein Sie nochmals versichert, daß von Dem, was Sie mir anvertrauen, keine Silbe über meine Lippen kommen wird!"

Neumark ergriff Buchenhausens Hand und sagte lebhaft erregt: „Ja, ja beichten! und möchte es Ihnen gelingen, meine Sorgen zu zerstreuen, meine Befürchtungen zu heben."

„Setzen wir uns Neumark, und dauert unsere Unterhaltung, wie ich glaube, länger, so werden Wein und Cigarren nicht schaden!"

Neumark nahm in einem der alterthümlichen Sessel Platz, die in der Nähe des mächtigen Kachelofens standen, — Raimund zog die Klingel, ertheilte seinem Kammerdiener Befehle und wenige Augenblicke später befand sich ein mit guten Weinen und besten Cigarren besetzter Tisch neben beiden Herren. Nach dem Fortgehen des Dieners herrschte lange Zeit tiefste Stille in dem Gemache; Neumark's ausdrucksvolles Gesicht zeigte von Sekunde zu Sekunde

eine sich steigernde Aufregung; haftig leerte er meh=
rere Gläfer Wein; doch trotz der Glut des feurigen
Getränks blieb fein Gesicht von tiefer Bläffe bedeckt.
Die große Aufregung des Verwalters entging Rai=
mund nicht, er that indeffen, als bemerke er sie
nicht und schien einzig mit dem Ausfuchen von Ci=
garren beschäftigt; endlich wurde ihm das Schwei=
gen peinlich und er sprach voll Herzlichkeit:

„Sie gaben mir in der letzten Zeit so manchen
Rath und nun foll auch einmal an mich die Reihe
kommen, ihn zu ertheilen! denken Sie lieber Neu=
mark, Sie säßen einem Bruder gegenüber. Gehan=
delt als solcher haben Sie stets gegen mich!“

Der Ausdruck heftiger Erregung wich dem tiefer
Bewegung und mit gebämpfter Stimme entgegnete
Neumark: „Sie sind zu gut gegen mich, Herr Baron!
machen Sie mich nicht weich; das taugt mir nicht.
— — Wie mahnen Sie mich aber jetzt an Ihren ver=
storbnen Herrn Vater, der mich in ähnlicher Stunde,
wie diese, gleich einem Sohne behandelte!“

„So können Sie mich denn um so eher als
Bruder betrachten, lieber Neumark. Wollen Sie
es sein? — Ja, ja Neumark, seien Sie mein Bru=
der!“

„Wenigstens Ihr Freund will ich sein, Herr Baron.‟

„Was ist das für eine Freundschaft, die sich so fest an den Baronstitel klammert! Fort damit und für immer! Von diesem Augenblicke an bin ich Dein Raimund, lieber Adalbert.‟

Buchenhausen war aufgesprungen; er stand mit leuchtendem Auge vor seinem Verwalter, reichte ihm beide Hände, war im Begriff, ihn zu umarmen; doch Neumark, der sich ebenfalls erhoben, wich einen Schritt zurück und rief hastig: „Nein, nein! das geht nicht! — Bedenken Sie, wer Sie sind — wer ich bin! —

„Also am Namen scheitern wir!‟ rief Raimund erregt und setzte lebhaft hinzu: „ich dachte, Du wärst ein guter Demokrat! — lautet Euer Wahlspruch denn nicht: „Freiheit — Gleichheit — Brüderlichkeit?‟ — Laß daher unsere Namen verschieden sein, wenn unsere Herzen nur gleich fühlen.‟

Einen Momnnt leuchtete das klare Auge Neumark's von überirdischem Glanze; dann trübte sich sein Blick und er erwiderte düster: „Freiheit — Gleichheit — Brüderlichkeit!‟ — das war der

schöne Traum meiner Jugend! — Wie lange schon
bin ich aus diesem Traum erwacht — wie lange
schon weiß ich, daß das Morgenroth jenes goldnen
Tages nie in der Weise anbrechen wird, wie ich
gedacht! — — Es sind thörichte Menschen, die
mit Macht die tiefste dunkelste Nacht auf Erden
verbreiten, und verlangen, daß die nach Licht dür-
stenden Seelen sich in der Finsterniß wohl und
glücklich fühlen sollen; thöricht sind aber auch diejenigen, die die flammende Fackel des Lichts durch
Nacht und Dunkel tragen wollen, aber so rasch, so
unvorsichtig vorwärts schreiten, daß Feuerfunken dem
mächtigen Strahle entfliegen, der nur eine hellleuchtende Lichtsäule bilden soll. Zünden diese Funken,
— brennt es — anstatt zu leuchten, so entsetzt die
schnell auflodernde Glut die Menschen, — schaudernd
schließen sich die lange an's Dunkel gewöhnten Augen beim Anblick der blendenden Helle und der
Zweck der weithin leuchtenden Freiheitsfackel: „klar
alle Blicke Licht erschauen zu lassen, mild alle starren Herzen erwärmen zu sollen" — ist verfehlt,
denn — aus Licht und Wärme sind — Glut und
Brand geworden!"

Neumark hielt plötzlich eine und sagte dann lächelnd: „Wohin bin ich gerathen? — Verzeihen Sie, Baron Buchenhausen."

„Sagte ich Dir nicht, daß ich Dein Raimund sei, Dein Bruder? —"

„Und ich erwiderte, es ginge nicht!" sprach Neumark fest. „Bedenken Sie nur das Eine, was Ihre altadligen Freunde in Münster, was Ihre ahnenstolzen Verwandten sagen würden, wenn ein Majoratsherr von Almarstein und sein bürgerlicher Verwalter sich als Brüder betrachten wollten.

„Sagen!" wiederholte Raimund lachend, „sagen, würden sie darüber Nichts; sondern, die Thatsache als Mährchen betrachten und nicht glauben! Das darfst Du ihnen aber nicht übel nehmen, Adalbert! — Du weißt ja, wir sind mit unserm Vermögen, unserer ganzen Existenz an die Meinung unserer Urväter gebunden, und — Geld und Gut, Rang und Stellung, sind zu starke Bindemittel, als daß diese — des Lebens haltbarste Kette — gesprengt werden könnte! — Laß uns davon schweigen, — denn Du weißt ja auch, daß das Alles der stete Fluch meines Lebens gewesen ist; Du ahnst vielleicht, daß die schweren Pflichten, die mein Name erheischt, mein ganzes zukünftiges Dasein vergiften werden.

Doch wie gesagt, das ist nicht zu ändern! Laissons passer! und kommen wir auf Dich und Deine Angelegenheiten zurück."

„Ich rede aber nur, wenn ich den Ihnen gebührenden Titel beibehalten darf; ich kann, — ich darf nicht anders!"

Düster und vorwurfsvoll heftete sich Raimund's Auge auf Neumark; mit der Bitterkeit und Ironie, die Lebensschicksale ihm gegeben, sagte er kalt: „Wie Sie belieben, Herr Neumark, und verzeihen Sie, daß ich so thöricht war, zu glauben, Sie könnten mich als Bruder betrachten; ich weiß jetzt vollkommen, daß ich mir Brüder nur unter den Abligen Westphalens suchen darf, deren Ahnenreihe so vollkommen, wie die meinige ist."

„Nicht den Ton! — er hat mir schon so oft früher das Herz zerrissen, wenn ich diesen Klang eines tief verwundeten Gemüths hörte."

„Es ist der Ton, den ich dem Glücke eines alten Namens verdanke! anderes, wahres Glück bietet mir ja ein Name nicht. — Sie belehren mich noch, daß er sogar die Gefühle der Freundschaft fern hält."

„Fern hält sie Dir Dein Name nicht, Raimund!" rief Neumark lebhaft, „ich bin nur der Ansicht, daß das Herz Vieles fühlen kann, der Mund aber nicht Alles auszusprechen braucht."

Ein schönes Lächeln glitt über das Antlitz des jungen Repräsentanten eines der ältesten deutschen Namen, als sein bürgerlicher Verwalter das freundschaftliche „Du" aussprach; er rief mit dem Gefühle eines unverkennbaren Glücks: „Also Dein Herz sagt Du zu mir, Adalbert?"

„Seit jener Nacht, die Deiner Rückkehr von Paris folgte; ich erkannte in Dir, mein Raimund, eine gleichgestimmte Seele, — ein für Recht und Wahrheit klopfendes Herz."

„Früher stieß ich Dich zurück?"

„O, nein Raimund! Oft, oft flog Dir mein Herz entgegen, wenn ich in Dir einen wackern Streiter und tapfern Kämpfer gegen alte Vorurtheile erkannte, Du beachtetest nur damals mein Herz nicht."

„Weil ich ein Thor war; aber jetzt erkenne ich seinen vollen Werth an und darum möchte ich es an mich drücken, wenn auch nur einmal!"

Neumark öffnete dem Freunde die Arme — im nächsten Moment lag Raimund an seinem Herzen. Mit dem ganzen Ungestüm eines jugendlichen Gemüths, das sich des beseligenden Gefühls plötzlich

bewußt wird; ein treues starkes Herz, fest für's Leben errungen zu haben, umarmte er Neumark; —
Thränen erglänzten in dessen Augen und sein Leben,
was ihm oft nutzlos und vergeblich erschienen, kam
ihm in dem Augenblick nicht umsonst gelebt vor! —
Neumark sah die Früchte früherer Lehren, — er
erkannte, wohin seine Leitung einen Menschen gebracht, der vom Schicksal einen größern Wirkungs=
kreis zum Handeln erhalten hatte, wie tausend Andere und mit Freude sah er voraus, wie segensreich
dieser Mann fortan in den ihm angewiesenen Kreise
wirken würde.

Als sich die Aufregung Beider gelegt, sagte Rai=
mund: „Nun aber sprich und hoffentlich wird's Dir
jetzt nicht mehr schwer fallen; — nenne mich auch
wie Du willst, denn — was thut der Name zur
Sache! — Nennt Dich mein Mund auch später wieder anders, so wissen wir Beide jetzt wenigstens,
wie unsere Herzen sich rufen."

„Dein Nachgeben freut mich und in dieser Stunde
magst Du dafür Deinen Willen haben. So will
ich denn reden, frei heraus, kurz, bündig! Denke an
diese Stunde, wenn Du aufgefordert werden soll-

test, gegen mich zu zeugen und mich dem Unglück und Elend Preis zu geben."

„Kann der Fall eintreten?" fragte Raimund erbleichend.

„Bei Gott ist kein Ding unmöglich und in der Welt geht es bunt zu — höre mich an! Man thut mir kein Unrecht, wenn man mich zu Denjenigen zählt, die sich im Jahre 1833 an dem Frankfurter Attentate betheiligt. — Trotz meiner Jugend, denn ich zählte damals erst dreiundzwanzig Jahre, waren am Morgen des Tages der größte Theil aller wichtigen Papiere unseres Bundes mir zur Verwahrung anvertraut. Ich befand mich am Abend unter jener kleinen kühnen und muthigen Schaar, die an der Constablerwache mit dem Militaire kämpfte, wir mußten der furchtbarsten Uebermacht weichen. Zum Glück ließen wir den Soldaten nur einen todten Kameraden zurück, die Verwundeten unserer Schaar entrissen wir ihnen mit Aufopferung unseres eigenen Lebens und es gelang, sie und uns zu retten! es gelang mir, die Papiere in Sicherheit zu bringen, die unser Namensverzeichniß enthielten. Das traurige Ende unseres begeisterten Kampfes wird Dir bekannt sein! — Wir waren besiegt — nun

sollten wir auch vernichtet werden! — ich kann Dir
nicht die zahllosen offnen und geheimen Kämpfe mittheilen, die unserer That folgten. Stets schwebte
das Damokles-Schwert über unsern Häuptern —
unablässig bemühten sich die Behörden, die Zahl
der Eingekerkerten unseres Bundes zu vermehren
und Viele wurden in den geheimsten Verstecken, die
sie als sicherste Orte zum Verbergen erachtet, verfolgt, — verfolgt wie die gemeinsten Missethäter und
Verbrecher! Anstatt daß diese Anzahl aber vergrößert
wurde, gelang uns Geretteten 1836, sie um die
Hälfte zu vermindern; — unsern Jubel über ihre
Befreiung trübte nur der Gedanke an die sieben unglücklichen Zurückbleibenden, deren Kerker wir nicht
zu öffnen vermocht. Sie wurden später, wie Du
vielleicht gehört, zu lebenslänglicher Gefängnißstrafe
verurtheilt, die man aber vor zehn Jahren dahin
milderte, ihnen Auswanderung nach Amerika zu gestatten. — Ich hatte mich nach dem geglückten Be-
freiungsversuche wieder nach Warschau gewendet, wohin ich gleich anfangs mit einigen jungen Polen geflüchtet und wo ich auch die ganzen drei Jahre in
Sicherheit zugebracht. Der alte Graf Verniczecky,
Vater des einen der jungen Polen, ein ehrenwer-

ther, vortrefflicher Mann, der mich damals gastfrei
bei sich aufgenommen, hatte mir für den Fall meiner glücklichen Rückkehr wieder sein Haus in Warschau zur Verfügung gestellt. Ich hatte bei ihm,
der Wittwer war und allein lebte, die Stelle eines
Privatsecretairs bekleidet und seine großen Besitzungen, sein beträchtliches Vermögen verwaltet. Bei
meiner Rückkehr fand ich ihn verheirathet — den
dreiundsiebenzigjährigen Greis mit einem Mädchen
von kaum sechzehn Jahren verheirathet! — Etwas
Reizenderes, Entzückenderes als Gräfin Casimira,
hatte ich nie erblickt und meine Ueberraschung bei
ihrem Anblick machte dem alten Manne die größte
Freude, denn es schmeichelte ihm, sein Kleinod be-
wundert zu sehen. Die junge Frau wollte nach ihrem
kleinen Triumphe, mich so verwirrt zu haben, größern erzielen — ihre Gunst vertrieb mich nach Jahresfrist aus meinem Asyle, denn ich besaß weder
die Lust, noch die Ehrlosigkeit, an meinem alten
Wohlthäter zum Verräther zu werden. Gräfin Casimira tröstete sich, wie ich hörte, in den Armen
eines Andern über meine Abreise; aber — vergeben
hat sie mir meine Handlungsweise nie! — Nach dem
Tode ihres Mannes, vier Jahre nachdem ich Polen

verlaſſen hatte und in geſicherter Stellung beim Grafen Omberg in Hülsroden lebte, ſtellte ſie mir die
Wahl zwiſchen ihrer Liebe und ihrem Haſſe und —
da ich erſteres Gefühl nicht zu erwidern vermochte,
rief ich Letzteres hervor. Zu jener Zeit ahnte ich
ſchon, daß meine Vergangenheit ihr Anlaß zu Ver-
folgungen bieten würde, denn ich war überzeugt,
daß ſie von ihrem Manne den Grund erfahren, der
mich einſt nach Polen geführt, wenn ich auch nie
gedacht habe, daß er ihr mehr, daß er ihr mein
wichtigſtes Geheimniß verrathen! — In meiner
Hand waren, wie ich vorhin erwähnte, alle wichtigen Papiere unſeres Bundes geblieben, die man
mir vor dem Attentate anvertraut. Ich hatte bei
der Uebergabe feierliches Gelübde ablegen müſſen,
ſie mehr als mein Leben zu achten und ſo viel ich
weiß, habe ich dieſes Gelübde treulich gehalten.
Mitunter iſt mir wohl der Gedanke gekommen, dieſe
Dokumente, die, wenn die Behörden ſie entdeckten,
mich und tauſend Andere in's Verderben ſtürzen
konnten, zu vernichten; aber es ſchien mir dann
wieder Verbrechen, dieſe Abſicht auszuführen, indem einzelne der Papiere, Pläne und Entwürfe zu
ſo ſchönen, großartigen und beglückenden Unterneh-

mungen enthalten, wie sie kaum wieder in solch
herrlicher Weise erstehen können. Ich beugte mich
also unter dem oft nicht leicht zu tragenden Ver-
hängnisse: der Bewahrer von Geheimnissen zu sein,
die zu enthüllen sich vergeblich die Behörden mehrerer Staaten bemühten. Mit den Hauptanführern
unseres geheimen Bundes, der sich nach allen Welt-
gegenden hin verstreut, blieb ich Jahre lang in Correspondenz; dann hörte unser Briefwechsel nach und
nach auf. Ich glaubte schon, von Allen vergessen
zu sein, als ein Ereigniß mich eines Tages belehrte,
daß man meiner noch dachte und zwar mit treuer
Freundschaft dachte!"

Neumark hielt einige Sekunden inne — es schien,
als überwältigte ihn die Macht der Erinnerung, er
bedeckte mit der Hand die Augen, strich dann hastig
das über die Stirn herabgefallne Haar zurück, athmete einigemale tief und schwer und als er von
Neuem zu sprechen begann, klang seine Stimme
ganz anders. Erregt und hastig fuhr er fort: „Noch
nicht volle drei Wochen waren vergangen, daß ich
Gräfin Casimira's Antrag zurückgewiesen, wo ich
Beweise ihrer veränderten Gesinnung erhielt. Ich
befand mich wegen Abschluß der Monatsrechnungen

eines Morgens im Arbeitskabinet des Grafen Omberg. Die Ankunft der Postbrieftasche unterbrach
unsere Geschäftssachen; Graf Wenzel, der Sohn
meines Herrn, war nämlich krank und man hatte,
in der Hoffnung, Nachricht über sein Befinden zu
erhalten, frühzeitig einen Boten nach der nahgele-
genen Stadt geschickt. — So schloß Graf Omberg
denn die Tasche hastig auf und als er den geringen
Inhalt auf den Tisch legte, fand sich oben auf dem
kleinen Paquete ein Briefchen in rosa Couvert. Der
Graf überreichte es zu meinem größten Erstaunen
mir und sprach die mir unvergeßlichen Worte: „Ich
gratulire zu diesem Billet!" Ein Blick auf den Brief
zeigte mir die unbekannte Handschrift einer Dame
und den Poststempel: Paris. Ich ahnte sofort, daß
sich unter dieser zarten Außenseite des Briefes eine
schreckliche Nachricht verbarg, stand daher auf, trat
an's Fenster, löste schnell das Siegel und — sah
meine Befürchtung bestätigt! — Auf einem weißen
Zettel, der vorsichtig in dem rosa Briefe eingeschlagen, standen die Worte: „Rette Dich so schnell wie
möglich, Du bist durch eine Gräfin Berniczecka
verrathen. Rette auch, wenn es geht, die Papiere;
sonst sind wir durch das Namensverzeichniß Alle in

Gefahr!" Diese Warnung kam mir von einem Freunde, dem Grafen H***, der Brief selbst von einer mir unbekannten Marquise, die, wie ich später hörte, mit Graf H*** zu der Zeit heimlich verlobt war. Sie hatte sich mit ihrem vollen Namen: „Melanie d'Arloncourt" unterzeichnet. Diesen Namen hatte ich kaum gelesen, als ein rasch über die Zugbrücke auf den Schloßhof rollender Wagen meine Aufmerksamkeit in Anspruch nahm. Ich erkannte in den im Wagen sitzenden Personen zwei, mir dem Aeußern nach bekannte Gerichtspersonen der nächsten Ortsbehörde, sie grüßten mich — hatten mich also bemerkt! — Indem ich ihren Gruß mechanisch erwiderte, fühlte ich deutlich, daß sie meinetwegen gekommen — ihre Ankunft mein Verderben nach sich ziehen könnte! — Die nächste Sekunde war eine furchtbare — ich sah jeden Weg zur Rettung abgeschnitten! — Mein Zimmer lag nämlich in einem Seitenflügel des Schlosses, weit entfernt von dem Gemache, in dem ich mich befand; — forteilen, um die Papiere zu verbergen, die ich in meinem Schreibtische aufbewahrte, schien mir nicht gerathen, da das sofort Verdacht erregt haben würde. Ich blickte auf den Grafen, der ruhig las! — einen Moment

dachte ich, ob ich mich ihm anvertrauen solle, —
sein kaltes, wie aus Erz gegossenes Antlitz, die Erinnerung an seine streng monarchischen, starren Ansichten ließ mich schon im nächsten Augenblick meine
Idee als Wahnsinn betrachten. Während ich ver-
zweifelnd über ein Rettungsmittel nachsann, öffnete
sich plötzlich die eine Thüre des Zimmers und Comteß Helene Omberg trat mit der lebhaften Frage
ein: „Wie geht es Wenzel, Papa? Du erhieltest
wohl Nachricht!" — Der Graf gab ihr befriedigende
Auskunft über das Befinden ihres Bruders — ich
schrieb unterdessen, von einem Hoffnungsstrahle
durchzuckt, auf das Papier, das die Warnung enthielt, die Worte: „Erbarmen, Comteß Helene! seien
Sie der rettende Engel mehrerer hundert Menschen!
eilen Sie an meinen Schreibtisch, — entnehmen
Sie ihm das in schwarzes Papier eingeschlagene
Paquet und verbergen — —" weiter kam ich nicht;
— der Graf schwieg, Comteß Helene sah sich um,
gewahrte mich, der ich durch die langherabfallenden
Vorhänge des Fensters etwas verdeckt gestanden. —
Sie begrüßte mich — ich näherte mich ihr, sprach
einige unbefangene Worte, und während der Graf
nach einem an seine Gemahlin angelangten Briefe

ſuchte, den die Tochter der Mutter überbringen ſollte, gab ich Comteß Helene ein ſtummes Zeichen, deutete mit flehender Geberde nach dem Fenſter, auf deſſen Brette ich den kleinen Zettel und Schlüſſel zu mei- nem Schreibtiſche niedergelegt. Voll Ueberraſchung blickte ſie mich an und trat einen Schritt zurück. — Ich ſah Alles verloren, — flehte ſie durch Blick und Geberde noch einmal — vielleicht dringender an: an das Fenſter zu gehn, und unter glühendem Erröthen that ſie es! — Ich ſah ſie Beides erfaſſen — ſah, daß ſie haſtig die wenigen Zeilen las, — bemerkte, wie ſie erſchrak, wie ſie aber auch zugleich Zettel und Schlüſſel verbarg und nahm nun beruhigt am Tiſche Platz, wo die Rechnungen lagen; Com- teß Helene entfernte ſich, als ihr Vater ihr den Brief übergeben, ich erwartete die kommenden Er- eigniſſe mit Spannung. — Lange brauchte ich nicht zu harren — die Beamten traten nach wenigen Sekunden in's Zimmer des Grafen und nach kurzer Erläuterung ihres plötzlichen Erſcheinens gegen den Herrn des Hauſes, mußte ich ſie nach meinem Zim- mer begleiten. Sie forderten den Schlüſſel meines Büreaus — ich ſuchte dieſen, ohne ihn natürlich finden zu können — gab an, ihn vielleicht im Ka-

binet des Grafen verloren zu haben; — und der
Schlüssel wurde dort wirklich unter dem Tische gefunden, an dem ich mit dem Grafen gesessen. Als
ich diese Nachricht empfing, war ich gänzlich beruhigt, — nur Comteß Helene konnte ihn dorthin
gelegt haben! — Man durchsuchte nun meinen
Schreibtisch, mein ganzes Zimmer und fand Nichts;
man durchsuchte meine Person und fand in der Rock-
tasche den rosa Brief. — Die an mich gerichtete
Frage, von wem der Brief sei, konnte ich zum Glück
beantworten, mit dem Inhalt machten sich die Gerichtspersonen selbst bekannt. Er enthielt außer
witziger Beschreibung verschiedener Soiréen und Tagesereignisse — Nichts — ich ersah, daß er nur
aus Vorsicht mitgesandt worden; er leistete auch gute
Dienste, indem man namentlich begierig darauf gewesen, den Brief zu sehen, der nach Aussage des
Postbeamten an dem Tage an mich angekommen
war. Meine übrigen Briefe und Papiere enthielten
nichts Compromittirendes; die Verhöre, denen man
mich unterwarf, ergaben auch Nichts auf Grund
Dessen man mich oder einen Andern hätte gefäng-
lich einziehen können und endlich war ich wieder
frei! — — Meine Dankbarkeit gegen Comteß Om-

berg, die uns Alle gerettet, war grenzenlos; sie
fügte ihrer schönen That noch die hinzu, die Papiere
auch ferner sicher zu bewahren; sie hatte sie nämlich sofort, nachdem sie sie meinem Schreibtisch ent-
nommen, ihrem alten treuen Freunde, dem Hüls-
rober Pfarrer, dem Pater Hilarius übergeben. Bei
ihm suchte sie natürlich Niemand; — als ich Hülsroben verließ, bat sie mich, sie noch dort zu lassen,
bis ich in einer neuen gesicherten Stellung sei. Ich
kam nach Almarstein und eines Tages fragte Dein
Vater mich. nach meiner Vergangenheit; ich vertraute
ihm — entdeckte ihm daher offen Alles und er bat
mich, jene Papiere zu verbrennen, die er „unselige"
nannte. Um so weniger konnte ich mich dazu ent-
schließen, als sie nach dem letzten Sturme mein
ausschließliches Eigenthum geworden. Durch des
Grafen H*** Vermittlung war mir nämlich von den
ehemaligen Hauptanführern unseres Bundes freige-
stellt worden: „die Dokumente zu vernichten, deren
Aufbewahrung mein Leben in Gefahr bringen könne."
— — Als Dein Vater sah, daß er mich zur Vernichtung der Papiere nicht zu bewegen vermochte, bat
er mich, sie ihm anzuvertrauen; er sagte mir, daß
im Almarsteiner Schlosse ein geheimer Versteck sei,

in dem sie noch sicherer wären, als bei dem Pater
Hilarius. So ließ ich mir denn die Papiere von
Hülsroden schicken, gab sie ihm und nachdem Jahre
darüber hingegangen, in denen weder ich sie von
ihm, noch Einer unseres Bundes sie von mir gefordert, kam er schließlich zu der Ueberzeugung, daß
sie in Vergessenheit gerathen wären. Auch ich dachte
es manchmal! — Im vergangenen Herbste aber überzeugte ich mich, daß die alten Freiheitsträume immer wieder aus dem Schlummer erwachen, in den
sie von Zeit zu Zeit sinken! — Es war Anfang
Oktober vergangenen Jahres, als Gräfin Berniczecka mir mittheilen ließ: „daß sie in Paris lebe,
seit Jahren mit meinen Freunden in politische Verbindung getreten sei und nun bald die großartigen
Pläne zur Befreiung aller Völker zur Ausführung
kommen würden, die schon seit lange entworfen. Sie
ließ mir die Versicherung geben, daß all ihre klein-
lichen Rachegedanken vor jenen großen Ideen aus
ihrer Seele entwichen wären; sie bot mir Frieden
— Freundschaft, bat mich: ihr zu vergeben und zu
vertrauen und forderte mich auf: „mit jenen, mir
einst anvertrauten Papieren, nach Paris zu kommen."
Im Begriff, ihr zu antworten, erhielt ich von dem

Grafen H*** eine abermalige Warnung vor der Gräfin Berniczecka, die er einen „Teufel in Engelsge-
stalt" nannte, er bat mich, mich vor der „Hexe"
zu hüten, und ihr Nichts von unsern Geheimnissen
zu verrathen, da sie diese dem Anschein nach zu den
unwürdigsten Zwecken benutzen wolle. Ich schrieb
ihr daher, daß ich die Papiere einst in der Stunde
der Gefahr fortgegeben, Derjenige, dem ich sie anvertraut, gestorben sei und sie auf mich nicht bei
einem Unternehmen rechnen dürfe, da ich mich von
jeder politischen Bewegung grundsätzlich fern halten
würde."

„Hat Dir mein Vater Deine Papiere nicht vor
seinem Tode zurückgegeben?" rief Raimund, Neumark in's Wort fallend.

„Nein! Er sagte mir nur, sie wären in sichern
Verwahrsam, und wollte ich sie haben und er sei
nicht mehr am Leben, dann möchte ich Dich bitten,
sie der heiligen Gertraud abzufordern."

„Das erschien Dir wohl sehr mystisch?" rief
Raimund lachend.

„Etwas; doch bald hielt ich mich überzeugt, daß
die Schutzpatronin Eures Hauses eine achtsame und

verschlossene Hüterin wichtiger Geheimnisse sei und man ihrer sichern Zufluchtsstätte vertrauen könne."

„Du hast die richtige Fährte eingeschlagen."

„Ein Mr. Bookhouse half mir vor Kurzem noch besser auf die Spur, Raimund; ich glaube sogar, ließeft Du mich im Stich, ich fände mich allein zurecht und entrisse der heiligen Gertraud mein Geheimniß, ehe es Andere ihr zu meinem Verderben entlocken könnten."

Raimund schüttelte lächelnd den Kopf; er fragte dann lebhaft: „Du kennst Mr. Bookhouse?"

„Den Einen aber besser wie den Andern; den Erften sah ich nur flüchtig."

„Wie! — den Erften? — So kam also der Andere auch hierher."

„Gewiß! Zwei des Namens waren hier; der Erste ein wild aussehender, ziemlich frecher Bursche, hat vor mehreren Wochen verlangt, das Schloß zu sehen und ist sehr grob geworden, als man ihm die Bitte abgeschlagen; am Tage vor Deiner Ankunft von Paris war aber der Zweite hier, fragte in bescheidener Weise nach Dir und schien traurig, Dich nicht zu finden. Es war ein älterer, vornehm und würdevoll aussehender Mann, der mir wohl gefallen hätte, wenn ich nicht einen Spion in ihm vermuthet, der mich zu verderben trachtete."

"Was verlangte er? — Inwiefern berechtigt er Dich zu der Ansicht, ein Spion zu sein? —"

"Er bat, die Schloßkapelle in Augenschein nehmen zu dürfen! der Kastellan verweigerte es — ich kam dazu und als er mich bat, sagte ich ihm, daß Du den strengen Befehl gesandt: "keinen Fremden dort einzulassen." Seine Worte: "So nah am Ziele und dennoch unerreichbar!" bestätigten meinen Verdacht, daß er gekommen, um sich meiner Papiere zu gewissen Zwecken zu bedienen; die Fragen, die ich an ihn richtete, machten ihn wie es schien verwirrt, er gab mir ausweichende, unbestimmte Antworten, behauptete: "nur Dir sein Anliegen sagen zu können" und erkundigte sich genau nach Deinen nächsten Verwandten. Aus dem Ganzen habe ich den Schluß gezogen, daß Gräfin Berniczecka richtig vermuthet, daß Dein verstorbener Vater in Besitz meiner Papiere gekommen und man will sich dieser jetzt durch Dich bemächtigen, um uns Alle in die Hand zu bekommen; unsere Thätigkeit bei den jetzigen Zeiten zu fordern und wenn wir uns an den von der Demokratie projektirten Unternehmungen

nicht freiwillig betheiligen, durch Drohungen dazu
zwingen! — So lange das Namensverzeichniß aber
noch in meinen Händen, sind wenigstens viele An-
bere vor den Angriffen der Gräfin sicher, und klagt
sie mich wiederum aus Rache an, weil ich ihren
fortgesetzten Forderungen widerstrebte, bin auch ich
geschützt, wenn die Papiere nicht in ihre Hand fallen. Ich frage Dich nun, ob Du sie nicht an einem
andern Platze verbergen kannst, da den, welchen Dein
Vater ausgewählt, durch irgend Etwas verrathen
sein muß und sie also dort nicht mehr sicher sind."

„Sie sind an der Stelle sicher, Adalbert; es
freut mich, Dich aus aller Unruhe reißen zu können!
Deiner Papiere halber ist kein Mr. Bookhouse gekommen, — sie waren in eigenen Angelegenheiten
hier und der Letzte zwar, um einen Betrug auszuüben."

„Du willst wohl sagen der Erste, Der sah wie
ein Hallunke aus; doch woher kennst Du die Leute?
waren sie auch bei Dir? schrieben sie an Dich?"

Raimund erzählte von seiner Begegnung mit
Johann Waltram, der sich ihm als der wahre Mr.
Bookhouse bezeichnet. Voll Erstaunen hörte Neu-
mark diese Episode aus Raimund's Leben; doch als

Jener geendet, rief er mit Entschiedenheit: „Den
Betrüger hast Du gesprochen — verlaß Dich darauf!
Der Andere hat etwas Edles und Vornehmes in
seinem Wesen, er könnte gut der Nachkomme eines
Baron Buchenhausen sein."

„Um des Himmelswillen nicht! nur keinen Fa-
milienskandal! Dieser wäre unvermeidlich, wenn Einer
dieser verlaufenen Amerikaner Ansprüche auf unsere
Namen geltend machen wollte. Bitte, Adalbert, er-
greife Du um keinen Preis die Parthei für den
Andern, es wäre mir furchtbar, gegen Dich auftre-
ten zu müssen."

„Beruhige Dich! in die Angelegenheit mische
ich mich durchaus nicht; wenn sie nur keine andere
Wendung nimmt und plötzlich umschlagend, ihren
Hauptpfeil gegen mich richtet."

„Unmöglich!"

„Sei nicht zu sicher! wer weiß, ob das Ganze
mit dem Namen nicht eine Komödie war, um mit
guter Manier in die Kapelle zu kommen; eine poli-
tisirende Polin ist ein Teufel, wo es gilt zu ihren
Zwecken zu gelangen und sie bebt vor Nichts zurück!
Könntest Du nur jetzt bald Mr. Bookhouse sprechen,
Du würdest einsehen, daß die Geschichte mit dem

Namen leerer Vorwand ist; ich werde sicher nicht eher zur Ruhe kommen, bis ich in der Sache klar sehe."

„Da wollen wir Dir möglichst rasch Ruhe schaffen! ich reise sofort nach Bremen, wo jener Boothouse aufzufinden, oder seine Adresse zu erlangen sein wird."

„Das Opfer kann ich nicht annehmen! nein, Raimund, laß uns ruhig warten, bis er kommt, der Mai ist ja nicht so fern."

„Nein, nein! warten, könnte uns Schaden bringen, ich reise."

„Was würde Gräfin Imhof denken, wenn Du Dein Gut verließest und sie nicht aufsuchtest, lieber Raimund."

„Ich glaube, vieles denken ist nicht die schwache Seite meiner Braut; doch für den Fall ich ihr Unrecht thue, will ich es ihr in Gedanken abbitten."

„Reise wenigstens über Münster! der Aufenthalt würde ein geringer sein und Du bringst Niemand gegen Dich auf."

„Gut! so soll's geschehen und überdem werde ich mich freuen, ihrem Herrn Vater sagen zu kön-

nen, daß das „revolutionaire Volk des Sauerlands"
mich nicht, wie er gefürchtet, ermordet hat."

„Nannte er die kleinen Rebellen unseres schottischen Hochlands so?" fragte Neumark lachend.

„Forsche nicht nach den Ehrentiteln, die meine
guten ehrlichen Leute von ihm erhalten; sage mir
lieber, willst Du Deine Papiere? —"

„O nein, sie sind ja wie Du sagst an einem
sichern Orte."

„Sehr sichern! die heilige Gertraud bewohnt
einen kleinen stark befestigten, uneinnehmbaren Pa-
last; dieser Versteck ist ein Familiengeheimniß und
da wir nicht die Ehre haben, mit Gräfin Casimira
verwandt zu sein, so glaube ich, bist Du bei der
Angelegenheit Mr. Bookhouse's nicht betheiligt."

„Gott gebe es."

„Um Dich aber für alle Fälle während meiner
Abwesenheit zu sichern, werde ich Dich in das unterirdische Reich der Schutzpatronin unserer Familie
einführen, nachdem Du mir den feierlichen Eid geleistet, ihre stille Klause Niemand zu verrathen."

Raimund lächelte bei diesen letzten Worten, Neumark entgegnete ernst: „Solch festes Gewölbe ist
nicht zu verachten, denn von welchem Nutzen kann

es in Zeiten wie die jetzigen und in noch bedrohli=
chern Verhältnissen sein! Da verbirgt man dort seine
werthvollen Papiere und Kostbarkeiten und kennt
nur die Familie den Ort, so ist Alles gesichert."

„Darum werden auch dort stets die wichtigsten
Akten niedergelegt, wenn man Haus und Hof ver=
läßt."

„Thatest Du das auch, ehe Du nach Paris
gingst?"

„Gewiß! wenn man daher das Schloß in Brand
gesteckt hätte, um das Archiv zu vernichten, die Ur=
kunden über alte Rechte, wären nicht verloren ge=
gangen."

„Gott sei Dank, daß es nicht geschehen und wir
ohne Brand davon gekommen."

„Du glaubst, es wird hier nichts mehr der
Art vorfallen?"

„Nicht das Geringste!"

„Ich kann mich einer gewissen dunkeln Ahnung
nicht erwehren, Adalbert! es ist mir, als ereigne
sich noch irgend Etwas in Almarstein, als sei die
Ruhe die jetzt hier herrscht, nur der Stille vor einem
Gewitter vergleichbar."

„Das Bild ist ganz falsch, lieber Raimund.

Hier ist die Ruhe vollkommen hergestellt! Wollte Gott, ich hätte so wenig zu fürchten, wie Du, und kaum begreife ich, was Dich zu solchen Annahmen verleiten kann, wie Du sie soeben ausgesprochen."

Raimund sah ernst vor sich hin, Neumark betrachtete ihn prüfend und fragte nach kurzer Pause: „Hast Du irgend einen Grund für Deine bösen Ahnungen?"

„Nein! Ahnungen beruhen gewöhnlich auf einem ganz unwillkührlichen Gefühle; ich war von jeher stark darin!" setzte er lächelnd hinzu: „Du weißt es ja!"

„Mir ist lieb, Dich selbst darüber lächeln zu sehen; ich fürchtete wirklich schon, es habe Einfluß auf Deine Stimmung, das jener boshafte Schrötter jetzt hier in Almarstein ist."

„Schrötter — wer ist das?"

„Nun der Vater des Knaben, den Du geschlagen hast und der —

„Ah ich besinne mich! — Ist er hier?"

„Bei seinem Schwager Andreas Hamann."

„Und der gehört zu den Mißvergnügten, weil ich manche seiner Forderungen unberücksichtigt gelassen! — nein, Neumark, das beunruhigt mich nicht!

— laß Den getrost hier sein und mag sein Schwager immerhin gegen mich wüthen. Die Beiden fürchte ich nicht."

„Du kannst auch trotz der Verbindung dieser beiden bösen Elemente ruhig sein, Raimund, Du hast ein gutes Gewissen, Du thatest das Mögliche und Jeder, der nur einigermaßen vernünftig ist, wird einsehen, was Du gewährt!"

„Was ich gethan, ist wirklich nur Dein Verdienst, Adalbert. Sprich nicht davon, daß ich irgend etwas Besonderes geleistet; sage mir lieber, ob Du glaubst, daß sich die Nachricht von der Zerstörung Hülsrodens bestätigen wird?"

„Sie hat sich bestätigt!" entgegnete der Verwalter aufstehend.

„Wie? — aus sicherer Quelle?" rief Raimund lebhaft.

„Aus authentischer! das Schloß des Grafen Omberg ist aber nur zum Theil zerstört, das Archiv indessen ganz, Letzteres wird von großen Schaden für ihn sein und traurig, daß er keine heilige Gertraud als Schutzpatronin gehabt."

„Ist er geflüchtet?"

4*

„Er reiste mit seiner Frau vor acht Tagen nach Münster!"

„Ich hätte nicht gedacht, daß der Graf so mißliebig sei; trägt er wohl Schuld, daß man so mit ihm verfahren? —"

„Vor sieben Jahren bat ich ihn um Aufhebung der Uebelstände, die jetzt die Revolution auf seinem Dorfe herbeigezogen! — Jetzt ist übrigens durch kein Wort die Sache ungeschehen zu machen und er muß die Früchte böser Aussaat ruhig hinnehmen! — — Gute Nacht, Raimund, ich habe noch die Tagesrechnungen abzuschließen."

„Gute Nacht, Adalbert!"

Beide Männer reichten sich die Hand; wortlos blickten sie sich einige Sekunden an; dann sagte Neumark lächelnd: „Ich habe die Ehre mich Ihnen zu empfehlen, Herr Baron."

„Ich empfehle mich Herr Verwalter und sorgen Sie dafür, daß Adalbert Neumark nie vergißt, daß er Raimund nur für diese wenigen Stunden als Bruder haben wollte."

„Er wird das n i e vergessen! — Diese Stunden gehören zu den wenigen rein glücklichen meines Lebens."

„Darf ich, ehe sie vorüber sind noch eine Frage
an Dich richten, an meinen Abalbert — nicht an
meinen Verwalter?"

Neumark erbleichte auffallend, nach kurzem Zögern
sprach er ruhig:

„Frage, lieber Raimund!"

„Ist Comteß Helene Omberg in's Kloster gegangen?"

„Nein!"

„Wird sie den Schleier nehmen?"

„Nein."

„Man schrieb mir nach Paris, daß sie die Absicht hätte."

„Es war ihre Absicht; doch man redete ihr die
Idee aus."

„Wer that's?"

„Wohl ihre Eltern."

„Nein, nein, Abalbert! deren Bitten scheiterten
an ihren festen Entschlüssen; sie hatten nicht den
Einfluß."

„So bestimmte sie vielleicht jemand Anderes zum
Aufgeben dieses Vorsatzes!"

„Du kennst diesen Jemand nicht, dessen Wunsch
sie befolgte?" —

„Ich versprach einst dessen Wünsche und sie zu vergessen!" erwiderte Neumark ernst.

Raimund schwieg — sein Blick ruhte theilnehmend auf dem Freunde, der mit zu Boden gesenktem Auge, blassem Antlitz und fest zusammengepreßten Lippen vor ihm stand. Heftig ging der junge Majoratsbesitzer nach einer Weile im Zimmer auf und ab. Plötzlich und unwillkürlich entglitt ihm der laute Ausruf:

„Fluch, tausendfacher Fluch den Namen, die die Trennung von Herzen erfordern, welche ein Gott für einander geschaffen hat!"

Neumark erbebte, sein Auge suchte den erregten Freund; als Dieser dicht vor ihn hintretend, heftig fragte: „Sind meine Worte Recht oder Unrecht," erwiderte er ernst und feierlich:

„Sieh, Raimund, hätten sich die kühnen, aber herrlichen Träume jener Schaar Männer, der auch ich einst angehörte, verwirklicht, wären die edeln hochherzigen Ideen für welche wir geschworen, Gut, Blut und Leben zu opfern, eingedrungen in die Herzen des ganzen deutschen Volkes, — moderten die schönen Pläne, zur Verbesserung europäischer Staaten und aller bürgerlichen Verhältnisse, nicht in dem tiefen Gewölbe eines alten Feudalschlosses, dann Raimund sähe es anders in der Welt aus; dann ertönte jetzt weder ein Fluch in den Palästen noch in den Hütten; dann wehte jetzt die Palme des Friedens, anstatt daß die Brandfackel des Krieges in Europa flammt; dann wären wir jetzt alle Brüder, — brauchten uns künftig nicht wieder als Herr und Diener gegenüber stehn! — Du rufst: „Fluch dem Namen!" ich rufe: „Fluch der Schwachheit! Fluch der Uneinigkeit!" — Das sind die beiden uns entnervenden, zerstörenden Elemente! — Schwachheit ist die Wunde, an der tausend edle Menschen verbluten, weil sie zehn elende Creaturen fürchten; Uneinigkeit aber ist der Krebsschaden, der Millionen vernichtet, weil man sich scheut, Hunderte zu opfern!"

Neumark verließ nach diesen Worten rasch das Zimmer, Raimund blieb allein. Er hatte Zeit über die Worte seines erregten Freundes nachzudenken; — sie schienen ihm zu graß und dennoch lag für ihn eine tiefe Wahrheit darin, welche etwas Ueberzeugendes hatte. „Schwachheit, Uneinigkeit" waren das Elemente, die auch dem Stande, dem er angehörte, Zerstörung und Vernichtung brachten? — Ein leises „Ja" zitterte durch seine Seele als er der frühern

Verhältnisse seines Lebens gedachte, — der Bitterkeit, die es in ihm erregt, als jüngster Sohn aus-
geschlossen von all den Vorrechten gewesen zu sein,
welche sein ältester Bruder besessen; ein lautes
„Ja!" tönte über seine Lippen, als er sich der verschiedenen Scenen des Kampfes und Streites in
andern ihm bekannten Familien erinnerte, welche
lediglich durch die Unzufriedenheit verschiedener Mitglieder derselben hervorgerufen worden, die sich, wie
er einst, gleichberechtigt mit den Bevorzugten gewähnt, — fortgesetzt gegen alle veralteten Familien-
gesetze und Fideicommißstatuten geeifert hatten, die
sie der Armuth Preis gaben, während der andere
Theil in Ueppigkeit schwelgte! — — Wie manche
blutende Wunde kannte Raimund, welche edeln Herzen durch elende Vorurtheile geschlagen worden; wie
manche Uebel hatte er gesehen, die ihn an einem
zerstörenden vernichtenden Krebsschaden gemahnt! auch
jene Wunden bluteten, weil man zu schwach war,
die elenden Vorurtheile abzuschaffen, — auch jener
Krebsschaden verbreitete sich immer weiter und tiefer,
weil es an Einigkeit fehlte, klar und offen die Opfer
zu bezeichnen, die zum allgemeinen Besten gebracht
werden mußten.

Der Wunsch, der aus Raimund's ernster Be-
trachtung entsprang, lautete: „Möchte der Adel
Deutschlands stark und einig werden, um endlich
dem Geiste Freiheit zu geben, ohne Zwang zu denken und zu handeln, — dem Herzen Freiheit zu
verschaffen, ohne Zwang zu fühlen und zu empfinden; möchte er stark und einig werden, um Ungerechtigkeiten zu beseitigen, die zur Förderung des
Familienzwistes und Familienhasses so wesentlich
beitragen und häufig tausendfaches Leid und Elend
für Viele von Denen herbeiführen, die als Erben
eines alten Namens in die Welt treten und von
Kindheit auf an die schwere Kette engherziger Vorurtheile geschmiedet werden!"

Wäre Germaniens Veleda in dem Augenblick
Raimund erreichbar gewesen, er würde die priester-
liche Jungfrau um Offenbarung gebeten haben, ob
sein Wunsch sich einst erfülle; denn an sie und ihre
Weissagungen dachte er ebenso lebhaft, wie er in
seiner Kinderzeit sich ihrer erinnert, wenn heißer
Wissensdurst sein Herz erfüllt! Bevor er aber
seinen Platz am Fenster verließ, wo er so lang gestanden, hinabgeschaut in das vom hellsten Mondlicht
übergossene Thal und an Neumark's Worte gedacht

— da blickte er auf und empor. Der Himmel war
tief blau und klar, mit tausend und abertausend
goldglänzenden Sternen durchwoben. — Bei dem
Anblick Veleda vergessend, gab Raimund von Buchenhausen die Erfüllung seiner heißen Wünsche einem
höhern — einem mächtigern Wesen anheim!

Fünfzehntes Kapitel.

Zwei Tage später, am Nachmittage des vierten April, trat Raimund in der heftigsten Aufregung aus dem düstern Herrenhofe, der dem Grafen Imhoff in Münster zur Winterresidenz diente. Als er über den mit alten Ulmen bepflanzten Vorplatz geeilt war, den ein hohes Eisengitter von der Straße schied und seine Hand eben den mächtigen Drücker des Thürschlosses berührte, hörte er laut seinen Namen rufen. Er wandte sich um. Ein greiser Diener des Hauses, — das Faktotum des alten Grafen — stand hinter ihm. Tief Athem schöpfend, sprach er schnell: „Der Herr Graf lassen den Herrn Baron inständigst bitten, auf einige Minuten zu ihm zurückzukehren!"

Unmuth, Verdruß, Aerger sprach deutlich aus den Zügen Raimund's bei dieser Bitte. Er schien

ihr anfangs nicht Folge leisten zu wollen; dann
mußten andere Gedanken seinen Sinn durchfluthen.
Die Aufregung verlor sich, kalte Entschlossenheit
lag auf seiner Stirn und sein Auge blitzte, indem
er ruhig den Rückweg antrat.

Raimund hatte argen Streit mit seinem zukünftigen Schwiegervater, und eine unangenehme, peinliche Scene mit seiner Braut gehabt. Von Beiden
war er kalt empfangen, Beide hatten ihn dann kurz
nach seiner Ankunft mit Heftigkeit beschuldigt, seit
länger als acht Tagen in der Stadt gewesen zu
sein, ohne sie aufgesucht zu haben. Vergeblich war
von ihm anfangs die Versicherung, später sein Ehrenwort gegeben worden, daß er erst eine Stunde
zuvor nach Münster gekommen sei. Der Graf und
seine Tochter waren bei ihren Behauptungen geblieben, ihn gesehen zu haben und mit tief beleidigtem
Tone hatte die Braut hinzugefügt, daß das junge
Mädchen sehr schön gewesen sei, die er geführt, sie
es sich doch aber in Zukunft verbitte, in so vertrau-
lichem Verhältniß mit einem weiblichen Wesen zu
stehen.

Raimund hatte auf diese Worte nur einzelne
wenige seiner Braut entgegnet, diese aber in einem

Tone gesprochen, der sie zwar überzeugt, daß sie
trotz ihrer guten Augen dennoch falsch gesehen, sie
aber durch ihre Entschiedenheit tief verletzt hatten.
Weinend über seine „Rohheit", wie sie voll Empörung seine Entgegnung bezeichnet, war sie aus dem
Zimmer geeilt und in erregtester Stimmung waren
beide Herren zurückgeblieben; der Vater hatte die
Parthei der Tochter ergriffen, und Raimund sich
noch entschiedener gegen die Beschuldigung ver-
wahrt, seit acht Tagen in Münster gewesen zu sein.

Nach diesem Streite waren die Herren zu Be-
sprechung der Zeit- und Tagesereignisse übergegangen, — da Beide die Nutzlosigkeit ihrer Versuche
erkannt, Einer den Andern vom Gegentheil seiner
Behauptungen zu überzeugen; bei dem Gespräche
hatte sich aber aus dem anfänglichen Streite ein
erbitterter Kampf entwickelt und ein Ende genommen, das Beide nicht vorausgesehn.

Graf Imhoff's politischer Horizont war eben so
enge und beschränkt, wie der ganze übrige Gesichts-
kreis seiner Welt- und Lebensanschauungen. Er hegte
den festen, unumstößlichen Glauben, weil in Münster keine erheblichen Ursachen zu dem unbedeutenden
Straßenkrawall vorgelegen, der dort am zwanzig-

sten März Statt gefunden, nun auch in der ganzen übrigen Welt die Ausbrüche der Revolution einen so nichtigen Grund wie in seiner Vaterstadt gehabt. Raimund hatte von diesem kleinen Aufstande gehört und bereits durch Augenzeugen erfahren, daß nur einzelne Fensterscheiben in der Wohnung des Bürgermeisters zertrümmert worden. Es ärgerten ihn daher die Uebertreibungen des Grafen, der die Sache ihm in der Art darstellte, als habe das Volk die Absicht gehabt, ganz Münster zu demoliren, als sei es nur durch bedeutende Militairmacht an diesem Plane verhindert, müsse aber trotzdem zur Strafe für so ruchlose Gedanken gehängt oder geviertheilt werden.

Auf Raimund hatten die Reise und der Aufenthalt in Almarstein zu mächtig und stark eingewirkt, — die Gespräche über Politik mit Adalbert Neumark den Kreis seiner Anschauungen zu bedeutend erweitert und seinen Ideen eine ganz andere Richtung gegeben, als das er es vermocht hätte, bei den barocken Ansichten des Grafen zu schweigen. So redete er denn und vergaß im Eifer, mit wem er sprach. Er hörte nur die einseitigen Anschauungen, — er bedachte nicht, daß es sein Schwiegervater war, der dieselben laut werden ließ und ehe er es sich's versah, war er mit dem Grafen in offner ernster Fehde.

Graf Imhoff vernahm anfangs mit Staunen — später mit Entsetzen die freisinnigen Ideen Raimund's; voll Empörung hörte er ihn aber von den Veränderungen sprechen, die Jener auf seinem Gute vorgenommen. Er vergaß nicht einen Augenblick, daß dieser Mann, der so warm die Sache des Volkes und seiner Unterthanen vertrat, mit seiner einzigen Tochter verlobt war und sein Eidam werden sollte. Seine Entgegnungen wurden von Minute zu Minute schärfer und bitterer und zuletzt rief er von Leidenschaft hingerissen: „Sie sind ja der ärgste Demokrat, den es giebt, Baron Buchenhausen! — Beharren Sie bei den Ideen und Ansichten, so verdienten Sie, aus den Reihen unserer Adelsfamilien ausgestoßen zu werden und daß es moralisch geschehen soll — wenn Sie sich nicht belehren, dafür werde ich Sorge tragen!"

Jetzt war es an Raimund, empört zu sein. Er sprang auf. Die Gluth feuriger Begeisterung, die sein intelligentes Gesicht so warm durchstrahlt, wich der tiefsten Blässe. Einige Sekunden ruhte sein

Blick mit so niederschmetterndem Ausdruck auf dem
Grafen, daß dieser erschrocken zurücktrat und erst
wieder zur Besinnung kam, als Buchenhausen sich
verbindlich vor ihm verbeugend mit einem Lächeln
kalter Verachtung sprach:

„Erlauben Sie, Herr Graf, daß ich Sie der
Mühe überhebe, mir Ihr Haus zu verbieten und
jetzt so schnell wie möglich freiwillig aus einem Kreise
scheide, in den ich durchaus nicht passe."

Nachdem Raimund das Zimmer nach diesem
Ausspruch verlassen hatte, fühlte Graf Imhoff, daß
er zu weit gegangen war; mit Blitzesschnelle durchzuckten die Gedanken an die schlimmen Folgen seiner
Heftigkeit sein Inneres, er beeilte sich, eine Sache
durch Freundlichkeit wieder gut zu machen, welche
sein Starrsinn verdorben.

So artig und zuvorkommend, wie Graf Imhoff
selten zu sein pflegte, ging er Raimund entgegen,
als dieser auf seine Bitte zu ihm zurückgekehrt war.
Er legte sich den gänzlich veränderten Ausdruck in
Buchenhausens Zügen, ein gewisses Etwas, das an
Freude, an Glück mahnte, zu seinen Gunsten aus;
hoffte, daß die Versöhnung zwischen ihnen nach einigen einlenkenden, freundlichen Worten bewerkstelligt

sein würde. Wie erschrak er aber, als Raimund auf seine herzliche Anrede lebhaft erwiderte:

„Graf Imhoff, ich vergebe diese Worte, die Sie als übereilte bezeichnen, um so eher, als ich von Ihnen für eine übereilte Handlung Verzeihung erbitten muß! Diese übereilte Handlung — so schwer mir wird, Ihnen Das zu sagen — ist: meine Verlobung mit Ihrer Tochter. — Alles Andere, was vorhin zwischen uns vorgefallen, tritt in den Hintergrund vor dem einen Gedanken, der plötzlich so stark und einzig mächtig in mir geworden, — nämlich — dem brennenden Wunsche nach Freiheit!"

Raimund hielt einige Sekunden inne; in größerer Erregung fuhr er fort: „Ich könnte Ihre Schmähung, Ihre Drohung, — den unbegründeten Verdacht von Comteß Veronika und den ihr mangelnden Glauben an mich zum Vorwande nehmen, ein Bündniß zu lösen, das ich so unbedachtsam geschlossen. — Zur Lüge bin ich aber zu stolz und jede Verstellung hasse ich. So sage ich denn einfach: meine Verlobung macht mich unglücklich! — — Ihre Tochter und ich passen nicht zueinander, — wir würden ein langes trostloses Leben führen, und kein Gedanke ist mir furchtbarer, als der einer unglücklichen Ehe! Lösen wir unsere Verlobung! — Geben Sie als Grund unserer Trennung meine demokratischen Ansichten an, wie Sie ja meine tiefinnerste Ueberzeugung nennen, — werfen Sie alle Schuld auf mich, — allein auf mich, — bezeichnen Sie sich als Denjenigen, der die Verbindung abgebrochen — sagen — thun Sie, was Sie für recht und zweckmäßig halten — nur — geben Sie mir meine Freiheit wieder!"

Raimund schwieg; Graf Imhoff ging einigemale im Zimmer auf und nieder; dann blieb er vor dem jungen Manne stehen und sagte ernst und eindringlich:

„Sie sind so erregt, Baron Buchenhausen! Lösen Sie in dieser Stimmung kein Bündniß, das Sie doch einst nach reiflicher Ueberlegung geschlossen! Prüfen Sie sich und —"

„Ich that es seit Wochen, Herr Graf. Meine Ansicht wird ebenso dieselbe bleiben, wenn auch Jahre nach diesem Tage vergangen sind."

„Sie kennen meine Tochter kaum!"

„Genug, um zu wissen, daß ich sie nie lieben werde."

„So nehmen Sie Ihr Wort zurück, Herr Ba=
ron.. Nach dem eben Gesagten sind Sie frei."

„Ich danke Ihnen!"

Der Graf verbeugte sich ernst; Raimund reichte
ihm die Hand. „Verzeihen Sie mir, Graf Im=
hoff!"

„Ich hoffe, es später thun zu können. Jetzt le=
ben Sie wohl, junger Mann und Gott mit Ihnen!"

„Leben Sie wohl, Graf Imhoff, und vergessen
Sie nicht, daß ich bereit bin, jede und alle Schuld
auf mich zu nehmen und erlauben Sie mir noch,
mich durch ein Ehrenwort zu verpflichten, keinen
der Gründe zu widersprechen, die Sie für gut be=
finden anzuführen, weshalb unsere Verbindung sich
gelöst."

„Der Grund, der S i e dazu bestimmte, ist ein
genügender, und —"

„Sie werden i h n doch nicht angeben?" fiel
Raimund voll Bestürzung ein.

„Erlauben Sie mir zu thun, was auch ich stets
gethan, Herr Baron, nämlich: die Wahrheit zu sa=
gen!" — Mit höflicher Verbeugung entfernte er sich.

Raimund verließ mit raschen Schritten das Haus
— wenige Sekunden später stand er auf der Straße!

— „Frei! — Frei!" — jubelte es in ihm. — Er
flog mehr voran, als daß er ging. Sein Auge
leuchtete, seine Wange brannte. — Ohne den Weg
zu beachten, eilte er von Straße zu Straße; die
Abenddämmerung brach ein, es dunkelte um ihn her
und' doch war es noch nie so licht in Raimund's
Innern gewesen, nie hatte ihm die Welt — das
Leben in hellerm Glanze gestrahlt, als in der Stunde!
— Er erreichte den Domplatz. Es war dort fin=
sterer, als in den Straßen, da durch die breiten,
dicht verzweigten Aeste der Lindenbäume, mit denen
der Platz bepflanzt, sich um diese Zeit das Tageslicht
nur noch an einzelnen Stellen in schmalen Streifen
Bahn brach. Raimund wurde durch die ihn plötz=
lich dichter umgebende Finsterniß aus der lichten
Sphäre seiner Gedanken gerissen; forschend blickte
er um sich. — Viele dunkle Gestalten glitten gleich
Schattenbildern durch die düstern Baumreihen. Es
waren größtentheils verschleierte Frauen, die Gebet=
bücher und Rosenkränze in der Hand trugen. Einige
kamen aus dem Dome; — Andere wandten sich
gesenkten Hauptes dem Eingange der Kathedrale zu,
deren graue Giebelfacade durch die entlaubten Lin=
denkronen sichtbar war. Unwillkürlich schloß sich

Raimund dem Zuge der Kirchengängerinnen an; sein Gefühl trieb ihn, an heiliger Stätte zu Gott zu beten und ihm zu danken.

Im Begriff, in den Dom einzutreten, wurde er durch einen aus demselben kommenden Bekannten daran verhindert. Dieser betrachtete ihn prüfend und rief dann lebhaft: „Nein, nein, Buchenhausen, Sie sind es! Sie sehen nur heute wohler, wie vor acht Tagen aus. Das versichere ich Sie aber: heute lasse ich mich nicht so wie neulich düpiren, und gäben Sie mir auch zehnmal Ihr Ehrenwort, daß eine Aehnlichkeit mich täuscht — ich — —"

Raimund sah voll Verwunderung den ihn in so seltsamer Weise Anredenden an und fiel ihm heiter in's Wort: „Bester Hassenbrock, es fällt mir ja gar nicht ein, Ihnen nur ein Ehrenwort zu geben, daß ich nicht Ihr unterthäniger Diener, Raimund von Buchenhausen auf Almarstein bin."

„Warum verläugneten Sie sich denn vor acht Tagen? — Etwa damit ich keinen zweiten Blick auf Ihre schöne Begleiterin werfen sollte, die so scheu Ihren Arm los ließ, als ich Sie begrüßte."

„Entweder habe ich einen Doppelgänger oder die Revolutionsepoche hat Geisterseher aus meinen Be-

kannten in Münster gemacht; Graf Imhoff behauptet ebenfalls: mich vor acht Tagen gesehen zu haben
und ich bin auf mein Wort doch heute Mittag erst
in Münster angekommen und befand mich heute vor
acht Tagen auf dem Wege von Paris nach Almarstein."

„Sie scherzen, lieber Buchenhausen."

„Ich scherze nie, wenn ich mein Wort gebe!"

„Seltsam! — So Viele haben Sie zu sehen gemeint und noch gestern hörte ich es."

„Dann habe ich einen Doppelgänger!"

„Hätte ich nicht Ihr Wort — ich würde bei
der Meinung beharren, Sie gesprochen zu haben."

„Und was sagte mein Geist?"

„Er versicherte: nicht Derjenige zu sein, für welchen ich ihn halte."

„So ist er mindestens ehrlich."

„Was Ihnen ganz besonders lieb sein kann!"

„Wie so?"

„Er könnte Schulden auf Ihre Kosten machen.
Uebrigens, beten Sie ein anderes Mal, lieber Bu-
chenhausen, und begleiten Sie mich jetzt nach dem
Gerbaulet'schen Hôtel. Sie treffen dort mehrere
Bekannte und später besuchen wir die Soirée der

Gräfin Seeveldt, wo Sie ein sehr willkommener Gast sein werden; Ihre Braut wird ebenfalls dort sein, sie fehlt nie im Salon der Gräfin. Kommen Sie!"

„Ich kann nicht! Dringende Geschäfte rufen mich nach Bremen, in zwei Stunden bin ich bereits wieder unterwegs. — Der Gräfin Seeveldt machen Sie übrigens mein Compliment, daß sie trotz' aller Revolutionen nicht ihren charmanten Salon geschlossen."

„Sie hat es vielleicht aus Freude darüber gethan, daß ihre schöne Nichte, Comteß Omberg, nicht den Schleier genommen hat und die Saison in Münster verlebt."

„Comteß Omberg in Münster? — Bester Gewinn für die Geselligkeit; — — doch nun Adieu, lieber Hassenbrock und Adieu für lange! Ich vergrabe mich fortan in Almarstein."

„Wie? Sie haben doch nicht den wahnsinnigen Gedanken, in Ihr revolutionaires Sauerland zurückzukehren, wo man nur unter dem Schutz von Bayonetten ruhig athmen soll."

„Welche Verläumdung! — So schlimm ist es doch nicht."

„Arg genug! Begeben Sie sich also nicht leichtsinnig in Todesgefahr, nachdem Sie kaum glücklich
dem französischen Höllenpfuhle entronnen sind."

„In Almarstein habe ich nichts zu befürchten."

„Nur Das, von rebellischen Bauern todtge-
schlagen zu werden."

„Allerdings kein angenehmer Tod, lieber Haffenbrock; doch glauben Sie mir, in unsern Hochlanden
ist's wahrlich nicht so toll, wie Sie denken."

„Wo geht's jetzt nicht toll zu! Heilige Jungfrau,
was sind das für Zeiten, für Verhältnisse!" —

„Zeiten, wo sogar Doppelgänger ihr Wesen treiben und — sonst vernünftige Leute an Visionen leiden!" rief Raimund lachend.

„Ihr Doppelgänger ist keine Vision, Buchenhausen; scherzen Sie nicht über ihn."

„Zum Scherzen sind die Zeiten überhaupt zu
ernst; ich werde also lieber beten. Leben Sie wohl,
Haffenbrock und besuchen Sie mich bald."

„Davor bewahre mich Gott! — ich danke dafür, ermordet zu werden, oder zu verbrennen; ich
bin kaum sechsundzwanzig Jahre alt und beabsich-
tige, mich zu verheirathen, — mindestens vorläufig
zu verloben."

„Wer ist die Glückliche, lieber Haſſenbrock? das heißt, wenn ich's wiſſen darf!"

„Comteß —"

Eine Dame öffnete in der Sekunde, wo der Baron den Namen ſeiner Auserwählten ausſprechen wollte, die Kirchenthüre und ſtand dicht vor beiden Herren. Haſſenbrock hielt erſchrocken inne, Raimund betrachtete mit Intereſſe die Dame. Sie ſchien ihm nicht unbekannt; doch ihres Namens wußte er ſich nicht zu erinnern; ſie war groß, ſchlank, hatte ein feines, geiſtvolles Geſicht und die ſeelenvollſten, aber ſchwermüthigſten Augen der Welt; ihr bleiches Geſicht färbte ein leiſes Roth, als ihr Blick auf den Baron Buchenhauſen fiel, auch war es, als leuchte momentan ein Freudenſtrahl aus dem traurigen Auge. Bei der Anrede des Baron Haſſenbrock, der ſie bat: ſie zu ihrem Wagen geleiten zu dürfen, verſchwand der freudige Ausdruck des Blicks, ſie ſchien offenbar unangenehm durch ſeine Worte berührt zu werden. Noch einmal ſah ſie Buchenhauſen an, dann legte ſie ihren Arm in den Haſſenbrock's; mit triumphi= rendem Lächeln blickte dieſer auf ſeinen Freund, mit ſichtbarem Stolze geleitete er die Dame aus dem Vorhofe der Kirche.

„Sie ist's wohl, die er heirathen will!" dachte
Raimund, „könnte ich mich doch nur auf ihren Namen besinnen, denn ich muß sie schon einmal gesehen haben!"

Raimund ergründete nicht den ihm entfallnen
Namen; er trat in den Dom. Ein seltsam eigen-
thümliches Gefühl erfaßte ihn, indem er gegen den
Altar vorschritt; ihm war, als hielte eine unsicht-
bare Macht ihn zurück, als riefe eine warnende
Stimme ihm zu: „Bleibe dieser heiligen Stätte
heute fern!" — und dann trieb es ihn wieder wie
mit Zauber vorwärts — tausend Arme zogen ihn
hin zu dem Altare, tausend Stimmen tönten ihm
entgegen: „eile voran!"

So kam er willenlos bis in die Mitte der Kirche
— hier hielt er noch einmal in. seinem Gange still.
Wie sehr er auch strebte, diese widerstreitenden Empfindungen seines Herzens zu erklären, es gelang
ihm nicht und doch stand er am Wendepunkte seines
Geschicks!

Wie oft im Leben steht der Mensch an der
Schwelle eines Schicksals, das gigantisch an ihn
herantritt; wohl eilen Diesem leise Stimmen der
Ahnung voraus, aber sie sind so leise, daß wir sie

selten hören — und doch erinnern wir uns, sie ver=
nommen zu haben, wenn das Ereigniß über uns
hereingebrochen, — das Ereigniß, das uns entwe=
der mit der ganzen Wucht seines Schmerzes zu Bo=
den gedrückt, oder — mit seinem Lerchenjubel der
Freude gen Himmel gehoben! —

Sechzehntes Kapitel.

Es war bei Raimund von Buchenhausen ein aus seiner Kinderzeit im Herzen zurückgebliebener Glaube, in der Kirche am Altar in Gottes unmittelbarer Nähe zu sein. So suchte er denn am Nachmittage des vierten April im Dome zu Münster auch diese seine Lieblingsstelle auf, nachdem er für seine tiefe, innere Erregung den falschen Grund angenommen, daß die Ereignisse im Imhoff'schen Hause sie veranlaßt.

Die ihn von Neuem vorwärts treibende Macht ließ ihn rasch vorübereilen an all den im Schiff der Kirche Betenden; er erreichte die Stufen des Altares ohne im ersten Augenblick Jemand dort zu bemerken. Als er aber seine Knie beugen wollte, streifte sein Blick eine weibliche Gestalt. Diese kniete ihm gegenüber an der andern Seite des Al-

tares und ihre Augen ruhten fromm und andächtig
auf dem Bilde des Heilandes.

Der anmuthigen Gestalten waren Raimund schon
viele begegnet, — der schönen Beterinnen hatte er
schon manche in seinem Leben gesehen — wie Diese
— noch Keine! — — Sie schien zum Beten geschaffen, — sie war das verkörperte Ideal der Fröm-
migkeit, der Andacht.

Zart, licht und rein, wie das Antlitz eines Engels,
war ihr von einer dichten Fülle golbig blonder Locken umwalltes liebliches Gesicht. Nichts Irdisches
lag in diesen Zügen, — eine dem Himmel zuge-
wandte Seele sprach aus dem klaren Blau des
großen, vom heiligen Glauben warm durchstrahlten
Auges.

Raimund vergaß bei diesem Anblick, wo er war
— warum er gekommen; er sah nur beten, — dachte
nicht mehr daran, es selbst zu thun! — Unverwandt
schaute er auf eine Erscheinung, wie er sie in der
Welt noch nie erblickt hatte, und welche er — wenn
er sie im Bilde gesehen — für eine göttliche In-
spiration gehalten haben würde, wie sie seiner Ansicht nach Raphael gehabt, als er das Ideal aller
Madonnen geschaffen.

Lange Zeit verging, wo Raimund die schöne Betende betrachtete, die ihm zwar fremd war und doch so bekannt erschien. Sowie er in ihr Anschauen vertieft ganz den Ort vergaß — vergaß er auch die Zeit. Er bemerkte nicht die immer tiefer einbrechende Abenddämmerung, welche die Kirche mehr und mehr umdunkelte; er sah nur das lichte Antlitz jener frommen Beterin, das der Schein der ewig brennenden Lampe verklärend umwob. Erst in dem Augenblicke zuckte Raimund, wie von elektrischem Strahle getroffen, zusammen als ihr Blick ihn plötzlich traf; — erst in der Sekunde, die ihn in den Himmel versetzte, — wurde er sich der Erde bewußt. Die Kniende grüßte ihn mit leichter Neigung des Kopfes, indem das reizendste Lächeln ihren Mund umspielte; dann heftete sie ihr Auge fest auf ihn und immer trauriger — immer ernster wurde der Blick, je länger er so sinnend auf ihm ruhte.

Ein eigenthümlich Weh ergriff Raimund's Seele bei diesem so tieftraurigen Blicke; — er konnte ihn nicht ertragen! rasch wich er zurück und stand nun im dunkeln Schatten des Pfeilers. Die ihn mit dem Auge verfolgende Beterin konnte kaum noch die Umrisse seiner Gestalt erkennen.

Raimund merkte in seiner Ueberraschung nicht, daß in dem Momente, wo er den Platz wechselte, ein Mann in seiner Nähe ein Gleiches that und schnell und behutsam um mehrere Schritte hinter dem Pfeiler zurücktrat, an dem er bis dahin gestanden.

Raimund war einzig mit jener Gestalt am Altare beschäftigt, die Furcht erfaßte ihn, sie gestört oder betrübt zu haben; er konnte aber unmöglich bei der Annahme beharren, als er sich ihr Lächeln wieder vergegenwärtigte, das wie ein Sonnenstrahl über ihr Antlitz geglitten. Dieses momentane Lächeln konnte er nicht vergessen, wenn es auch nur dem Ausdruck der Trauer gewichen war! Warum aber hatte bei seinem ersten Anblick ein so glückliches Lächeln ihr Antlitz verklärt; warum betrachtete sie ihn jetzt so ernst, so sinnend? — Ein Chaos von Gedanken wogte durch Raimund's Seele. Die wilde Fluth der auf ihn einstürmenden Gefühle legte sich, als er sah, daß das junge Mädchen von Neuem betete. Jetzt erhob sie nicht das Auge, sondern tief und immer tiefer beugte sie den Kopf, so daß ihre Stirne fast die Stufen des Altars berührte, auf die ihre lichten glänzenden Locken in üppiger Fülle niederfielen. Ihr heißes inbrünstiges Gebet zog auch Raimund auf die Knie; es glitten zwar keine Worte über seine Lippen, aber in unaufhaltsamem Strome zogen die Gedanken hinauf zum Throne Gottes und diese entrissen ihn wenigstens auf Sekunden vollständig der äußern Welt.

Auf die seltsamste Weise wurde er in sie zurückgeführt, leicht und weich umschlang ihn plötzlich ein Arm und eine unendlich süße Stimme flüsterte ihm leise die Worte zu: „O liege hier nicht auf dem kalten Steine! komm mit mir, lieber Waldemar!"

Mit rascher Bewegung erhob Raimund seinen Kopf; er sah sich von dem Arm jener jugendlichen Beterin umschlungen, deren Andacht ihn selbst zur Andacht veranlaßt. Ihr liebliches Antlitz war tief zu ihm herabgeneigt und jeder Zug desselben drückte die innigste Liebe aus. Nur eine Sekunde verharrte sie in ihrer Stellung — denn kaum daß Raimund emporblickte, so trat sie auch schon hastig zurück und betrachtete ihn mit starrem Entsetzen. Schnell sprang er auf. Auch er starrte wie von Zauberbann umfangen die jugendliche Erscheinung an — denn — sowie der Ton ihrer Stimme einen längst verhallten, aber stets in seiner Seele fortvibrirenden Klang

plötzlich wach gerufen, so mahnte ihn nun auch der
Ausdruck des überirdisch klaren Auges an seine ver-
storbene Schwester. Doch nicht allein, daß jene Erinnerung aus fernen Tagen in ihm auftauchte, sondern klar und lebendig trat auch Die an jene Stunde
aus letzter Vergangenheit vor seine Seele, wo er
in Paris am Abend vor seiner Abreise, nach dem
Scheiden von Gräfin Berniczecka, gewünscht: „auf
Erden ein Wesen zu finden, das dieser geliebten
Schwester gliche." — Sein Wunsch war erfüllt, —
in einer Weise erfüllt, wie er nie zu hoffen — kaum
zu träumen gewagt! — Ueberwältigt durch die Macht
der auf ihn einstürmenden Gedanken, starrte er das
Wesen an, das er als einen ihm von Gott gesandten
guten Engel hatte betrachten wollen! — — Auch
ihr Blick haftete fest auf ihm; — stumm — wortlos blieben Beide, waren so in ihre gegenseitige
Anschauung — in ihre Gedanken vertieft, daß sie
nicht sahen, mit welchen Blicken glühenden Hasses
der Mann hinter dem Pfeiler sie betrachtete.

Das Mädchen faßte sich zuerst und sagte leise:
„Verzeihung! -- ich hielt Sie für —"

Raimund unterbrach sie hastig, indem er lebhaft
rief: „Bitte! kein Wort der Entschuldigung. Auch

ohne Ihre Versicherung weiß ich, daß Sie Jemand Anderes in mir vermutheten und zu Ihrer Beruhigung mag dienen, daß mich meine genausten Freunde schon mit dieser Ihnen wahrscheinlich nahe bekannten Person verwechselt haben."

Ernst und gedankenvoll ruhten ihre Augen einige Sekunden auf seinem Gesichte, dann antwortete sie lieblich erröthend: „Nein, in der Nähe verliert sich die Aehnlichkeit sehr! ich würde Sie jetzt nicht mehr mit ihm verwechseln! — Wie freue ich mich aber, daß die flüchtige Aehnlichkeit mich getäuscht hat und ich Sie spreche; es war ein so lebhafter Wunsch von mir und besser, wie es sich trifft, konnte Gott es nicht fügen! Nicht wahr, ich irre mich doch nicht, Sie sind der Baron Buchenhausen von Almarstein?"

Raimund's Erstaunen wuchs bei diesen letzten Worten. Verwundert entgegnete er: „Sie kennen mich?"

„Sie sind es also!" rief sie mit jubelndem Entzücken. „O wie glücklich macht es mich, daß Sie aus Paris zurückgekehrt sind."

Ihr frohes Lächeln verwirrte Raimund's Gedanken, ihre freudig erregten Worte — seine Sinne; — er rief hastig: „Sahen wir uns etwa in Paris?

O bitte — sagen Sie es mir schnell;" doch — fügte
er leidenschaftlich hinzu, „Das ist ja unmöglich, denn
hätte ich Sie je gesehen, ich würde Sie nie ver=
gessen haben!"

Er hielt inne, sein Auge ruhte mit einem Aus=
druck auf dem jungen Mädchen, wie er bisher von
den schönsten und gefeiertsten Damen vergeblich in
der Tiefe seines Auges gesucht worden und für wel=
chen Blick Veronika von Imhoff vielleicht gern ihr
halbes Vermögen — vielleicht freudig Alles, was
sie besessen, geopfert haben würde! — Diejenige,
die dieser Strahl von Glut und Leidenschaft traf,
mußte zu sehr unter dem mächtigen Einflusse eines
andern Eindrucks stehen, daß sie weder der Gewalt
dieses Blickes erlag, noch sich ihr zu entziehen suchte.
— Mit leuchtendem Auge, ohne jede Spur von
Verwirrung, schaute sie in die Tiefe seines glühen=
den Blickes. Ihre Lieblichkeit und Unschuld fachten
die Flamme, die sie so plötzlich auflodern gemacht,
zu solcher Stärke an, daß Raimund von Sekunde
zu Sekunde seine sonstige Ruhe und Ueberlegung
immer mehr verlor. Ungestüm erfaßte er ihre Hand,
die sie ihm lächelnd reichte und in leidenschaftlicher
Erregtheit antwortete er auf ihre einfache Frage:

„Haben Sie Zeit, mich anzuhören?" „O reden Sie! reden Sie ja, jedes Wort, daß Sie sagen, kann mein Glück nur vermehren!"

Nun erbebte sie bei dem Druck seiner Hand, bei diesen bedeutungsvollen Worten, befangen, verwirrt sah sie ihn an, entzog ihm ihre Hände und bedeckte damit ihr erglühendes Antlitz. Lange Zeit schwiegen Beide. Lichtstrahlen einer neuen tiefen Erkenntniß durchzuckten plötzlich ihr Innerstes und hell wurde es wie mit Zauberschlag in ihrer Seele! — Blendeten sie diese Lichtstrahlen, die mächtigen Blitzen gleich, in die umhüllte Nacht ihres Herzens drangen und in scharfer Beleuchtung alle noch kurz zuvor dunkel und tief verschleierten Geheimnisse ihrer jungen Seele offenbarten oder — vermochte sie es jetzt nicht, den leuchtenden Glanz seines Auges zu ertragen? Sie wußte nicht, weshalb sie ihr Antlitz verbarg; sie legte sich keine Rechenschaft von ihrer unwillkürlichen Bewegung ab, sondern folgte nur dem Impulse eines augenblicklichen Gefühls.

Gut wäre es für sie gewesen, sie hätte nicht wieder aufgeblickt, wäre entflohen von der Stelle, wo die stillen Geister der Herzensruhe von ihr wichen und die bösen Geister ihres dunkeln Geschicks, sie zu umgarnen begannen! — —

Sie sah aber auf, sah empor, als eine starke Hand ihre zitternden Finger umschloß und von ihren brennenden Wangen entfernte. — Was sie erschaute war wohl geeignet, sie wieder ruhiger und zuversichtlicher zu machen; — Raimund hatte sich gefaßt, sich bekämpft und überwunden, — sein Auge war jetzt licht und klar wie der Himmel nach einem stürmischen Gewitter und im vollen Einklange standen seine ruhigen Gesichtszüge zu dem festen ernsten Tone seiner Stimme als er eindringlich sagte: „Jetzt habe ich Sie um Verzeihung zu bitten, denn ich habe Sie erschreckt; doch — fürchten Sie Nichts — meine Aufregung ist vorüber! — Werden Sie ruhig, und sagen Sie offen, was Sie vorhin mir mittheilen wollten."

Sie entzog ihm jetzt nicht ihre Hand und entgegnete vertrauend: „Ich mag Ihnen sonderbar erscheinen, wenn Sie mich als Fremde betrachten; doch Sie müssen wissen, daß Sie es mir nicht sind, seit Monaten sind meine Gedanken in Ihrem Almarstein gewesen, seit Wochen bei Ihnen und alle meine Gebete waren des Inhalts: daß Gott Sie mir entge=

gen führen möchte, um Sie auf Etwas vorbereiten zu können und Jemanden, der mir theuer ist und der schon so unsagbar viel gelitten, — dadurch vielleicht neues Leid, neue Täuschung zu ersparen! — Gott hat mein Gebet erhört — ich habe Sie verkennen müssen, um in Ihnen, an der seltsamen Familienähnlichkeit, einen Buchenhausen zu erkennen!"

„Ich verstehe Sie nicht — der Sinn ihrer Worte ist dunkel; doch ehe Sie mir Anderes erklären, bitte ich Sie, mir Ihren Namen zu nennen! — ihn muß ich zuerst wissen."

„Mein Name thut nichts zur Sache, — er ist Ihnen fremd — unbekannt wie der Ort, woher ich stamme."

„Mag das sein! Nennen Sie mir nur erst den Namen! — ich habe dann vielleicht einen Anhalt in dem Labyrinth meiner Gedanken."

Es war ein wunderbarer Blick, den das Mädchen auf Raimund heftete, — sie hatte noch wenige Monate zuvor mit Stolz und Ueberhebung frei geäußert: „Ein Name kann nie mein Glück begründen und ich verwerfe das Glück, das nur ein Name mir

giebt!" — — Was hätte sie jetzt, — in diesem
Augenblicke — darum gegeben, wenn sie dem letzten
edlen Sproß eines der ältesten deutschen Adelshäuser einen Namen hätte nennen können, der
dem seinigen an Werth gleich gewesen
wäre! — Sie kannte die Vortheile seit Kurzem
zu genau, die ein Name zu gewähren vermag und
ebenso genau kannte sie die Vorurtheile, die sich
häufig an einen Namen knüpfen. Seit Monden
hatte sie nur von diesen beiden Dingen reden hören
und seitdem die trostlose Ueberzeugung gewonnen,
daß ein Name allein oft das Lebensglück
eines Menschen ausmachen oder vernichten kann; — ein Name oft allein Segen
oder Fluch über eine Familie zu bringen
vermag! — Unter dem Gewicht dieser Gedanken
beugte sie ihr Haupt, als sie leise und zitternd den
Namen: „Gertraud Bookhouse!" aussprach.

Jedes Eindrucks hätte das Mädchen den Baron
Buchenhausen vielleicht nach Nennung dieses Namens fähig gehalten, nur nicht dessen, den er auf
ihn machte! — Mit einem lauten Schrei des Entsetzen wiederholte er „Gertraud Bookhouse!" und
schaudernd wich er vor der Trägerin dieses Namens

zurück. — — Die widrigsten Erinnerungen rief dieser Name in ihm wach, — Erinnerungen, die ihn unablässig, trotz aller Arbeit, trotz aller Anstrengung der letzten Tage verfolgt und selten einen Augenblick der Ruhe gegönnt hatten!"

„Mein Gott, was ist das? Was ist Ihnen?" rief Gertraud erschrocken.

Flüchtig sah er sie an. Um sich vor dem Zauber zu schützen, den ihre engelhafte Erscheinung auf ihn ausübte, bedeckte er sein Antlitz mit beiden Händen und rief verzweiflungsvoll: „Allmächtiger, wer hätte gedacht, daß sie diesen verhaßten Namen nennen könnte!"

Gertraud starrte ihn eine Sekunde entsetzt an, dann faltete sie ihre Hände und sprach mit tiefer Trostlosigkeit: „Also verhaßt ist ihm dieser Name! hassen wird er Die, die ihn tragen und deren einzige Hoffnung doch allein Er ist!"

Beide schwiegen eine zeitlang; mit satanischem Lächeln blickte während dieser Pause der Beobachter am Pfeiler auf Gertraud Bookhouse.

Gedanken über Gedanken wogten durch des Mädchens Seele; sie rang nach Fassung, trat leise vor Raimund hin, berührte leicht seinen Arm und fragte

ernst: „Baron Buchenhausen, aus welchem Grunde
ist Ihnen der Name Bookhouse verhaßt? — bitte,
erklären Sie mir Ihr räthselhaftes Benehmen.“

Raimund vermied die Fragerin anzusehen, raffte
all seinen Stolz, all seinen Muth zusammen und
entgegnete ruhig: „Der Name Bookhouse ist der
eines Betrügers!“

„Den Ausspruch müssen und werden Sie zurück-
nehmen!“ rief sie fest und entschieden.

„Ich nehme nie mein Wort zurück, Miß Waltram.“

„Was bedeutet dieser Name?“

Raimund zuckte verächtlich die Schultern und
wandte sich zum Gehen; Gertraud ergriff seinen
Arm mit leidenschaftlicher Heftigkeit und rief erregt:

„Denken Sie nicht, daß ich Sie gehen lasse,
ohne Aufklärung erhalten zu haben! Sie müssen
jetzt bleiben, Sie sollen mich nun hören.“

„Ich will nicht!“ antwortete er heftig.

„Aber ich will es!“ sagte sie ernst und entschlossen.

Erstaunt, überrascht sah er sie an. Ein tiefes
Roth bedeckte ihr Antlitz und hell leuchtete ihr klares Auge, jeder Zug ihres Gesichts zeigte Entrüstung;

dieser Ausdruck wich bei seinem Blick — sie warf
sich ihm zu Füßen, sie rief im Tone des heißesten
Flehens:

„Baron Buchenhausen, ein Gott hat Sie mir
in Gnade und Barmherzigkeit entgegengeführt, sein
Sie nicht so grausam, mich zu verlassen, bevor Sie
mich gehört! — ich will kurz — ganz kurz sein!
und haben Sie Alles erfahren, dann mögen Sie
handeln, wie Sie es für das Beste erachten! —
nur jetzt hören Sie mich an!" —

Jede Zornesaufwallung — jeder Verdacht war
wie abgeschnitten durch des Mädchens Worte, —
Raimund's Wesen erlitt bei diesem Ton des Flehens
die vollständigste Umwandlung; er hob sie empor,
umschlang sie mit leidenschaftlicher Glut und flüsterte
mit bebender Stimme: „Gertraud! wenn es wahr
wäre, was Du mir sagen willst, — Du wärst, was
Du zu sein glaubst; — wenn man mich getäuscht
hätte und Du zu unserer Familie gehörtest, — mein
Name auch Dein Name wäre; — dann Getraud,
müßtest Du die Meine werden! — doch was sage
ich? — nur dann, wenn Du einen Namen hättest!
nein, denn was gilt ein Name gegen Deinen Besitz! — könnte ein Name der Welt Deinen

Werth haben, Gertraud? — Nein! wer Du daher auch bist — wer Du auch sein magst — uns
trennt fortan Nichts — mein, mein mußt Du werden!"

Glühende Küsse bedeckten des Mädchens Gesicht;
willenlos, marmorbleich, bis zum Tode erschreckt
ruhte sie in seinen Armen. — Sie sah es nicht,
daß die Gestalt, die bis dahin hinter dem Pfeiler
verborgen gewesen, plötzlich vortrat, dicht hinter
Raimund stand und ein von Wuth und Leidenschaft
entstelltes Antlitz zeigte. Eben so schnell, wie der
Mann aber hervorgetreten, wich er zurück, als
Raimund das junge Mädchen frei ließ; Gertraud
hatte deutlich das Geräusch von Schritten gehört,
sie sah sich um, — es war zu spät — ihr Auge
erspähte Niemand! sie unterschied nichts deutlich
in dem tief von den Schatten der Abenddämmerung
umhüllten Seitenraume der Kirche, wo sie sich befanden. Ihre Wangen färbten sich von Neuem, als
Raimund ihre Hand ergreifend, leise sprach:

„Abermals hat mich mein Gefühl hingerissen!
— zürne mir deshalb nicht, Mädchen; denn ich
kann nicht ruhig sein — nicht ruhig werden, bis ich
nicht von Deinem Munde gehört, daß ich in Deinen

Augen wahr gelesen! So sage mir denn, Gertraud, daß Du mich liebst — mich eben so heiß und glühend liebst, wie ich Dich! — willst Du? — willst Du Herz und Hand mir geben — — auf immer und ewig die Meine sein? —, —"

„Mein Herz hast Du, Raimund! das gehört Dir für alle Zeiten, das fühle — das weiß ich!"

„Und die Hand, die ich jetzt mit Gewalt mir genommen und fest halte, willst Du sie einst frei-willig in die meine legen? Versprich mir das hier, — hier an heiliger Stätte, wo wie Du sagst ein Gott uns in seiner Gnade zusammengeführt hat und unsere Seelen sich gefunden haben, — wo au-ßer Gott uns Niemand hört und sieht!"

„Ich kann Dir das nicht geloben, Raimund! — Stehe ich Dir vielleicht auch jetzt, trotz der kurzen Minuten unserer Bekanntschaft, näher wie irgend Jemand auf der Welt, und liebe ich Dich auch mehr, wie ein anderer Mensch auf Erden, so ist es doch möglich, ja vielleicht wahrscheinlich, daß ungeachtet eines gleichen Namens, den wir in Zukunft tragen werden, eine unübersteigliche Scheidewand zwischen uns errichtet sein wird."

„Nein, nein, Gertraud! Was sollte uns scheiden?"

„Unſer Name, Raimund!“

„Das kann er nicht.“

„Ach, Raimund, dann weiß ich es beſſer, wie Du! — Ein Name kann wohl die Herzen trennen, die Gott für einander geſchaffen hat.“

„Ueber ſolche Namen, Gertraud, ſprach ich vor Kurzem einen Fluch aus! Ich beuge mich alſo nicht unter das eiſerne Joch eines Namens! — Das ſchwöre ich Dir, ſo wie ich einſehe, daß dieſe Feſſel mein Herz wund drücken könnte, ſtreifte ich ſie ab, und ſie würde es thun, das fühle ich jetzt ſchon. — Ich zerreiße ſie! ſie ſoll nicht mein Unglück herbei= ziehen — ich will nicht elend durch einen Namen werden, bei Gott im Himmel, ich —“

„Keinen Schwur, Raimund! — ich flehe Dich an! — o, nicht ſolche Worte, die einſt auch in Leidenſchaft ausgeſtoßen, das Elend im Leben meines Vaters herbeigeführt haben. — Laß uns davon ſchweigen! — Höre mich jetzt an und geleite mich dann, wenn Du willſt, zu meinem Vater, er wird Dich ermahnen, Deinen Namen die Opfer zu brin= gen, die dieſer fordert; er wird Dir den Werth eines Namens klar machen!“

Gertraud zog Raimund in einen der Betſtühle;

in gedrängter Kürze erzählte sie ihm dort das Le=
bensschicksal ihres Vaters, seine Hoffnungen, seine
Wünsche; — sie verschwieg nichts, selbst nicht jene
düstere Prophezeihung am Sterbebette ihres Groß=
vaters und eben diese dunkle Stelle in ihrer Ge=
schichte warf Licht in seine Seele, Licht auf jenen
Fremden, der sich ihm in Paris unter falschen Na=
men genähert hatte und Die verdächtigt, die rein
und schuldlos waren.

Wem Raimund nach Getraud's Bericht Glauben
schenken sollte, darüber war er nicht einen Augen=
blick mehr im Zweifel. — Dieses Auge, dieser Mund
konnten nicht lügen! — er sagte ihr Das, und dank=
bar blickte sie ihn an, indem sie freundlich entgegnete:

„Wenn Du mir nun traust, so folgst Du mir
auch wohl?"

„Bis an das Ende der Welt, Gertraud."

Sie verließen den Betstuhl — langsam, gesenk=
ten Hauptes, in tiefes Sinnen verloren schritten
sie mehrere Sekunden stumm neben einander her;
da begegneten sich wieder ihre Blicke — im gegen=
seitigen Anschauen versunken, standen sie sich noch
eine Weile sprachlos gegenüber, dann aber fand ihr
warmes, tiefes und inniges Empfinden Worte und

im Austausch ihrer Gefühle vergaßen sie ihre Absicht, schnell zu Mr. Bookhouse eilen zu wollen.

Der Mann, der sie Beide am Altare belauscht,
— ihr Gespräch behorcht, war ihnen gefolgt, stand
still, wenn sie still standen — als sie endlich gingen,
hüllte er sich fest in seinen weiten Radmantel, zog
den braunen Calabreserhut, den er trug, tief in die
Stirne und schickte sich dann an, auch die Kirche zu
verlassen. Ein Gedanke durchkreuzte seine Absicht;
— in seinem raschen Gange inne haltend, stand er
plötzlich still und murmelte leise vor sich hin: „Bleibt
mir nicht jetzt Besseres zu thun, als diesen beiden
verliebten Thoren zu folgen und mich über ihre
Narrheit zu ärgern? Ja — ja! nun gilt es, schnell
zu handeln, denn nun kann nur Der von uns
Beiden siegen, welcher der Erste in Almarstein ist und — Der muß ich sein —"

Siebenzehntes Kapitel.

Dem Aufbruche Raimund's und Gertraud's hatte nicht allein jener Mann am Pfeiler voll Sehnsucht entgegengesehn, sondern während der letzten Viertelstunde schien noch eine andere Person in der Kirche viel daran gelegen zu sein, daß die Unterredung der Beiden ein Ende nehmen möchte. Es war jene große, schlanke Dame, die Raimund am Eingange des Domes zuvor gesehen und welche in Begleitung des Baron Hassenbrock fortgegangen. Sie war zurückgekehrt; suchend hatten ihre Blicke so lange die Kirche durchstreift, bis sie endlich in dem dunklern Seitenraume derselben, in einem Betstuhle, Raimund's Gestalt neben der eines jungen Mädchens entdeckt. Voller Discretion war sie zurückgetreten; — im Hauptgange des Domes stand sie längere Zeit harrend, beobachtete nicht die Sprechenden, son-

dern behielt einzig die Ausgänge der Kirche im
Auge. Nur eine Sekunde gab sie einmal diese scharfe
Beobachtung gänzlich auf. Es war, als aus dem
Beichtstuhl im Seitengange plötzlich der Laut einer
Stimme ihr Ohr berührte; unwillkürlich trat sie
dem Platze näher, lauschte athemlos und als sie
dann von Neuem denselben Ton vernahm, ging sie
mit dem leisen Ausruf: „er ist's!" zurück.

Diese Stimme mußte irgend ein Weh in ihrer
Seele wachgerufen haben, denn ihr Gesicht wurde
jetzt noch ernster, noch trauriger.

Nach kurzer Zeit glitt eine zarte, tief verschleierte Frauengestalt aus dem Beichtstuhle; etwas
später trat ein Priester aus demselben; die verschleierte Dame eilte, ohne sich umzublicken, aus
dem Dome, der Geistliche aber schaute mit ernstem,
prüfendem Auge in den umdunkelten Raum des Got-
teshauses — sein Blick streifte die große schlanke
Dame. Augenscheinlich überrascht trat er ihr näher,
rief leise den Namen „Helene!" und als sie ihr Antlitz nach ihm hinwandte, schnell auf ihn zueilte,
fragte er ernst:

„Sie sind noch hier?"

„Ich ging, kehrte aber zurück!" antwortete sie lebhaft.

„Um mich zu sprechen?" — fiel er ihr mit offenbarer Unruhe in's Wort.

„Nein, nein, Vater Hilarius! Denken Sie, ich begegnete vorhin dem Baron Buchenhausen."

„Buchenhausen ist ja in Paris, liebe Helene!"

„Ich sah ihn am Eingange des Domes und gleich einem Blitzstrahl durchleuchtete mich der Gedanke, ihm die Warnung für Neumark zu geben — ihn zu fragen, ob er Etwas von dessen frühern Schicksalen wisse."

„Gut, Helene! — Sprachen Sie ihn?"

„Das war unmöglich, Baron Hassenbrock stand bei ihm; sie schienen sich gerade Lebewohl zu sagen."

„Baron Hassenbrock von Warrenfelde? —"

„Derselbe! Er, dem meine Eltern mich verloben wollen."

„Wie, Helene, das wissen Sie — wissen Sie jetzt schon?" rief der Geistliche lebhaft überrascht aus.

Sie antwortete nicht ohne Bitterkeit: „Ich wußte oder ahnte es vielmehr schon Anfang dieses Jahres, als ich Hülsroden verlassen und mit meiner Tante nach Münster reisen mußte; doch seit Kurzem erst

merkte ich, daß auch Sie, — Sie, theuerster
Vater Hilarius, der Sie bis dahin der Einzige ge=
wesen, auf den ich mich verlassen konnte, sich ge=
gen mich verbündet haben! — und Das war die
schmerzlichste Entdeckung."

„Helene — liebe Helene!"

„O nein, vertheidigen Sie sich nicht!"

„Das will ich auch nicht; aber sagen muß ich,
damit Sie den treuen alten Freund nicht verkennen,
daß zu der Zeit, — um Weihnachten war es, als
ich Ihren Eltern versprach: „meinen Einfluß auf
Sie dahin auszuüben, Sie ihren Wünschen geneigt
zu machen" — ich Sie, liebe Helene, während vier
Jahren nicht gesehen. — Man hatte mir gesagt,
Sie hätten Adalbert Neumark endlich vergessen! —
Daß man sich darin getäuscht, habe ich in den letz=
ten Tagen nur zu deutlich bemerkt und — Helene,
nachdem ich mich davon überzeugt, habe ich Ihnen
wohl heute Nachmittag den Beweis geliefert, daß
ich noch immer Ihr Freund und der Neumark's bin!
Ist es nicht so? —"

„Gewiß, Vater Hilarius! ich weiß es; es über=
mannte mich eben nur mein Gefühl, als ich Haffen=
brock's Sicherheit bemerkte und Ihrer Aller Absichten

7*

gedachte. Ich weiß ja, daß Sie Adalbert und mich nie verlaßen haben und daß Sie auch stets Derjenige gewesen, der meine Eltern an die Bedingungen gemahnt, unter denen ich damals meiner Liebe entsagte, und welche sie so oft — immer wieder von Neuem zu meiner ewigen Qual vergeßen."

„Sie vergaßen sie, Helene, wenn sie den Schmerz Derer sahen, die sich vergeblich um Ihre Hand bemühten."

„O sagen Sie auch „um mein Geld"! Ohne dies große Vermögen meiner Mutter würde ich Ruhe haben — wenigstens mehr Ruhe!"

„Helene, wer Ihr Herz kennt, denkt bei diesem Juwel nicht an das Gold, das Sie erben."

„Ist's aber doch seltsam, daß fast alle meine Bewerber arm sind."

„Sie tragen aber Alle die besten, ältesten, edelsten Namen."

„O erwähnen Sie nicht den Werth der Namen! — Ich kann davon nicht hören, ohne voll Schmerz und Bitterkeit mich daran zu erinnern, daß ich unserm alten Namen mein ganzes Lebensglück zum Opfer bringen mußte. Aber da nun einmal unser Gespräch diese Wendung genommen hat, so laßen Sie

mich die feste Erklärung hinzufügen: ich bringe die=
sem Namen kein zweites Opfer, denn so hoch achte
ich seinen Werth nicht!"

„Es hätte dieser Versicherung nicht bedurft, He=
lene, um mich von der Betheiligung an Plänen ab=
zuhalten, die Ihre Familie zu verfolgen strebt. Als
ich Ihnen heute rieth: Neumark zur schleunigen Ver=
nichtung jener Papiere zu veranlassen — die ich
einst auf Ihre Bitte in meine Verwahrung nahm,
da bemerkte ich, daß Sie ihn noch eben so heiß lie=
ben, wie damals, daß der Gedanke, ihn in Gefahr
zu wissen, Sie eben so tief erschütterte, wie vor
acht Jahren, wo diese Schriften ihn zu verderben
drohten. Seit ich diese Erkenntniß gewonnen, haben
Sie von meiner Seite Nichts zu befürchten!"

„Ich vergebe Ihnen auch jedwede Betheiligung
an den Plänen meiner Eltern um der Warnung
halber, die Sie mir für Neumark ertheilt; möchte
Sie nur noch einmal bitten: „warnen Sie ihn selbst,
der Sie doch genauer die ihm drohende Gefahr ken=
nen."

„Wenn meine Warnung von dem Gewichte sein
könnte, wie die Ihrige, liebe Helene, so würde ich
nicht zögern. Meine Worte würden aber nie solchen

Einfluß haben; denn ich vermöchte nur zu bitten, während Sie das Recht des Verlangens besitzen und — von diesem Rechte machen Sie Gebrauch!"

„Nein, das thue ich nicht, — ich beschränke mich auch nur auf einfache Bitte."

„Weil er Sie bat, weil er nicht forderte, daß Sie die Idee: in's Kloster zu gehn, aufgeben sollten?"

Helene schwieg. Erregter und dringender fuhr der Geistliche fort: „Bitten Sie und — fordern Sie! Er versprach Ihnen einen Gegendienst, — machen Sie Gebrauch von diesem Ihnen verpfände-ten Worte, denn es ist zu seinem Nutzen! — Droht ihm auch vielleicht augenblicklich nicht solche Gefahr, wie ich vor einigen Stunden fürchtete, so ist Vor-sicht dennoch anzurathen."

„Wie? Sie glauben, die dringende Gefahr, von der Sie vorhin sprachen, sei beseitigt? — O, Gott sei Dank!"

„Liebe Helene, zu solchem Ausrufe gab ich Ih-nen keine Veranlassung! Ich sage im Gegentheil, Vorsicht ist gut! — Steht ein Gewitter am Him-mel — wer kann genau bestimmen, wann es sich

entladet — wer kann die Folgen wissen, die es nach
sich zieht?"

„Aber Sie sagten doch, ihm drohte kein solche
Gefahr mehr."

„Ich hoffe, daß ihm Zeit bleibt, Ihre Warnung
zu beherzigen! Jene Dame nämlich, die mich so schlau
über Neumark's Aufenthalt in Hülsroden, — über
seine Untersuchung und flüchtige Inhaftirung auszuforschen strebte, die vor einigen Tagen ebenso plötzlich aus Münster verschwand, wie sie hierher gekommen, — sie ist jetzt von ihrer Reise nach dem
Sauerlande zurückgekehrt."

„Wer weiß, ob sie dort war! O vielleicht irrten
Sie."

„Sie war dort, Helene! verlassen Sie sich
auf mich! — Ich ließ die Dame in Neumark's Interesse zu genau beobachten; — so erfuhr ich denn
heute Mittag, daß sie in Arnsberg, in Brilon, in
Meschede gewesen, — daß sie viel mit dem schlech-
testen und verderbtesten Subjekte der ganzen Auf-
rührerschaar des Sauerlandes gesprochen. Sie hat
behauptet, ihn als Bedienten engagirt zu haben;
doch eben dieser Mensch, Namens Jakob Schrötter,
hat sie vor drei Tagen verlassen und sich nach Al-

marstein begeben. Das Alles ist verdächtig, — noch
verdächtiger, daß sie jetzt plötzlich wieder hier ist."

„Sie fürchten wohl, daß sie zurückgekommen,
um ihren Begleiter von ihren Erfolgen in Kennt=
niß zu setzen?"

„Gewiß einzig nur aus dem Grunde! — wüßte
ich nur, warum dieser Mensch überhaupt hier in
Münster zurückgeblieben ist."

„Wüßte man nur seinen wahren Namen."

„Ich erfuhr ihn, darf ihn aber leider nicht ver=
rathen."

„O, lieber theurer Vater Hilarius, nennen Sie
mir diesen Namen! bedenken Sie, von welchem
Werthe es sein kann, wenn ich diesen Namen dem
der Gräfin beifüge! vielleicht ist er Neumark oder
Buchenhausen bekannt und sie wissen dann, daß es
unwahr, daß der Mann ihr Sekretair und Ge=
schäftsführer ist."

„Daß er nicht ihr Sekretair — steht fest. Um
zu wissen, daß diese Angabe falsch ist, braucht man
ihn nur flüchtig gesehen zu haben."

„Sein Name? O nennen Sie mir seinen Na=
men!"

„Als Mr. Johnson stellte sie ihn mir vor!"

„Das ist ja aber sein falscher Name! Sie sagten mir doch vorhin, daß die Gräfin ihn einmal anders genannt und sie, sowie der Mann darüber so erschrocken gewesen wäre."

„Allerdings sagte ich das; indessen auch, daß ich leider nicht auf den Namen geachtet hätte."

„Sie wissen ihn aber doch jetzt! o bitte — nennen Sie mir diesen wahren Namen!"

„Keine vergeblichen Bitten, Helene! — was ich sagen durfte, sagte ich; — von Dem, was mein Amt mir zu verrathen verbietet, kommt keine Sylbe über meine Lippen! es giebt Geheimnisse, die heilig — unantastbar sind. — Sagen Sie mir lieber, wann wollen Sie mit Baron Buchenhausen reden? — Das ist jetzt das Wichtigste."

„Ich hoffe, ihn in den nächsten Minuten sprechen zu können."

„Hier im Dome? — ich sehe Niemand und er ist doch nicht schon fort?"

„Er ist noch darin — ich beobachtete stets die Ausgänge."

„Helene! — täusche ich mich nicht, so kommt er dort."

„Er ist es!"

„Eine Dame iſt bei ihm.“

„Ich ſehe es! — Iſt ſie eine Unbekannte, ſo ſoll
ſie mich nicht verhindern, mit ihm zu reden.“

„Nur Vorſicht, mein Kind.“

Helene trat lebhaft einige Schritte vor, — Raimund und Gertraud blieben in dem Augenblicke ſtehen
— Helene wollte ihnen entgegen eilen, da aber zog
die Hand des Prieſters ſie ſchnell zurück.

„Helene! Dort hinter Buchenhauſen, am letzten
Pfeiler, ſah ich ſoeben die Geſtalt jenes Mannes
auftauchen, deſſen Namen zu erfahren ſo viel Werth
für Sie hat.“

„Wo?“ rief das Mädchen haſtig, „ich ſehe Nichts.“

„Er trat in demſelben Moment hinter den Pfeiler zurück, als Buchenhauſen ſtehen blieb.“

„So hat er gewiß Urſache, ſich vor ihm zu verbergen.“

„Wahrſcheinlich, ich vermuthete es ſoeben.“

„Und ebenſo ſicher iſt, daß er ihn belauſcht hat.“

„Theilen Sie Buchenhauſen Ihren Verdacht mit.“

„Um jeden Preis muß ich aber jenen Mann jetzt
ſehen und ſprechen.“

„Wie wollen Sie das bewerkſtelligen?“

„Ich weiß es nicht! Gott wird mir beistehn, ein Mittel zu ersinnen."

„Wenn Sie es können, so reden Sie mit ihm! suchen Sie ihn auszuforschen. Er ist gefährlicher, als die Gräfin, mir scheint, daß er eine Privatrache im Auge hat."

„Heilige Jungfrau — wie soll ich es aber anfangen, seine Pläne zu erforschen."

„Nur nicht muthlos, Helene! — Vor acht Jahren, als Mädchen von kaum zwanzig Jahren, retteten Sie durch Ihre Klugheit und Unerschrockenheit nicht allein Neumark, sondern hunderte von Menschen. Damals gelang Ihnen, zwei aufmerksame Gerichtsbeamte zu täuschen — warum sollten Sie heute nicht, wenn Sie klug und vorsichtig zu Werke schreiten, einen Menschen entlarven, von dessen Plänen Sie durch mich wenigstens so viel wissen, daß es Ihnen Anhalt zu Fragen geben kann."

„Am Willen, es zu thun, wird's nicht fehlen. — Wann aber soll ich mit Buchenhausen sprechen?"

„Jetzt ist es dann unmöglich. Vielleicht finden Sie morgen Gelegenheit, oder Sie schreiben an ihn und Neumark."

„Vater Hilarius, Sie thun als ob Das etwas

überaus Leichtes sei, daß ich ungesehen einen Brief
schreibe. Wie ich beobachtet werde, ahnen Sie kaum,
namentlich seitdem jetzt meine Eltern in Münster
sind, habe ich nicht eine Sekunde für mich allein
und nur in die Kirche läßt man mich unbeobachtet
gehen. — Was ich sagen soll — daß ich heut so
lange ausgeblieben — ich weiß es noch nicht."

„Das weiß ich auch nicht, Helene! — nur Das
kann ich Ihnen sagen, auf mich können Sie sich fest
verlassen. Wann und wo ich Ihnen zu dienen vermag — zu jeder Zeit, zu jeder Stunde bin ich bereit. Doch jetzt leben Sie wohl! Buchenhausen und
jene Dame kommen und der Beobachter am Pfeiler
verläßt langsam und behutsam seinen Platz."

„Noch ein Wort! Die Dame, die vorhin aus jenem Beichtstuhl trat, war —"

„Gräfin Berniczecka — Casimira von Berniczecka."

„Ich werde den Namen nicht vergessen."

„Kennen Sie die Dame an Buchenhausens Arm?"
„Nein!"

„Es wäre aber vielleicht wichtig, zu erfahren wer
sie ist."

„Wenigstens wichtig, ob er sie begleitet, damit man weiß, wo er zu treffen."

„So hoffen Sie, ihm heute noch Nachricht geben zu können."

„Ich weiß noch nichts Bestimmtes, ich möchte nur für alle Fälle gesichert sein und keinen Vortheil außer Acht lassen."

„Gut! So will ich denn versuchen, zu erfahren, wohin Buchenhausen sich wendet und bevor Sie heute Abend zu Ihrer Tante Seeveldt gehen, sollen Sie Nachricht haben, ob mir Das gelungen ist."

„Und sende ich Ihnen ein Buch mit, so nehmen Sie Das als Zeichen, daß ich ihn heute noch sprechen muß; — Sie schicken ihm alsdann die Botschaft."

„Ich würde ihn dringend bitten lassen: die Soirée Ihrer Tante zu besuchen."

„Es würde die beste Gelegenheit sein, ihn zu sprechen."

„Die beste wäre, wenn Sie ihn ganz ungesehen sprächen, Helene."

„Das soll morgen geschehen, wenn heute nichts Wichtiges zu thun bleibt."

Der Priester entfernte sich, — Raimund und

Gertraud näherten sich Helene; Ersterer betrachtete sie prüfend, es schien ihn zu überraschen, sie, die bei seinem Eintritt in den Dom die Kirche verlassen, jetzt wieder darin zu treffen. Zögernd stand er eine Sekunde still und sein Warten machte sie einen Moment schwanken, ob sie nicht in dem Augenblick mit ihm reden solle; doch ein Blick auf die dunkle Gestalt im tiefen Hintergrunde der Kirche, die langsam vorschritt, ließ sie bei ihrem frühern Entschlusse beharren. An Raimund vorübergehend zog sie einen dichten Schleier vor ihr erglühendes Antlitz und leise flüsterte sie ihm zu: „Baron Buchenhausen, verlassen Sie jetzt so schnell wie möglich die Kirche; doch morgen vor der Messe seien Sie hier an dieser Stelle!"

Er hatte weder Zeit zu antworten, noch die kleinste zustimmende oder verneinende Bewegung zu machen; er befolgte aber ihren Rath und eilte rascher dem Ausgange der Kirche zu.

Helene Omberg, welche die hinter Raimund herschleichende Gestalt nicht mehr außer Augen gelassen, sah deutlich, daß sie plötzlich in ihrer Verfolgung inne hielt. Mehr zu unterscheiden erlaubte ihr der Vorsprung eines Pfeilers nicht, dem die

Gestalt nahe getreten; es war ihr aber, als ver=
nehme sie leis gemurmelte Worte.

Einen Moment hielt auch sie in ihrem Gange
jetzt inne; sie wandte den Blick zurück, Raimund
und Gertraud hatten die Kirchthüre erreicht; — als
diese sich hinter Beiden geschlossen, stand Helene
Omberg dem Manne gegenüber, dessen Name ein
ebenso tiefes Dunkel umhüllte, wie seine Thaten!

Achtzehntes Kapitel.

Es giebt Physiognomien, die unser Gefühl oft mehr verletzen können, als beleidigende Worte, — Physiognomien, die einen so heftigen moralischen Ekel erregen, daß man schaudernd vor ihnen beim flüchtigsten Anblick zurückweicht und sie nie — nie wieder erblicken möchte! — Nicht ist bei derartigen Gesichtern die Häßlichkeit der Form und Züge, die das bewirkt, sondern der aus dem tiefsten Innern sich mit Macht Bahn brechende Ausdruck der niedrigen Gesinnung, der uns vor Dem erbeben macht, was zwar in der Seele verschlossen ruht, aber doch in jeder Linie des Gesichts mit Flammenschrift geschrieben steht und durch nichts zu verdecken oder zu verwischen ist.

Eine solche Physiognomie besaß der Mann, dem Helene Omberg gegenüberstand. Sie schauderte einen

Augenblick vor diesem Gesichte zurück, — sie erbebte
vor dem Gedanken: „mit einem solchen Menschen zu
reden." Im nächsten Momente entsann sie sich dessen,
was sie zu ihm geführt und die Erinnerung an ihre
Liebe bewältigte nicht allein das Entsetzen, sondern
auch ihren Abscheu, und ihre tiefe gewaltige Erregung beherrschend, fragte sie mit Ruhe und Sicherheit:

„War es Recht von Ihnen, die Gräfin Casimira
Berniczecka über den Baron Buchenhausen zu vernachlässigen? — sie, die doch wohl nur Ihretwegen
heut Abend in diese Kirche gekommen, nicht einen
Moment zu beachten und einzig den Baron zu beobachten?"

Der Mann starrte die Fragerin fast entsetzt an
sein Gesicht verrieth aber nur augenblicklich eine
lebhafte Ueberraschung, dann zeigte jeder Zug die
kaltblütige Ruhe und Entschlossenheit eines Menschen,
der darauf bedacht ist, sich durch Nichts erschüttern
zu lassen und eine Fassung zu bewahren, durch
welche er immer seinen Vortheil gesichert sieht. —
Mit scharfem Blick die aristokratische Erscheinung
der ihn anredenden Dame musternd, entgegnete er
mit gleicher Ruhe und vollkommenster Unbefangenheit:

„Ich bemerkte weder die Gräfin, noch den Herrn, — ich betete!"

Flüchtig berührte er seinen Hut und ohne ein weiteres Wort ging er an Helenen vorüber.

Helene Omberg gehörte nicht zu den Naturen, die leicht von einem Plane abstehen und schnell muthlos werden; sie war von früher Jugend an zu einem schweren Kampfe gegen das eigene Herz, zu einem bittern Kampfe gegen die Verhältnisse, in welchen sie lebte, verurtheilt gewesen, da diese einer im tiefen Innern ihrer Seele fest wurzelnden Liebe durchaus ungünstig waren. Immer gezwungen, Gefühle streng zu beherrschen, Umstände zu berücksichtigen, hatte sie sich eine seltene äußere Ruhe angeeignet und zu gleicher Zeit daran gewöhnt, kleine Nebendinge nie wegen der großen Hauptsache, mit der sie in Verbindung standen, zu vernachlässigen. In manchen schwierigen Lagen des Lebens war ihr diese gewonnene Ruhe und Umsicht schon zu Statten gekommen und auch in dem gegenwärtigen Augenblicke brachte diese Selbstbeherrschung und richtige Erkenntniß ihr Vortheil.

Indem sie daher die Einsicht gewann, daß sie Denjenigen, der sich ihr entziehen wollte, nicht zurückhalten konnte, ohne Verdacht zu erregen, bemühte sie sich, ein Mittel zu ersinnen, ihn freiwillig zu sich zurückzuführen.

So machte sie denn nicht die leiseste Bewegung, ihn aufzuhalten, schlug nur schnell ihren dichten Schleier zurück, um seine Person so genau wie mög= lich zu sehen und durch getreue Beschreibung seiner äußern Erscheinung die ihr mangelnde Angabe seines Namens ersetzen zu können.

Wie sie richtig berechnet, daß ihre Gleichgültig= keit gegen sein Entfernen ihn überraschen würde, baute sie ebenfalls keine vergebliche Hoffnung auf eine neue Anrede, welche sie so einzurichten suchte, daß sie seine Neugierde und den Wunsch, mehr zu erfahren, erregen mußte. — Kaum bemerkte sie, daß sein Schritt langsamer und zögernder wurde und er sich verstohlen nach ihr umsah, rief sie ihm zu: „Mr. Johnson, noch ein Wort! — Eine Warnung für Ihre Verbündete!"

Er hielt inne und wandte sich zu ihr; sie näherte sich ihm und forschender ruhte sein Auge jetzt auf ihrem entschleierten Antlitz. Was er erblickte konnte ihn nur für sie einnehmen! — er sah das klarste schönste Auge, ein etwas bleiches, aber unendlich

feines interessantes Gesicht, dessen Züge zu deutlich
einen edeln Charakter verriethen, als daß er nur
einen Moment an der Echtheit dieses Ausdrucks
hätte zweifeln können. So übte denn des Mädchens ernste anziehende Erscheinung ihren Einfluß
auf ihn aus, seine rohe Natur erlag unwillkührlich
der Macht weiblicher Würde und er fragte ehrerbietig: „Haben Sie vielleicht einen Auftrag an mich
auszurichten?"

„Ich wollte Ihnen eine Warnung für Gräfin
Berniczecka geben, doch offen gestanden flößte mir
Ihr Benehmen von vorhin wenig Zutrauen ein und
ich glaube fast, ich würde erst dann weiter mit Ihnen
reden, wenn Sie mir Beweis geliefert, daß ich Sie
in falschem Verdachte habe."

„Ich Ihnen Beweis geben, daß mir zu trauen
ist? — Seltsam!" er lächelte und setzte dann ernst
hinzu: „Welche Garantie habe ich, daß Ihnen zu
trauen ist? —"

Helene zuckte leicht die Schultern und entgegnete
nachlässig, mit einer Art von Mitleid im Ton:
„Nach Allem, was ich von Ihnen gehört, hielt ich
Sie für rascher von Begriff; ich glaubte, Sie würden hinreichende Sicherheit für meine Person in

den Worten: „Almarstein, Neumark — wichtige
politische Verhältnisse" finden; indessen —"

„Verzeihung, daß ich Sie unterbreche!" rief er
lebhaft, „von diesen Worten erwähnten Sie bisher
keines!"

„Nannte ich aber nicht die gleich bedeutungsvollen
Namen der Gräfin Berniczecka und des Baron Buchenhausen, — rief ich Sie nicht mit dem Namen
der doch nicht Ihr wahrer ist und der —"

„Sie haben Recht! Sie thaten genug, mich zu
überzeugen, daß Sie eine Eingeweihte unserer Geheimnisse sind. Ich traue Ihnen darum auch vollkommen! Sagen Sie daher, was Sie zu mir geführt."

„Ich erwähnte bereits, daß Ihr Verbergen vor
der Gräfin, dort hinter jenem Pfeiler, mir Verdacht
eingeflößt."

„Verbannen Sie ihn! ich versichere Sie, daß
ich mich vor der Gräfin nicht verbarg."

„Sie beteten aber auch nicht!"

„Nein!"

„So fesselte Sie Baron Buchenhausen."

„Gewiß, und sagten Sie das der Gräfin, Sie
würde nichts Auffallendes darin finden; sie weiß,
daß mich nicht der Grund veranlaßt, in den gehei-

men Versteck des Almarsteiner Schlosses einzubrin=
gen, der sie dahin führt. Mich leitet kein politischer
Zweck, — ich habe eine Privatangelegenheit zu be=
sorgen und sie hängt einzig mit dem Baron Bu=
chenhausen zusammen, die Gräfin aber — —"

Der Redende vollendete seinen Satz nicht, ihn
überraschte die gespannte Aufmerksamkeit seiner Zu=
hörerin bei Angaben, die ihr, — wenn sie eine
Eingeweihte war, — hinlänglich bekannt sein muß=
ten, er entdeckte eine so unverkennbare Todesangst
im Blick, er sah ein so tiefes Erbleichen, daß er
sie fast entsetzt anstarrte.

Helene erkannte in demselben Moment, wo See=
lenangst sie ergriffen, ihren begangnen Fehler, sich
nicht hinlänglich beherrscht zu haben, — machte ihn
aber dadurch wieder gut, indem sie mit vollkom=
menster Fassung rasch des Sprechers unvollendeten
Satz beendete und ruhig sagte: „Die Gräfin hat
bei ihren Plänen nur den Verwalter Adalbert Neu=
mark im Auge; doch —" fügte sie lebhaft und be=
sorgt hinzu: „ich fürchte, sie geht zu unvorsichtig
zu Werke. Sie ist Polin, daher feurig und leben=
dig, sie interessirt sich für die Politik mehr als gut
ist, die Zeitereignisse reißen sie mit sich fort und sie

begiebt sich in Gefahren, die ihr vielleicht größern
Schaden zufügen können, als sie ahnt!"

Der Verdacht, der dem Manne gekommen war,
verschwand bei diesen Worten Helenens; er schob
die Angst, die sie verrathen, der Besorgniß um die
Gräfin zu; dann schien ihm plötzlich Etwas einzu-
fallen, das außer dem Bereiche ihres Gespräches
lag. Er lächelte schlau, machte verschiedenemale den
Ansatz zum Sprechen, hielt immer wieder inne und
sah aus wie Jemand, der seine innersten Gedanken
nicht in passende und richtige Worte zu kleiden vermag; endlich fragte er mit einem leichten Anfluge
von Verlegenheit:

„Glauben Sie wirklich, daß die Gräfin bei ihrem
Plane auf Almarstein nur jenen Herrn Neumark
im Auge hat?"

Helene vermochte auf diese Frage Nichts zu er-
wibern, — alle Verhältnisse der Gräfin waren ihr
unbekannt, sie wußte nur, daß diese Frau auf schlaue
und hinterlistige Art, auf offene und unbefangene
Weise den Pater Hilarius über Neumark ausge-
forscht. Um ihre Unwissenheit zu verbergen, er-
wählte sie die klügste Maaßregel — sie schwieg und
überließ es dem Frager dieses Schweigen nach sei-

nem Gefallen zu deuten. Er that es in der für sie
vortheilhaftesten Weise, — hielt sie für discret und
fügte dringender hinzu:

„Sie werden mir vielleicht antworten, wenn ich
Ihnen sage, daß ich Gräfin Berniczecka in Paris
zu der Zeit kennen gelernt, als sie dem Baron
Buchenhausen jeden Tag ein duftendes Billet auf
rosa Papier sandte. Dieses kleine Geheimniß entdeckte sich mir durch Zufall. Ich beobachtete ihn,
dessen Thun und Handeln, dessen Wesen und Gesinnung von Interesse für mich waren und eben,
weil ich ihn nicht außer Augen ließ, blieb mir seine
Correspondenz mit der Gräfin nicht verborgen, sowie auch später der Umstand, daß dieser Briefwechsel aufhörte und zwar zuerst von seiner Seite aufhörte! — Den Grund ihrer Feindschaft strebte ich
nicht zu erforschen und auch jetzt ist er ohne Interesse für mich! — nur wissen möchte ich, ob
sie nicht bei ihrem Plane auf Almarstein mehr dem
jungen Freiherrn zu schaden beabsichtigt, als jenem
Verwalter."

„Ich glaube das Letztere."

„Sie haßt aber den Baron jetzt ebenso glühend,

wie sie ihn damals liebte und nie wird sie es ihm vergeben, daß er sie zurückgewiesen."

„That er das, so kann er allerdings nicht auf ihre Vergebung rechnen, denn eine beleidigte Frau, ist immer gefährlich."

„Er hat sie beleidigt, indem er sie zurückgestoßen, als sie sich ihm von Neuem genähert; es war am Tage vor seiner Abreise von Paris und nach jenem verfehlten Versöhnungsversuche von ihrer Seite lernte ich sie kennen. — Sie fiel auf der Schwelle seines Hôtels in Ohnmacht — ich trug sie in einen Fiaker, brachte sie nach Hause und — — —" Er hielt inne.

„Und da Sie ihre kleinen Geheimnisse kannten," fiel Helene ein, „so veranlaßte das, das Anver= trauen größerer."

„So war es! Wir verbündeten uns zu gemein= samem Ziele, wenn auch der Zweck ein verschiedener; denn Gräfin Berniczecka behauptete fortgesetzt: „nur in Besitz wichtiger politischer Dokumente kommen zu wollen, die Baron Buchenhausens Verwalter ihr vorenthalte. — Sagen Sie mir übrigens, in welchen Beziehungen Sie zu unsern Plänen stehen?"

„Ich glaube nicht nöthig zu haben, sie Ihnen

zu nennen. Mag Ihnen die feste Versicherung genügen, daß sie mit Ihren Absichten in gar keinem
Zusammenhange sind."

„Das glaube ich Ihnen um so mehr, weil es
unmöglich anders sein könnte. Wann kehrte aber
die Gräfin zurück?"

„Heute! Ueberrascht Sie ihre schnelle Rückkehr
nicht?"

„Nein, ich sagte ihr schon voraus, daß sie nicht
so lange Zeit brauchen würde, wie sie dachte; —
die Aufregung in jenen Gegenden des Sauerlands
mußte ihr bei ihren Absichten zu Statten kommen."

„Sie hat sich dort mit einem Hauptanführer
verbündet."

„Das ist jedenfalls gut, er kann ihr wiederum
die brauchbarsten Männer empfehlen."

„So beabsichtigen Sie also einen eigentlichen
Ueberfall auf Almarstein."

„Ich hoffe, daß es ohne solchen und im Gegentheil sehr friedlich und ruhig abgeht; die Gräfin
wollte sich aber für alle Fälle sichern, eine Schaar
tüchtiger Männer anwerben und — ich ließ sie gewähren, indem Vorsicht nie überflüssig." —

„Warum begleiteten Sie sie nicht?"

„Mich fesselte eine Privatangelegenheit in Münster — ich wollte nachkommen, so wie ich hier mit
meinen Beobachtungen fertig."

„So ist sie jedenfalls jetzt nur gekommen, um
Sie zu holen!"

„Wahrscheinlich, da ich das leichteste Mittel besitze, in's Innere des Schlosses zu gelangen. Sind
Sie übrigens vielleicht·von ihr beauftragt, mich von
ihrer Rückkehr zu benachrichtigen? —"

· „Nein! Ich wußte nur, daß sie Ihnen vertraut;
— mir mangelte dieses Zutrauen zu Ihnen und
ich habe Sie daher einfach im Interesse der Almarsteiner Angelegenheit beobachtet, die auch für
mich von der höchsten Wichtigkeit ist." ·

„Trauen Sie mir jetzt?"

„Ich bin überzeugt, daß Sie es mit der Gräfin
gut meinen, ihr helfen werden, wo Sie können und
mit einer Energie Ihre Absichten verfolgen, welche
ihren Verbündeten Nichts zu wünschen übrig lassen
wird."

„Das hoffe ich und noch mehr! ich hoffe, schneller handeln zu können, als ich noch vor wenig
Stunden gedacht!"

Wieder war es die Angst um Neumark, die Helenens Geistesgegenwart wankend machte. Blässe
bedeckte ihr Antlitz bei den Worten des Mannes,
dieses Erbleichen frappirte ihn ebenso, wie ihr Ruf:
"Handeln Sie nicht zu schnell!" — das war kein
Ton der Warnung — es war der unverkennbare
Laut heftigster Seelenangst! — Abermals erkannte
sie, daß ihr Gefühl sie übermannt und war auch
ihr Versuch, den offenbaren Verdacht des Mannes
zu beschwichtigen, schnell gemacht — gab sie für ihr
Zittern den Grund an, daß es so eisig kalt in der
Kirche sei — sie bemerkte deutlich, er hatte das
Zutrauen zu ihr verloren. — Momentan erbebte
sie bei dem veränderten Ausdruck seines Gesichts;
erschrak vor der Wildheit seines Aussehns und beruhigte sich nur bei dem Gedanken, daß ihr Diener
sie vor der Kirchthüre erwarte und ihr Wagen in
der Nähe sei. Mit dem Ausruf: "Ich muß jetzt
fort!" schritt sie langsam und ruhig dem Ausgange
der Kirche zu.

Der Mann folgte ihr, verließ sie auch nicht vor
der Kirche. Als sie ihren Wagen erreicht, wandte
sie sich zu ihm und sagte mit fester Stimme: "Leben Sie wohl!"

„Ich bitte Sie, mich zur Gräfin Berniczecka zu begleiten!" entgegnete er ernst.

„Ich gehe nicht zu ihr!" erwiderte sie ruhig, „und unsere Wege trennen sich hier. Sehen Sie die Gräfin, so rathen Sie ihr Vorsicht; sagen Sie ihr, Adalbert Neumark habe ebenso treue Freunde, wie böse Feinde und es sei noch durchaus unent= schieden, wer von ihnen siegen würde."

„Zu welcher Zahl gehören Sie?" rief er heftig und finster.

Helene blieb die Antwort schuldig, setzte ihren Fuß auf den Tritt des Wagens, dessen Schlag ihr Diener geöffnet hatte. Eine Sekunde schien der Mann die Absicht zu haben, sie zurückhalten zu wollen; jedoch ein prüfender Blick auf Kutscher und Bedienten, die Beide Söhne des westphälischen Lan= des, trefflich durch ihre herkulischen Gestalten das Geschlecht der alten Hünen repräsentirten, — ließ ihn sich eines Bessern bedenken. Er trat zurück — der Wagen rollte fort. — Nachdenklich schaute er ihm nach und ihn beschäftigte die Frage: „Gehört sie zu Neumark's Feinden oder Freunden?" Je län= ger er an ihre letzten Aeußerungen dachte, desto fester hielt er sich von Ersterm überzeugt; und um Ge=

wißheit zu erlangen, eilte er zu der einzigen Person, die sie ihm zu verschaffen vermochte, — zur Gräfin Berniczecka. — — —

Die Gräfin gab ihm Aufklärung und sein Zorn war so heftig, daß sie ihn kaum zu beruhigen vermochte; er legte sich erst etwas, als er eine Stunde später an Gräfin Berniczecka's Seite in einer Extrapost Münster verließ und sie ihm heiter zurief:

„Fürchten Sie Nichts, Mr. Waltram! wir bösen Feinde kommen den treuen Freunden zuvor und es ist bereits so gut wie entschieden, daß wir siegen werden!"

Um dieselbe Zeit, wo Gräfin Berniczecka diese Worte aussprach, übergab Helene Omberg dem Boten des Pater Hilarius ein Buch.

———

Neunzehntes Kapitel.

Im Salon der Gräfin Seeveldt beherrschte am Abend des vierten April nicht wie in der letzten Zeit so häufig das Thema der Politik die Unterhaltung, sondern jedes wichtige Zeit- und Tagesereigniß war durch die Nachricht verdrängt worden, daß der Freiherr von Buchenhausen auf Almarstein seine Verlobung mit Comteß Imhoff aufgelöst habe.

Den Herrn des Hauses hatte Graf Imhoff vor Beginn der Soirée aufgesucht; er hatte seinem alten Freunde das seine Familie betreffende unangenehme Ereigniß selbst mitgetheilt, ihn gebeten, die Nachricht am Abend seinen Gästen nicht vorzuenthalten und hinzugefügt, daß er die Stadt am nächsten Tage zu verlassen gedenke und erst nach Münster zurückkehren wolle, wenn der Kreis der Verwandten und

Bekannten sich über die Sache hinlänglich ausgesprochen und beruhigt habe.

Zum hinlänglichen Aussprechen kam es schon an
demselben Abend; doch — von Beruhigung zeigte
sich keine Spur! — Endlosen Unterhaltungsstoff bot
dieses unvermuthete Ereigniß! — immer von Neuen
ging ein Mitglied der Gesellschaft nach dem andern
zum Grafen Seevoldt und bat um Wiederholung der
Aeußerungen des Grafen Imhoff.

Graf Seevoldt war und blieb an dem Abend
trotz seiner grauen Haare, — trotz seine vier verheiratheten Söhne und längst vermählten Töchter,
trotz seiner Schaar Enkel — der gesuchteste Mann
— der Held seines eigenen Salons. Er war nicht
allein ein liebenswürdiger alter Herr, sondern auch
ein geduldiger Mann; unverdrossen wiederholte er
daher zum zwanzigstenmale ein und dieselbe Sache
und als er zum fünfzigstenmale den Grund anführte,
der Baron Buchenhausen bewogen, sein Bündniß
mit Comteß Imhoff zu lösen, sagte er, was er das
erste Mal geäußert: „Graf Imhoff behauptete, daß
Baron Buchenhausen ihm versichert, seine Braut
nicht zu lieben."

Kopfschüttelnd verließ man nach dieser Nachricht

ben Grafen, ging entweber still und nachbenklich an
seinen frühern Platz zurück oder suchte Diejenigen
auf, mit benen man noch nicht über das Ereigniß
seine Ansichten und Meinungen ausgetauscht hatte.
Aller Ansicht und Meinung ging aber dahin, wie
außergewöhnlich es sei, daß ein Bräutigam solches
Bekenntniß dem Vater der Braut ablege; und wie
noch nie dagewesen der Fall, daß ein Vater solchen
Grund offen nenne. Das allgemeine Urtheil lautete:
„Graf Imhoff bewährt sich auch in diesem Falle als
ein Mann von Ehre und Charakter, der er sein
ganzes Leben hindurch gewesen; er weicht selbst da
nicht vom Recht und der Wahrheit ab, wo die
kleinste Uebertretung ihm Vortheil bringen könnte.“

Hie und da hätte man, um der Sache Reiz zu
verleihen, gern sogleich den einfachen Grund variirt.
Es ging nicht! Der Berichterstatter war an Ort
und Stelle; und entweder verbesserte er jede Abweichung selbst oder die anwesenden Wahrheitslie-
benden, welche die Irrfahrten aus dem Gebiete der
kahlen Wirklichkeit bemerkten, führten die vom rechten Wege Abspringenden mit Beharrlichkeit wieder
auf die einfache Thatsache zurück.

Als der Abend mehr vorgeschritten, die Gesell-

schaft sich vergrößert, da war auch die einfache
Thatsache bereits in dem unendlichen Ocean der
Vermuthungen untergegangen und hundert Gründe
waren um die Zeit schon aufgefunden: „die Baron
Buchenhausen veranlaßt — die Graf Imhoff bewo-
gen, die Verlobung zu lösen."

Namentlich hatte die Sache durch Baron Hassenbrock eine andere Wendung erhalten; er war der
Einzige, der Buchenhausen an dem Tage gesehn und
gesprochen, — ihm hatte der Verlobte gesagt: „daß
er sich fortan in Almarstein vergraben würde, —
daß er eine so wichtige Reise vorhabe, die ihm keinen längern Aufenthalt in Münster gestatte."

Weshalb Buchenhausen reiste, — warum er sich
auf seinem einsamen Gute vergraben wollte — Das
hatte er zum Segen aller unermüdlichen Forscher-
naturen nicht hinzugefügt. Das suchte Diese zu ergründen und natürlich brachten sie Das mit Paris, —
mit Gräfin Imhoff und mit jener schönen Fremden
in Verbindung, mit der Viele Buchenhausen in den
letzten acht Tagen häufig Abends im Dome gesehen
haben wollten.

Es half dem Baron Hassenbrock nicht, zu ver-
sichern, daß Buchenhausen erst an dem Tage nach

Münster gekommen sei — Alle, die sich in seiner Person getäuscht und ihn mit Waldemar Bookhouse verwechselt, — sie behaupteten entschieden: „sich nicht geirrt zu haben." Haffenbrock, der noch nie in seinem Leben einen Irrthum eingestanden, entschloß sich sogar zur Angabe: „Baron Buchenhausen selbst mit jenem Fremden verwechselt zu haben" — auch dieses Wunder in den Analen seiner Lebensgeschichte blieb ohne Wirkung! — — — Raimund von Buchenhausen war und blieb in den Stunden Held so vieler verschiedener Abenteuer und Romane, wie sie in Wirklichkeit zu bestehen und zu spielen Jemand in zehn Menschenaltern schwer gefallen sein würde.

Unter all den Personen der Soirée, die entweder im Gebiete der Phantasie so blühende Resultate erzielten, oder — mit der einfachen Thatsache sich begnügend, diese nach allen Richtungen hin besprachen, befand sich wunderbarer Weise doch ein Wesen, das zu allen diesen Dingen nichts sagte und von der ganzen Angelegenheit so wenig Notiz nahm, wie es alle Menschen in solchen und ähnlichen Fällen des Lebens zum Heil und Segen ihrer Mitbrüder und Mitschwestern thun sollten! — —

9*

Geschähe Das — kultivirte das Menschenge-
schlecht bei solchen Anlässen die Kunst des Schwei-
gens oder die Tugend der Wahrheitsliebe — wieviel Unglück würde dadurch im Leben verhütet werden — — wieviel Schmerz, Leid und Elend würde
dann weniger auf Erden sein! — Nirgends thürmen
sich leichter Berge von Unwahrheiten auf, als im
unaufhörlichen Auf= und Abwogen bildsamer Con-
versationsstoffe — jenem Terrain, das der Phantasie, dem Geist und Witze ein freies Feld bietet.
Möglich ist, daß die Menschheit aus Gesundheits-
rücksichten diese Berge der Unwahrheiten so liebt;
denn „Berge zu ersteigen" räth jeder Arzt als Verbes-
serungsmittel der Lungen und gute Lungen bedarf die
ewig über Jedes und Alles redende Menschheit doch
leider zu nöthig, als daß sie sich ein so leichtes Mittel,
sie zu erlangen, entgehen lassen könnte, — um so
weniger entgehen läßt, da es noch dazu ein Mittel
ist, das sie auf fremde Kosten gebrauchen kann.

Das eine Wesen, welches sich in der Seveldt'schen
Soirée durch Schweigen auszeichnete, — sich gar
nicht um Verbreitung der Gerüchte über Raimund
von Buchenhausen bemühte, war Comteß Helene
Omberg von Hülsroden; und doch hätte sie gerade

mehr reden können, wie alle Andern, denn sie war
die Einzige gewesen, die Raimund wirklich in Be=
gleitung jener schönen Fremden gesehen hatte! —

Helene Omberg haßte Klatscherei und Verläum=
dung; ihre edle, wahre und einfache Natur erhob
sich in Allem über dem Niveau der flachen Alltäg=
lichkeit, — die Menschen standen ihr als Geschöpfe
Gottes zu hoch, als daß sie es vermocht hätte, sie
in den Staub herabzuziehen, ihr Bestreben war:
vollkommner, besser zu werden, sie schauderte vor
dem Gedanken — vor der That zurück, sich selbst
zu erniedrigen! — Helene sprach nur warm und
lebhaft, wenn sie ihre Worte auf dem Fundamente
des Rechts und der Wahrheit erheben konnte, —
sie schwieg stets, wenn es galt, Jemand anzugreifen
oder zu verdammen! — Selbst rein von Herzen
und unbefleckten Charakters, blieb auch Das immer
rein, das sie berührte.

Oft erhob sich an dem Abend ihr ernstes, klares
Auge von den Albums, die sie betrachtete, wenn
immer von Neuen und immer wieder Baron Bu=
chenhausens abgebrochene Verbindung Stoff zum Re=
den gab. Ihr Blick errichtete nicht selten einen
Damm, der die Fluthen der Vermuthungen glücklich

hemmte; zu wiederholten Malen ließ sie es sich auch
angelegen sein, den Gesprächsgegenstand durch ge-
schickte Fragen auf etwas Anderes zu lenken und
mit Gewandtheit in der neu angeregten Bahn zu
erhalten. Sie war liebenswürdig in ihrem Bemühen,
Abwesenden ihren Schutz angedeihen zu lassen; ihr
gewöhnlich bleiches Gesicht röthete sich nicht allein
durch den leichten Aerger über die Consequenz der
Gesellschaft, sondern auch bei ihren Bestrebungen,
den Unterhaltungsgegenstand zu wechseln. Sie war
vielen Sprechens ungewohnt. Seit Jahren einsam
auf dem Lande, meist in kleinem Familienkreise lebend, war ihre einst so regsame lebendige Natur
stiller geworden und ihr Geist, der früher das Be-
dürfniß eines Austausches mit Andern besessen, diesen Genuß aber nur in seltenen Fällen gehabt, hatte
sich nach und nach in diese Entbehrung gefunden
und daran gewöhnt, mehr Beobachtungen zu machen,
als Bemerkungen laut werden zu lassen. So regte
sie lebhafte Unterhaltung denn mehr an und diese
Erregung verlieh ihrem anziehenden Gesichte unge-
wöhnlichen Reiz. Unendlich Viele, die sonst Helene
Omberg nur als hübsch bezeichneten, fanden sie an
dem Abend schön.

Trotzdem von Zeit zu Zeit ihre Bemühungen, die Unterhaltung auf andere Themas zu leiten, augenscheinlich erlahmten und ihre Gedanken unverkennbar weit hinaus über die Grenzen flogen, wo ihr Körper gebannt war, nahm ihre Erregung im Verlaufe des Abends so zu, daß keinem genauen Beobachter entgehen konnte, wie in ihrem Innern nichts von der Ruhe war, die sich in ihrem äußern Wesen kund gab.

An solchem genauen Beobachter fehlte es Helene nicht; es war der Freiherr von Haffenbrock; ihm entging ihr Bestreben, der Unterhaltung andere Wendung zu geben, nicht; — er sah, daß sie stets die Thüre des Salons im Auge behielt; — ihm fiel auf, daß sie jedesmal leicht erbebte, wenn die seidene Portière rauschte, in deren unmittelbarer Nähe sie saß und welche den Eingang eines Kabinets verhüllte, durch den dieser oder jener genauere Bekannte des Hauses unbemerkter in die Gesellschaft schlüpfte. Haffenbrock sah auch deutlich, daß sie immer ängstlicher nach der Salonthüre blickte, immer haftiger sich nach dem Eingange in ihrer Nähe umwandte, immer schärfer die Ankommenden beobachtete, je weiter der Abend vorrückte. Vielleicht war es die

Eifersucht, die des jungen Mannes Auge so schärfte.
Er liebte Helene Omberg oder — vielmehr — er
beabsichtigte, die reiche Erbin zu heirathen! — Voll
Geringschätzung hatte er immer und wieder das Gerücht vernommen, daß Gräfin Omberg den Verwalter ihres Vaters geliebt — voll Geringschätzung
würde er selbst angehört haben, daß sie ihn noch
liebe, denn — solcher Nebenbuhler existirte für ihn
nicht! — Anders wirkten die Bemerkungen auf ihn,
die er in der Soirée selbst machte; Helenens offen-
bare Theilnahme an dem reichen, ihr ebenbürtigen
Majoratserben genirte ihn, — ihre häufige Zer-
streutheit und das Beobachten der ankommenden
Gäste flößten ihm die nicht ungerechte Besorgniß
ein: „daß Etwas außer ihm ihre Gedanken in Anspruch nehme, sie Jemand erwarte, der nicht Er sei!"
— Er wurde verstimmt. Als Helene daher einmal
offen Parthei für Raimund von Buchenhausen ergriff, sagte er gereizt:

„Sie wissen wohl nicht, gnädigste Gräfin, daß
Baron Buchenhausen sich doch aus ganz freier Wahl
um Veronika von Imhoff beworben? —"

„Freie Wahl?" wiederholte sie erstaunt.

„Nun gewiß, er stand völlig unabhängig da."

„Man sollte glauben, Baron Haffenbrock," rief
Helene lächelnd, „Sie sprächen von jedem Andern,
nur nicht von einem westphälischen Majoratsbesitzer!
Bei Denen ist doch weder von freier Herzenswahl,
noch von Unabhängigkeit die Rede."

„Und Sie, gnädigste Gräfin, laden durch Ihre
Worte den Schein auf sich, als glaubten Sie, daß
unter den alten Familien unseres Landes nie Ehen
aus Liebe geschlossen würden; denken Sie doch an
Graf Stadtberg! er giebt den glänzendsten Beweis
für meine Behauptung."

„Und Graf Prinzenthal ebenso leuchtenden Beweis für meine Aussage! — Sie werden sich entsinnen, daß seine glühende Liebe für seine jetzige
Frau plötzlich erkaltete, als man ihm sagte, daß ihr
Stammbaum nicht den Ansprüchen seines Majorats
genüge; — erst als er durch ihre Familie alle Beweise erhalten, daß die Ahnenreihe vollzählich —
erwachten von Neuem seine Gefühle für das schöne
junge Wesen, das sein schnelles plötzliches Zurück-
ziehen fast dem Tode Preis gegeben hatte! — —"

„Mit Ihnen ist über den Punkt nicht gut zu
streiten, Comteß Omberg, Sie sind, wie ich durch
Ihren Herrn Bruder weiß, nicht für unsere alten

Familienstatuten eingenommen, und diese erhalten
doch allein den hellen Glanz unserer edlen Namen
aufrecht."

„Wohl mir, daß ich für Gesetze nicht schwär-
men, — für Ideen mich nicht begeistern kann, die
nur den Glanz alter Namen erhalten, aber das Leben Derjenigen, die sie tragen, so häufig trüben!"
antwortete sie ruhig.

„Jede große und erhabene Idee fordert ihre Opfer!" rief Hassenbrock emphatisch; dann setzte er rasch
hinzu: „Lassen wir den Punkt ruhen! im andern
Fall weichen unsere Ansichten gewiß nicht von einander ab, und Sie werden uns Allen Recht geben,
die wir behaupten, daß mein Freund Buchenhausen
auf sehr leichtsinnige und zu schnelle Art seine Verbindung abgebrochen."

„Ich kann nicht darüber urtheilen, da ich die
Motive seiner Handlung nicht kenne. Wahrscheinlich sind sie Ihnen, „seinem Freunde," besser
bekannt — Ihr Urtheil daher richtiger!"

Der junge Mann erröthete tief bei des Mädchens ernster Betonung des Wortes „Freund."
Durch den ihn treffenden Vorwurf gekränkt, rief
er erregt: „Kenne ich auch die Motive nicht so ge-

nau, wie Sie vielleicht annehmen, so glaube ich
Buchenhausen doch nicht zu nahe zu treten, wenn
ich ihn des Leichtsinnes und zu rascher Handlungs=
weise anklage."

„Inwiefern handelt er leichtsinnig?"

„Daß er sich verlobte und nun seine Braut nicht
heirathen will."

„Hörten Sie nicht, daß er gesagt, sie nicht zu
lieben?"

„Nun da haben Sie ja sein Unrecht! Warum
verlobte er sich mit einem Mädchen, das er auf die
Dauer nicht lieben konnte? —"

„Und weil er es gethan, soll er eine vielleicht
augenblickliche Uebereilung durch das ganze lange
Leben büßen?" fragte sie mild. Lebhaft setzte sie
hinzu: „Nein, nein, Baron Hassenbrock, das würde
ich leichtsinnig mit dem eigenen Lebensglück umgehen
nennen."

„Aber mit fremden scheint er es nach Ihrer An=
sicht thun zu dürfen!" rief er bitter.

„Nennen Sie das Leichtsinn, wenn er offen und
wahr handelt, — Leichtsinn, wenn er nicht wagt,
Gelübbe vor Gott und Menschen auszusprechen, die
er nicht erfüllen kann?"

„Darum hätte er sich prüfen müssen, ehe er sich verlobt!"

„Und da er Das nicht gethan, soll er Ihrer Meinung nach nun noch zum Unrecht den Meineid hinzufügen?"

„Sie sind scharf, Comteß!" sprach er heftig.

„Und Sie verlangen zu viel!" entgegnete sie freundlich.

„So bedenken Sie aber doch mindestens, wie verletzend und beleidigend seine Offenheit und Wahrheit für die Imhoff'sche Familie ist, wie schmerzlich sie für die Braut sein mag."

„Da haben Sie Recht — die Sache ist traurig! — Was ist aber der jetzige Schmerz des Mädchens gegen das Leid, was die Frau zu ertragen gehabt hätte, wenn sie eingesehen: das Herz ihres Mannes nicht zu besitzen. Jetzt beweint sie die Aussicht, auf entschwundenes Lebensglück, — später würde sie die Gewißheit desselben zu beweinen gehabt haben! — Glauben Sie nicht, daß sie sehr bald die Erkenntniß ihres traurigen Looses, — ihres beiderseitigen verfehlten Lebens gewonnen hätte? glauben Sie nicht, daß sie es einst bitter beklagt, wenn er die traurige Energie gehabt, eine unzerreißbare Verbindung zu

schließen und ihm die nothwendige Energie gefehlt,
ein lösbares Verhältniß zu lösen? — Bedenken Sie
doch, wie furchtbar die unzerreißbare Fessel der Ehe
sein mag, wenn die tiefe, innige, wahre Liebe, wenn
Alles, Alles fehlt, das die Ehe zu einem Bande
macht, das Herz und Seele verbindet und die Brücke
bildet, die aus dem dunkeln Erdenleben die Menschen
hinauf zu einem Himmel der Seligkeit führt! O,
Baron Hassenbrock, verurtheilen wir daher keinen
Menschen, der, wenn er noch jung und lebensvoll
ist, nicht den Muth hat, sich eine Fessel aufzuerle-
gen, die bis in sein höchstes Alter ihm die Seele
wund drücken kann, — verdammen wir Niemand,
dem die Kraft fehlt, sich aufzuopfern, um fremdes
Glück zu gründen und freuen wir uns im Gegentheil der gesunden kräftigen Naturen, die Muth und
Energie haben, nach dem höchsten Erdenglück zu streben und sollten sie auch eben dieses Strebens halber mit der Menschheit brechen — und die Welt
anscheinend aus ihren Fugen reißen müssen.“

Baron Hassenbrock hatte sich, als Helene das
Wort „Ehe“ gesprochen, das ihm so besonders süß
von ihren Lippen erklungen war, in die angenehm-
sten Combinationen verloren und das Ende ihrer

Rede ganz überhört. Desto aufmerksamer hatte aber
ein Anderer auf diese Worte gelauscht. Beim Beginn des Gesprächs zwischen Haffenbrock und Helene
hatte dieser Andere gerade in dem Augenblick durch
das Kabinet in den Salon treten wollen, als er seinen Namen nennen hörte. Unwillkürlich war er auf
der Schwelle der Thüre stehen geblieben, in deren
Nähe die beiden Redenden saßen und seine Hand
hatte die Portière wieder sinken lassen, die er bereits erhoben. So war er denn unbemerkter Zeuge
eines Gesprächs geworden, in dem ein Mann, mit
dem er seit frühster Jugendzeit befreundet — ihn
angriff — und eine Dame ihn vertheidigte — die
ihm völlig unbekannt war! — Diese Unbekannte
interessirte ihn von Sekunde zu Sekunde mehr und
als sie Thaten und Handlungen das Wort redete,
die ihn in seinem augenblicklichen Gemüthszustande
auf das Tiefste und Mächtigste erschütterten, da
drängte es ihn, ein Wesen zu erblicken, das Worte
gesprochen, von denen jedes einzelne ihm aus der
Seele geredet.

So erhob denn Raimund von Buchenhausen die
Portière, als Helene Omberg in heftigster Erregung
inne hielt und ihr glänzendes Auge fest auf Den-

jenigen richtete, den sie zu milderm Urtheil über sei=
nen Nebenmenschen bestimmen wollte. Raimund sah
weder dieses von warmer Begeisterung strahlende
Auge, noch den von Sanftmuth und Herzensgüte
zeugenden Ausdruck des Gesichts; Helene saß, mit
dem Rücken gegen die Thüre gewendet, der Beob=
achter im Kabinet erblickte nur eine große schlanke
Gestalt, die ein schwarzes Atlaskleid umhüllte; er
sah nur einen schön geformten Kopf, den die reich=
sten Flechten lichtbraunen Haares umkränzten, das
weder, wie bei allen übrigen Damen der Gesellschaft,
Brillanten schmückten, noch Bänder und Blumen
zierten. Diese einfachen Merkmale der äußern Er=
scheinung flüchtig überschauend, aber fest sich ein=
prägend, um daran die Unbekannte wieder zu erken=
nen, ließ Raimund die Portière wieder fallen und
zog sich leise aus dem Kabinet zurück, um nun durch
den Haupteingang in den Salon zu treten.

Baron Hassenbrock hatte das flüchtige Auftau=
chen von Raimund's Erscheinung hinter der Portière
übersehen, sein Blick ruhte zärtlich auf dem schönen
Mädchen und er entgegnete verbindlich als sie schwieg:
„Comteß Omberg, Sie haben mich überzeugt, daß
mein Freund nicht so unrecht gehandelt, wie ich ge=

fürchtet. Es mag ohnehin trostlos genug sein, wenn in der Ehe die Liebe schwindet, doch gewiß noch viel trauriger, eine Verbindung schon ohne alle Liebe, ohne jede Aussicht auf Glück zu schließen!"

Helene schien der zärtliche Blick des jungen Mannes wenig zu behagen, und als er mit gesteigerter Emphase hinzufügte: „Darum wird mein Bestreben auch nur dahin gehen, mir ein Herz zu erringen, das mir ein dauerndes Glück in der Ehe sichert!" unterbrach sie ihn scherzend mit den Worten: „Jedenfalls werden Sie nie, soviel ich nach Ihren Aeußerungen zu beurtheilen vermag, für die Unterhaltung in einer Soirée auf die Weise sorgen, wie es Baron Buchenhausen heute unbewußt gethan."

„Ja, gewiß hat mein guter Raimund jetzt durchaus keine Ahnung davon, daß während der Zeit, wo er von Minute zu Minute sich weiter von Münster entfernt, sein Name hier auf Aller Lippen schwebt!"

Helene erschrak heftig bei diesen Worten; nur mit Mühe bezwang sie ihre Aufregung, um ruhig fragen zu können: „Ist Baron Buchenhausen nicht in Münster geblieben?"

Als Haffenbrock antwortete: „Nein, er ist jetzt auf dem Wege nach Bremen!" blickte Helene angsterfüllt, verzweiflungsvoll um sich — ihr Auge fiel auf Raimund von Buchenhausen, der in dem Augenblicke in den Salon trat. Mit der Anmuth, die jede seiner Bewegungen charakterisirte, grüßte er die Umstehenden, schritt leicht und gewandt auf die Dame des Hauses zu; doch ob er auch eine Zeit lang ruhig mit Gräfin Seevelbt sprach, durchflog sein Blick so lange unruhig den Salon, bis er jene große, schlanke Gestalt im schwarzen Atlaskleide wiedergefunden. Sichtliche Ueberraschung malte sich in seinen Zügen, als er in ihr Diejenige erkannte, die ihm einige Stunden zuvor im Dome die Weisung gegeben: „am nächsten Morgen wieder in der Kirche zu sein," — und welche ihn später dringend hatte bitten lassen: „um jeden Preis noch an dem Abend die Soirée der Gräfin Seevelbt zu besuchen!" —

„Wer ist jene Dame, die dort mit Baron Hafsenbrock redet?" fragte Raimund lebhaft.

„Meine Nichte!" antwortete die Gräfin mit Stolz.

„Comteß Omberg?" —

„Helene Omberg von Hülsroben!"

„Ich sehnte mich lange darnach, sie kennen zu lernen, gnädigste Gräfin!"

„So erlauben Sie mir, Baron Buchenhausen, Sie meiner Nichte jetzt vorzustellen!"

———

Zwanzigstes Kapitel.

In einem kleinen Seitenzimmer der höchsten
Etage des Gerbauletschen Hôtels in Münster stand
Mr. Bookhouse am Fenster. Sein Blick schweifte
nur mitunter hinab in die dunkle Tiefe der Straße
oder fort über die etwas hellere Fläche des Markt-
platzes, die er zu sehen vermochte. Nur dann und
wann verfolgte sein Auge die späten Wanderer,
welche, tief in ihre Mäntel gehüllt, über die Straße
eilten oder durch die düstern Bogengänge schritten,
die sich unterhalb der alten Giebelhäuser des Markt-
platzes hinziehen. Immer wieder flog sein Blick
hinauf zu seinem nahen Gegenüber, zu dem hohen
Thurme der Lambertikirche; sinnend und schwer-
müthig blieb er haften an jenen furchtbaren eisernen
Käfigen, die einst die drei berüchtigten Wiedertäufer
in sich aufgenommen und denen man noch bis auf

10*

diese Tage ihren seltsamen Platz als schreckliches Er-
innerungszeichen an jene für das ganze Münsterland
so traurige Epoche gelassen hat. So oft Bookhouse
hinsah auf diese schwarzen Käfige, auf diese dicken
Eisenstangen, die nun schon seit Jahrhunderten jedem
Einfluß der Witterung getrotzt, so erbebte er! —
Er vermochte nicht, ohne Schauder an das Schicksal dieser Männer zu denken, die aus einfachen Le-
bensverhältnissen herausgetreten, begeistert für irrige
Ansichten gekämpft, — gesiegt — eine Zeit lang in
Ehren und Ansehn gelebt, — von denen der Eine
sich sogar den Purpurmantel um die Schultern geschlungen und die Krone auf's Haupt gesetzt — —
die Alle in wahnsinniger Verblendung immer weiter
auf der einmal betretenen Bahn des Irrthums und
Verderbens vorgeschritten, bis endlich eine höhere
Macht ihrem Walten ein Ziel gesetzt und sie an
jener Spitze des Lambertikirchthurms den letzten
furchtbaren Lohn für ihre Thaten empfangen! —
Seitdem Bookhouse in Münster war und dieses
Zimmer bewohnte, zog es ihn immer wieder und
immer von Neuem mit magischer Gewalt zu dem
Platze hin, wo sich ihm so schauerlicher Anblick bot.
Zuerst hatte er jene Käfige in der Nacht seiner An-

kunft in Münster gesehen. Vom geisterhaften Lichte
des Mondes umleuchtet, hatten sie vierzehn Tage
zuvor einen Eindruck auf ihn gemacht, unter dessen
Einfluß er noch an dem Abend stand, wo sein
Schicksal eine so plötzliche unvermuthete und günstige
Wendung genommen. Damals hatte er mit geheimer Besorgniß an den letzten noch lebenden Träger
des Namens gedacht, der ihn als Verwandten aner-
kennen sollte, — mit Zagen war er nach Almarstein
gereist — unverrichteter Dinge wieder heim nach
Münster gekehrt und voll Trauer hatte er erkannt,
daß sich die Erfüllung seiner Wünsche von Neuem
auf ungewisse Zeit verzögert; jetzt — an dem Abend
— war nun seine Tochter plötzlich mit Demjenigen
zu ihm gekommen, den er so fern — den er sich
so unerreichbar gewähnt! —

Raimund von Buchenhausen hatte die kühnsten
Träume von Bookhouse übertroffen, — er hatte ihn
und seine Kinder bereits als seine nächsten Verwandten
begrüßt und anerkannt, bevor er noch die Dokumente erblickt, welche die Ansprüche dieses aus
Amerika plötzlich aufgetauchten Zweiges seiner Familie beweisen sollten; — Raimund war vor ungefähr einer Stunde mit der festen Zusicherung von

ihm geschieden: „daß es sein eifrigstes Bestreben
sein solle, ihn an das Ziel seiner bisher unerfüllten
Wünsche zu bringen — er nicht früher ruhen werde,
bis alle Verhältnisse geordnet und er vergütet, was
Andere vor Zeiten verschuldet."

Bookhouse sah sich, nachdem Raimund ihn verlassen, dem Ziele, das er einunddreißig Jahre er-
strebt, nun so nahe, wie noch nie; die Gewißheit
der endlichen Erfüllung seiner Hoffnungen stand
vor ihm und dennoch war er — nachdem sich der
erste Freudenrausch über das günstigste Ereigniß seines Lebens gelegt, — von einer Muthlosigkeit befallen, — von einer so heftigen Angst und Besorgniß ergriffen, wie er sich noch nie entsann, gehabt
und empfunden zu haben, — — selbst zu jener Zeit
nicht, wo sich ihm bei seinen Hoffnungen kaum eines
Strohhalmes Stärke als Halt und Stütze geboten.

So ist nun aber einmal die Natur des Menschen
organisirt! — durchsegelt er auf dem schwankenden
Fahrzeug der Ungewißheit den weiten unendlichen
Ocean der Hoffnung, so hat er überall die lachenden Ufer des Glücks vor Augen; — dem ersehn-
ten Eilande einer schönen Gewißheit aber nahe, erblickt er überall Klippen, an denen sein Lebensschiff

zerschellen — Brandungen, in denen es versinken
könnte.

Wohl dem Menschen, der unter vollen Sonnen=
schein diese lachenden Ufer des Glücks ohne Unfall
erreicht! — wehe aber Dem über dessen Haupte
sich noch ein drohendes Gewitter zusammenzieht, —
den ein Sturm wieder zurückschleudert, bevor er
das Eiland der Gewißheit betreten! — Sein Lebens=
schiff treibt dann gar oft mit dem zerrissenen Segel
der Illusion, mit dem gebrochenen Steuerruder des
Muths aus dem Meere der Hoffnung in die offne
Brandung der Verzweiflung und zu entsetzt über
den jähen Wechsel, zu müde, von Neuem gegen die
Wogen eines trügerischen Elements anzukämpfen,
sinkt er tief und immer tiefer in die brausenden
Wellen dieser gefährlichen Strömung und — — —
ist verloren!

Bookhouse war in den letzten Tagen auch in
diese Brandung der Verzweiflung gerathen; schau=
dernd dachte er zurück an den tiefen Abgrund, an
dem er nach seiner vergeblichen Reise nach Almar=
stein gestanden und tiefgefühlt war sein Dank gegen
Gott, der ihm in Raimund von Buchenhausen einen
rettenden Engel gesandt.

Daß trotz dieses Dankes gegen den Lenker seines Schicksals, trotz der Versprechungen Raimund's, Nichts von der süßen Ruhe der Gewißheit in seine Brust einziehen wollte, begriff Bookhouse selbst kaum.

Die düstersten Ahnungen durchfluteten seine Seele an dem Platze, wo sich ihm solch düsteres Bild zeigte — er jene grausigen Käfige sah! — — Ganz unbegründet waren diese Ahnungen nicht; seltsam nur, daß sie ihm nicht früher gekommen, daß sie erst jetzt einen so gespenstischen Charakter annahmen, — erst jetzt die hellen Strahlen seiner Glückshoffnungen trübten! —

Wie quälte ihn an dem Abend der Anblick seiner Kinder, — die schattenhafte Erscheinung seines Sohnes, — das bleiche Antlitz seiner Tochter. — Beide Wahrnehmungen schmerzten ihn tief und wie einst das Herz des Mannes aus tausend Wunden geblutet, da sein Stolz gedemüthigt, sein Ehrgeiz unbefriedigt geblieben war, so blutete jetzt das Herz des Vaters, weil er leiden sah, was ihm das Liebste, das Theuerste auf der Welt.

„Ein Name" war Bookhouse als das beste und sicherste Mittel erschienen, um das Glück seiner

Kinder in der Zukunft begründet zu sehen. — Welchen Gewinn brachte ihnen ein Name — hatten
Beide überhaupt eine Zukunft? —

Bei seinem Sohne hatten Seelenschmerz, Krankheit ein blühendes Leben binnen wenigen Monden
zerstört — bei seiner Tochter schien dasselbe Werk
im Zeitraume von Stunden vollbracht! — — Waldemar war seinem Vater noch nie so elend erschienen, wie an dem Abend; Bookhouse hatte stets
bisher auf das Aufflackern der letzten Lebenskräfte
seine Hoffnungen gegründet und so schwach diese
Pfeiler auch gewesen, auf denen er den ganzen stolzen Bau seiner Zukunftspläne erhoben, — immer
hatten sie das kühne Luftschloß seiner Phantasie ohne
Wanken getragen.

Daß dieses Gebäude nun plötzlich bis in den
Grund erschüttert worden, dazu hatte Raimund's
Besuch die Veranlassung gegeben.

Als sie neben einander gestanden diese beiden
letzten jungen Sprossen eines Stammes, da hatte
sich gezeigt, wie ähnlich sich Beide — und doch
wie verschieden Beide! — — Der Eine blühend,
kräftig — der Andere gebrochen, schwach! — — —

Nicht dieser Gegensatz allein schnitt so tief in's

Vaterherz, es that ihm noch weher, daß diesen trau=
rigen Unterschied auch gleich ein Fremder wahrnahm ;
denn als die beiden Vettern so heiter über die Ver=
wechselungen ihrer Personen gescherzt, Waldemar,
Raimund betrachtend, gesagt: „Eigentlich fasse ich
nicht, wie man Dein blühendes Aeußere mit meinem
krankhaften verwechseln konnte!" — — da hatte
Raimund's Blick sich mit dem Ausdruck der tiefsten
Trauer auf seinen Verwandten geheftet und obgleich
er zuversichtlich erwidert: „Hoffentlich wirst Du bald
ebenso kräftig sein, wie ich!" hatte doch der Ton
und der Ausdruck seines Gesichts dieser Hoffnung
zu klar — zu entschieden widersprochen.

Hätte Bookhouse sich auch da noch täuschen wol=
len, später mußte ihm die heftigste Besorgniß er=
fassen.

Kurze Zeit nachdem Raimund sich entfernt, um der
bringenden Aufforderung, „die Seeveldt'sche Soirée
zu besuchen," nachzukommen, trat bei Waldemar ein
Zustand größter Abspannung ein. Bleich, bis zum
Tode erschöpft war er auf das Sopha gesunken und
man hatte eingesehen, daß er in den Augenblicken
zu angegriffen, um zur Ruhe gebracht werden zu
können. Gertraud kniete neben ihm. Er hatte ihre

eine Hand ergriffen, mit der andern streichelte sie
liebevoll sein Antlitz. Trotzdem sie eigenes Leid zu
tragen, bemühte sie sich, das seine zu lindern, das
sie um die Stunde so besorgt machte, wie noch nie.

Bookhouse hatte diesen veränderten Ausdruck in
Walbemar's Zügen um so weniger mit ansehen
können, als er sich gerade nach Raimund's Fort=
gehen der Pläne erinnert, welche er für die Zu=
kunft seines Sohnes gehegt. Von plötzlicher, na=
menloser Angst für das Leben Walbemar's ergriffen,
war er von seinem Platze aufgesprungen und an
das Fenster getreten. Das düstere Bild der Nacht
und des Grausens war nicht geeignet, seine finstern
Gedanken zu verscheuchen. Lange Zeit stand er un=
ter dem peinlichen Eindrucke, da veranlaßte ihn lei=
ses Geflüster, sich umzuwenden; er sah, daß seine
Kinder ihre Stellung geändert — Gertraud saß
neben Walbemar, dieser hatte seinen Kopf an ihre
Brust gelegt, leise fragte er sie, wie es so rasch ge=
kommen, daß sie Raimund liebe.

Bookhouse hörte Gertraud traurig entgegnen:
„Sprich nicht von dieser Liebe, Walbemar! — sie
muß ebenso rasch verschwinden, wie sie gekommen!"

„Kann das Liebe?" fragte Walbemar ernst.

„Wenn es sein muß!"

„So war es nicht die echte Liebe, Gertraud!"

„Ist denn mit echter Liebe stets das Glück verbunden?"

„Nein, o nein!" rief Waldemar leidenschaftlich.

Aus Gertraud's Augen fielen Thränen auf die Stirn des Bruders.

„Meine arme, arme Schwester!"

„Mein armer Bruder, der Du solches Leid so zu würdigen weißt!"

Die Geschwister umschlangen sich; sie beweinten zusammen ihren Schmerz, — beklagten gemeinsam ein gleiches Weh — das, — hoffnungsloser Liebe! — —

Dem Vater schnitt das Leid seiner Kinder in's Herz; des Einen Kummer vermochte er nicht zu lindern, des Andern Thränen glaubte er trocknen zu können; liebevoll sprach er: „Gertraud, Du wirst glücklich werden!"

Erschrocken blickte das Mädchen empor, verwirrt sah sie einige Augenblicke ihren Vater an, schüttelte aber wehmüthig den Kopf, als er hinzusetzte:

„Gewiß, mein Kind!"

„Nein, nein Vater, es ist unmöglich!"

„Würdest Du Dein Glück denn nicht in Rai=
mund's Liebe finden, die er Dir und mir gestanden?"

„Kann ich es denn, Vater?"

„Warum nicht?"

„Und Du würdest ihm meine Hand n i c h t ver=
weigern?"

„Gewiß nicht, wenn Du ihn liebst und er Dich
liebt!"

„Vater — Einst dachtest Du anders! — Da=
mals, am Sterbebette Deines Vaters, sagtest Du
zu Waldemar: „Müßtest Du Deine Liebe einem
Namen opfern, würdest Du es thun! Trägst Du
den Namen eines edlen Geschlechts, so bist Du auch
verpflichtet, die Gesetze zu ehren, welche die starken
Säulen sind, die den Glanz eines alten Hauses auf=
recht erhalten." Raimund von Buchenhausen ist
nun der Letzte des Stammes, der seinen alten Na=
men in fleckenloser Reinheit erhalten hat. Soll er
abfallen, wie jener Buchenhausen; sollen sich in
späteren Generationen die Kämpfe, das Leid, das
Elend, das Du ertragen wiederholen? — Nein
Vater, das kannst Du nicht wollen! — oder, Vater,
willst Du Dich endlich zu den Ansichten des Man=
nes bekennen, dem seine Liebe höher stand, als ein

Name, willst Du dem freien Lande, dem wir eigent=
lich angehören, Ehre machen und Ideen verfechten,
die zwar nicht den äußern Glanz des Lebens heben,
aber das innere Glück der Menschen gründen?"

In heftiger Erregung schwieg Gertraud. Tief
hatten Bookhouse die Worte des Mädchens getrof=
fen, — klar entsann er sich, gesprochen zu haben,
was sie wiederholt. Sollte er nun anders handeln,
wie er gesprochen? — aus dem Grunde anders
handeln, weil es i h m Vortheil brachte und das
Glück s e i n e s Kindes sicherte? — — „Nein! und
tausendmal nein!" riefen alle Stimmen im Herzen
des Mannes für den ein Name das Ideal seines
Lebens und Strebens gewesen — für den ein Name
das Götzenbild seiner Thaten und Handlungen
war! — — —

„Einzelne Opfer müssen jeder großen Idee fallen!"
rief er mit dem Fanatismus eines echten Aristokra=
ten und setzte feierlich hinzu: „Raimund von Bu=
chenhausen, der letzte Sprosse jenes reinen Stammes
unserer Familie, hat die heilige Verpflichtung, seinen
Namen rein und unbefleckt zu erhalten und ich
werde ihn stützen, wenn seine Kraft wankt."

Er trat an das Fenster zurück. Jetzt erhob er

aber sein Auge nicht zu den Käfigen am Lamberti=
thurme — — den schauerlichen Grabstätten jener
Männer, die auch von blinden Fanatismus geleitet,
für irrige Ansichten gekämpft und den Boden ihrer
Ideen so oft mit dem Herzblut Derjenigen getränkt
hatten, die ihnen das Liebste und Theuerste der
Welt gewesen! — Er starrte düster vor sich hin,
nachdem er über das Lebensglück seines Kindes ent=
schieden — sein Trost in der bittern Verzweiflung
seines Herzens war der ihn erhebende Gedanke:
„den Grundsätzen der alten westphälischen Aristo=
kratie gemäß gehandelt zu haben, deren Hauptfunda=
ment ist: „Fleckenlose Reinheit ihrer Stammbäume!"

Bookhouse hatte durch seine Entscheidung den
letzten, kleinsten Hoffnungskeim in Gertraud's Her=
zen zertreten; ihre junge Seele rang mit Entschlüssen,
die den Ansprüchen eines alten Namens genügen
sollten, sich aber durchaus nicht mit den Ansprüchen
ihres jungen Herzens vereinigen wollten. Unter sol=
chen schwer zu fassenden Entschlüssen und traurig
ernsten Gedanken erblich der letzte Schein jener tiefen
Purpurglut in ihrem Antlitz, welche der Strahl der
Liebe und die warme Sonne eines kurzen Glücks wach
gerufen. — Nach einem Zeitraum von ungefähr einer

Stunde war Gertraud so bleich, ihre Züge so kummervoll, daß dem Anschein nach sie an dem Abend nicht tiefer erbleichen und nichts auf der Welt diesen Ausdruck von Betrübniß bannen konnte. Dennoch geschah Beides! — — Als vom Lambertikirchthurme der letzte Schlag der letzten Stunde des vierten April ertönte, zeigte des Mädchens Antlitz einen Moment eine fast geisterhafte Bläffe — die Bläffe eines tödtlichen Schrecks, in der andern Sekunde war es aber vom leuchtendften Roth überflogen und nicht allein von der Farbe der Freude — sondern auch vom Ausdruck der reinften Freude überstrahlt.

Mit dem letzten verhallenden Schlage der zwölften Stunde klopfte es nämlich laut an die Thüre des kleinen Zimmers, in dem die Familie Bookhouse noch versammelt war. Bevor ein „Herein!" den späten Gaft zum Eintritt aufgefordert, ftand Raimund von Buchenhausen schon auf der Schwelle.

Einundzwanzigstes Kapitel.

———

Mit Raimund von Buchenhausen war in den zwei Stunden, wo er sich von seinen Verwandten entfernt, eine so große, auffallende Veränderung vorgegangen, daß sie weder Mr. Bookhouse noch seinen Kindern entging. Erschrocken blickten sie in sein bleiches Gesicht, angstvoll riefen sie: „Was ist geschehen? was ist Dir begegnet? — warum kommst Du noch so spät?"

Raimund sah sich verstört in dem kleinen Kreise um und sprach hastig: „Hoffentlich ist, was bereits geschehen, nicht so schlimm, wie es mir im ersten Augenblick des Schrecks erschienen und Euch Allen vielleicht auch den Eindruck machen wird! Zeit zu langer Vorbereitung und genauer Abwägung meiner Worte habe ich nicht. Je rascher Ihr Alles wißt, desto schneller könnt Ihr Eure Entschlüsse fassen und

davon hängt unser Aller Vortheil ab. — In der
Gesellschaft, zu der ich vorhin auf so dringende und
mir etwas räthselhaft erscheinende Weise aufgefordert
wurde, ist mir die Nachricht mitgetheilt: daß uns
Allen nahe Gefahr droht! — Zwei starke Kräfte
haben sich vereint, in den geheimen Versteck des Al=
marsteiner Schlosses zu dringen — zwei verschiedene
Absichten sollen dabei verfolgt werden. Der Euch
betreffende Theil bei der Sache ist, daß die eine
der Personen der Euch bekannte Waltram —"

„Waltram!" schrie Bookhouse mit dem Ausdruck
höchsten Entsetzens.

„Derselbe, der bei mir in Paris gewesen und
mir das Mährchen aufgebunden, das ich Euch vor=
hin erzählte."

„Derselbe, der mich in der Todesnacht bestohlen!"
rief Bookhouse heftig.

„Und der Gertraud geliebt!" sprach Waldemar
bekümmert, „erinnert Ihr Euch noch der finstern
Prophezeihung, daß wir nie den Namen Buchen=
hausen tragen sollten."

Gertraud verhüllte ihr Antlitz; Raimund um=
schlang sie liebevoll und sprach tröstend: „Gertraud,
auf unsere Liebe hat kein Ereigniß Einfluß! Du bist

und bleibst mein, ob Du jenen Namen erhälst oder nicht! — Hat es im vergangenen Jahrhundert schon Männer gegeben, die freisinnig genug dachten, sich von der Kette alter Vorurtheile loszureißen, so werde ich doch — ein Kind dieser Zeit, deren Losung die Freiheit ist — nicht mein Gefühl in Fesseln schlagen lassen!"

Bookhouse hatte jetzt nur Sinn für die ihm drohende Gefahr. In herzzerreißendem Tone rief er: „Waltram wird die Dokumente vernichten und ich werde nicht den Namen erhalten!"

„Nein, nein! Dahin wird es gewiß nicht kommen!" sprach Raimund zuversichtlich; „die Absicht hat der Bösewicht wohl und ausgerüstet mit allen Mitteln, es zu können, ist er auch; jedoch — —"

„Wo ist dieser elende Betrüger?" unterbrach ihn Bookhouse hastig.

„Er war bis vor wenigen Stunden in Münster."

„Und jetzt ist er fort?"

„Höre mich einen Augenblick noch ruhig an, lieber Onkel."

„Sage mir nur zuerst, ob Du weißt, wo er ist, wo ich ihn treffen kann!"

„Er ist auf dem Wege nach Almarstein. Heute Abend reiste er ab."

„So ist Alles verloren, wenn er uns um mehrere Stunden voraus ist!" erwiderte Bookhouse entmuthigt.

„Wenn wir schnell abreisen, — nicht! Wollt Ihr mit mir, oder —"

„Nein, wir begleiten Dich!" rief Bookhouse lebhaft, da fiel sein Blick auf den Sohn und langsamer setzte er hinzu: „Wenigstens ich reise mit Dir! Waldemar — Gertraud — —"

„Ich bleibe nicht zurück, Vater! — Ich würde hier vor Angst und Sorge umkommen!" sagte Waldemar entschieden.

„Nehmt mich mit Euch!" flehte Gertraud.

„Gut! so reisen wir Alle!" rief Raimund. „Ich habe bereits darauf gerechnet und alle Vorkehrungen dazu getroffen."

„Und seit wie lange weißt Du diese entsetzliche Nachricht?"

„Seit einer Stunde!"

„Und in dieser Stunde war es Dir möglich, schon Vorkehrungen zu unserer Abreise zu treffen."

„Gewiß! — Lange wird es nicht mehr dauern,

daß die Extrapost hier am Hôtel anhält! Die Be=
fehle dazu sind ertheilt."

„Weißt Du denn aber auch sicher, daß jener
Waltram nach Almarstein ist? Finden wir ihn wirk=
lich dort."

„Ganz bestimmt. Ich hörte von Derjenigen, die
mich warnte, zwar nicht seinen Namen; doch es be=
durfte nach der genauen Beschreibung seiner Person
dessen nicht mehr. Ich wußte augenblicklich, daß nur
er es sein konnte."

„Die Quelle, aus der Dir die Nachricht zuge=
gangen, ist eine zuverlässige?" —

„Die reinste und beste! — Außerdem eilte ich
nach Empfang der Warnung sofort zu der Persön=
lichkeit, die mit jenem Betrüger sich verbündet hat
und erfuhr, daß sie abgereist; auf der Post, wo ich
ebenfalls nachfragte und Beider Singnalement an=
gab, hörte ich, daß Personen, wie ich sie beschrieb,
Münster bald nach sechs Uhr in einer Extrapost ver=
lassen und außerdem eine Estafette mit Relaisbe=
stellung vorausgeschickt hätten."

„Bald nach sechs Uhr!" wiederholte Bookhouse
erbleichend und setzte im Tone tiefer Verzweiflung

hinzu: „So sind sie uns ja nah an sieben Stunden voraus."

„Das sind sie leider! verzweifle aber deshalb nicht, lieber Onkel, morgen vor später Abendstunde, vor Einbruch der Nacht werden sie keinen Ueberfall wagen oder in's Schloß einzubringen versuchen und bis dahin sind wir mit Gottes Hülfe längst in Almarstein!"

„Glaubst Du das wirklich, Raimund?" —

„Gewiß! Genau läßt sich die Fahrt nicht berechnen, indem das schnellere Fortkommen im Gebirge lediglich von Wetter und Wegen abhängt; Beides sind im hohen Sauerlande oft große Hindernisse!"

„Diesen Zufälligkeiten sind auch unsere Feinde unterworfen!"

„Gott sei Dank, ja! — Wie es aber nun auch in meiner Heimath schneien oder regnen mag, morgen um diese Zeit sind wir in Almarstein."

„Morgen um diese Zeit in Almarstein!" sprach Bookhouse tiefbewegt. „Weißt Du, Raimund, wie viel Jahre dann gerade vergangen sind, seitdem mein Großvater dem Namen entsagt? —"

„Nein, Onkel — ich hörte nie Einzelheiten über

jenes traurige Familienereigniß, — weiß nur, was
Ihr mir heute davon erzählt habt."

„Nun, Raimund, gerade morgen um diese Zeit
sind hundert Jahre vergangen, denn in der Nacht
vom fünften zum sechsten April des Jahres 1748
war's, als mein Großvater mit dem Elternfluche
belastet das Schloß seiner Ahnen verließ."

„Wie? — am fünften April? —" rief Raimund
überrascht, „ach, nun wird mir plötzlich klar, wa=
rum in der Nacht stets Gottesdienst in unserer Ka=
pelle gehalten wird."

„Dann ist Gottesdienst in Almarstein?"

„Ja, Onkel. Er beginnt stets um elf Uhr Abends
mit einem Choral; dann ist Bestimmung: „daß der
Kaplan eine kurze Rede über den Frieden und die
Eintracht hält." Es folgt stilles Gebet und endet
mit Vorlesung einer Seelenmesse. Die Feierlichkeit
hat stets etwas Tiefergreifendes für mich gehabt und
oft habe ich mir gewünscht, die Veranlassung dazu
zu kennen. Sicherlich steht sie einzig und allein mit
den traurigen Ereignissen jener Nacht in Verbin=
dung."

„Ganz gewiß!" entgegnete Bookhouse gedanken=

voll. „Mich wundert nur, daß Du den Grund nicht gekannt."

„Keiner der letzten Almarsteiner Majoratserben wußte ihn."

„Auch nicht, wer den Gottesdienst eingeführt."

„Ja! Daß ist eine Testamentsbestimmnrg meiner Urgroßmutter, die im Jahre 1748 gestorben."

„Also eine Testamentsbestimmung meiner Groß= mutter!" rief Bookhouse und setzte ernst hinzu: „Sie hat ihre Schuld wohl damit sühnen wollen!"

„Gewiß! und wie seltsam ist's doch, daß Du gerade morgen — nach hundert Jahren den Schau= platz jener düstern That betreten — nach diesem Zeitabschnitt die Dokumente über Deinen Namen aus der Verborgenheit an's Licht ziehen wirst!"

„Werde ich Das thun?" fragte Bookhouse fei= erlich.

Die Töne eines lustig schmetternden Posthorns erklangen durch die tiefe Stille der Nacht.

„Das ist die beste Antwort auf Deine Frage!" rief Raimund freudig.

„O möchte sie es sein, Raimund! — möchte alle Schuld durch die hundertjährigen Gebete ge= sühnt sein, auch die meines Großvaters! — Möchte

sich Nichts von seinem gräßlichen Schwure
erfüllen!"

„Die Schuld wird durch lange Reue gesühnt
sein!"

„Und ist sie es nicht?" —

„So geschieht es jetzt!" rief Raimund mit leuch=
tendem Blick. „Kann es denn eine bessere Sühne
geben, als wenn die Nachkommen Jener, die in
Feindschaft geschieden, — sich in Eintracht verbun=
den; — wenn die Urenkel Derjenigen, — die sich
geflucht — den Augenblick segnen, wo ihre Herzen
sich gefunden; — wenn sich die letzten Sprossen
eines alten Geschlechts, — dessen Glieder sich einst
voll bittern Hasses auf ewig trennten, — nun in
glühender Liebe von Neuem auf ewig vereinen? —
O, nein Onkel, fort mit allen düstern Gedanken!
blicke froh in die lichte Zukunft!"

Bookhouse schwieg.

Raimund wandte sich zur Geliebten: „Sprich
Du, Gertraud! Nicht wahr, wir sühnen durch unsere
Liebe die letzte Schuld? — nicht wahr, uns trennt
nur der Tod?"

„Möchte es so sein!" hauchte sie leise.

„Es wird so sein, Gertraud!" —

Bookhouse trennte die Liebenden, die sich fest umschlungen, indem er ernst sagte: „Was uns die erste Stunde des fünften April gebracht — Das — wissen wir, was aber die letzte dieses verhängnißvollen Tages in sich birgt, können wir nicht voraussehen; sie gehört der Zukunft an, — und Diese liegt in Gottes Hand, wie auch die Gestaltung Dessen, was wir Menschen Schicksal nennen!“

Zweiunbzwanzigstes Kapitel.

An jenem Tage, wo Raimund von Buchenhausen Almarstein verlassen, um nach Münster und Bremen zu reisen, war im Sauerlande ein so heftiger Schneefall eingetreten, wie er in den tiefer gelegenen Gegenden Westphalens oft kaum inmitten des Winters stattfindet. Das Unwetter hielt bis zu den Morgenstunden des fünften April an. Da erst zertheilte die Sonne die grauen Wolkenmassen, welche so lange schwer und dunkel auch über dem Almarsteiner Thale gehangen. Der Tag wurde herrlich; gegen Mittag war der Himmel so klar und blau, als ob Wolken ihn niemals getrübt.

Der Winter nimmt den hochgelegenen Gegenden des Sauerlands wenig von ihrer Schönheit; ja bei manchen der Berg= und Felsenthäler erhöht er deren charakteristische und imposante Reize. So war es

mit dem Thal von Almarstein! — Verhüllte auch
der Schnee all die blühende, lachende Schönheit,
die Felder und Wiesen im Sommer schmückte, ließ
er nichts sehen von der Pracht des terrassirten
Schloßgartens, so zeigte sich doch die mit Tannen
bewaldete Hügelkette, die sich hinter dem Schlosse
herzog, nie vortheilhafter, als zu der Zeit, wo
schimmernde Schneelagen die dunkeln Zweige der
Bäume deckten und die Sonnenstrahlen die vom
Reif und Frost krystallisirten Aeste wie mit Brillanten übersäet erscheinen ließen. Auch die gigantischen
Felsmassen, die ernst und düster über dem niedern
Höhenzuge fortragten, traten nie schärfer in ihrer
seltsam phantastischen Form hervor, — zeigten nie
klarer den Farbenreichthum ihrer Steinwände, als
wenn Alles rings umher seine wahre Form und
Gestalt verloren, Alles nur eine Farbe bot, denn
die Felsen gestatten den flockigen Schaumwellen des
Schnees nur, mit Licht ihre düstern Spalten zu
füllen, ihre Vorsprünge mit leuchtenden Verzierun-
gen zu schmücken und ihre majestätisch gen Himmel
ragende Kronen mit schimmernden Silberreif zu um-
ziehen.

Solch einfaches, monotones Bild nun auch die

Gegend um Almarstein an Wintertagen zeigte, machte
sie dennoch einen großartigen, erhabenen Eindruck.
Unter diesem Einflusse stand Abalbert Neumark, als
er am Mittage des fünften April 1848 über die
obere Terrasse des Schloßgartens schritt und sein
Auge die weite glänzende Schneefläche des Thales
überschaute. — Kein Fuß hatte sie betreten, öde
und menschenleer war Alles ringsum, nur Züge von
Krähen flogen langsam und schwerfällig darüber hin-
fort, oder machten Rast auf den einzelnen Bäumen
und den die Felder begrenzenden Hecken.

Neumark liebte die Natur und Einsamkeit. Erstere
zeigte sich ihm von der hohen Terrasse in imposanter
Schönheit und was die Einsamkeit anbetraf, so
konnte sie nirgend tiefer sein, als in diesem stillen,
abgeschiedenen Thale des Sauerlandes.

Länger als eine Stunde blieb er ungestört. Erst
am Nachmittage fanden sich Arbeiter auf der Terrasse
ein, um die hohen Schneemassen aus der Nähe des
Schlosses zu entfernen; kurze Zeit nach ihnen erschien der Kastellan. Er trat zu Neumark und bat
ihn um den Schlüssel zur Kapelle, den Dieser,
wenn Raimund abwesend war, in Verwahrung hatte

Nicht ohne Erstaunen fragte der Verwalter, zu wel=
chem Zweck er dessen bedürfe.

„Der Kirchendiener wollte den Altar in Ordnung
bringen!" entgegnete der Kastellan.

„Heute? — Es ist ja Mittwoch, nicht Sonn=
abend; auch morgen kein Feiertag!"

„Sie vergessen den heutigen Gottesdienst, Herr
Verwalter; es ist der fünfte April!"

„Richtig! das hatte ich in der That vergessen!
Sogleich werde ich Ihnen den Schlüssel holen."

Trotz dieses Versprechens blieb Neumark plötz=
lich wie gebannt an der Stelle stehn; ernst und
sinnend blickte er vor sich nieder. Erst nach länge=
rer Pause fragte er langsam: „Glauben Sie, daß
der Gottesdienst besucht sein wird?"

„Er ist es stets! diese feierliche Handlung hat
für Alle etwas Anziehendes."

„Ja, ja ich weiß! — ich hoffte nur eben, das
schlechte Wetter würde die Leute abhalten."

„Hofften? ist es Ihnen denn unangenehm, wenn
die Kirche besucht ist?"

„O nein, — nur heut' ist es mir nicht lieb."

Der Kastellan sah den Sprechenden ebenso ver=
wundert, wie besorgt an — Neumark entging der

Ausdruck nicht; einen prüfenden Blick umherwerfend, ob Niemand in der Nähe sei, sagte er ernst: „Ich kann ein offnes Wort mit ihnen reden! — ich weiß, Sie lieben unsern Herrn."

„Ist ihm Etwas geschehen?"

„Beruhigen Sie sich! — Ich bemerkte nur gestern im Dorfe, daß nicht Alles so ruhig ist, wie ich wünschte und fest erwartet hatte. Aus dem Grunde ist es mir unangenehm, daß heute zu so später Stunde allen Dorfleuten — kurz Jedem, der die Kirche besuchen will, der Eintritt in's Schloß frei steht."

Die sichtlichste Bestürzung und Angst malte sich in des Kastellans Zügen, und er rief lebhaft: „Wie, Herr Neumark, Sie glauben doch nicht, daß man das Schloß in Brand stecken wird? Heilige Jung= frau! that doch unser gnädiger Herr Alles, um die aufrührerischen Kanaillen zu beruhigen, that mehr als er je bei den höchstseligen Herren Ahnen wird verantworten können!"

„Baron Buchenhausen that seine Pflicht in der vollsten Ausdehnung des Worts; doch nicht davon wollen wir reden! — Ich sage ja nicht, daß ich Schlimmes fürchte; es ist mir nur unangenehm, daß so viele Leute in das Schloß kommen, zu einer Zeit kommen, wo man kaum beobachten kann, ob sie auch wieder hinausgehen, die vielen Gänge und Corridore lassen leicht einen Versteck zu! — Gelingt es aber Einen der Mißvergnügten, dem der Baron nicht zu erfüllende oder zu unverschämte Bitten verweigert, sich im Schlosse zu verbergen, riskiren wir in der jetzigen Zeit der Aufregung einen Akt der Rache, vor dem in ruhigen Tagen selbst der Böswilligste zurückschaudern würde."

„Gott und alle Heiligen mögen uns schützen!" rief der Alte sich bekreuzend.

„Suchen wir uns selbst auch zu schützen!"

„Was können wir thun, lieber Herr Neumark?"

„Den Zutritt zur Kirche verweigern! das wäre das Einfachste."

„Das geht nicht! — dann finge der Spektakel gleich an; sie dächten, man thäte ihnen Unrecht; sie würden sagen, seit langen Jahren hätten sie kommen dürfen, sie —"

„Gut, gut! So möchte ich den Kaplan bitten, daß er den Gottesdienst aussetzt."

„Ach, da kennen Sie nicht die Bestimmungen! — Die Armen erhalten nach dieser Feier jährlich

dreihundert Thaler! — Fiele sie einmal aus — so
wäre ihnen laut Testament die Summe für immer
verloren; hundert Thaler bekommt der Kaplan, zwei-
hundert die Kirche — kurz, an diesen Gesetzen stößt
Ihr Wort Nichts um, denn da steht Alles zu fest,
dafür ist Alles zu gut verklausulirt! — Nein, nein,
Herr Verwalter, da sparen Sie sich die Müh' —
oder — reden Sie auch meinetwegen mit dem Herrn
Kaplan! — So viel ich weiß, ließ er aber in seinem blinden Fanatismus lieber die ganze Welt ab-
brennen, als daß er jenen Gottesdienst aussetzte;
außerdem würde er glauben, durch Unterlassung der
Feier Unglück und ewiges Verderben über die Bu-
chenhausensche Familie heraufzubeschwören."

„Sie mögen Recht haben; thun wir daher, was
uns möglich ist, zu leisten. Stellen wir Wachen
im Schlosse und vor demselben auf und empfehlen
wir unserm ganzen Dienstpersonal die größte Vorsicht an. Außer der kleinen Thür im großen Portale verschließen wir jeden Eingang, selbst das Git-
terthor unten an der Terrasse!"

„Sonst wurde aber immer das Thor unterhalb
der Terrassen geöffnet, wie an den Sonn- und Feier-
tagen. Der Weg ist kürzer!"

„Nein, nein, öffnen Sie das nicht! die Leute
können den Fahrweg gehen; lassen Sie den Weg
vom Schnee säubern und am Portale Fakeln an-
brennen!"

„Wie Sie bestimmen, soll es geschehen! außerdem
werde ich genau aufpassen, wer in's Schloß kommt
und wen ich sehe, der soll auch wahrlich wieder
hinaus!"

„Wenn Sie, der Sie Alle so genau kennen,
Das thun, wäre mir die größte Angst genommen!"

„Verlassen Sie sich auf mich, Herr Neumark."

„Ich thue es und bin nun schon ruhiger. Noch
sicherer würde ich sein, wüßte ich noch einige tüch-
tige Männer für den Fall der Noth herbeizuschaffen,
denn unsere zuverlässigsten Leute, der Kutscher und
Kammerdiener, fehlen uns."

„Einen wüßt' ich! meinen Sohn, den Förster
aus Hollwegen."

„Ja, hätten wir ihn! Das ist ein Mann für
Drei!" —

„Schicken Sie einen Boten und er ist vor Beginn der Kirche hier."

„So fahre ich selbst zu ihm, um seines Kom-
mens sicher zu sein."

„Das ist jedenfalls das Beste, wenn Sie sich der Mühe unterziehen wollen."

„Was gilt die Mühe gegen den Gewinn! Ich fahre! — Wie spät mag es jetzt sein?"

„Bald vier Uhr."

„So bin ich neun Uhr, spätestens zehn, wieder zurück!"

„Fahren Sie ruhig und kommen Sie auch später, so ängstigen Sie sich nicht, denn ich passe hier auf."

„Noch Eins! lassen Sie den Kirchendiener nicht allein in der Kapelle! — ich traf ihn gestern mit jenem Jakob Schrötter zusammen, dem der Herr Baron so mißtraut, und wie ich erfahren, ist der ihm böse."

„Weil er seinen Sohn geschlagen — ich hörte davon!"

Damit trennten sich Verwalter und Kastellan; Neumark fuhr kurze Zeit darauf nach dem Hollweger Forsthause, das drei Stunden von Almarstein entfernt lag. Waren auch die Pferde gut, der Schlitten leicht, so ging die Fahrt doch nicht so schnell von Statten, wie es für Neumark's Ungeduld wünschenswerth.

12*

Alle Wege waren verschneit und von einer Bahn
keine Spur zu entdecken; der Kutscher mußte daher
oft anhalten, um Tannenzweige in den Schnee zu
stecken, die ihnen für die Abendstunden beim Rück-
wege als sicheres Fahrzeichen dienen sollten.

Auf der letzten Hälfte des Weges, wo sie eine
Strecke über jene Chaussee zu fahren hatten, die sich
durch das Süberländische Gebirge zieht, begegneten
sie einer Extrapost; der Wagen war auf Kufen gesetzt; und flog so pfeilgeschwind an ihnen vorüber,
daß Neumark nur den flüchtigen Umriß von zwei
Gestalten erkannte. Unwillkührlich dachte er:

„Die Leute scheinen noch größere Eile zu haben,
wie ich!"

In Stunden, wo Minuten von dem größten
Werthe sind, treten gewöhnlich die unvermuthetsten
Hindernisse ein; Neumark kannte den Förster als
den häuslichsten Mann und bezweifelte daher nicht,
daß er um die Stunde zu Hause sein würde und
doch fand er ihn nicht; seine Frau sagte ihm, daß
er zum Chirurgus nach Hollwegen gegangen, vor
Abend aber hätte zurückkehren wollen. Zu seinem
Glücke war Neumark zu ungeduldig, um lange warten zu können; er fuhr als die Pferde etwas ge-

ruht, nach dem bezeichneten Orte. Da angelangt
vernahm er, daß der Förster seinen Freund nach
Almarstein begleitet habe, indem dieser bei seiner
Ankunft gerade im Begriff gestanden, fortzugehen
um einen Patienten im Dorfe zu besuchen.·

„Verfehlen!" — „Zu spät!" Beides Worte, die
den traurigsten, den entsetzlichsten Inhalt in sich
tragen können; Worte — welche des Menschen
bösefste Feinde im Leben sind! — — —

Als Adalbert Neumark den zweiten vergeblichen
Versuch gemacht, den Förster Werner zu erreichen,
rief er erregt: „Verfehlt! verfehlt!" aus; als er
aber kurze Zeit darauf Almarstein mehr entgegenflog,
als fuhr, da fragte er sich angstvoll: „Werde ich
zu spät kommen?" — Er kam nach seiner Ansicht und zu seiner Freude gerade zur rechten Zeit,
denn die Thurmuhr des Schlosses verkündete die
elfte Stunde als sein Schlitten vor dem Portale
anhielt, auf dem die heilige Gertraud stand und zu
dessen beiden Seiten große Pechfackeln brannten.

Unterdessen man ihm die Thorflügel öffnete,
fragte Neumark den am Portale aufgestellten Wachtposten, „ob sich irgend Etwas ereignet habe?"

Die zitternde Stimme des jungen Menschen,

mit der er die Frage verneinte, veranlaßte Neumark zu dem Ausruf: Du fürchtest Dich doch nicht,
Friederich?"

„Ach nein!" erwiderte der junge Bursche klein-
laut und setzte lebhafter hinzu: „Ich friere so! Sie
wissen, ich war kürzlich krank, Herr Verwalter."

„Warum sagtest Du nicht, daß man Dir einen
Wachtposten im Hause gab."

„Der Herr Kastellan bot es mir an; doch weil
sie im Schlosse immer Alle meinen, ich sei so furcht-
sam, mochte ich nicht auf den Vorschlag eingehn!
das Loos hatte mich getroffen und ich wollte daher
meine Pflicht erfüllen."

„Nun gut, mein Sohn! Passe genau auf und siehst
oder hörst Du irgend etwas Verdächtiges, so ziehe
stark an der Glocke! — Hier hast Du übrigens
meinen Pelzmantel; darin wird Dich nicht frieren."

Indem Neumark dem Burschen seinen Pelz zu-
warf, fuhr der Schlitten in den Hof; die mächtigen
Thorflügel fielen von Neuem zu, der Kastellan ver-
riegelte sie selbst. —

„Ihr Sohn ist hier?" fragte der Verwalter
lebhaft.

„In der Kirche!" entgegnete der Kastellan. „Ich

theilte ihm und dem Chirurgus Bach Ihre Besorgnisse mit und Beide lassen Ihnen durch mich die
Versicherung geben: „im Augenblick der Gefahr fest
auf ihre Hülfe zählen zu können." Mein Sohn
hatte seine Flinte bei sich, Herrn Bach gab ich eine
der Pistolen unseres gnädigen Herrn."

„Sind viele Leute in der Kirche?"

„Sie war selten so gefüllt; doch sonderbarer
Weise ist auch nicht Einer der sogenannten Mißvergnügten gekommen."

„Das ist seltsam!"

„Ich nahm es als kein gutes Zeichen, Herr
Verwalter!"

„Das ist es auch nicht! sie haben dann jedenfalls
Etwas vor, bester Werner, und wir müssen doppelt
achtsam sein."

„Noch ein Umstand hat mich beunruhigt! Die
Leute arbeiteten nämlich so sehr lange draußen vor
dem Portale am Fahrwege, um eine ordentliche Bahn
zu machen. Als ich gegen acht Uhr hinausging,
um nachzusehn, stand ein Mann bei ihnen, der mir
fremd war und doch so bekannt erschien; er zog
sich bei meiner Annäherung hinter die Arbeiter zurück und auf mein Befragen sagte mir Einer der

Leute sehr verlegen: „der Herr habe sich nur bei
ihnen erkundigt, ob auch Fremde dem Friedensgot=
tesdienste in der Kirche beiwohnen dürften." Ich
wandte mich nach ihm hin, um unter dem Vorwande,
ihm Auskunft zu geben, ihn genauer sehen zu kön=
nen und sprechen zu hören. Da entfernte er sich
gerade eiligen Schrittes und ich holte ihn nicht ein."

„Kam er zur Kirche?"

„Nein!"

„Sie glauben, diesen Menschen schon früher ge=
sehn zu haben?"

„Ja, gesehen habe ich ihn schon einmal; doch wo
und wann, kann ich mich nicht entsinnen!"

„Wie war er gekleidet?"

„Es war sehr dunkel draußen, die Pechpfannen
waren noch nicht angezündet; aber das sah ich deut=
lich, daß er den Demokratenhut trug, einen dieser
infamen Hüte mit langer Feder!"

Ueber des Verwalters Gesicht zuckte ein Lächeln,
— das erste an dem Tage — es verschwand aber
so schnell, wie es gekommen und er sagte ruhig:
„Die Predigt wird wohl bald beginnen! ich gehe
daher jetzt in die Kirche!"

Unterdessen Neumark mit dem Kastellan auf dem

Hofe dieſes Geſpräch führte, ſpielte vor dem Portale eine andere Scene.

Kaum waren die Thorflügel zugefallen und die Riegel vorgeſchoben, ſo tauchten ſowohl aus dem Gebüſche ſeitwärts des Weges, als auch hinter dem breiten Vorſprunge der an das Portal grenzenden und ſich weithin ausdehnende Parkmauer, viele dunkle Geſtalten auf. Es waren Männer; Einer derſelben deutete dem, auf den Quaderſteinen der Einfahrt auf und abſchreitenden Wachtpoſten an, den Platz zu verlaſſen. Als der Burſche eine Sekunde zögerte, riß er ihn heftig zur Seite und die Worte: „Menſch, wenn Du uns jetzt aufhälſt oder verräthſt, biſt Du des Todes!" machten, daß der Poſten ſchnell zurückwich und hinter den Mauervorſprung trat, wo eine tief verſchleierte Frauengeſtalt ſtand.

Während ſie ihm mehrere Goldſtücke gab und leis einige freundliche Worte zuflüſterte, hoben mehrere der andern Männer, vermittelſt eiſerner Brechſtangen, raſch und geſchickt die Steinplatte empor, auf welche die Schutzpatronin der Familie Buchenhauſen von der Höhe aus niederdeutete.

Sowie die Platte fortgehoben, beugte ſich der Erſte der Männer zur Erde und erſchloß die Thüre, die der Stein verborgen; sie öffnete sich kreischend in ihren verrosteten Angeln; doch dieses Geräusch erstarb unter den lauten Tonwellen des Chorales, der aus der Kirche erklang.

„Holt jetzt die Gräfin, Schrötter!" flüsterte der Mann, welcher der Anführer der Schaar zu sein schien.

Der Angeredete entfernte sich eilig und in der nächsten Sekunde stand die Dame, die mit der Thorwache gesprochen, vor dem offnen Eingange des unterirdischen Ganges.

Sie warf Schleier und Kapuze ab, blickte etwas ängstlich auf die verfallnen Stufen einer kleinen Treppe und fragte mit zitternder Stimme:

„Wir werden doch auf diesem Wege in das Gewölbe kommen, lieber Waltram?"

„Ganz gewiß; doch fürchten Sie sich, hinabzusteigen, so lassen Sie uns allein gehen! Ich bringe Ihnen die Papiere mit."

„Nein, nein, keinenfalls! — Gehen Sie voran, Schrötter!"

Die kleine gedrungene Gestalt eines Mannes stieg die Treppe sichern Fußes hinab. Als er in der Tiefe angelangt, rief er leise: „Gieb mir jetzt die Fackel, Andreas!"

Man reichte ihm das Verlangte und in der nächsten Minute erhellte ein grell rothes Licht die Oeffnung.

„Hier ist der Ballen mit dem Werch!" flüsterte Andreas Hamann und wollte bei seinen Worten ein großes, sorgfältig zugebundenes Paquet hinabwerfen."

„Seid Ihr des Teufels!" murmelte Waltram und schleuderte das Bündel bei Seite.

„Was heißt das, soll ich den Werch nicht haben?" fragte Schrötter ernst und machte Miene emporzusteigen.

„Zum Henker, Ihr sollt ihn haben, nur jetzt nicht, wo Ihr die Fackel tragt! Sollen wir etwa in dem Loche verbrennen? Geht! — Ich werde Euer Brennmaterial schon nicht vergessen."

„Ihr habt Recht, Herr Waltram! bei mir könnte es sich entzünden."

Schrötter zog sich zurück; Waltram reichte der Dame die Hand und sie stieg leicht und behende hinab; Waltram ergriff nun das Paquet; doch ehe er in dem unterirdischen Gange verschwand, sagte er ernst zu den im Kreise stehenden Männern: „Ihr

habt bis jetzt Eure Sache gut gemacht! der Stein
ging leicht in die Höhe; nun schließt die Thüre wie
Euch gesagt worden, zieht Euch dann zurück und
laßt die Wache ihren Platz einnehmen! Sowie Ihr
aber bemerkt, daß Jemand in diesen Gang eindrin-
gen will, so springt hervor und vertheidigt ihn auf
Tod und Leben! — Niemand darf hinein!"

„Seid unbesorgt! Fürchtet Nichts! Verlaßt Euch
auf uns!" entgegneten die Männer. Waltram verschwand unter diesen Versicherungen in die Tiefe.
Man machte nun die Thüre zu, ohne sie zu schließen, warf Schnee in die Oeffnung und zog sich
hinter die Parkmauer zurück.

Dem dort harrenden Wachtposten, dem trotz
Neumark's dicken Pelzmantel alle Glieder zitterten
und die Zähne fröstelnd aneinander schlugen, flüsterte
Einer der Männer lachend zu: „Nun, Friederich,
kommst Du wieder an die Reihe! passe gut auf,
daß dem Schlosse kein Verderben naht!"

Langsam ging der Posten an seinen Platz zurück. Eine Zeit lang schritt er unruhig vor dem
Thore auf und ab; er kämpfte offenbar mit einem
Entschlusse. Als er endlich der Stimme seines Ge-
wissens folgte, glaubte er, es sei noch nicht zu spät.

Dreiundzwanzigstes Kapitel.

Der Choral: „Ach, bleib mit deiner Gnade bei uns, Herr Jesu Christ," durchtönte mit seinem ernsten, feierlichen Klange noch die Kapelle des Schlosses Almarstein, als Adalbert Neumark leise und geräuschlos in die Loge der Kirche trat, welche für die Gutsherrschaft bestimmt war. Von dort aus konnte er den ganzen Raum übersehen. Er war so dicht mit Menschen angefüllt, wie noch nie; Alles lag auf den Knien, — der Priester — im einfachen Meßgewande — verharrte in betender Stellung am Altare. Diesen schwarzumhangenen Altar zierte bei dem Friedensgottesdienste immer nur ein Gegenstand. Es war ein herrliches Gemälde, — das Bild des verlorenen Sohnes! — Hell traf es der volle Lichtstrom der Menge von Kerzen, die zu beiden Seiten des düstern Altars auf hohen Kandelabern brannten.

Die Feierlichkeit des Friedensgottesdienstes machte
an diesem Abend einen noch tiefern Eindruck auf
Neumark, als in den vergangenen Jahren; ernsten
Blicks überschaute er das ernste Bild und als der
letzte Ton des Chorals verhallt, der Priester seine
Rede begann, deren Text die Worte: „Seid einig
und liebet Euch untereinander," da erfaßte ihn so
mächtig die furchtbarste Seelenangst, daß er nicht
auszuharren vermochte in dem Raume, wo mahnend
der Aufruf zum Frieden ertönte. Er eilte hinaus,
hin auf die Terrasse. Der jähste, plötzlichste Um-
schlag trat dort in seinen Gefühlen ein; — von der
größten Unruhe gelangte er zur größten Ruhe, aus
der unerklärlichsten Angst kam er zur überlegtesten,
kältesten Besonnenheit!

Neumark sah nämlich vor dem Gitterthore unterhalb der Terrassen dunkle Gestalten, er erkannte,
daß Jemand an der verschlossenen Pforte emporklet-
terte. — Er flog mehr über die Terrassen dahin,
als daß er lief — sein Schritt verhallte lautlos im
Schnee; er erreichte die letzte der Abstufungen, als
zwei Männer von der Höhe des Thores in den Garten hinabsprangen; Einer Derselben wandte sich rasch
zu den außerhalb des Thores Stehenden und sagte

leiſe aber bringend: „Wir ſind glücklich hinüber! —
Geht Ihr jetzt ſchnell den Fahrweg hinauf; ich öffne
Euch das Thor ſofort!"

Die andern Geſtalten verſchwanden vom Gitter;
die beiden Männer ſchritten eilig durch den Garten;
ſie betraten die erſte Terraſſe und näherten ſich dem
Platze, wo Neumark hinter dem Stamme eines Bau=
mes ſich verborgen. Bis auf zehn Schritte Ent=
fernung ließ er ſie herankommen, dann bonnerte er
ihnen ein „Halt!" zu.

Beide Männer ſtutzten bei dieſem plötzlichen Zu=
ruf; der Größere, Schlankere von Beiden ergriff
ſchnell den Arm ſeines Begleiters, drängte ihn hin=
ter ſich zurück, zog ein Piſtol und ſagte ruhig: „Ich
ſchieße Jeden ſofort nieder, der mich hier, auf meinem Grund und Boden, anfällt!"

„Raimund, Raimund!" rief Neumark jubelnd.

„Adalbert, Du?" antwortete Raimund und flog
dem Freunde entgegen.

Nur einen Moment ſchlang ſich Arm um Arm,
— nur eine Sekunde ruhte Bruſt an Bruſt; dann
ſprach Buchenhauſen haſtig: „Adalbert, uns droht
Gefahr! Dir läßt Helene Omberg ſagen, daß Grä=
fin Berniczecka ſich mit Gewalt Deiner Papiere zu

bemächtigen gedenkt; sie hat sich mit einem Feinde dieses Mannes, den Du kennst und der mein Onkel ist, verbunden. — Jener Feind ist der Fremde, der vor einigen Wochen in Almarstein war und Dir damals schon als ein Betrüger erschienen; er ist heut mit der Gräfin hierher gekommen —"

„Heute gegen Abend — in einer Extrapost?" fiel Neumark ein.

„Du sahst sie?"

„Sie fuhren an mir vorüber."

„Wann?"

„Gegen sechs Uhr."

„Gott! — So sind sie sicher schon in jenem geheimen Versteck!" rief Bookhouse.

„Das ist nicht möglich, mein Herr!" entgegnete Neumark rasch. „Die Kapelle ist von dem Kastellan bis zu dem Augenblicke bewacht worden, wo die Leute zum Gottesdienst kamen und außerhalb des Schlosses haben wir seit heute Nachmittag Wachen ausstehen."

„Ihr ahntet Gefahr? —" rief Raimund erstaunt.

„Ja!"

„Dem Himmel sei Dank! doch, ehe wir ein

Weiteres reden, laß uns eilen, auf den Hof zu kommen, um den Kindern meines Onkels das Portal zu öffnen!"

„Ich habe den Schlüssel zu dieser Terrassenpforte."

„Desto besser, ich eile ihnen nach, hole sie zurück!"

Neumark hate das Thor der Terrasse noch nicht erschlossen, als plötzlich lauter Glockenklang ertönte.

„Was ist das?" rief Raimund und zu gleicher Zeit mit ihm sagte Neumark: „Das Signal der Wache am Portal! Dort muß —"

Ein gellender Hülfeschrei wurde ausgestoßen.

„Raimund! am Thore ereignet sich Etwas!" rief Neumark.

„Gott und alle Heiligen, dort ist meine Gertraud!" schrie Buchenhausen und stürzte durch das Thor.

Neumark und Boothouse wollten ihm folgen, als der Ruf: „Feuer, Feuer im Schloß!" von der obern Terrasse herabtönte und ihre Schritte hemmte.

Einen Moment stand Neumark unschlüssig. „Dieser Weg ist der kürzere!" Er eilte voran, Boothouse folgte.

Einzelne laut kreischende Weiber begegneten ihnen schon auf der Terrasse; im Hofe drängte sich ihnen der ganze auf der Flucht begriffne Menschenstrom entgegen; Alles schrie: „die Kapelle brennt!"

„Wohin, Ihr Leute?" rief Neumark den Forteilenden nach. „Bleibt, helft! rettet! Thut Eure Pflicht!"

Es war, als ob das Wort sie bannte, ihnen die verlorene Besinnung zurückgäbe.

Die Worte hallten durcheinander: „Ja, ja bleiben! — Das Schloß retten! Wo sind die Spritzen?"

„Alle Löschapparate stehen dort in der großen Scheune! Wasser ist hier im Springbrunnen! Zieht die Spritzen heraus! füllt die Schläuche! Leitern an die Kirchenfenster! — Schlagt sie ein und den vollen Wasserstrom dorthin geleitet, wo es brennt!"

„Der Altar brennt! Dort kam das Feuer aus!" rief die Menge.

„Der Altar?" wiederholte Bookhouse. — Er drängte sich nach dem Eingange des Schlosses, aus dem noch immer weinende, schreiende Menschen strömten. Auch Neumark wandte sich dorthin, um das Wahre der Lage zu erkennen.

„Ruhe, Ordnung!" rief er noch einmal, ehe er das Schloß betrat.

Es wurde still, Ordnung schien in die verwirrte, erschrockene Masse zu kommen, als ein Ereigniß Alles von Neuem aus den Fugen riß — und anstatt der Schreckensrufe, lautes Entsetzengeschrei die Luft durchhallte! — Ein Schuß fiel außerhalb des Portals — ihm folgte rasch ein zweiter; der Ruf: „Diebe! Mörder!" erschallte laut.

Bookhouse hatte bereits die Schwelle des Hauses überschritten, als der Schuß fiel und der Fluch seines Großvaters sich in gräßlicher Weise zu erfüllen begann. — Er, der auf die Warnung seines Vaters nicht gehört — er hörte auch in dem Augenblick nicht den leisen Todesschrei seines Kindes, das seinen Ehrgeiz mit dem Leben bezahlte! —

Neumark war noch nicht in's Schloß getreten, er vernahm daher deutlich Alles und drängte sich nach dem Portale, von dem der Förster schon die Riegel zurückschob. Als die Flügel sich öffneten, sah Neumark von dem ganzen wirren Gemälde des ungleichsten Kampfes nur die eine Scene des Vordergrundes, — die entsetzlichste Scene:

Raimund von Buchenhausen kniete vor einer

weiblichen Gestalt — zusammengesunken, blutend —
lag sie auf der Schwelle des Portals! — — Zärtlich rief er den Namen „Gertraud!" — doch Gertraud Bookhouse vernahm den Laut der Liebe nicht
mehr — die Kugel Johann Waltram's hatte zu
sicher das Herz getroffen, das für ihn nicht hatte
schlagen wollen! — — —

Neumark erstarrte, — ohne jeden weitern Kom-
mentar wußte er, was die Todte dem Freunde im
Leben hatte sein sollen, so konnte nur Jemand einen
Namen aussprechen, für den d e r e i n e N a m e die
ganze Welt war! —

Neumark wagte Raimund nicht mit Trost anzu-
reden; er ließ ihn ungestört und wandte sein Auge
auf die Scene des Hintergrundes.

Das rothe Licht der Pechfackeln beleuchtete den
Kampf zweier Männer, auf die ungefähr Zwanzig eindrangen und denen Beiden der Förster Werner zu Hülfe gesprungen. — Der Eine von ihnen
sank in dem Augenblick zu Boden, wo Neumark
den Andern, den auf ihn einbringenden Männern
entriß; er erkannte in dem Befreiten den Postillon
Feldheim. Mit blitzendem Auge rief Dieser: „War-
tet, Ihr Canaillen, Ihr sollt es später büßen," er-

griff des Försters Arm und schrie: „Werner, kommt mit mir! Ich muß den Dieb, den Mörder einfangen! — Ihr, Herr Neumark, laßt die Dame verfolgen, die mit dem Hallunken Schrötter davonlief." Der Postillon wollte nach diesen Worten seitwärts entspringen. — Man erfaßte ihn von Neuem; man griff auch Neumark und den Förster an, die Feldheim abermals zu befreien versuchten. Es gelang dem Förster endlich, seine Doppelflinte zu erfassen; Mehrere wichen vor diesen ihnen bekannten Gewehren zurück — Zwei schleuderte Neumark bei Seite, Feldheim war wieder frei und entsprang mit den Worten:

„Die Dame entfloh den Fahrweg entlang, der Mörder in den Berg!"

Neumark und einige Bauern deckten den Rückzug des Postillons und überwältigten Die, die ihn zurückhalten wollten. Feldheim verschwand nach wenigen Augenblicken hinter der Parkmauer — Neumark athmete auf! der Förster Werner war es nicht allein, der dem Postillon folgte, sondern mehrere Bauern schlossen sich ihm an; unter dem wilden Geschrei: „Haltet den Dieb! fangt den Mörder!" eilten sie Feldheim nach.

Mit diesem Geschrei mischte sich der Klang eines
Posthorns. Hätte auch Neumark die Dame verfolgen wollen, der frohlockende Ausruf eines Flüchtlings,
der im Davonlaufen schrie: „Die Gräfin ist gerettet!" würde ihn von solch vergeblicher Mühe zurückgehalten haben. Er wandte sich nach dem Schlosse
hin. Der Glutschein in der Kapelle mahnte ihn,
dort Versuche zu machen, wo Rettung möglich. Er
eilte vorwärts und kam an einer Gruppe Frauen
vorüber, die den neben Feldheim Gefallnen umstan-
den. Er lag in todtenähnlicher Erstarrung am Boden, Neumark beugte sich über ihn und entdeckte,
daß er leise athmete. Eine der Frauen sagte: „Sieht
er nicht bald wie unser Herr aus!"

„Tragt den Ohnmächtigen lieber in's Haus, als
daß Ihr unnütze Betrachtungen über ihn anstellt!"
gebot Neumark ernst.

Die Frauen hoben Waldemar Bookhouse vorsichtig empor und eine fragte: „Sollen wir den Herrn
in die Kastellanwohnung bringen? Der Herr Baron trug die todte Dame da hinein."

„Ja, ja! und seht Euch dann um, ob Ihr nicht
den Doktor aus Hollwegen im Gewühle auffinden
könnt."

„Er ist drinnen bei der Todten!" rief ein Vor=
übereilender.

Neumark ging dem kleinen Zuge voraus. — Im
Schloßhofe war Alles in vollster Thätigkeit; der
Kastellan leitete das Löschen des Brandes und voll
Besonnenheit unterstützte ihn jetzt ein Theil der
Menge, die im ersten Augenblicke des Schrecks gänz=
lich den Kopf verloren.

Die Flammen zerstörten nur das Innere der
Kapelle, die festen Steimauern widerstanden ihnen
und nach kurzer Zeit war das Feuer gelöscht!

„Welch anderes Bild bot die Kapelle nach die=
ser kurzen Spanne Zeit! — Vom Altar zeigte sich
keine Spur mehr, — in kleine Ballen zusammenge=
schmolzen lagen die hohen silbernen Kandelaber;
Bänke und Betstühle waren verkohlte Trümmer, —
die Wände geschwärzt, der Boden mit Wasser über=
strömt. Diese vollständige Zerstörung beleuchteten
schwach einzelne noch matt und trübe brennende Ker=
zen an den Kronen im Schiff der Kirche.

Nur flüchtig ruhte Neumark's Auge auf dem
gänzlich veränderten Bilde; dann eilte er in das
Haus des Kastellans, um Raimund die Nachricht zu
bringen, daß alle Feuersgefahr vorüber. Er betrat

dort einen so kleinen Raum und doch war dieser
Schauplatz eines Schmerzes, wie er vielleicht selten
im Leben in solchen Umfange dem Menschen entge-
gentritt! — — —

Auf dem Sopha lag die Leiche Gertraud's, —
auf einem Ruhebette rang Waldemar mit dem Tode.
— Fast ebenso farblos, wie die Gesichter der Ge-
mordeten und des Sterbenden, waren die der beiden Lebenden in diesem Zimmer! Hand in Hand
standen diese Beiden; sie wollten sich Jeder ein
Wort des Trostes zurufen; sie brachten keinen Laut
hervor, — endlich sagte Bookhouse:

„Raimund, gestern glaubtest Du, die Schuld
sei gesühnt, — ich denke, sie ist es heute! —"

Er wandte sich zu seinem Sohne; Waldemar
lag mit geschlossenen Augen, ein seliges Lächeln, das
in dem Momente seine Züge überflog, zeigte, daß
vor seinem geistigen Blicke lichtere, schönere Bilder
vorüberschwebten, als die düstere traurige Außenwelt
bot. Plötzlich richtete er sich auf, breitete die Arme
aus und der Name „Hope Barwing!" glitt über
seine Lippen.

Raimund blickte Bookhouse fragend an. Dieser
sprach düster: „Er nennt den Namen, der ihm Le-

ben und Tod gegeben — den Namen, der sein Le=
ben umnachtet und nun seine Todesstunde lichtet!
den Namen, der in der weiten Welt allein Werth
für ihn hatte."

Waldemar Bookhouse rief noch einmal diesen
ihm unvergeßlichen Namen, — mit diesem Ausruf
entfloh sein Geist der irdischen Hülle! —

Es wurde so still in dem kleinen Zimmer, als
sei kein Lebender darin. — Bookhouse kniete neben
dem Lager seines Sohnes; Raimund hatte sich, vom
leidenschaftlichsten Schmerze ergriffen, wieder über
die verlorene Geliebte gebeugt; — immer und wie=
der küßte er die kalten Lippen, immer von Neuem
streichelte er die weichen Locken.

Da schlug es zwölf Uhr! — Raimund fuhr em=
por; auch Bookhouse richtete sich langsam auf. —
Dem letzten, verhallenden Schlage lauschend, sagte
er ernst:

„Raimund, die letzte Stunde des Tages, an den
wir gestern unsere Hoffnungen knüpften; — die letzte
Stunde des Tages, nach dem ich mich Zeit meines
Lebens sehnte, — von dem ich seit einundbreißig
Jahren ganz allein mein Glück abhängig glaubte!"
— — — Eine Weile hielt er inne, düster sah er

vor sich nieder; dann betrachtete er Raimund und langsam fuhr er fort: „Mein Vater sagte vor seinem Tode: „ein Name ist Nichts!" — ich gehe aber mit der Ueberzeugung aus dem Leben, mit der ich durch's Leben gegangen: „ein Name ist Alles für Die, deren äußeres Glück davon abhängig." Du, Raimund, gehörst zu den Menschen, die einen Namen haben! Gehe nicht leichtsinnig mit diesem werthvollen Pfande um, das Dir vom Schicksal verliehen ist! — Du standest im Begriff, Dich von den Pflichten loszusagen, die er erheischt, — traure nicht zu tief, nicht zu lange, daß die Hand eines ruchlosen Bösewichts Dir die Ausführung Deiner Pläne unmöglich gemacht, — denke: er war das Werkzeug eines höhern Willens, der den Namen Buchenhausen von dem Glanze umgeben behalten wollte, mit dem er ihn ausgestattet! — — Mein Großvater gelangte an das Ziel der Wünsche, das Dir versagt worden, — er wurde glücklich; doch — wie hat sich das Schicksal seiner Nachkommen gestaltet? — Kann ich seine That segnen, einem Namen entsagt zu haben, der für mich der Inbegriff alles irdischen Glücks? — O, Raimund, — laß die Schicksale meines Lebens Dir ein warnendes Bei-

spiel sein! — erfülle die Pflichten, die Dein Name
erheischt, denn, kannst Du wissen, ob Deine Nach=
kommen Dich segnen, wenn Du, um Dein Lebens=
glück zu gründen, das ihrige opferst! Denke nie,
Du gründest ihr Glück, machst sie frei! — Wie
kannst Du die Ereignisse der Zukunft voraussehen,
— wie kannst Du berechnen, welche Folgen Deine
Handlung freier Willkühr nach hundert Jahren hat?
— darum noch einmal, Raimund — zum letzten=
male! erfülle die Gesetze, die Dein Name Dir vor=
schreibt, — denn — Du allein wirst nicht
umstoßen, was der Segen von Tausenden!
— Sollte noch einmal die Versuchung Dir nahen,
wie sie in Gertraud Dir entgegengetreten, dann
schaudere vor That und Handlung zurück, die Dei=
nen Urenkeln dasselbe Schicksal bereiten könnten, das
mein Loos und das meiner Kinder gewesen!"

Bookhouse schwieg. — Nach langer Pause sagte
er feierlich: „Ich nehme Dir, dem letzten Repräsen=
tanten eines der edelsten Namen des alten Westpha=
lenlandes, keinen Eid ab: „meine Bitte zu beachten,"
ich bin überzeugt: „daß einfache Worte oft tiefer
wirken, als höchste Eide," — ich hoffe, daß mein
Schicksal Dir furchtbare Warnung sein wird,"

„Onkel!" rief Raimund besorgt, „Du sprichst, als redetest Du zum letztenmale mit mir, — Du willst mich doch nicht verlassen?"

„Raimund, — auch ich verlasse Dich! — Niemand von der Familie soll bei Dir bleiben, deren Zweig sich einst zu seinem Verderben vom alten Stamme gelöst und der nun ausstirbt."

„Bleibe, Onkel! Du erhältst vielleicht noch die Dokumente Deines Namens; man verfolgt den Dieb, der sie gestohlen."

„Sie sind in Waltram's Hand, Raimund, und dort sind sie verloren!"

„Ich hoffe noch."

„Ich nicht mehr, Raimund!" — Er deutete auf Waldemar und Gertraud. „Mit diesen Beiden sind meine Hoffnungen gestorben, für sie wollte ich den Namen erstreben, sie sind todt — — ich bedarf eines Namens nicht mehr! ein Name hat für mich jetzt keinen Werth mehr."

Bookhouse warf noch einen Blick — den letzten — auf seine Kinder, dann reichte er Raimund die Hand und schritt der Thüre entgegen. Dort stand Neumark. Bookhouse sah ihn ernst an: „Sie sind der Gutsverwalter?"

Neumark verbeugte sich.

„Baron Buchenhausen hat mir Ihr Schicksal erzählt. Durch mich nimmt es vielleicht eine trau= rige Wendung, da mein Feind sich mit Ihrer Fein= din verbündet; Sie müssen fliehen, wenn das Ver= derben Sie nicht ereilen soll, das diese Unglücksnacht auch für Sie herbeigeführt! Für den Fall, daß Sie Amerika zu Ihrer Zufluchtsstätte wählen, können meine Papiere Ihnen vielleicht nützlich sein! Erlau= ben Sie mir, zu hoffen, daß durch Uebergabe die= ses Portefeuille ich einen kleinen Theil des Bösen gut mache, das ich unwissentlich auch über Sie her= beigezogen!"

Ehe Neumark es verhindern konnte, lag in sei= ner Hand eine Brieftasche, ehe er seinen Dank aus= zusprechen vermocht, war Bookhouse dem Zimmer enteilt.

„Er hat Recht, Adalbert, Du bist in Gefahr!" rief Raimund lebhaft.

„Ich werde es sein; jedoch, Raimund, er ist in größerer! Eile ihm nach."

„Er will vielleicht allein sein."

„Er darf es nicht bleiben, Raimund."

„Wer weiß, ob es ihm nicht gut sein wird; es

giebt Stunden im Leben, wo wir Niemand brauchen können, kein Mensch uns zu helfen vermag."

„Das sind aber Stunden, Raimund, in denen
Gott dem Menschen nahe sein muß — von ihm ist
jedoch jener Mann weit entfernt!"

„Was willst Du damit andeuten? ich bitte Dich,
rede deutlicher!" —

„Sprach sein Gesicht nicht deutlich genug die
Verzweiflung seines Herzens aus, — gab nicht jedes seiner Worte lebhaftes Zeugniß von der Trostlosigkeit seiner Seele. Folge ihm, Raimund —
rette ihn!"

Raimund stürzte fort — er fand Bookhouse nirgends; auch Neumark forschte vergeblich. Sie sen-
deten Boten nach den verschiedensten Richtungen aus
— Alle kehrten zurück, ohne die geringste Spur von
ihm gefunden zu haben. Die Freunde verlebten die
Nacht in der gräßlichsten Angst.

„Was können wir nun noch thun?" rief Raimund in Verzweiflung am nächsten Morgen.

Ernst erwiderte Neumark: „Uns in das Unab-
änderliche mit der Ruhe finden, die sich der Mann
in den schrecklichsten Lagen des Lebens bewahren
soll! Alles mag ihm genommen werden, jede Stütze

wanken, jeder Anhalt schwinden, behält er den Muth
— bleibt ihm noch viel! Verlieren wir den, Rai=
mund, so verlieren wir uns selbst, — halten wir
ihn aber mit fester Willenskraft aufrecht, so stehn
wir auf dem Boden, auf welchen die Verzweiflung
nie Wurzel fassen kann und — sind gesichert —
sind gerettet vor jedem neuen Wogenandrang des
Schicksals.“

„Mir ist zu viel genommen worden, — ich habe
zu viel verloren, — zu Gräßliches erlebt!“ rief
Raimund mit herzerreißendem Tone.

„Es ist viel, Raimund, mehr als jeder gewöhn=
liche Mensch zu tragen vermag; doch, mein Freund,
Du bist kein Solcher und — außergewöhnliche Men=
schen haben meist außergewöhnliche Schicksale!“

„Nun soll ich auch Dich noch verlieren.“

„Wünschest Du, daß ich bleibe?“

„Nein — im Gegentheil, fliehe, rette Dich! erst
dann werde ich ruhig sein!“

„Weißt Du, was die Brieftasche Deines Ver=
wandten enthält?“

„Die Urkunde über seine Besitzung in Amerika
und den Rest seines Vermögens, Beides ist sein
Vermächtniß an Dich.

„Das kann ich nicht annehmen."

„Wem willst Du es verweigern? — Seine Erben sind todt — er verschwunden!" — — — Raimund warf sich in Neumark's Arme. Nach kurzer
Zeit meldete man dem Baron die Rückkehr des Försters und Postillons. Buchenhausen und Neumark
eilten ihnen entgegen; sie fanden Beide bleich und
erschöpft. Voll Entsetzen hörten sie den Bericht:
„daß auf dem kahlen Plateau eines Berges, mehrere
Stunden von Almarstein, sie endlich Johann Waltram in einer Entfernung von vielleicht hundert
Schritten vor sich gesehn, Feldheim auf ihn zugeeilt
sei; aber plötzlich schaudernd in der Verfolgung inne
gehalten, da der Mörder unter lautem Hülfegeschrei
immer tiefer in den Erdboden eingesunken wäre."

Diese gefährlichen Stellen im Süderländischen
Gebirge heißen die „Todtenmoore." Oft schon sind
Wanderer, die im Sommer solch moosbewachsene
Fläche ahnungslos betraten, dort versunken, — oft
schon mit ihnen Die, welche das Terrain nicht ken-
nend, an diesen sichern Todesstätten Versuche gemacht, den Einsinkenden zu retten. Im Winter, wo
Schnee die Berge deckt, sind diese „Todtenmoore"
gar nicht zu erkennen, für welche überhaupt nur

die Bewohner jener Gegenden den richtigen Blick haben.

Buchenhausen dankte beiden Männern und sagte zu dem Postillon:

„Du, Claus, wirst wahrscheinlich Deinen Abschied erhalten, daß Du, um mir beizustehn, nicht nach Deiner Station zurückgekehrt bist. Laß Dich Das nicht betrüben, denn ich nehme Dich in meinen Dienst!"

Der Postillon blickte zu Boden.

„Wie, Claus, Du antwortest nicht?"

„Ich möchte mit Freuden ja sagen, gnädiger Herr Baron; doch würde mein Anblick Sie nicht immer an die traurigen Vorfälle dieser Nacht mahnen. — Legen Sie lieber bei der Post ein gutes Wort für mich ein.

„Ich werde auch ohne Dich diese Nacht nie vergessen."

Claus sah sehr betrübt seinen alten Spielkameraden an; er machte aber ein noch ernsteres Gesicht als Buchenhausen sagte:

„Erzähle mir doch — wie es gestern Abend am Portal — —"

Raimund konnte vor tiefer Bewegung nicht aus-

sprechen, in des Postillons Auge traten Thränen, er
rief flehend:

„O nein, gnädiger Herr, verlangen Sie keine
Beschreibung von mir!“

„Ja, ich verlange Alles zu wissen! Rede — ver=
hehle mir nichts!“

„Es ist so wenig, Herr Baron!“ sagte Claus
Feldheim leise und zögernd.

„So berichte mir treu das Wenige, lieber Claus.“

Der Postillon konnte dem bittenden Blicke und
Worte seines Jugendgespielen nicht widerstehen und
obgleich man ihm deutlich anmerkte, wie schwer ihm
das Reden von der Sache wurde, sprach er seine
kurzen, abgebrochenen Sätze doch klar und deutlich.
Seine Aussage lautete:

„Ich ging mit dem jungen Herrn und — und
— nun Herr Baron, ich ging mit den Beiden, die
Sie meiner Leitung anvertraut, rasch den Schloß=
berg hinan. Der laute Hülfeschrei, den auch Sie
wohl gehört, ließ uns unsere Schritte noch mehr
beschleunigen. Dem Burgthor nah gekommen, um=
ringte uns plötzlich eine Schaar Männer und in
demselben Augenblick stiegen drei Personen dicht vor
uns aus der Erde empor. Es waren zwei Männer

und eine Frau. Kaum daß der Kopf des Zweiten der Männer aus der Erde auftauchte, schrie meine Begleiterin laut: „Waldemar, das ist Johann Waltram — er hat aus dem Gewölbe die Dokumente gestohlen!" — Der so Bezeichnete stutzte — sprang mit einem Satz in die Höhe — der Bruder der Dame stürzte sich mit dem Ausruf: „Elender! Ehrloser!" auf ihn zu — — da kamen Sie Herr Baron — jener Waltram hob seine Pistole — — der Schuß fiel — die Dame sank zu Boden — — der Mörder wollte entspringen — ich faßte ihn — wir rangen miteinander, man riß mich von ihm los, — er schleuderte ein Paquet Papiere in die Flammen — ich drückte meine Pistole ab, traf den Kerl am Arme, man erfaßte mich von allen Seiten — — erst Herr Neumark rettete mich!"

— — — — — — — — — —

Raimund trat an's Fenster, man ließ ihn allein! — — — Nach einer Viertelstunde kam Neumark wieder zu ihm; er fand ihn an demselben Platze. Leicht umschlang ihn sein Arm und er sagte leise:

„Raimund, Feldheim hat Mr. Bookhouse gefunden!"

„Lebt er?"

Neumark schwieg.

„Laß mich zu ihm! bat Buchenhausen nach kurzer Pause.

„Bleib hier, Raimund, bitte!"

„Nein, nein! laß mich zu ihm, Adalbert!"
Neumark führte Raimund in die Kapelle.

„Hier?" fragte der Gutsherr schaudernd.

„Unten im Gewölbe!"

Auf einer Leiter stiegen sie hinab, denn die Treppe
war verbrannt. — Zu den Füßen der Statue der
heiligen Gertraud lag die Leiche Desjenigen, der seit
Monaten nur den einen Wunsch gehabt, dieses geheime Gewölbe zu betreten; — nirgends zeigte sich
eine Verletzung, ruhig, schmerzlos schien der Tod
gewesen zu sein, den er sich durch starkes, schnell
wirkendes Gift gegeben hatte.

„Der Herr ist gewiß hier in Gewölbe erstickt!"
sagte der Postillon leise.

Buchenhausen und Neumark sahen Feldheim forschend an, der ihnen durch seine einfache Bemerkung
einen so glücklichen Ausweg bot.

„Kann ich mich so fest, wie einst in der Kinderzeit, auf Claus Feldheim verlassen?" fragte der

Gutsherr, seinem Spielkameraden voll Herzlichkeit
die Hand reichend.

„Sie können es Raimund von Buchenhausen!
Ihr Knappe ist so zuverlässig, wie einst — er ist
Ihnen mit treuer Liebe und dankbarer Anhänglich-
keit ergeben, Nichts wird er thun, das Ihnen Schmerz
oder Kummer bereiten könnte — er wird nur sagen,
daß er der Erste gewesen, der den im Gewölbe Er-
stickten gefunden!"

Niemand im Schlosse, — Niemand im Dorfe
zweifelte an dieser Aussage des Postillons — ja sie
wurde sogar vom Priester bestätigt. Er erzählte:
„daß in dem Augenblick, wo er die brennende Kapelle verlassen, jener alte Herr ihm entgegengetreten
sei und auf seine Warnung ausgerufen habe: „Nein,
nein, ich muß hinein, muß versuchen, ob ich die Papiere nicht retten kann!"

Der Kastellan und mehrere Bauern, die sich
beim Löschen betheiligt, hatten Mr. Bookhouse bis
zum Altare hin mit ihren Blicken verfolgt, der
Rauch sie aber verhindert, zu sehen, was er dort
begonnen.

Daß Bookhouse sich vergeblich der Gefahr aus-
gesetzt, im Gewölbe Nichts gefunden und durch den

geheimen Gang nach Außen zum Schloßportale ge=
langt, dort den Tod seiner Tochter erfahren, das
Alles hatte er Raimund selbst erzählt, als er ihn
bei der Leiche seines Kindes aufgesucht.

Es waren furchtbare Tage, die den traurigen
und so entsetzlichen Ereignissen in Almarstein folg=
ten; Raimund brachte sie, zu Neumark's Kummer,
größtentheils bei den Leichen seiner Verwandten zu!
Im schwarz umhangenen Ahnensale des Schlosses
standen die drei Särge, welche die letzten Sprossen
jenes Zweiges der Familie Buchenhausen bargen,
der sich einst vom alten Stamme gelöst und wäh=
rend hundert Jahren andern Namen getragen.

Konnte irgend Etwas in der Welt Raimund's
Ansichten über alte Familienvorurtheile befestigen, so
war es der Anblick dieser drei Särge! konnte aber
auch irgend Etwas in der Welt ihm klar die furcht=
baren Folgen bezeichnen, die ein Abfall vom bestehen=
den Gesetz nach sich zu ziehen vermag, so war es die
Erinnerung an das Schicksal seines Onkels! — Ein
langjähriges Streben, ein fast endloses Bemühen
hatten nicht erreicht, Das wieder zu erlangen, das
einmal, in einem Augenblicke blinder Leidenschaft
aufgegeben; und wenn Dieser nach einem Namen

bürstende und ringende Waldemar Bookhouse auch
an das Ziel seiner Wünsche gekommen wäre und
den verlornen Namen sich wieder angeeignet — keins
der vielen Vorrechte, die sich an seinem Namen
knüpften, wäre ihm zu Theil geworden; — sein
Großvater hatte Alles durch die Verbindung mit
einer nicht ebenbürtigen Gemahlin verwirkt — seinen
Kindern war entzogen, zu was ihr Recht, als seine
Kinder, sie berechtigt! —

Mit welch harten Worten auch Raimund von
Buchenhausen in den Tagen diese Vorurtheile des
westphälischen Abels angriff, wie wund ihn auch die
eisernen Glieder jener mächtigen Verbindungskette
drückten, — welche Flüche er auch gegen jene Familienstatuten ausstieß, wenn der starre Anblick des
Todten ihn immer wieder so lebendig an das Elend
mahnte, das Jener erduldet, weil einer seiner Vorfahren von der vorgezeichneten Richtschnur des Handelns und Empfindens abgewichen — — — Raimund fühlte immer von Neuem mit Schmerz und
Erbitterung, daß sein Zorn vergeblich, — seine
Trauer umsonst, — er als Einzelner, Nichts
an diesen Abelsgesetzen ändern könne! —

Tönten ihm auch fortgesetzt die letzten Mahnun-

gen des Mannes in der Seele wieder, der als Opfer
eines alten Namens gefallen, — die Mahnungen
eines Mannes, der als Selbstmörder geendet, weil
die ehrgeizigen Träume seines ganzen Lebens durch
einen Schlag vernichtet — Raimund hätte eben deshalb gerade eine That des Wahnsinns begehen
können, wenn Adalbert Neumark ihn nicht daran verhindert und den Werth eines Namens geschildert! — — —

„Ich will diesen Namen nicht mehr tragen, auf
dem ein Fluch lastet — ich will diesem Namen
entsagen, der so viel Unheil verschuldet!" solche und
ähnliche Vorsätze sprach der letzte Sproffe eines
der ältesten deutschen Adelsgeschlechter aus und immer von Neuem bewies ihm sein bürgerlicher Verwalter, daß der Name, den er so angriff, sein
Segen sein könne, das Unheil, das geschehen, sich
zu seinem Heil zu gestalten vermöchte und er den
vollen Werth seines Namens später erkennen würde,
wenn die Zeit die dunkeln Schatten gemildert, die
ihn augenblicklich umdüsterten.

Es war seltsam, einen Demokraten die Grund-
sätze der Aristokratie vertheidigen zu hören, — seltsam, einen vorurtheilsfreien Mann für die Vorur-

theile eines Namens kämpfen zu sehn! Neumark
that Beides, that Beides mit der vollsten Ueberzeugung, — in der festen Hoffnung die einseitige Anschauung des Freundes zu bekämpfen, — ihm zu
nutzen — und er siegte! Nur ihm allein verdankte
Buchenhausen eine ruhige Anschauung über seine
eigenen Verhältnisse, einen richtigen Blick für die
Vortheile seines Standes und seiner Stellung —
nur seinem vernünftigen Zuspruch war es zuzuschreiben, daß Raimund nicht in der Aufregung die er-
erbten Vorrechte eines Namens aufgab; sondern —
den Vorsatz faßte, diese Vorrechte seinen Nachkommen ungeschmälert zu erhalten — und in den Tagen, wo der junge Majoratserbe achtlos ein Gut
verschleudern wollte, da überzeugte sein Verwalter
ihn von dessen Werthe.

Das letzte Wort Adalbert Neumark's über den
Werth eines alten Namens, waren die Worte, die
Mr. Bookhouse vor seinem Tode an seinen Neffen,
— dem letzten Repräsentanten des Buchenhausenschen
Geschlechts — gerichtet! — Ernst und feierlich sagte
er zu dem Freunde: „Ich schließe mich der Meinung
Deines Onkels an, der Dir sagte, „ein Name ist
Alles für Die, deren äußeres Glück davon abhängig,

und Dir steht nicht die Berechtigung zu, Dich in
blinder Leidenschaft dieses Glückes zu entäußern,
weil Du, indem Du Das thust, ein Unrecht gegen
Deine Nachkommen begehst! — Erfülle darum die
Pflichten, die Dein Name erheischt und bedenke
immer, daß Du allein nicht die alten Gesetze Eures
Adels umstoßen wirst, die wenn sie auch ein Fluch
für Einzelne gewesen sind und immer bleiben wer=
den, doch der Segen für Hunderte waren und es
ebenfalls bleiben! Tritt aber einmal Westphalens
Adel zusammen, und will der durch Erbrecht Be=
günstigte, sich seiner Vortheile zum Besten seiner
Brüder entäußern, — dann Raimund sei Du
der tapferste Kämpfer für die Sache, die
eine gute Sache ist und Segen für Tau=
sende sein wird!"

Zum letztenmale war Neumark Buchenhausens
Trost und Stütze, als in den Abendstunden des
neunten April die Familie Bookhouse bestattet wurde.
Man begrub Vater und Kinder an einer der schön=
sten Stellen des Parkes auf einem freien Platze,
den ein Kranz alter hoher Tannen umzog. Laut
schluchzend warf sich Raimund in die Arme des
Freundes, als der Letzte des Leichengefolges sich ent=

fernt und beide Männer allein neben den drei Grab=
hügeln standen. Fest drückte Neumark den Trost=
losen an das Herz und als er durch sanften Zu=
spruch sein tiefes Weh gemildert, bat er ihn, von
dem Vorsatze abzustehn, Namen auf die Kreuze
graviren zu lassen, die künftig die drei Todesstätten
bezeichnen sollten.

„Ihren Namen wirst Du ebenso wenig vergessen,
wie den Platz, wo sie ruht; und den Mann noch im
Tode mit dem Namen zu bezeichnen, der der Fluch
seines Lebens war, das würde ich ebenso grausam
finden, wie es mir als Ironie des Schicksals er=
schien, wenn Du ihm nach dem Tode den Namen
gäbst, den er im Leben vergeblich zu erringen ge=
trachtet!"

Buchenhausen gab dem Freunde Recht und fragte
Neumark dann, ob er glaube, daß er unter dem
Namen „Bookhouse" glücklich und ungefährdet bis
Bremen gelangen würde.

Voll froher Zuversicht antwortete Neumark: „Der
Name wird meine Rettung sein und ich hoffe mit
Bestimmtheit, Dir bald die gewisse Nachricht geben
zu können, daß ich als Mr. Bookhouse glücklich
in New=York gelandet bin."

„Du bleibſt bei Deinem Entſchluſſe, Helene Omberg nicht von Deiner Abreiſe zu benachrichtigen?" fragte Buchenhauſen nach kurzem Schweigen.

„Ich bat Dich, ihrem Vater Das zu melden, und er wird es ihr ſagen."

„Adalbert, ſie würde mit Dir ziehen — gern, freudig! Soll ich Dir noch einmal wiederholen, was ſie an jenem Abend zu Haſſenbrock ſagte? Vielleicht beſtimmt es Dich, anders zu handeln."

„Du kannſt es thun, Raimund; doch — wenn Du mir die Worte auch noch zwanzigmal wiederholteſt — ich würde trotzdem nicht wortbrüchig! — Ich verſprach ihren Eltern einſt: ſie nicht ihrer einzigen Tochter zu berauben — ich halte das Gelübde — ſo ſchwer mir's auch wird; denn mein Wort iſt mir heilig."

„Sie iſt ſo unglücklich, Adalbert."

„Sie bleibt es hoffentlich nicht, lieber Raimund!" entgegnete Neumark mit einem freudigen Blick auf Buchenhauſen.

„Warum ſiehſt Du mich ſo ſeltſam an?"

„Eine tiefe Bewegung zeigte ſich in des Verwalters Geſicht, er ſprach erregt:

„Raimund — ich möchte Dir Etwas ſagen, ehe

ich auf ewig von Dir scheide; — ich würde Dir's
schreiben — wenn ich nicht fürchtete, mein Brief
könnte nicht die Wirkung haben, wie mein Wort, —
so kurz es auch sein mag!" —

„Rede, Adalbert!"

„Du verzeihst, wenn es Dich jetzt augenblicklich
verletzt, was ich bitte?"

„Du kannst mich nicht verletzen, Adalbert!"

„Mache Du Helene Omberg glücklich, — so glücklich, wie Du kannst, — sie wird Dich gewiß nie
unglücklich machen!"

Raimund trat einen Schritt zurück, Glut und
Blässe wechselten in seinem Gesichte; — er wollte
Etwas entgegnen, Neumark rief aber lebhaft:

„Kein Wort, Raimund! laß erst die Zeit walten, sie wird Dein Weh besiegen, ihre Trauer mil-
dern! — Sind einige Jahre vergangen; dann nähere
Dich ihr und sei überzeugt, daß, wie Eure Namen zu einander passen, auch Eure Herzen
sich gegenseitig würdig sind."

Raimund schwieg, wie sein Freund gewünscht;
sie trennten sich, ohne ein weiteres Wort über diese
Sache gesprochen zu haben.

Vierundzwanzigstes Kapitel.

Voll tiefer unendlicher Trauer sah der Majoratsbesitzer von Almarstein dem Wagen nach, der ihm den besten, treusten — den einzigen wahren Freund entführte, den er auf Erden besaß.

Ein Gefühl von Bitterkeit regte sich in seinem Herzen, als er des Schicksals der Männer gedachte, die wie Neumark in frühster Jugend enthusiastisch für hochherzige Ideen geschwärmt, bis in das späteste Alter für ihre jugendliche Begeisterung büßen mußten, die — sobald man erfuhr — was sie vor langer Zeit gefühlt und empfunden, gleich Missethätern und Verbrechern verfolgt wurden.

Eine noch tiefere Bitterkeit erfüllte Raimund's Seele, als er im Speciellen an das Schicksal Neumark's dachte! Ihn hatte die Intrigue einer verabscheuungswürdigen Frau aus seinem Wirkungskreise

— aus ihn zufriedenstellenden — wenn auch nicht
beglückenden Verhältnissen gerissen! — traurig dachte
er: „Fliehen — fliehen aus seinem Vaterlande
muß dieser Mann, unter fremden Namen, während,
wenn das Schicksal ihn auf einen passenden Platz
im Leben gestellt, wo er seine Fähigkeiten und An-
lagen zum Nutzen des Vaterlandes hätte verwenden
und geltend machen können, sein wahrer Name einer
der geachtetsten und berühmtesten Deutschlands —
sein würde! — — —

Verfehlt, wie so manches Menschen Leben, er-
schien Buchenhausen, das Adalbert Neumark's. —
Ungenannt — unbekannt erlosch in Europa mit
dessen Auswanderung nach Amerika ein Name, der
verdient hätte, von Tausenden laut mit der warmen
Anerkennung erwähnt zu werden, wie nur Einer im
Geheimen that, dem der Träger dieses Namens ein
Freund war! — — —

Die verwickeltsten Geschäfte nahmen Raimund
nach Neumark's Abreise in Anspruch; er hatte Monate lang zu thun, um wieder in Ordnung zu bringen, was die Flammen an seinen Papieren und
Akten in Minuten zerstört.

In dieser Zeit folgte bereits der reichste Segen

seiner schönen uneigennützigen und menschenfreund-
lichen Handlungsweise, die den Tagen des Brandes
in Almarstein vorausgegangen. Ueberall fehlten
Papiere und Dokumente, die seine Rechtsansprüche
den Bauern gegenüber beweisen konnten. In den
schwierigen Fällen, wo die Gerichtsbeamten rathlos
die Achseln zuckten, weil verklausulirte Akten mangelten, — kein Paragraph da war, der Etwas bewies,
— alle gestempelten Bogen sammt ihres klaren und
unklaren Inhalts verbrannt — — da machte sich
Neumark's Anschauung vom Glauben an die Menschen — vom Vertrauen auf ihre Redlichkeit und
Rechtlichkeit geltend, die Raimund oft in frühern
Jahren eine „ideale" genannt.

„Redlichkeit, Einfachheit, Treue, Wahrheit, Glauben" das sind die schönen Grundzüge im Charakter
des westphälischen Volkes! — Sie beweisen diese
Tugenden bei jeder Gelegenheit, wo sie sie zeigen
können; auch die Almarsteiner Bauern thaten es.
Kaum hörten sie, daß die Urkunden und Dokumente
über alte Rechte verbrannt wären und dem Baron
daraus so großer Schaden erwachsen könne, eilten
sie zu ihrem Gutsherrn und sprachen tröstend:

„Nä, gnädige Häer um dät olle Papier brukt

Se ſich nich to kümmere; we hebben de janze Proſte
Mahltit in unſern Kopp! Töſt man!"

("Nein, gnädiger Herr, um das alte Papier grä-
men Sie ſich nicht, wir haben die ganzen Sachen
im Kopfe. Warten Sie nur!")

Und ſie hatten Alles wirklich im Kopfe; die
Gerichtsherren wunderten ſich oft, Raimund ſtaunte;
doch am überraſchteſten waren die ehrlichen Bauern,
als ihnen Jemand nach einer Verhandlung ſagte,
ſie hätten gar Manches zu ihrem Vortheil wenden
können.

"Wä bedrügen Niemand, am wenigſten uſere
Häern!" riefen ſie heftig.

("Wir betrügen Niemand, am wenigſten unſern
Herrn.)

Man hatte Mühe, ihren Zorn zu beſchwichtigen;
ſie verſtehen in dem Punkte keinen Scherz — in
der Ehrlichkeit giebt es für ſie nur Ernſt — keinen
Spaß.

So vergalten denn die Almarſteiner Bauern
ihres jungen Gutsherrn Gerechtigkeit bei ihren An-
ſprüchen, mit gleicher Gerechtigkeit; ſie benutzten
keinen der ſich ihnen bietenden Vortheile zu ſeinem
Nachtheile, — ſchüttelten nur manchmal bedächtig

ihren Kopf, wenn sie beim Ordnen der Akten immer neue gerichtliche Vorladungen erhielten; nicht selten rief Einer oder der Andere Buchenhausen vor dem Gerichtszimmer zu: „Nä Häer — disse infame Lüe dun's Gericht, se machen en Geklüngele un Getüftle um niz nich — baar nur um Zeld zu verdienen!"

(„Nein Herr, diese Leute vom Gericht machen zu viel Aufhebens um Nichts — sie wollen nur Geld verdienen!")

Raimund lachte oft herzlich und ging er mit ihnen eine Strecke Weges, hörte er ihre einfachen Worte, so erkannte er das Richtige und Zweckmäßige ihrer Ansichten; dann dachte er auch wohl: „Ja wahrlich, es brauchte diesen ehrlichen Leuten gegenüber weniger Stempelbogen — weniger verbriefter, versiegelter Dokumente!"

Er tröstete sich damit, daß er's nicht ändern könne — es so einmal der Lauf der Welt sei und das Gesetz das verlange.

Um der vielen guten Menschen in Almarstein willen verzieh Raimund den wenigen Bösen, die sich in der Nacht des fünften April mit Waltram gegen ihn verbündet; was von seiner Seite geschehen

konnte die gerichtlich Eingezogenen wieder zu be=
freien, that er. Bis auf Andreas Haman und Ja=
kob Schrötter entgingen Alle einer größern Strafe;
Letzterer war es gewesen, der nach Aussage Aller
für das Verbrennen des Schlosses gestimmt und
er hatte auch den von Haman präparirten Werch
auf der verborgnen Treppe unter dem Altare ange=
zündet, ehe er mit Waltram und der Gräfin das
unterirdische Gewölbe verlassen.

Von Gräfin Berniczecka hörte Raimund Nichts,
— nur die Folgen ihres Diebstahls machten sich
geltend, denn wenige Tage nachdem Adalbert Neu=
mark Almarstein verlassen, hielten die Gerichte Nach=
suchung nach ihm und bezeichneten dem Baron Buchen=
hausen, Neumark als „gefährlichen Demagogen."

Wie groß war Raimund's Freude, als er einige
Wochen später die Nachricht von Neumark's glück=
licher Ankunft in Amerika erhielt und die Nachricht:
„daß er hoffe in der neuen Welt keine Sehnsucht
nach der alten zu empfinden!" —

Neumark fühlte sich wirklich sehr bald ganz zu=
frieden, ganz heimisch in der Farm, die ihm so
plötzlich, so unvermuthet zugefallen; mit Wehmuth
und Schmerz gedachte er aber oft Abends, wenn

er nach anstrengender Arbeit, ruhend unter der
Veranda saß, an den frühern Besitzer, der das
Glück, was er gehabt, so gering geachtet und einer
firen Idee zum Opfer gebracht. Der Gedanke an
das furchtbare Schicksal des ehrgeizigen Bookhouse
trübte ihm anfangs die Freude am Besitz der Farm;
immer und wieder traten während der ersten Mo=
nate jene schrecklichen Erinnerungen an die Nacht
des fünften April vor seine Seele und oft glaubte
seine erregte Phantasie, einen leisen Wehruf des
alten Mannes zu hören, der eben in dieser Farm
so oft seinen Sohn ermahnt, abzustehn von den
stolzen Träumen seiner Jugend und sich mit dem
Namen zu begnügen, der Denjenigen so glücklich ge=
macht, der ihn erwählt." — Nach und nach wichen
aber diese düstern Bilder aus Neumark's Seele und
eine frohe Gegenwart verdrängte mehr und mehr
die traurige Vergangenheit.

Zu diesem Wechsel trug der Verkehr mit der
Schwägerin von Mr. Bookhouse bedeutend bei. Diese
Mstr. Durcham, die Schwester von Abele Bookhouse,
welche bis dahin in Newark gelebt, war Wittwe
geworden; — Neumark hatte sie bald nach seiner
Ankunft in der Farm aufgesucht und ihr schonend

die traurigen Schickſale ihrer Familie berichtet. Die
freundliche Aufnahme, die er bei Mſtr. Durcham
gefunden, veranlaßte ihn, zu öftern Beſuchen und
als ſie dieſe Beſuche mit ihrer kleinen Tochter ein=
mal erwiederte, machte Neumark ihr den Vorſchlag:
das Geſchäft ihres verſtorbenen Mannes in Newark
aufzugeben und zu ihm zu ziehen. Mſtr. Durcham
ging auf den Vorſchlag ein. Als ſie mit ihrer ein=
zigen Tochter Abele für immer die Farm betrat,
das zwölfjährige Mädchen jubelnd über die Schwelle
des Hauſes ſprang — da ahnte Neumark nicht, daß
dieſes Kind ſechs Jahre ſpäter ſeine glückliche Frau
ſein würde.

Abele Durcham war das Ebenbild ihrer Tante.
— Der Leſer kennt Abele Bookhouſe — ich brauche
daher wohl nicht hinzuzufügen, daß eine ſolche Frau
ihren Mann beglückt.

Wohl zogen an Adalbert Neumark, als er im
Jahre 1854 — im Alter von vierundvierzig Jahren
— an eine Verbindung mit Abele Durcham dachte,
die Träume, — die Hoffnungen ſeiner Jugend noch
einmal an ſeinem Auge vorüber. Voll Trauer ge=
dachte er jener ſchönen Illuſionen, die an dem alten
Wappenſchilde eines Grafenhauſes zerſchellt — voll

Wehmuth erinnerte er sich der langen Jahre des
Leids, die dem Tage gefolgt, wo zwei junge, glühende
Seelen einem alten Namen ihr Lebensglück zum
Opfer gebracht! — dann aber verdrängte jenen
Namen: „Helene" — der einst der Inbegriff seiner
irdischen Seligkeit gewesen — der Name: „Adele"
und dieser Name umwob fortan mit Licht alle dun=
keln Schatten der Vergangenheit. —

Voll Freude vernahm Neumark wenige Monate
nach seiner Verheirathung von Raimund „daß Dieser
sich mit Gräfin Omberg verlobt und Helene gern
auf dessen Wünsche eingegangen wäre, die, seitdem
Buchenhausen` sie wieder gesehn die heißesten seines
Herzens gewesen!"

Mit tiefer Dankbarkeit gegen Gott genoß Neu=
mark die sich ihm in reichem Maaße bietenden Freu=
den des Lebens; seine schönsten Stunden waren aber
immer die, wenn er Briefe aus Almarstein empfing
und von dem Glücke seines Freundes hörte. Immer
und wieder schrieb ihm Raimund: „Helene und ich
finden, daß unsere Herzen noch besser zu einander
passen, wie unsere Namen" und dieser Ausspruch
bestätigte nur die Prophezeihung Neumark's, mit der
er einst von Buchenhausen geschieden.

Nach dem Schicksale Hope Barwing's, deren
Namen Neumark zuerst von einem Sterbenden ge=
hört, forschte er fortgesetzt mit Interesse; es war
ihm nicht unbekannt geblieben, daß sie zu der An=
zahl Derjenigen gehörte, die ihr Glück einem Na=
men zum Opfer bringen mußten. Immer von Neuem
hörte er: „Mistreß Watherley ist glücklich und zu=
frieden, sie hat Geld in Hülle und Fülle und ist
die gefeiertste Schönheit New=York's."

Nachdem Neumark Jahre lang in Amerika war,
sah er Hope bei einem großen Feste; er fand sie
von Brillanten — aber nicht von Glück strahlend;
er sah sie lächeln, doch dieses Lächeln täuschte ihn
nicht, und nachdem er sie nur flüchtig gesprochen,
wußte er, daß ihr Herz eine Erinnerung behalten
und diese Erinnerung an Waldemar Bookhouse die
einzig glückliche ihres Lebens war.

Einige Jahre später sprach Neumark Mistreß
Watherley noch einmal — es war kurze Zeit vor
ihrem Tode, — im Jahre 1858. Sie hatte ihn
zu sich bescheiden lassen und sagte ihm, daß sie nicht
sterben möge, ohne zu wissen, was aus dem Gelieb=
ten ihrer Jugend geworden sei. Neumark erfüllte
ihren Wunsch. Der traurige Bericht erschütterte

sie tief; als er ihr aber erzählte, wie Waldemar
Boothouse mit ihren Namen auf den Lippen von
der Erde geschieden, er selig lächelnd in's Jenseits
hinüber gegangen sei, da sah auch er sie lächeln und
wie anders war dieses Lächeln, als das, was nur
die Welt an ihr kannte! —

Ohne Schmerz schied Hope aus dem Leben, in
dem sie nach der einen That des Edelmuths ihren
Zweck erfüllt zu haben glaubte. Sie hinterließ keine
Kinder, die ihr die Trennung von der Erde erschwer=
ten und ihr Mann, der sie nur ihres Namens we=
gen erwählt, hatte nie den Werth des Herzens er=
kannt, das sich dem Namen ihres Vaters geopfert.

Mr. Barwing fand in den ihm bleibenden Söhnen,
die seine Firma fortsetzten, Trost über den Verlust
der Tochter, die einst den Glanz seiner Firma ge=
rettet; Mr. Watherley ließ die Gruft seiner Frau
mit Marmorplatten ausmauern, mit Marmortafeln
decken und gab ihr nach ihrem Tode, was auch im
Leben sein stetes Geschenk gewesen: „kostbare —
aber kalte und todte Steine!"

Viele standen bewundernd vor diesem schönen
Grab=Denkmal, — lasen die Vereinigung der Na=
men „Watherley und Barwing"; doch nur Einer —

Adalbert Neumark — wußte, daß die Vereinigung dieser Namen, beide so hellleuchtende Firmen der Handelswelt vor dem Untergange gerettet; aber Tod und Verderben für Die herbeigezogen, die den Untergang verhütet.

Traurig kehrte Neumark nach dem Besuche dieses Grabes zu seiner Farm zurück; jeder Trübsinn aber wich, als er seine beiden kleinen, auf dem Rasenplatze spielenden Mädchen sah und den heitern Ausdruck im jugendlichen Antlitze seiner Frau gewahrte, die wie ein Kind mit ihren Kindern spielte.

Nachdem er diese Gruppe begrüßt, wandte sich Neumark zu seiner Schwiegermutter, die arbeitend im Schatten der Veranda saß.

„Adele vergißt wie gewöhnlich über die Freude, Sie zu sehen, alles Andere!" sprach Mstr. Durcham lächelnd.

„Dafür habe ich meine Helene besser erzogen!" antwortete die junge Mutter fröhlich und deutete auf ihre älteste Tochter.

Die Kleine brachte dem Vater einen Brief; lebhaft griff Neumark darnach, denn er erkannte Raimund's Handschrift.

„Du erhieltest gute Nachrichten!" rief Adele, als sie das von Freude strahlende Gesicht ihres Mannes erblickte, nachdem er den Inhalt des Briefes durchflogen.

„Sehr gute!" antwortete Neumark bewegt, „am

fünften April ist auf Almarstein ein Erbe des Na=
mens Buchenhausen geboren — und an dem Tage,
wo vor zehn Jahren zwei Sprossen des alten Ge=
schlechts auf so traurige Weise zu Grunde gingen,
da hat man jubelnd den neuen Ankömmling begrüßt,
der einen Namen fortpflanzen kann, welcher zu den
besten und edelsten des westphälischen Landes gehört."

„So wird denn durch dieses frohe Ereigniß
wohl die letzte Befürchtung Deines Freundes schwin=
den und Raimund einsehen, daß kein Fluch auf sei=
nem Namen ruht."

„Das hat er lange eingesehen! — Möchte aber
Segen, reicher Segen diesem Kinde zu Theil wer=
den! möchte dieser Knabe erleben, was sein Vater
und so viele Adlige des Westphalenlandes wünschen:
„Abschaffung alter Mißbräuche und Vorurtheile, — Abänderung nicht mehr zeit=
gemäßer Gesetze, — Gleichberechtigung
aller Kinder einer Familie und — Frei=
heit des Handelns, damit das Lebensglück
nicht mehr abhängig von einem Namen, —
**Namen nicht von größerm Werthe sind, als Cha-
raktere!"**

Ende.

Druck von Friedrich André in Leipzig.